KB106717

국어선생님을 위한

한국문학사 강의

고칠현삼제(古七現三制)란 문학 작품을 섭렵함에 있어
고전 읽기에 70%, 현대 문학 읽기를 30%로 해야 한다는 것이다

【 제1권 **구비문학** 】

한국문학사 편찬위원회 엮음

머 리 말

　문학이란 한 시대를 살아가고 있거나 살아간 사람들의 정신적
지도이다. 그러므로 우리들도 그들이 살아간 삶의 지도를 알아보
고 훌륭한 역사와 교훈을 배워야 함은 새삼 두말할 필요가 없다.
　흔히 우리가 문학을 운운함에 있어 고칠현삼제(古七現三制)를
이야기하게 된다. 다시 말하자면 문학 작품을 섭렵함에 있어 고
전읽기에 70%, 현대 문학 읽기를 30%로 해야 한다는 것이다.
　이 말은 예부터 지금까지 금과옥조로 지켜오고 또 앞으로 지켜
져야 할 일이다. 그런데 어찌된 일인지 요즘 학교 현장에서 현대
문학만이 강조되고 있는 경향이 있다. 이는 반드시 시정되어야
할 것이다. 특히 대학입시를 눈앞에 둔 수험생들이 본고사·수학
능력·논술 대비를 함에도 고전문학쪽에 등한한 듯한 인상을 지울
수가 없다. 이러한 현실을 극복하고자 하는 차원에서 필자는 주
로 학생들이 쉽고 가까이 접근할 수 있는 우리의 고전 문학들을
시대별로 엮었다. 또한 시대별 중요작품과 입시 출제에 가장 많
은 빈도를 차지했던 작품들을 뽑아서 엮었다.
　여기에 실린 작품들은 다시 말해서 선조들의 지혜와 슬기이며
또 우리의 삶이며 역사이다. 우리가 버릴 수 없는 정신적 지도이
며 역사이다. 학생들은 이 문학작품들을 통하여 우리의 현실과
역사에 대한 자각으로 되돌아와야 한다고 생각한다.
　엮은이는 지금까지 본고사·수학능력·논술대비용으로 만들어졌
던 기존의 책이 가졌던 단점을 과감하게 탈피하여 새롭고 이해하

기 쉽게 만들었다. 특히 8종 교과서 외에도 시험으로 나올만한 작품들을 망라하였음을 밝혀둔다. 작품 개요와 지은이 해설로써 작품 배경과 사상을 이해하도록 했다. 아무쪼록 수험생들은 이 책을 통하여 교양과 시험에도 좋은 결실이 있기를 바란다.

1. 백과 사전식 나열을 피하고 학생들의 시험이나 정신적 교양이 되는 고전을 가려 뽑았다.
2. 권위있는 교수들의 협의와 검토를 통해 자료와 수험서의 기능을 갖도록 했다.
3. 작품의 요약, 지은이를 소개하여 작품의 배경과 사상을 파악하도록 했다.
4. 8종 교과서의 찾아 읽기 힘든 글들을 시대별, 쟝르별로 편집하였다. 아울러 시험에 중요하게 취급되는 것들도 빠짐없이 게재하였다.

국어선생님을 위한 **한국문학사 강의**

차 례

국어선생님을 위한 **한국문학사 강의**

설 화

설 화

〈설화의 정의 및 특징〉

설화(說話)란 문자 그대로 풀이하면 단순히 '입으로 전해지는 이야기'란 뜻이다. 그러나 그것은 말로 전달되는, 일정한 구조를 지닌 꾸며낸 이야기이다. 곧 허구적이며 서사적인 이야기다.

설화는 시간이나 공간을 초월하여 입에서 입으로 전승된다. 따라서 이러한 구전성(口傳性) 때문에 전승되면서 내용이 더해지기도 하고 없어지기도 하면서 계속 변화한다. 그러나 내용의 핵심들은 변화하지 않고 남아 있다. 현재 기록되어 있는 설화들은 이러한 과정들을 거쳤기에 약간씩의 차이를 보이는 것이다.

설화는 꾸며낸 이야기이기 때문에 역사적 사실이 원형 그대로 설화가 되는 것은 아니고 계속 전승되면서 사람들의 상상력이 보태져 점점 더 허구화되어 왔다.

설화는 신화(神話)와 전설(傳說), 민담(民譚)으로 나누는데 신화는 그 전승자가 그 이야기를 진실되고도 신성하다고 믿고 있다. 또 신화는 그 주인공이 신이나 초능력을 발휘하는 사람일 때가 많다. 전설은 단순히 진실된다고만 믿어질 뿐 신성하다고까지는 생각되지 않으며, 구체적인 장소와 시간이 제시되고 일반적인 사람들이 그 주인공이 된다. 민담은 단순한 흥미로움만을 추구하는 이야기로 평범한 우리들 속의 이야기이다.

설화는 고대 민족들의 풍부한 예술적 재능을 다방면으로 보여 주고 있으며 그 이야기의 구성과 사건 전개, 형상, 창조면에 있어서 인물 전기(傳記)나 소설적인 요소도 가지고 있다. 따라서 고대 설화문학은 당시와 후세의 예술적 산문 발전의 기초가 되었으며 중세 소설 출현의 요인이 되었다.

석탈해

어느 날, 가락국 앞 바다에 배 한 척이 와 닿았다. 그 나라의 임금 수로왕은 신하와 백성들을 이끌고 북을 치며 나아가 배를 맞아들였다. 수로왕은 그 배를 자기 나라에 머물러 있게 하려고 했다. 그랬더니 배는 곧 쏜살같이 달아나 버렸다. 배는 신라 동쪽 하서지촌 아진포 앞 바다에 와 닿았다.

아진포 갯가에는 아진의선이라는 노파가 살고 있었다. 그는 혁거세왕에게 해물을 진상하던 고기잡이의 어미였다. 이 노파는 어느 날 바다 쪽에서 들려오는 난데없는 까치들의 지저귐에 놀랐다. 바다 쪽을 바라보며 노파는 혼자 중얼거렸다.

"이 바다엔 까치들이 모여들 곳이라곤 통 바위 하나도 솟아 있는 게 없는데 웬일일까? 까치들이 저리 모여 우는 건……."

노파는 곧 배를 끌어내어 까치들이 지저귀는 곳을 찾아가 보았다. 까치들은 어떤 배 위에 모여들어 지저귀고 있었다. 노파는 그 까치들이 모여 지저귀는 배 곁으로 바싹 배를 대어 보았다. 배 안에는 궤 하나가 놓여 있었다. 길이가 20자쯤, 폭이 13자쯤 되어 보였다.

갯가 수풀 밑으로 그 배를 끌어다 놓고서 노파는 그 궤 속에 무엇이 들어 있으며, 그것이 흉한 일인지 길한 일인지 궁금했다. 노파는 하늘을 향해 손을 모으고 속으로 중얼거렸다.

"하느님이시여! 이것이 흉한 일입니까, 길한 일입니까?"

잠시 동안 묵도를 올리고 난 뒤 노파는 비로소 궤를 열어 보았다. 궤 안에는 단정하게 생긴 한 사내 아이와, 그리고 일곱 가지 보배와 노예들로 가득차 있었다. 노파는 그들을 집으로 데리고 들어갔다. 그들이 노파의 집에 머물면서 대접을 받은 지 칠일 만에, 그때서야 비로소 그 단정하게 생긴 사내 아이는 노파에게 입을 열었다.

"나는 본래 바다 건너 용성국(일본의 동북쪽 천리 지점에 있음)의 왕자입니다. 우리 나라엔 일찌기 스물 여덟 용왕님들이 있었답니다. 그 용왕님들은 모두 사람의 태를 좇아 태어나서는 대여섯 살 때부터 왕위를 이어 받아 임금이 되었습니다. 용왕님들은 온 백성을 잘 다스려 그들의 마음을 다 정직하게 해 주었답니다. 그리고 우리 나라엔 여덟 종류의 혈통이 있지만 혈통을 가리지는 않습니다. 나의 아버지는 함달파왕인데 적녀국이란 나라의 공주를 왕비로 맞아들였지만 오래도록 왕자를 낳지 못했습니다. 그래서 왕자를 낳게 해 달라고 기도를 드렸는데 칠년 만에 그만 커다란 알 한개를 낳고 말았습니다. 아버지 함달파왕은 신하를 모아 놓고 의논을 했는데 모두들 사람으로서 알을 낳는 것은 옛날에도 오늘날에도 없는 나쁜 징조라 생각했습니다. 그래서 커다란 궤를 만들어 그 때 아직 알에서 깨어나지 못했던 나와 일곱 가지 보배와 나를 모실 노예들을 넣어서 배에 실어 바다에 뛰웠답니다. 바다에 뛰워 보내면서 내가 잘 살기를 빌었답니다. 나를 실은 배가 용성국의 해안에서 떠나자 홀연히 붉은 용이 나타나더니 배를 이곳으로 호위해 왔답니다."

말을 끝내자 그 용성국의 왕자는 지팡이를 끌고 두 사람의 노예를 데리고서 토함산으로 올라갔다. 그는 산마루 위에다 무덤 모양의 돌집을 짓고서 칠일 동안을 그곳에 머물렀다가 서라벌의 도성을 굽어 보며 제가 살 만한 터를 찾아 보았다. 초승달처럼 생긴 한 산언덕을 발견했다. 길운을 오래도록 누릴 터전으로 보였다.

곧 서라벌 도성으로 내려와 토함산 마루에서 눈여겨 보았던 그 터를 찾았다. 그러나 그곳엔 이미 '호공'이란 사람이 살고 있었다. 왕자는 어떻게 해서라도 그 터전을 차지하고 싶었다. 이에 한 계획을 꾸며 호공의 집 곁에다 몰래 숫돌과 숯 부스러기를 묻어두고는 그 이튿날 아침 일찍 호공을 찾아가 말했다.

"이 집은 우리 조상들이 살던 집이오."

호공은 그럴 리가 없다며 부인했다.

이렇게 내 집이라거니 아니라거니 하여 두 사람은 관가에 가서 서로의 주장을 알렸다. 판결을 맡은 관원이 용성국의 왕자를 보고 말했다.

"무엇으로 네 집임을 주장하는가?"

용성국의 왕자는 말했다.

"우리 집은 원래 대장장이였습니다. 얼마간을 이웃 고을에 나가 있다 돌아와 보니 저 사람이 차지해 살고 있었습니다. 그 집 둘레의 땅을 파헤쳐 보면 아실 겁니다."

판결을 맡은 관원은 용성국 왕자의 말대로 그 집 둘레의 땅을 파헤쳐 보았더니 과연 숫돌과 숯 부스러기가 나왔다. 마침내 용성국의 왕자는 호공의 집을 차지해 살았다.

이 용성국에서 표류해 온 왕자가 곧 탈해(脫解)다. 알을 벗어나(脫)고 궤에서 풀려나(解)와 세상에 났으므로 그렇게 불렀다.

당시 남해왕은 탈해가 지략가임을 알고서 공주를 시집보내어 그를 사위로 삼았다. 탈해에게 시집온 공주가 바로 아니부인(阿尼夫人)이었다.

하루는 탈해가 동악에 올랐다가 돌아오는 길에 목마름을 느꼈다. 백의를 시켜 마실 물을 떠오라고 했는데 백의가 도중에서 탈해 모르게 먼저 한 모금 마시고 주려 했더니 뿔로 만든 그 잔이 입술에 딱 붙어 버렸다. 입술에 잔이 붙어진 채로 탈해 앞에 나갔더니 탈해가 꾸짖었다. 백의가 크게 뉘우치고 나니 입술에서 잔이 떨어졌다. 이때부터 백의는 탈해를 감히 속이지 못했다.

노례왕이 죽자, 후한 광무제 삼십 삼년에 탈해는 왕이 되었다. 그리고는 '옛적 우리 집이었다'란 트집으로 호공의 집을 차지했다고 해서 성을 '석(옛)'이라 했다. 다른 한편으론 까치(鵲)로 말미암아 궤를 열게 되었다고 해서 〈鵲〉자에서 〈鳥〉자를 떼버리고 남는 〈昔〉자로 성을 삼았다고도 한다.

왕위에 있은 지 13년, 탈해왕이 승하하자 소천(疏川) 구릉에 장사지냈다. 나중에 그의 혼령이 나타나 '내 뼈의 매장을 삼가라'는 지시를 했다. 능을 헤쳐 보니 천하 무적의 역사(力士)의 골격이었다. 그 뼈대를 부수어 소상[1]을 만들어 궁궐 안에다 안치했더니 혼령이 또 나타나 이르기를,

"내 뼈를 토함산에다 두도록 하라."

이 지시에 따라 그 곳에 봉안케 했다.[2]

〈「삼국유사」 권1〉

---

1) 소상:찰흙 따위로 만든 사람의 형상.
2) 일설에 의하면 탈해왕이 승하한 뒤 이십 칠대째의 문무왕 때, 문무왕의 꿈에 무서운 모습의 한 노인이 나타나 말하기를 "나는 탈해다. 내 뼈를 소천구릉에서 파내어 소상을 만들어 토함산에 안치하라."고 했다. 왕은 그 말대로 행하였다. 그래서 나라에서는 지금까지 제사가 끊이지 않으니 이가 바로 동악신이다.

생각하기

　석탈해는 신라의 제4대 왕인데, 그의 신화에는 탈해에 관련된 신화적인 이야기가 몇 가지 있다. 알에서 태어난 이야기, 호공의 집을 차지한 이야기, 동악신으로 모셔지는 이야기 등이 그것이다.

　서양의 신화적인 영웅들은 힘과 용맹이 평가받았다면, 우리의 신화에서는 지혜가 높이 평가 되었다는 사실을 짐작하게 하는 이야기다.

　탈해라는 이름도, 알에서 깨어나고(脫) 궤 속에서 풀려났다(解)는 뜻으로 지어졌는데, 여기에 '석(昔, 옛날의 뜻)'자 성이 붙은 것 또한 그의 지혜 때문이다. 즉 남의 집에 몰래 숫돌과 숯부스러기를 묻어둔 뒤에, 그 집을 차지한 이야기에서 나온 것이다.

견 훤

　　지금의 광주 북촌에 한 부자가 살고 있었는데 그에게는 아리따
운 딸이 있었다. 어느 날 그 딸이 아버지에게 말하기를,
　　"자주빛 옷차림을 한 어떤 사나이가 늘 저의 방에 와서 자고
갑니다."
　　아버지는 딸의 말을 듣고 나더니,
　　"그렇다면 바늘에다 실을 꿰어 그가 입은 옷에 그 바늘을 꽂아
두어라."
하였다. 딸은 아버지의 말대로 어느 날 옷에 바늘을 꽂아 두었다.
　　다음날 날이 밝아 실을 따라가니 실은 담 밑에 있는 커다란 지
렁이의 허리에 연결되어 있었다.
　　딸은 그 후 사내 아기를 가졌는데 그 사내아이가 바로 견훤이
다. 그 아이는 열 다섯 살에 스스로를 견훤이라 칭하고 경복 원
년 임자년(중국 당조때 소종의 연호 892년)에 왕이 되어 완산군
에 도읍을 정하고 사십삼 년 동안 나라를 다스렸다.
　　견훤이 아직 강보에 쌓여 있을 때의 일이었다. 어느 날 그의
어머니가 들에 나간 아버지에게 새참을 가져 가려고 아이를 숲속
에 내려 놓았는데 웬 호랑이가 와서 아이에게 젖을 먹여 주었다.
이것을 알게 된 이 고장 사람들은 아이를 매우 이상하게 여겼다.
　　그 후 견훤은 장성하여 몸집이 뛰어났으며 기상이 크게 생겨
범상하지가 않았다. 그는 후에 장군이 되어 바다에 나가 적을 지
키는데 늘 창을 베개삼아 자면서 적을 기다렸다. 그는 항상 군인

들의 모범이 되었고 나중에는 보좌관이 되었다.

신라의 진성왕 6년에 내시들에 의해 나라의 기강이 문란해지고 어지러워졌다. 더구나 기근까지 겹쳐 백성들은 사방으로 흩어져 헤매고 도적떼가 곳곳에서 일어났다.

견훤은 반감을 품고 무리를 모아 서북쪽 고을들을 들이쳤다. 이르는 곳마다 사람들의 호응을 받아 불과 한달 사이에 무리가 오천 명으로 늘어났다.

마침내 그는 광주를 습격하고 스스로 왕이 되었다. 이때가 경복 원년 임자년이었다.

이때 강원도 원주의 도독 양길이 매우 강성해지고 궁예가 자진하여 그의 부하가 되었다. 견훤은 멀리서 그 소식을 듣고 양길에게 비장의 지위를 주었다.

견훤은 서쪽 지방을 순행하다가 완산주에 도착하여 고을 사람들의 대대적인 환영을 받았다. 견훤은 인심을 얻은 것을 즐겁게 생각하며 좌우 사람들에게 말하였다.

"백제가 나라를 세운 지도 육백 년이 되는데 당나라와 신라의 김유신이 합세하여 백제를 멸망시켰으니 내 어찌 도읍을 세워서 그 원한을 씻지 않으랴."

견훤은 드디어 스스로를 후백제의 왕이라 하고 부하들에게 벼슬을 주었다. 이때가 효공왕 4년이었다.

그러다가 청태 2년 을미년(서기 935년)에 견훤의 세 아들 신검, 양검, 용검이 반역을 하자 견훤은 고려 태조에게 투항하였다.

아들 신검이 왕위에 오른 후 일선군에서 고려 군사와 싸우다 패하여 후백제도 망하였다.

〈「삼국유사」 권 제2〉

생각하기

　이 설화의 특징은, 지렁이와 여인의 결합으로 견훤이 탄생했다는데 있다. 사람이 짐승 따위와 혼인하는 이야기는 설화에서는 종종 나오는데, 이것을 '이류 교혼'[1]이라 한다.

　삼국 유사에 나오는 '서동요'의 서동도, 그의 어머니가 용과 결합하여 낳은 것으로 되어 있다.

　현대인의 과학적이고 합리적인 사고방식으로는 이해가 되지 않겠지만 고대에는 이런 신화적 상상력이 풍부했음을 알 수 있다.

---

1) 이류 교혼:'다른 종류의 동물끼리 결혼한다'는 뜻.

연오랑과 세오녀

신라의 제8대 아달라왕 때에 동쪽의 영일만에 연오랑과 세오녀라는 부부가 해초를 뜯고 고기를 잡으며 살고 있었다.

어느 날 연오랑이 바다에 나가 해초를 따고 있는데 홀연히 전에 보이지 않던 바위(고기라고도 함) 하나가 나타나 연오랑을 싣고서 둥실둥실 어디론가 떠내려 가고 있었다.

그런가 했더니 하늘에는 갑자기 먹장구름이 어디선가 몰려왔다. 그러더니 하늘은 먹구름으로 덮이고 억수 같은 소나기가 내리기 시작하며 정신을 차릴 수 없게 했다. 그뿐 아니라, 광풍이 일어나며 물결이 높아졌다. 그런데 바위는 조금도 흔들리지 않았다.

연오랑은 어두워져 가는 바다를 보며 그대로 잠이 들었다. 얼마나 지났을까, 연오랑이 잠에서 깨어 보니 일본의 어느 해안에 닿았다.

그 나라 사람들은 바위에 실려온 연오랑을 보고선 범상한 인물이 아닐 것이라 생각했다. 그리고는 연오랑을 그 나라의 왕으로 추대했다.

세오녀는 해초를 따러 나간 남편이 돌아오지 않는 것이 아무래도 이상하게 여겨졌다. 연오랑을 찾아 세오녀는 바닷가로 나갔다. 어느 한 바위 위에 남편의 신발이 놓여져 있는 것을 발견하고는 세오녀는 그 바위 위로 뛰어올랐다. 연오랑을 그렇게 했듯 바위는 또 세오녀를 싣고 어디론가 떠났다. 세오녀는 앞서 연오랑이 닿았던 일본의 바로 그 해안에 닿았다. 바위에 실려 온 세오녀를 보고 그 나라 사람들은 놀랍고 의아스러워 왕 연오랑에게 사실을 아뢰었다. 연오랑과 세오녀 부부는 다시 만났다. 그들은 불과 이틀 사이였으나 몇십 년을 헤어졌다가 만나는 것처럼 반가웠다. 그리고 세오녀는 왕비가 되었다.

이때 신라에선 까닭 모르게 해와 달이 빛을 잃었다. 나라 안이 야단법석이었다. 왕의 물음에 일관¹⁾은 다음과 같이 아뢰었다.

"우리 나라에 내려와 있던 해와 달의 정기가 이제 일본으로 건너가 버렸기 때문에 이런 변괴가 생긴 것입니다."

왕은 일본으로 사신을 보내어 연오랑과 세오녀를 돌아오도록 타일렀다. 그러나, 이미 그 곳의 왕이 되어 있는 연오랑은 신라의 사신들에게 말했다.

"내가 이 나라에 오게 된 것은 하늘이 그렇게 하도록 시킨 것이다. 이제 어찌 돌아갈 수야 있겠는가. 그러나 나의 아내에겐 그가 짠 새 명주가 있다. 이것을 가져가서 하늘에 제사를 올리면 해와 달의 빛이 다시 회복될 것이다."

신라의 사신들은 그 명주를 받아 돌아와 왕에게 사실대로 아뢰었다. 왕은 곧 연오랑이 말한 대로 그 명주를 받쳐 들고 하늘에 제사를 올렸다. 그런 뒤, 해와 달은 옛날대로 회복되었다.

왕은 그 명주를 곳간에다 간수하고 국보로 삼았다. 그리고는 그 곳간의 이름을 〈귀비고〉²⁾라 짓고 하늘에 제사드렸던 그곳은 〈영일현〉 또는 〈도기야〉라 이름 지었다.

〈「삼국유사」 권1〉

---

1) 일관:변괴나 길흉 따위를 점치는 점성관을 말한다.
2) 귀비고(貴妃庫):세오녀가 일본에 갔을 때 왕비가 되었는데, 왕비를 '귀비(貴妃)'라 불렀다.

생각하기

　이 설화는 우리 나라 최초의 설화집인 '수이전'(지금은 전하지 않음)에 전한다. '삼국유사'와 '필원잡기(서거정)'에 채록되어 오늘날까지 전하고 있다.

　'연오랑 세오녀'는 단순한 연오랑과 세오녀라는 부부의 이야기가 아니라 고대 태양신화의 한 원형이라 할 수 있다.

　'연오'라는 것은 태양의 정기를, '세오'라는 것은 달의 정기를 의미한다.

　영일현의 '영일(迎日)'도 '해맞이'를 의미하며, 이 이야기엔 일본에 대한 신라인의 우월의식이 들어있으며 일찍이 우리 민족이 일본과 내왕한 사실을 상징적으로 설명하고 있다.

도미의 아내

도미는 백제 사람으로 비록 신분이 낮은 백성이었으나 의리를 아는 사람이었다. 그의 아내 또한 용모가 몹시도 아름답고 절개도 높아서 사람들의 칭찬을 받고 있었다.

이러한 이야기를 소문으로 전해들은 개루왕(백제 제4대왕)은 도미를 불렀다.

"무릇 부인의 덕이란 것은 정절을 앞세우는 것이나, 만일 사람이 드물고 으슥한 곳에서 달콤한 말로 꾀면, 마음이 움직이지 않는 여자란 없지."

"사람의 마음은 가히 헤아릴 수 없는 것이기는 하오나, 저의 아내만큼은 죽어도 두 마음을 품지 않을 것입니다."

이에 왕이 도미의 아내를 시험해 보려고 도미를 붙잡아 놓고 일을 시켰으며 가까이 있는 신하에게 왕의 의복을 입히고 왕처럼 꾸며 도미의 집으로 보냈다. 그리하여 가짜 왕이 도미의 아내를 보고,

"내 너의 용모가 어여쁘다는 말을 듣고 좋아한 지 오래다. 도미와 내기를 하여 내가 너를 가지게 되었으므로 내 너를 궁녀로 삼겠으니 이제부터 너는 나의 것이 되었도다."

하고 범하려 하자, 그 도미의 아내는,

"한 나라의 왕으로서 거짓말을 하시지 않을 것이니, 제가 어찌 따르지 않겠사옵니까? 바라건대 대왕께서 먼저 방으로 들어가시면 저는 옷을 갈아 입고 들어가서 모시겠사옵니다."

하며 물러나와 어여쁜 여종 하나를 자기처럼 단장시켜 들여보냈다.

왕은 도미의 아내에게 속은 것을 알고 크게 노했다. 그래서 도미에게 죄를 씌워 그의 두 눈을 뽑고 조그마한 배에 태워 강에 띄워 버렸다. 그런 후 왕은 다시 도미의 아내를 데리고 와 억지로 범하려 하자, 도미의 아내는

"이미 남편을 잃고 과부가 된 몸이 어찌 혼자 살아가겠습니까? 이제 왕을 모시게 되었으니 감히 어기겠습니까만 지금은 몸이 깨끗하지 못하오니, 후일 목욕을 한 뒤 모시겠습니다."
라고 하였다.

왕이 그 말을 믿고 허락하자 도미의 아내는 도망을 쳐 강어귀에 이르렀다. 그러나 강을 건널 수가 없어서 하늘을 우러러 보면서 통곡하였다. 그때 갑자기 배 한 척이 물결을 따라 앞으로 오고 있었다. 그녀는 그 배를 타고 천성도에 이르러 도미를 만났다. 도미는 그 곳에서 풀뿌리를 캐 먹으며 살고 있었던 것이다.

그들은 함께 배를 타고 고구려의 산산(함경남도의 지명) 아래에 당도하였다. 고구려 사람들이 그들을 불쌍하게 여기고 옷과 밥을 모아 주었다. 그들은 어렵게 살면서 그 곳에서 나그네의 신세로 일생을 마쳤다.

〈「삼국사기」 권48 열전〉

생각하기

흔히들 '춘향전'의 근원 설화 중의 하나로 이 '도미의 아내'를 든다. 이 '도미의 아내'는 지배 권력을 가진 관리가 그 권력을 사용하여 민간의 여인을 얻으려는 행위와, 이에 맞서 고통을 당하

면서도 정절을 지키는 여인의 의지가 갈등을 이루는 구조라는 점에서 '춘향전'의 근원 설화로 손꼽히고 있다.

도미의 아내는 개루왕에 대항하고, 춘향이는 변학도에 대항한다. 도미와 그의 아내는 재회하여 고구려에 가서 살고, 춘향은 이도령이 암행어사로 출두하여 변학도에 복수하면서 재회를 성취한다.

'도미의 아내' 설화는 '춘향가'를 거쳐 '춘향전'으로 발전하고 신소설 '옥중화(이해조)'로까지 발전한다.

이처럼 하나의 설화가 원형이 되어 그 시대의 환경과 부딪치면서 내용이 더해지고 빠지면서 민족 정서가 가득 담긴 작품이 나오게 되는데, 이런 것이 설화를 읽는 의의가 아닌가 한다.

효녀 지은

한기부 백성 연권의 딸인 지은은 성품이 착하고 효성스러웠다. 어려서 아버지를 여의고 혼자서 어머니를 모시면서 서른둘이 되도록 시집도 가지 아니하고 어머니를 극진히 돌보았다. 품팔이도 했고 집집마다 돌아다니며 걸식도 해서 어머니를 극진히 모셨다.

그러나 날이 갈수록 쪼들리는 가난에 더 이상 견딜 수가 없게 되자 지은은 어느 부잣집의 청을 받아서 쌀 열 석에 그 집의 종이 되었다. 하루 종일 힘든 일에 시달리며 일을 하다가 날이 저물면 저녁을 차려 어머니께 드렸다.

이렇게 삼사 일이 지나자 그의 어머니가 지은이를 보고,

"예전에 먹던 밥은 굳어도 맛이 좋았는데 요즈음은 비록 밥은 좋긴 하지만 그 맛이 전과 같지 않게 마치 뱃속을 칼로 찌르는 듯하니 이게 대체 무슨 영문이냐?"

라고 하였다. 딸은 어쩔 수 없이 어머니에게 사실대로 말씀을 드렸다.

"나 때문에 죄없는 너가 종이 되었으니 차라리 내가 빨리 죽는 게 낫겠구나."

하며 슬피우니 딸도 함께 울어 길가는 사람들을 애처롭게 하였다.

이때 화랑 효종이 그 광경을 보고서는 부모님께 부탁하여 자기 집 곡식 백 석과 옷들을 실어다 주고 또 지은을 종으로 산 주인에게 몸값을 치르고 지은을 종에서 풀어 주었다.

효종의 낭도들도 저마다 곡식을 기증하였다. 왕이 이 말을 듣고 역시 벼 오백 섬과 집 한 채를 주고 모든 부역을 면제해 주었다. 그리고 도둑을 맞을까봐 병사를 보내 번갈아 지키게 하였다.

그리고 그 마을을 표창하여 '효양방'이라 하고 그 표문에 그의 아름다운 행실을 기록하였다.

화랑 효종의 아명은 화달이었다. 왕은 화달이 비록 나이는 어리지만 생각이 깊고 숙성하다고 여겨 자기 형인 헌강왕의 딸과 혼인을 맺어 주었다.

〈「삼국사기」 권48 열전〉

생각하기

'심청전'의 근원 설화로 생각되는 이 '효녀 지은' 설화와 심청전은 어렸을 때 한쪽 부모님이 돌아가신 뒤 어렵게 살아가다 결국은 자신을 희생해서라도 부모에게 효도를 하는 공통점이 있다.

그러다가 하늘의 도움으로 행복하게 잘 산다는 해피엔딩의 구조를 가지고 있다.

오늘날의 부모님에 대한 효성이 없어져 가는 우리들에게 진정한 효성이 무엇인지를 깨닫게 해주는 이야기이다.

조신의 꿈

옛날 신라 시대에 조신(調信)이란 사람이 세규사(지금의 흥규사)라는 절의 중으로 세규사 소유의 농장을 관리하게 되었다.

조신은 농장을 관리한 지 얼마 되지 않아 그 농장의 태수 김흔공(金昕公)의 딸에게 반하였다. 그래서 여러 차례 낙산의 관음당 앞에서 그 여자와 혼인하게 해 달라고 빌었다. 수년 동안 관음보살 앞에 그렇게 빌었으나 그 여자는 이미 다른 사람에게 출가해 버렸다.

조신은 다시 관음당 앞에 가서 관세음보살이 자기 소원을 들어 주지 않았다고 원망하면서 날이 저물도록 슬피 울다가 그만 깜박 잠이 들었다.

꿈에 김씨 낭자가 기쁜 얼굴로 그를 찾아와 백옥 같은 이를 드러내고 웃으며,

"제가 일찍이 스님을 먼 발치에서 보고 사랑하게 되었으나, 부모의 명으로 할 수 없이 다른 남자에게 시집을 갔습니다. 그러나 이제라도 부부가 되고 싶어 이렇게 왔습니다."

하고 말하니 조신은 너무나도 기뻐 어쩔 줄을 몰랐다.

조신은 김씨 낭자와 함께 고향으로 돌아가 사십여 년을 재미있게 살면서 다섯 명의 아이를 두었다. 그러나 그의 집은 너무나도 가난해져서 끼니도 제대로 때우지 못했다.

이렇게 불쌍한 처지가 되자 조신은 처자들을 이끌고 입에 풀칠이라도 하기 위해 사방으로 걸식하고 다녔다. 그들은 십년 동안

에 안 다닌 곳이 없을 정도로 떠돌아 다녔으며 다 헤진 옷은 처참한 몰골이었다. 마침내 명주 고을의 해현 고개를 지날 때 열다섯 살난 큰 아이가 굶어 죽게 되어 길가에 묻고 나머지 네 아이들을 데리고 우곡현에 이르러 자그마한 오막살이를 짓고 살았다. 그런데 이제 조신 부부는 늙고 병들고 굶주려서 일어나지 못하게 되자 열 살 난 딸이 동냥을 해와 겨우 입에 풀칠이나 했다. 그런데 그 아이마저 동네 개에게 물려 쓰러지니 조신 부부는 기가 막혀 끊임없이 눈물을 쏟았다. 그러다 부인이 눈물을 거두고 말하기를,

"제가 처음 당신을 만나던 때는 나이도 젊었으며 옷차림도 깨끗하고 아름다웠습니다. 맛있는 음식도 당신과 나누어 먹고 따뜻한 옷감도 같이 입어 오십년 정분은 이를 데 없고, 고마움과 사랑은 한없이 깊어 실로 두터운 인연이라 할 수 있습니다.

그러나 이제는 늙고 병든 데다가 굶주림과 추위가 더 심해졌습니다. 옆집 사람들마저 구걸을 들어주지 않고 문전 박대하기가 한이 없고 아이들의 추위와 굶주림도 면할 방법이 없으니, 부부라하지만 사랑할 마음이 있겠습니까? 젊은 날의 불그레한 얼굴과 미소도 덧없는 풀잎의 이슬이 되고, 지란[1] 같던 언약도 이젠 바람 앞의 버들가지가 되었습니다. 당신에겐 내가 있어 더 누가 되고, 나는 당신이 있어 걱정이 더 많습니다.

생각해 보니 옛날의 즐거움이 우환의 시작이었습니다. 당신과 내가 어찌하여 이 지경이 되었습니까? 모두가 함께 굶어 죽느니 차라리 짝 잃은 난새(신령스러운 상상의 새)가 되어 거울을 보고 짝을 부르는 것이 더 나을 것입니다.

역경을 당하면 버리고 행운을 만나면 따른다는 것은 인정상 차

---

1) 지란:지초(芝草)와 난초. 지란지교 : 깨끗하고도 맑은 벗사이의 교제.

마 못할 일이지만, 헤어짐과 만남이 인류의 뜻대로 되는 것이 아니니 이제 우리 서로 헤어집시다."
라고 하였다. 조신도 역시 그 길밖에 없다고 생각하여 각각 두 아이를 데리고 헤어지려는데,

"저는 고향으로 가겠으니 당신은 남쪽으로 가세요."
하고 막 작별을 하고 길을 떠나려 할 때 꿈에서 깨어났다. 곁에는 타다 남은 등불만이 가물거리고 밤은 이미 깊었다.

아침에 일어나 보니 수염과 머리털이 전부 하얗게 변하고 정신이 멍하였다. 더 이상 인간 세상에서 살 생각이 없어지고 괴로운 생애가 싫어졌다. 마치 백 년의 괴로움을 겪은 듯하여 탐욕의 마음도 얼음 녹듯 풀어졌다.

조신은 관세음보살을 대하기가 부끄러워서 깊이 뉘우치며 해현 고개에 가 꿈에 아이를 묻은 곳을 봤더니 돌미륵이 묻혀 있었다. 조신은 미륵을 깨끗이 씻어 이웃 절에다 모셨다.

그리고 서울로 돌아와 농장 일을 그만두고 전 재산을 털어 정토사를 짓고 열심히 불도를 닦았다. 그 후에 어떻게 죽었는지는 알 수가 없다.

〈「삼국유사」권 제3〉

생각하기

이 조신몽(調信夢)은 인생이란 꿈에 불과하다는 생각을 그린 불교적 설화로 꿈에서 고생 끝에 깬 조신이 깨달았던 인생의 의미가 무엇인지 생각해 볼 문제다.

조선시대 김만중의 '구운몽'이란 작품의 근원 설화였으며, 이광수의 '꿈'이란 소설도 이 설화를 현대적으로 접맥시킨 작품이다.

민 요

- 시집살이요
- 떡타령
- 엿타령
- 이어도타령
- 각설이타령
- 상여노래
- 지신밟기노래

민요(民謠)

〈민요의 정의〉

민요라는 것은 어느 한 개인이 창작해낸 작품이 아니다. 옛날부터 계속 전해오는 전통적인 리듬감을 토대로 하여 일반 백성들이 자연스럽게 자신의 감정이나 느낌을 나타내던, 민족 전체 혹은 마을 전체의 노래이다. 여러 사람들의 공통적인 감정을 노래한 공동체의 노래라는 점에서 귀중한 가치를 지닌다.

이러한 민요에는 민족, 민중, 지방 사람들의 기쁨과 슬픔, 사랑과 미움 등이 실려 있다.

〈민요의 형성과 특징〉

인류가 언어를 사용하여 자신의 감정과 생활을 표현하기 시작했을 때부터 어쩌면 민요는 서서히 싹트고 있었다. 즉, 아름다움을 목소리로 외치고, 사랑을 노래하고, 슬픔을 울부짖을 때 벌써 노래가 만들어지기 시작했던 것이다. 그러기에 우리는 민요의 시작을 여기에서부터 찾게 된다.

그렇지만 이러한 외침이나 울부짖음은 완전한 민요로서의 형체를 갖추지 못했다. 여기에 문학적인 색채가 들어가고 리듬이 만들어지면서 많은 사람들의 공감을 얻어 널리 퍼지고 애창되면서 민요는 진정한 제 모습을 갖추게 된 것이다.

  민요는 어느 특정한 한 사람에 의하여 만들어지고 불려진 노래가 아니라, 한 지역에서 한 고장으로, 또 온 국토로 퍼져서 많은 사람에게 같은 느낌으로 불려지고 그렇게 계속 이어져 왔다.

  이렇게 많은 사람들과 넓은 지역에서 불려지려면 그 노래는 누구에게나 싫증이 나지 않아야 될 뿐만 아니라, 그 노래를 부르는 대중들에게도 공통된 감정이 일어나야 한다.

  민요만이 가지는 강점이랄까, 이렇게 만인의 공감된 감정 속에서 태어났기에 누가 언제 불러도 싫증이 나지 않는 묘한 특징이 있다. 어쩌면 오히려 민요를 흥얼거리면 흥얼거릴수록 가슴을 울리는 게 더하다.

  여러 사람들의 공감에 의해서 완성된 민요는 껄끄러움이 없다. 많은 사람들에 의해서, 또 오랜 세월 동안 전래되면서 부자연스러움이 조금씩 자연스럽게 소멸해 버렸다. 그러면서 민요의 세련된 어떤 멋이 남아 있게 되었다.

  여러 세대와 많은 사람들을 거치면서 완성된 민요 속에는 오랫동안의 우리 조상들의 생활 감정들이 풍부하게 살아 있다. 민요는 우리 민족 생활의 열매이며 우리 겨레의 마음의 거울이라 할 수 있다. 왜냐 하면 민요에는 우리 민족의 솔직한 마음과 생활이 담겨 있기 때문이다.

  특히나 우리 민요에는 이별의 정이 많이 나타난다. 이루어지지 못하는 사랑의 이별, 시집가는 딸과 부모 형제들과의 이별, 생사의 이별 등 헤어지는데 따르는 슬픔을 민요에 많이 표출하였다.

  이별을 슬퍼함은 미련이 많기 때문이다. 그러하기에 그 많은 미련을 삭히지 못하고 목메인 노래로 부르게 되었다. 한국 민요의 가락이 대체로 슬프다는 것도 이별의 슬픔과 무관하지 않다.

  다음으로 꿈의 설정이 컸음을 알 수 있다. 사람들은 언제나 꿈을 꾸며 살아 왔다. 미래에 대한 희망을 가지고 용기를 가졌으며,

고난을 이겨 나왔다. 미래에 대한 희망이 없다면 살 용기가 나지 않고 실의의 빠지게 되지만 꿈이 있으면 꿈을 향해 조금씩 전진하는 활력소가 생기는 것이다.

베틀에 올라 앉아 베짜는 여인의 생활은 아마도 빈곤했을 것이다. 가난에 쪼들리고 일에 쫓기는 틈틈이 베틀에 올라앉아 가족들의 옷감을 짜야만 했다. 그러나 현실은 힘들었지만 베틀가에서는 꿈이 화사하게 그려져 있다.

하늘의 선녀가 옥황상제에게 죄를 지어 인간 세상에 내려와 옥난간[1]에 베틀을 놓는다. 달 가운데 있는 계수나무를 금도끼로 베어서, 은도끼로 다듬고 구름에다 실을 걸고 베를 짜게 된다. 정말로 꿈같은 이야기다. 비록 촌부지만 이상(理想)을 선(仙)에 두고, 달 가운데 계수나무를 금은도끼로 다듬어 만든다고 하였으니 동화 같은 이야기이다. 베틀을 옥난간에다 놓는다고 하였으니 꿈은 고대광실[2]에 있었다. 또, 시집살이의 어려움 속에서 눈치보고 살면서도 하늘에 자유롭게 유유히 나는 흰구름에 실을 걸었다 함은 자유와 해방을 갈망하고 있음을 나타낸다. 현실에서는 실현이 불가능한 일이지만 민요속에서는 가능했다.

조선 시대에 있어서는 반상(班常)의 차별이 심했다. 반상 간의 통혼은 이루어지지 못했다. 비록 실천은 못할망정 꿈은 높은 곳에 두고 있었다.

민요에는 강실도령이나 서재도령이 자주 노래되고 있다. 처녀들의 이상적인 남편감으로 생각되었기 때문이다. 과거제도 이후로는 출세를 하려면 과거에 급제해야 하는데, 그러려면 글 공부를 해야 했다. 장래에 출세해서 부귀를 누릴 수 있는 가능성 있는 강실도령, 서재도령은 이상적인 남편감일 수 밖에 없었다. 여

---

1) 옥난간:옥으로 만든 난간.
2) 고대광실:규모가 굉장히 크고 부유한 집.

성들의 공통된 꿈이 양반가에서 부귀영화를 누리고 평안하게 사는 것이기 때문이다.

다음으로 자주 나타나는 민요의 특징으로는 멋을 이야기할 수가 있다. 멋이란 게 외형적일 수도 내면적일 수도 있는데 우리 민요는 이 두 가지를 모두 가지고 있다.

여인이 주머니를 만드는데 해를 따서 거죽을 대고 달을 따서 안을 대고, 별을 따서 수놓고 무지개로 선을 두른다고 했다. 천체(天體)를 모두 주머니 만드는 데 썼으니 이 얼마나 크고 멋진 주머니인지를 생각해 보라. 현대인은 우주에 대한 지식이 있고 우주선을 쏠 순 있지만 우리 선조들은 이런 세계를 상상 속에서 만들고 있었다. 그 착상이 비상하고 원대한 데에는 놀라지 않을 수가 없다.

각설이 타령에 이런 귀절이 있다. "이래봬도 이놈이 정승판서의 자제로 팔도감사를 다 버리고 각설이로 나왔다"고 했다. 정승판서의 자제라면 부귀영화를 누릴 수 있는 가문이다. 팔도의 감사쯤은 할 수 있지만 고관 대작[1]이나 영화도 다 버리고 자유로운 각설이가 좋아서 택했다 하니 오늘날의 우리에게 무언가를 충고하는 멋진 일이다.

사람들은 부귀영화를 탐내고 그러다보니 천해지고 부정을 저지르고 추해지고 있다. 이 탁한 길보다는 자유로운 길을 선택하여 각설이로 나설 수 있는 인생 철학은 멋있는 일이다.

사람들은 신나면 민요를 부른다. 이별의 슬픔도 있으나 생의 환희가 더욱 컸다. 즐겁게 농악을 치며 뛰놀고 노래를 불렀다. 술을 한잔 마시고도 민요를 불렀다. 흥겨우면 민요는 막을 길이 없이 스스로 발산되었다. 우리 민요의 멋진 가락은 바로 이 흥겨움

---

1) 고관 대작:높고 귀한 벼슬.

속에서 자연스럽게 우러나왔다.

우리 민요의 형식은 우리의 어감, 음감에 잘 맞는 4·4조가 가장 많다. 같은 음을 되풀이하는 반복음은 민요의 첫머리가 아니면 중간에서 즐겨 썼고 후렴은 노래의 끝에서 채택했다. 음을 반복하고 후렴을 되풀이하는 중에 흥은 저절로 돋우어지고 공감을 일으켰으며 마음속에 활력을 주어 민요는 더욱 애창되었다.

시집살이요(謠)

　시집살이요는 혼인한 후 남편과의 애정 생활을 말하는 것이 아니라 시댁 식구와의 생활을 나타낸다. 우리 나라에서는 혼인을 하면 신부가 신랑집으로 들어가서 살아간다. 신랑집에는 신랑의 부모와 형제가 있어서 신부에게는 낯선 사람들이고, 이 시댁 식구와의 관계는 원만한 경우도 있었지만 많은 경우에 정신적인 갈등과 반목이 있었다.

　새며느리를 맞이한 시어머니는 며느리를 마음대로 지휘하려고 명령을 했고, 시누이는 기고(氣高)해서 올케를 흉보고 고자질하기가 일쑤였다. 이런 상황속에서 며느리는 고독과 시련을 겪어야만 했다.

형님 온다 형님 온다	분(粉)고개로 형님 온다
형님 마중 누가 갈까	형님 동생 내가 가지
형님 형님 사촌형님	시집살이 어떱뎁까?
이애 이애 그 말 마라	시집살이 개집살이
앞밭에는 당추[1]심고	뒷밭에는 고추 심어
고추 당추 맵다 해도	시집살이 더 맵더라
둥글 둥글 수박 식기(食器)	밥 담기도 어렵더라

1) 당추 : 고추. '당추'와 '고추'는 같은 것이나 음의 조화로운 배치를 위한 것.

도리 도리 도리 소반(小盤)¹⁾ 수저 놓기 더 어렵더라
오 리(里) 물을 길어다가 십 리(里) 방아 찧어다가
아홉 솥에 불을 때고 열두 방에 자리 걷고
외나무다리 어렵대야 시아버니같이 어려우랴?
나뭇잎이 푸르대야 시어머니보다 더 푸르랴?
시아버니 호랑새요 시어머니 꾸중새요
동서 하나 할림새요 시누 하나 뽀족새요
시아지비 뽀중새요 남편 하나 미련새요
자식 하난 우는새요 나 하나만 썩는 샐세
귀먹어서 삼년이요 눈 어두워 삼년이요
말 못해서 삼년이요 석 삼년을 살고 나니
배 꽃 같던 요내 얼굴 호박꽃이 다 되었네
삼단²⁾ 같던 요내 머리 비사리춤³⁾이 다 되었네.
백옥 같던 요내 손길 오리 발⁴⁾이 다 되었네
열새 무명⁵⁾ 반물⁶⁾ 치마 눈물 씻기 다 젖었네
두 폭 붙이 행주치마 콧물 받기 다 젖었네
울었던가 말았던가 베개 머리 소(沼) 이겼네⁷⁾
그것도 소이라고 거위 한 쌍 오리 한 쌍
쌍쌍이 때 들어오네

---

1) 도리 소반 : 둥근 밥상.
2) 삼단:삼의 묶음. '삼단같던 요내 머리'는 '숱이 많고 예쁜 머리'라는 뜻.
3) 비사리춤 : 싸리의 껍질 모양. 거칠어진 것.
4) 오리발 : 손가락이나 발가락 사이 살가죽이 달라붙은 손발을 조롱하여 일
   컫는 말.
5) 열새 무명 : 아주 고운 무명.
6) 반물 : 짙은 남빛.
7) 소 이겼네 : (눈물이)소를 이루겠네.

시집살이의 괴로움을 하소연하면서도 그것을 체념하고 해학적으로 표현하고 있는 이 작품은 처음은 형님을 마중나갈 사람이 자기밖에 없음을 시작으로 모질고 고된 시집살이를 계속 이야기한다. 먼저 와서 시집살이를 하고 있는 형님과 시집살이의 어려움을 문답 형식으로 진행하고 있다.

전형적인 시아버지의 모습을 호랑이같이 무서운 새로 나타내고 동서를 남의 허물을 잘 고해 바치는 새로 비유하고 자신을 마음속으로 애태우는 새라 표현한 것에서 옛 사람들의 문장 솜씨를 엿볼 수가 있다.

떡타령

경주의 고분에서 아가리가 크고 밑에 구멍이 여러 개 뚫린 도기가 발굴되었다. 학자들이 조사한 결과 떡을 찌는 시루였다.

우리 조상들이 언제부터 떡을 만들어 먹었는지 정확한 연대는 알 수가 없으나 이로 미루어 신라시대 이전부터 떡이 있었으리라 추측된다.

인류의 생활이 수렵과 식물 채취생활에서 농경생활로 옮겨지면서 곡식을 가꾸고 조리하는 방법이 발달하여 여러 가지 떡도 만들게 되었다. 재료, 계절, 지방에 따라 떡의 종류도 달랐으며 또 제사, 생일, 혼인 등의 행사에 따라 여러 종류의 떡이 생기게 되었을 것이다.

〈1〉

떡떡떡떡　　　　　　　　　개피 고물에 개피떡
섬중 사람은 조떡　　　　　　해변 사람은 파래떡
제주 사람은 감자떡　　　　　산중 사람은 번추떡
들녘 사람은 쑥떡　　　　　　충청도 사람은 인절미
전라도 사람은 몽딩이떡　　　강원도 사람은 강냉이떡
경상도 사람은 송편떡　　　　평안도 사람은 수시떡
송편떡으로 배를 무어　　　　몽딩이떡으로 돛대를 세워
인절미떡으로 돛을 달아　　　강릉 경포대로 달마중 가세

〈2〉

떡 사시오 떡 사시오	정월 보름 달떡이요
이월 한식 송편이요	삼월 삼진 쑥떡이라
떡 사시오 떡 사시오	

사월 팔일 느티떡에	오월 단오 수리치떡
유월 유두 밀정병이라	떡 사시오 떡 사시오

칠월 칠석 수단이요	팔월 가위 오려 송편
구월 구일 국화떡이라	떡 사시오 떡 사시오

시월 상달 무시루떡	동지달에 새알시미
섣달에는 골무떡이라	떡 사시오 떡 사시오

두귀 반짝 송편이요	세귀 반짝 호만두라
네귀 반짝 인절미라	떡 사시오 떡 사시오

먹기 좋은 꿀설기	보기 좋은 백설기
시금 털털 증편이라	떡 사시오 떡 사시오

키 크고 싱거운 흰떡이요	의가 좋은 개피떡
시앗 보았다 셋붙이로다	떡 사시오 떡 사시오

글방도령 필낭떡	아가씨들 실패떡
세상 둥둥 사레떡이라	떡 사시오 떡 사시오

서방 사령의 청절¹⁾편　　도감 포수²⁾ 송기떡
대전별감의 새떡이로다　　떡 사시오 떡을 사

〈3〉
이치저치 시루떡　　늘어졌다 가래떡
오색 가지 기자떡　　쿵쿵쳤다 인절미
수절과부 정절편　　올기졸기 송기떡
도리납작 송편떡

　지방에 따라 떡도 특성을 나타낸다. 떡을 만드는 재료도 향토색을 지니기 때문이다. 인절미, 송편은 거의 전국적이지만 대부분의 떡은 향토적일 수가 있다. 쑥은 들녘, 강냉이나 수리치³⁾는 산골, 파래는 어촌의 특산물이기에 지방에 따라 다양성을 나타낸다.
　떡타령은 월령체로 읊은 노래이기 때문에 떡의 계절성을 알 수 있다. 떡을 만드는 주곡과 여기에 혼합해서 만드는 재료가 계절에 영향을 받기 마련이다. 따라서 세시풍속에 따라 계절에 알맞은 떡을 만드는데 이것을 시식(時食)이라 한다.
　떡은 먹기에도 좋아야 하지만 모양도 예쁘고 아름다워야 한다. 그래서 돌상, 혼례상 등의 경사스러운 잔치상에는 형형색색의 떡을 만들어 놓는다. 떡은 경사스럽고 손님을 대접할 때 사용되는 음식으로 민요에서도 널리 애창되었다.

---

1) 청절:결백한 절개.
2) 도감포수 : 훈련도감의 포수.
3) 수리치 : 엉거시과의 다년생 풀. 어린 잎만 먹을 수 있음.

엿타령

　시골처럼 외래 방문객이 드물고 하루 종일 변화없는 생활이 계속 되는, 지루하고 답답한 곳에 달고 맛있는 엿을 파는 엿장수가 오면 동네 꼬마들은 기대와 환희에 넘치는 기색을 보인다. 외부의 소식도 가지고 오고, 또 달콤한 엿도 들고 오니 반가운 마음이 생기는 게 당연하다.

　엿장수는 엿목판을 짊어지고 가위 소리를 내며 엿타령을 신나게 부른다. 엿장수가 골목골목을 누비면 아이들은 새 소식을 찾고 엿을 보려고 모여든다. 돈이 없으면 쌀이나 고물을 주고서 엿을 산다. 그러나 그것조차도 없는 아이들은 엿장수 뒤를 따라다니면서 부러워하기만 하는 수도 있다.

　이런 때에 엿장수는 아이들을 유혹하기 위해 익살스런 엿타령을 신명나게 부른다. 이런 노래 사설이 가위소리와 함께 신나게 울려 퍼지면 사람들은 더욱 엿을 사 먹고 싶어진다.

　엿장수가 오면 엿치기를 하는 수가 있다. 엿가래를 딱 부러뜨리고 입으로 훅 불면 부러진 곳에 구멍이 있기 마련인데 엿구멍이 큰 사람이 이기고 진 사람이 엿값을 내게 되는 놀이다. 그러나 요즘은 엿장수가 없어, 엿타령도 엿치기도 볼 수가 없게 되었다.

엿 사리어　　　　　　　　아! 굵은 엿
허랑 당판[1]에 막 푼다　　일락 서산에 해 떨어지고

---

1) 당판:마루청의 널빤지.

이내 목판에 엿 떨어진다
아! 굵은 엿
이구 십팔 열여덟
총각 처녀가 단둘이 만나
일만 이천봉 백일산제
굵은 엿 허랑 엿
어디로 가면 거져줘
동지 섣달 긴긴 밤
아! 웅어
오다가다 만난 님
아! 어!
아! 웅어
이리 오라면 이리 와
만병통치에 좋은 엿
합해서 만든 엿
아! 웅어
십원어치 사면
앉은뱅이가
오부락 오부락 하는 엿
아! 어!
섣달 큰애기 개밥 퍼 주듯
눈구녁 푸듯
몽땅몽땅 막 푼다
굵은 엿 허랑엿
이 엿만 사서 먹으면
아들도 낳고 딸도 낳아
아! 웅어

굵은 엿이 허랑 엿
말만 잘 하면 거져줘
사오 이십 스무살
강원도 금강산
모시러 가서 만든 엿이라
아! 어!
이리 오라면 이리 와
서방님 그리며 먹는 엿
굵은 엿 허랑 엿
이별마자고 먹는 엿
정말 닷돈에 막 푼다
굵은 엿 허랑 엿
내 말 듣고 이리 와
고추가루 메밀가루
콜록 기침에 좋은 엿
굵은 엿 허랑 엿
곱세 허리를 못 피는 엿
일어나지를 못하고
정말 닷돈에 막 푼다
굵은 엿 허랑 엿
길가 집 큰애기
정신없이 파는 엿
아! 웅어
저기 가는 저 총각
시집도 가고 장가도 가
부귀영화로 잘 산다네
같은 값이면 이리 와

46 민요

촌 양반 오복사 주머니   십원 백원이 나온다
닷돈어치만 사 가면   집안 식구가 다 먹는다
싸구려 파장 늙은이   막걸리 팔듯
색주가 큰애기   궁둥이 팔듯
허랑 당판에 파는 엿   막 판다

이어도타령

　우리나라 최남단의 제주도는 섬이기 때문에 육지와는 다른 여러 가지 민속이 있다. 그 중의 하나가 바닷속에서 해삼물을 따는 해녀. 선천적으로 타고난 해녀는 아니다. 제주도의 자연 환경 때문에 생활 수단으로 바닷속에서 작업하는 해녀가 등장하게 된 것이다. 해녀가 바닷속에 들어가는 것을 〈물질〉이라고 한다. 물질을 하는 데에는 특수한 훈련이 필요하다.

　해녀는 바닷속 열 길, 스무 길 깊이 들어가서 소라, 전복 따위를 딴다. 사람들의 손길이 닿는 가까운 곳에는 이미 소라, 전복이 없다. 멀리 그리고 깊이 들어가야만 딸 수 있다. 그런 곳에 가기 위해선 물 속에 오래 머물러 있어야 한다. 그렇지만 사람의 능력에는 한계가 있다. 한번 숨을 쉬고 전복을 따오는 2, 3분 이상은 숨을 쉬지 않고 견디어내야 하기 때문에 상당히 어렵다. 해녀의 바닷속 작업은 그야말로 기술이 필요하고 그러다보니 훈련이 따라야 한다.

　해녀의 작업은 대개 10여 명씩 떼를 지어 함께 작업을 하게 되는데, 협동하고 상호부조하는 체제로 훈련이 되어 있다. 배를 타고 바다로 나갈 때에 노를 저으며 노래를 부르는데 그것이 바로 이어도 타령 혹은 이어도 사나 노래이다.

　육지인들은 〈해녀〉 하면 낭만을 느끼곤 하지만 막상 해녀의 생활은 늘 극한 속에서 살아야 하는 고달픔이 많은 생활이었다.

　물질하는 해녀의 앞에는 언제 죽을지 모르는 죽음의 공포가 항

상 같이 있었다. 단지 먹고 살기 위해 어쩔 수 없이 들어가야만
했던 것이다.

이엿사나 이여도 사나
우리 배는 잘도 간다
잘잘 가는 건 잡남의 배여
목적지에 들여나가자
다시 전생 못하나니라
신의 아들 신 자랑 마라
원도 신도 저은 데 없다
길은 무삼 한길이든고
사랑 원수 난 아니노라
홀로 앉은 우녀는 새야
날곳 보민 시시로 운다
언삼년을 살었다마는
눈물로다 여무왔드다
철구 뒤에 놈우로알마
닭 없어도 날새히더라
밤에 가고 밤에 온 손님
저 문 앞에 청버들남게
만조백관 오시는 길엔
무적상놈 지나간 길엔
강남 가두 돌아나온다
황천길은 조반날 길이언
강남 바당 비지어오건
멩지 바당 썰바람 불엉

이엿사나 이여도 사나
솔솔 가는 건 솔남의 배여
어서 가자 어서 어서
우리 인생 한번 죽여지면
원의 아들 원 자랑 마라
한 베개에 한 잠을 자난
원수님은 외나무다리
원수님아 길 막지 마라
낙랑장송 늘어진 가지
내 님 좋은 영혼이언가
시집 삼년 놈의 첩 삼년
열두폭의 도당치매
임아임아 정한 말하라
임 없어도 날새히더라
임과 닭은 없어도 산다
어느 개울 누군 중 알리
이름 성명 쓰두멍 가라
말발에도 향내가 난다
길에조차 누린내 난다
서울 가두 돌아나온다
가난 다시 올 줄을 몰라
제주 바당 배놓지 말라
넋이 부모 돌아나오게

여기서 〈이어도〉란 말은 해석이 분분하다. 의미없는 후렴이라는 주장도 있고 또 전설의 섬이라는 설도 있다. 이어도란 섬은 인적이 미칠 수 없는 천해고도라고 한다. 한번 사람이 가게 되면 다시는 돌아오지 못한다. 물론 실존의 섬이라기 보다는 제주도인의 상상과 전설 속에 있는 가상의 섬이다.

고기잡이를 하다 죽은 많은 사람들과 해녀들이 이어도에 가서 살아 있을 것이라는 상상에서 노래로까지 번지지 않았을까?

죽는다는 것은 이어도로 간다는 뜻이기에 이어도는 원한의 길이다.

그러기에 실존이 아니지만 이어도는 그들의 마음 속에는 아주 심각하게 울려 퍼졌던 것이다. 죽은 혈육도 사랑하는 애인도 비록 볼 수는 없지만 이어도에서라도 살아 있었으면 하는 간절한 소망이 담겨 있다.

노젓고 나가면서 부르는 이어도 타령은 그네들의 삶의 애환이 담겨 있어 한층 더 감동을 준다.

각설이타령

    각설이는 걸식하며 다니는 거지를 말한다. 요즘에는 볼 수가 없지만 30여 년 전만 해도 각설이가 타령을 부르면서 걸식을 하거나 시장의 점포를 찾아다니는 광경을 볼 수가 있었다.

    각설이는 2~3명이 한 조가 되어 문전걸식하는데 그냥 밥을 달라고 하는 것이 아니라 각설이 타령의 대가로 달라는 것이다. 각설이 타령은 곡이 경쾌해서 듣기에 좋고 흥이 나며 가사도 멋진 데가 있다. 대개의 경우에는 각설이패가 문앞에 나타나 타령을 부르기 시작하면 그 집에서 음식이나 돈을 준다. 그러면 각설이들은 노래를 그치고 고맙다는 인사를 한 뒤 다음 집으로 간다.

〈1〉

얼씨구씨구 들어간다	작년에 왔던 각설이
죽지도 않고 또 왔네	일자 한장 들고 보니
일월이 송송 해송송	밤중 새벽 여전하다
이자 한장 들고 보니	팔도 기생 의암이는
진주 남강 떨어졌네	삼자 한장 들고 보니
삼동가리 놋칠 때	경상 감사 놀음할 때
촛불이나 밝힐까	사자 한장 들고 보니
사현신 가는 길에	점심참이 늦어 왔네
오자 한장 들고 보니	오관 참장 관운장이
적토말을 집어 타고	제갈선생 찾아가네

육자 한장 들고 보니 　　　육군대장 영일이
팔도 짚고 헤엄친다 　　　칠자 한장 들고 보니
칠년 대한 가뭄에 　　　　백두산에 비가 불어
만 인간이 좋아한다 　　　팔자 한장 들고 보니
우리 형제 팔형제 　　　　한 서당에 글 읽어서
과거하기 힘쓴다 　　　　구자 한장 들고 보니
장한솔에 범들어 　　　　일등 포수 다 쏘아
그 범 한마리 못 잡고 　　꿩 잡기만 힘썼으며
눈 먼 포수 범 잡았네 　　품마품마 잘한다

⟨2⟩

어헐씨구씨구 들어간다 　　저헐씨구씨구 들어간다
작년에 왔던 각설이 　　　죽지도 않고 또 왔네
각설이라 하지만 　　　　이래 봬도 정승판서 자제로
팔도감사를 마다하고 　　돈 한 푼에 팔려서
각설이로 나섰네 　　　　지리구 지리구 잘한다
품파하고 잘한다 　　　　네 선생이 누구신지
날보다도 더 잘하네 　　　시전서전을 읽었는지
유식하게도 잘도 한다 　　냉수동이나 마셨는지
시원시원 잘한다 　　　　기름동이나 먹었는지
미끈미끈 잘한다 　　　　뜨물동이나 먹었는지
걸직걸직 잘한다 　　　　지리구 지리구 잘한다
품파하고 잘한다 　　　　앉은 고리 동고리
선 고리는 문고리 　　　　뛰는 고리 개고리
닷는 고리 귀고리 　　　　지리구 지리구 잘한다
품파하고 잘한다 　　　　한발 돋친 허수아비
두발 돋친 깜귀 　　　　세발 돋친 통노귀

네발 돋친 당나귀   지리구 지리구 잘한다
품파하고 잘한다

〈1〉각설이 타령은 여러 가지 형식이 있다. 1, 2, 3의 숫자음을 따라 부르는 경우와 월령(月令)으로 정월에서부터 섣달까지 1년을 노래하는 경우, 그밖에 모든 민요를 혼합해서 부르는 경우도 있다.

각설이 타령의 서두에 있어서의 "얼씨구씨구 들어간다. 작년에 왔던 각설이 죽지도 않고 또 왔네"라는 귀절은 대개의 경우가 반복되고 있다. 남의 문전에 나타나거나 점포에 쑥 들어갈 수가 없으니 노래로 시작해서 주인의 동의를 얻는 셈이다.

각설이들이 불쑥 침입하지 않고 노래로 인사하고, 그리고 노래를 불러 적선을 청하는 수법은 매우 영리하고 애교있고 능숙한 솜씨라 하겠다.

〈2〉비록 자신들은 각설이지만 긍지와 자존심은 대단하다. 지금은 각설이를 하지만 이래봬도 정승판서의 자제라는 것이다. 팔도의 감사쯤은 할 수가 있으나 그런 거추장스런 벼슬을 다 버리고 돈 한푼 얻는 재미로 각설이 노릇을 한다는 것이다. 해학적이며 자유 방탕아의 표본이다.

각설이 타령이 비록 걸식하는 각설이들의 노래이기는 하나 멋을 풍기고 있어 좋고 중창의 음악적인 효과도 있어 특이하다.

상여노래

　태어난 사람은 누구든 다 죽게 된다. 아직 어느 누구도 이 진
리를 벗어난 적이 없다. 제 아무리 귀한 사람일지라도 언젠가는
반드시 죽게 되어 있다. 즉, 삶이란 것은 어떤 한계가 있는 유한
적인 것이다. 사람은 나이들수록 이치를 알게 되고 법도를 알게
되고 선과 악을 구분할 줄 알게 된다. 이제부터 다시 삶이 시작
된다면 정말로 후회없이 멋있고 뜻있는 일만 하면서 살 자신이
있을 때쯤이면 죽게 된다.

　죽음이란 것은 아무것도 없음을 가르친다. 모든 것이 허사가
된다. 죽으면 돈도 명예도 아무런 소용이 없게 된다. 꿈 많고 행
복했던 인생도 그 순간으로 끝나버리는 것이다. 살려고 발버둥
쳐봤자 아무 소용도 없다. 여기에 바로 인생무상이 있다.

　허무에 대한 절망은 죽음에 있다. 결국은 한 줌의 흙으로 다시
돌아가기 위해서 상여에 실려 갈 때에 허무감, 인생무상이 절정
에 다다른다. 그래서 상여소리는 덧없는 인생의 허무를 노래하게
된다.

북망산이 머다드니　　　　문턱 밖이 북망일세
어! 허이 에! 헤　　　　　에헤! 어! 헤
서른두 명 상두군이　　　양쪽에서 메고 가네
앞산도 착잡하고　　　　뒤산도 첩첩하다.
황천이 어디라고　　　　그리 쉽게 가라는가

애초시에 이 세상에   생기지나 말을 것을
죽어서 하직하니   불쌍하고 서른지고
왔다 가면 그저 가지   놀던 터에 이름 두고
그리 바삐 가단 말가   그리 쉽게 가단 말가
칠성님전 복을 빌고   성황님전 명을 빌고
옥황님전 수를 빌고   아버님전 뼈를 빌어
어머님전 살을 빌고   하느님의 은덕으로
우리 인생 생겨났네   가엽게도 생겨났네
아침 나절 성턴 몸이   저녁 나절 병이 들어
염라대왕 찾아오고   사자님이 찾아와서
처자식을 모두 두고   저승길을 떠난다네
일가 친척 많다 한들   어느 누가 대신 가며
친구 자식 많다 한들   어느 누가 대신 가리
대문 밖을 썩 나서니   없던 곡성 진동하네
어서 가세 어서 가세   아주 갈 길 어서 가세
이제 가면 언제 오나   내년 이 때 다시 오나
옹솥 안에 삶은 팥이   싹이 나면 오실랑가
병풍에 그린 닭이   날개치면 오실랑가
구름같은 이 세상에   초로같은 우리 인생
칠팔십을 사잤더니   일장춘몽 꿈이로다

우리는 오랫동안 풍수 사상에 따라 조상의 묘를 명당에 쓰고 그 길복을 기원했다. 그래서 명당이라면 20리, 30리 길을 멀다 하지 않고 묘를 썼다. 그러니 상여는 그 먼 길을 가야 했고 상여 소리는 슬픈 사설을 늘어 놓아야 했다.

맨 앞에서 목 메인 목소리로 선창을 하는 사람은 한 손에 솔발을 들고 흔들어 향도꾼(상여꾼)을 지휘한다. 상여소리의 슬픈 가락은 논길 밭길을 지나 묘를 향해 가면서 울린다.

한 동기를 저승에 먼저 보내는 혈육의 마음은 아프기만 하다. 그래서 목놓아 통곡하고 땅을 치고 통곡하는 것이다. 사람이 죽어서도 아직 정이 살아 있다면 떠나는 사람 역시 정든 혈육과 고향집을 두고 가기란 힘들 것이다. 보내는 사람과 떠나는 사람의 이러한 심정을 잘 나타내어 부른 노래가 바로 이 상여소리이다.

상여소리의 사설은 선소리꾼에 따라서 얼마든지 길어질 수도 있고, 또 망인(亡人)의 가족 상황에 따라 즉흥적으로 노래를 만들어서 부를 수가 있다. 슬픈 사설을 슬픈 가락에 담아 목청 좋은 선소리꾼이 목 메어 부르면 향도꾼(상여꾼)은 물론 마을 사람들도 눈물을 흘리지 않고서는 견딜 수가 없다.

마지막 떠나는 이별의 정은 사람의 마음을 약하게 만들고 여기에 슬픈 상여소리를 들으면 누구든지 한때 숙연해지고 인생의 허무함을 느끼는 철학자가 된다. 상여소리는 사람의 마음을 그렇게 만드는 마력이 잠겨 있는 노래다.

지신(地神)밟기 노래

　명절이 되면 사람들의 마음은 즐겁다. 먹거리가 풍부해서 배불리 먹었고 술도 마셨다. 설빔으로 단장하였으니 부러운 것이 없다. 게다가 농촌은 한가해서 마음과 시간이 쪼달리는 일이 없어 여유가 있다. 이런 때면 모여 농악을 하게 된다.

　농악 소리에 어린이며 어른들이 한자리에 모여 흥겹게 즐기는 것이다. 사람들이 모이면 지신밟기에 들어간다. 지신밟기란 새해를 맞이해서 잡신을 몰아내고 지신(地神)을 위로해서 복된 새해를 맞이하기 위한 놀이이다.

　한 해의 시작은 정월이고 정월의 시작은 정초이다. 한 해의 시작인 정초에 잡귀를 쫓아 재화를 없애고 액을 물리치며 선신(善神)인 지신을 위로해서 그 도움으로 일 년 동안 탈없이 행복하고 풍년 들고 건강하게 살자는 것이다.

　농악대가 앞장을 서고 그 뒤에는 사대부로 분장한 사람과 농민들이 열을 지어 따라간다. 부잣집이나 지난 해에 농사를 잘 지은 집을 찾아가면 주인이 반가이 일행을 맞이한다.

　일행은 문안으로 들어가 마당, 뜰, 부엌, 장독대, 헛간, 축사, 우물 등을 찾아다니면서 농악을 반주삼아 지신밟기 노래를 부른다.

　　(대문에서)
　　에어야루 지신아　　　　지신 밟자 성주야
　　성주본이 어드메요　　　경상도라 안동 땅에

제비원이 본일레라   제비원의 솔씨 받아
소평대평에 던졌더니   그 솔이 점점 자라나서
소부동이 되었구나   대부동이 되었구나
(중략)
모십시다 모십시다   성주님을 모십시다
이 집 성주 모신 후에   아들 애기 낳거들랑
서울이라 도장원에   진사 급제 되어주고
딸 애기 낳거들랑   바늘이라 옥황선녀
큰며느리 점지하고   일 년이라 열 두달에
삼 백이라 육십일에   바라지끝이만 점지하소
잡귀 잡신은 물알로   만복은 이리로

(조왕지신)
에여루 지신아   조왕지신 울리자
천년이나 울리자   만년이나 울리자
이조왕이 이래도   다락이네 사수말
이밥 잡순 태주 양반   동서팔방 다 댕기어도
안가태평 하여 주고   안가무량 하여 주면
그 아니 좋을쏘냐   나무 장작 해장작은
불에 설설 들어가고   잡귀 잡신은 저 물알로
만복은 이리로다

(장독지신)
에여루 지신아   장독지신 울리자
천 년이나 울리자   만 년이나 울리자
이 장독이 이래도   일 년이나 장탯마는
홍안섬석 하는데   고장은 매워서

이런 장은 달아서   막장도 달고세
이 장 저 장 다 달고   이런 장은 더 달고
이 장 잡순 태주양반   조선 팔도 다 다녀도
안가 태평 하여 주소   재수사만 있어 주소
잡귀 잡신 저 물알로   만복은 이리로

(우물지신)
에여루 지신아   우물 지신 울리자
천 년이나 울리자   만 년이나 울리자
이 우물이 이래도   태백산 줄기 받았는가
칠 년 대한 가뭄에도   물만 컬컬 나와 주고
이 물 잡순 태주 양반   일 년이라 열두 달에
잔병 큰병 없애 주고   재수 대통 하여 주소
잡귀 잡신 저 물알로   만복은 이리로

집 안을 돌면서 지신밟기 노래를 부른다. 입심 좋은 선창자는 사설을 즉흥적으로 엮어 가면서 부르기 때문에 한 시간 이상을 연창한다. 장소에 따라 지신의 이름이 다르고 지신이 하는 일도 다르다.

농민들이 노래하고 춤추는 사이에 주인집에서는 술과 밥을 마련해서 일행을 대접한다. 이렇게 지신을 밟으면 한 해의 복이 보장되는 것으로 믿었다. 소박한 서민 예술의 행렬이다.

판소리

- 춘향가
- 심청가
- 흥보가

판소리

〈판소리의 정의 및 용어〉

소리하는 이가 혼자 서서 몸짓을 해가며 노래와 말로 긴 이야기를 엮어 나가는 우리 전통 음악의 한 갈래가 판소리이다.

옛날에는 판소리가 판놀음으로 벌어졌는데, 이 '판놀음'이란 여러 패의 놀이꾼들이 넓은 마당을 놀이판으로 삼고 '판을 짠다' 하여 순서대로 소리, 춤, 놀이 따위를 짜서 벌이는 것을 한데 묶어 일컫는 말이다. 판놀음으로 벌이는 놀음에는 '판'이란 말이 붙는다. 따라서 판놀음에서 하는 소리를 '판소리'라고 하게 되었다.

판소리에서 노래를 부르는 것을 '소리한다' 또는 '아니리한다'고 하고, 몸짓을 하는 것을 '발림한다'라고 한다. 그리고 북을 치는 고수가 북을 치는 도중에 알맞은 대목에 '얼씨구, 좋다!' 또는 '으이, 좋지!' 따위의 말을 외치는 것을 '추임새'라고 한다.

〈판소리 사설의 형식과 내용〉

판소리는 노래로 하는 소리와 말로 하는 아니리가 섞여서 이루어진 극적인 음악이다. 그런데 그 사설을 보면 등장 인물의 대사 외에 장면의 해설까지 덧붙여져 있기 때문에 '서사적인 음악'이라고도 할 수 있다.

판소리는 민중이 구경꾼이 되고, 광대가 연희자가 되어 시작했던 것이기 때문에, 해학적이고 솔직한 인간관과 미의식이 담긴, 서민들의 생활 이야기로 된 경우가 많다.

춘향가

　「춘향가」는 널리 알려져 있는 춘향전의 이야기를 판소리로 짠 것이다. 문학성, 음악성은 물론, 연극적인 짜임새로 볼 때 판소리 중에서 가장 예술성이 높은 작품으로 꼽는다.

　「춘향가」는 소리의 음악적 짜임이나, 이야기의 줄거리를 따져 볼 때 첫째 대목을 이몽룡과 춘향이 광한루에서 처음 만나게 되는 장면까지, 둘째 대목을 이몽룡이 천자풀이를 하는 대목에서 춘향과 같이 사랑가를 부르는 장면까지, 셋째 대목을 춘향과 이몽룡이 이별하는 장면까지, 넷째 대목을 신년맞이에서 춘향이 홀로 옥중가를 부르는 장면까지, 다섯째 대목을 이몽룡이 과거에 급제하여 암행어사가 되어 남원으로 내려와서 춘향의 어머니 월매와 옥에 갇힌 춘향을 만나는 대목까지, 여섯째 대목을 변학도의 생일 잔치와 이몽룡의 어사 출도 후 춘향을 구해내는 장면까지로 나눌 수 있다.

　여기서는 넷째 대목 중 일부분을 싣겠다.

【아니리】 좌기 초 하신 후에,[1] 삼형수[2] 문안 받고, 형수 군관[3] 입례[4] 받고, 육방 하인 현신[5] 후에, 도임상[6] 물리치고, 자고 자고 나니 제 삼일이 되었구나. 호장이 지생[7] 점고를[8] 허랴 허고 영창 밖에서 기안을[9] 펼쳐 놓고 차례로 부르는듸,

【진양】 "오던 날 기창 연으[10] 연연옥골[11] 설행이!" 설행이가 들어온다. 설행이라 허난 기생은 인물 가무가[12] 명기로서 걸음을 걸어도 장단을 맞추어 아장아장 들어오더니, "예, 등대[13] 나오." 점고 받고 일어서더니 좌부진퇴로[14] 물러난다. "차문주가하처재요 목동요지으 행화!"[15] 행화가 들어온다. 행화라 허난 기생은 홍상자락을 거듬거듬 흉당으[16] 걸어[17] 안고, 대명당[18] 대들보 밑에 명매기으 걸음으로[19] 아장아장 들어오더니, "예, 등대 나오."

---

1) 좌기(坐起) 초 하신 후에 : 맨 먼저 자리를 잡고 앉으신 뒤에. 2) 삼형수 : '삼행수(三行首)'의 방언. 관아의 집사, 관노, 기생의 각 우두머리. 3) 형수 군관 : '행수(行首) 군관'의 방언. 4) 입례(立禮) : 선 채로 하는 인사. 5) 현신(現身) : 지위가 낮은 사람이 웃사람을 처음으로 뵙는 일. 6) 도임상(到任床) : 주, 부, 군, 현의 으뜸 벼슬아치가 새로 임지에 다다르면 대접하던 잘 차린 음식상. 7) 지생 : '기생'의 방언. 8) 점고(點考) : 이름이 적힌 명부에다 점을 하나 하나 찍어 가며 사람의 수효를 조사하는 일. 9) 기안(妓案) : 기생의 명부. 10) 기창 연으→기창(綺窓) 전(前)에 : 비단 창문 앞에. 11) 연연옥골(娟娟玉骨) : 선녀처럼 맑고 아름다운 맵시. 12) 가무(歌舞) : 노래와 춤 솜씨. 13) 등대(等待) : 미리 준비하고 기다리다가. 14) 좌부진퇴(左俯進退) : 고개를 숙이고 절하며 왼쪽으로 물러남. 15) 차문주가하처재요… '목동에게 술집이 어디에 있느냐고 물으니 손을 들어 살구꽃이 핀 마을을 가리킨다'라는 뜻. 16) 흉당(胸膛) : 가슴. 17) 걸어→건어. 18) 대명당(大明堂) : 명나라의 궁궐처럼 크고 번듯한 동헌에 붙여진 이름. 19) 명매기으 걸음 : 명매기는 제비의 한 가지이기는 하나, 예부터 미인의 고운 맵시에 비유되던 제비의 맵시에 견주면 몸이 크고 보기 흉하므로, 행화의 맵시가 곱기는 하나 뭉그적거리는 데가 있는 모습을 은유하여 쓴 말이다.

점고 받고 일어서더니 우부진퇴로[20) 물러난다.

【아니리】 사또 분부하시되, "네, 여봐라. 이렇게 기생 점고를 허다가는 몇 날이 될 줄 모르겠다. 좀 한숨에 둘씩 셋씩 자주자주 불러 들여라." 호장이 멋이 있어서 넉자 화두로[21) 부르는듸,

【중중몰이】 "조운모우 양대선[22) 위선위기[23) 춘흥이!", "나오!", "사군불견[24) 반월이, 독좌유향의[25) 금행이 왔느냐!", "예, 등대허였소.", "팔월부용군자련 만당추수으 홍련이[26) 왔느냐!", "예, 등대허였소.", "구월구일용산음 소축신으 국화가[27) 왔느냐!", "예, 등대허였소.", "독자한강[28) 설행이, 천수만수[29) 금선이[30) 왔느

---

20) 우부진퇴(右俯進退) : 고개를 숙이고 절하며 오른쪽으로 물러남. 21) 넉자 화두(話頭) : 네 글자로 된 한문 문자를 써서 이야기의 첫머리를 시작하는 일. 22) 조운모우(朝雲暮雨) 양대선(陽臺仙) : 무산의 여신이 초나라의 회왕에게 한 말로, "아침에는 구름이 되고 저녁에는 비가 되어 산에 내려, 아침이나 저녁이나 양대의 아래에 나타난다"라는 뜻. 여기서 무산 여신이 임을 그리워함을 암시한 말. 23) 위선위기→우선유지(雨鮮柳枝) : 봄비를 맞은 버드나무 가지처럼 청초한. 여기서는 그 버드나무 가지처럼 허리가 가느다람을 표현한 말. 24) 사군불견(思君不見) : 임을 그리워하나 보이지 않는다던. 여기서 임은 달을 가리킴. 이 백의 시「아미산월가(峨眉山月歌)」의 마지막 귀절인 "사군불견하유주(思君不見下渝州)"에서 따온 말인데, 이 귀절의 뜻은 "(뱃길이 좁아) 달을 못 보고 유주로 내려간다"이다. 25) 독좌유향의→독좌유황(獨坐幽篁)의 : 홀로 깊고 그윽한 대숲에 앉아 있다던. 26) 팔월부용군자련…홍련이→팔월부용군자용(八月芙蓉君子容) 만당추수(滿塘秋水)의 홍련(紅蓮)이 : 음력 팔월에 군자와 같은 자태로 가을 못에 가득 핀 연꽃 같은 홍련이. 27) 구월구일용산음(九月九日龍山飮) 소축신(笑逐臣)으 국화 : 구월 구일 중양절에 용산에 올라 먹고 마시며, 시를 지어, 쫓겨난 신하를 비웃는 듯하던 국화. 이 백의 시「구일용산음(九日龍山飮)」의 "구일용산음(九日龍山飮), 황화소축신(黃花笑逐臣)"에서 따온 말. 28) 독자한강→독조한강(獨釣寒江) : 눈 내리는 차가운 강에서 홀로 고기를 낚는다던. 당나라 시인 유 종원의 시「강설(江雪)」의 "독조한강설(獨釣寒江雪)"에서 따온 말. 29) 천수만수→천사만사(千絲萬絲) : (거문고의 줄이) 버들 가지가 천 가닥 만 가닥 휘늘어진 듯한. 30) 금선(琴仙) : 거문고의 줄을 뜻하는 금선(琴線)과 소리가 같은 데서 붙여진 이름.

냐!", "육각³¹⁾ 삼현을³²⁾ 떡쿵 치니 장상 쏘매를³³⁾ 떠들어매고 저
정거리든³⁴⁾ 벽도가³⁵⁾ 왔느냐!", "예, 등대허였소.", "주홍 당사³⁶⁾
벌매듭³⁷⁾ 차고 나니, 금랑이³⁸⁾ 왔느냐!", "예, 등대허였소.", "사
창으³⁹⁾ 비추었구나, 섬섬영자⁴⁰⁾ 초월이⁴¹⁾ 왔느냐!", "예, 등대허
였소.", "남남지상으⁴²⁾ 봄바람에 힐지항지⁴³⁾ 비연이⁴⁴⁾ 왔느냐!",
"예, 등대허였소.", "천리 강릉⁴⁵⁾ 늦어간다, 조사백제 채운이⁴⁶⁾
왔느냐!", "예, 등대허였소.", "위성조우읍경진으 객사청청 유색
이⁴⁷⁾ 왔느냐!", "예, 등대허였소.", "진주, 명주,⁴⁸⁾ 자랑 마라. 제
일 보패⁴⁹⁾ 산호주 왔느냐!", "예, 등대허였소.", "단산 오동으 그

---

31) 육각(六角) : 여섯개의 뿔. 32) 삼현(三絃) : 거문고, 가야금, 당비파를
통틀어 일컫는 말. 33) 장상 쏘매→장삼(長衫) 소매 : 긴 옷소매. 34) 저정
거리든 : '아장거리던'의 방언. 춤추는 모습을 표현한 말. 35) 벽도(碧桃) :
중국 후한 때의 유 신(劉晨)과 완 조(阮肇)가 천태산에 들어가 길을 잃고
헤매다가 따 먹은 복숭아. 여기서는 그때에 만났던 선녀를 비유하여 썼음.
36) 주홍 당사(唐絲) : 중국에서 나던 주홍빛 실. 37) 벌매듭 : 여러 올의
실로 짠 끈으로 벌 모양으로 매는 매듭. 38) 금랑(錦娘) : 소리가 같은 '금
랑(錦囊)'을 변형시킨 이름. 39) 사창(紗窓) : 비단 창문. 규방(부녀자가
거처하는 방)을 말함. 40) 섬섬영자(纖纖影子) : 가늘고 고운 그림자. 41)
초월(初月)이 : '초승달'의 뜻. 42) 남남지상(喃喃枝上)으 : 나뭇가지 위에
서 지저귀는 제비 소리의. 43) 힐지항지(頡之頏之) : 제비가 오르락내리락
하는 모습을 나타낸 의태어. 44) 비연(飛燕) : 제비의 나는 모습을 비유.
45) 천리 강릉(江陵) : 천리나 떨어진 강릉. 46) 조사백제(朝辭白帝) 채운
(彩雲) : 이 백의 시「조발백제성」의 첫 귀절인 "조사백제채운간(朝辭白帝
彩雲間)"에서 따온 이름. "아침 해로 붉게 물든 백제성을 떠난다"의 뜻)
백제성은 사천성 봉절현의 백제산 위에 있는 산성. 47) 위성조우읍경진으
…유색이 : 왕 유의 시「송원이사안서」중의 "위성조우읍경진(渭城朝雨浥
輕塵), 객사청청유색신(客舍靑靑柳色新)"의 변형. "아침에 위성에 비가 내
려 먼지를 씻어 내니, 여관집에 서 있는 버드나무는 더욱더 푸르러 싱싱하
다"는 뜻. 위성은 중국 장안 북서쪽에 있던 지명. 48) 명주(明珠) : 고운
빛이 나는 진주. 49) 보패(寶貝) : '보배'의 본딧말.

늘 속으 문왕[50] 어루든[51] 채봉이[52] 왔느냐!", "예, 등대허였소.", "초산[53] 명옥이, 수원 명옥이,[54] 양명옥이 다 들어왔느냐!", "예. 등대허였소."

【아니리】 "기생 점고 다한 줄로 아뢰오." 사또 분부하시되, "네, 여봐라.", "예이!", "너의 골 춘향이가 있다지?", "예이!", "춘향은 점고에 불참이 되얐으니 어쩐 일인고?", 호장이 여짜오되, "춘향은 기생이 아니옵고, 저의 모가 본시 기생이옵난듸 지금은 퇴기옵고, 춘향은 올라가신 구관 자제 도련님이 머리를 걸혔기로[55] 지금 집에서 수절하고 있나이다.", "수절을 허여? 지가 수절을 헌다믄 사(대)부댁에서는 요절을 허겄구나. 잔말 말고 빨리 불러 들여라.", 다른 사람 같거드면[56] 사령이 나갈 터인듸, 체면이 있는지라 행수 기생을 불러 분부하시되, "니 이대로 춘향으 집을 빨리 나가, 사또 부르시니 신도지초에[57] 아니 들어오면 큰일이 날 터이니 곧 다리고 들어오도록 허여라."

【중몰이】 행수 기생이 나간다. 행수 기생이 나간다. 대로변으로 나가면서 춘향 문전 당도허여 손뼉을 땅땅 뚜다리며, "정절 부인 애기씨, 수절 부인 마누라야. 니만헌 정절이 뉘 있으며, 니만헌 수절이 뉘가 있으랴. 널로 하여곰 육방이 손동,[58] 각청 두목이[59] 다 죽어난다. 들어가자, 나오너라." 춘향이 그 말 듣고, "아이고,

---

50) 단산(丹山) 오동으…문왕(文王) : 중국 춘추 시대 때에 초나라 문왕이 도읍을 단산이 있는 단양(丹陽)으로 옮기자, 단산에 봉황이 나타났다고 함. 51) 어루든 : '어르든'의 방언. 52) 채봉(彩鳳) : 아름다운 봉황새. 53) 초산(楚山) : 압록강 가에 있는, 평안북도 초산군의 군청 소재지. 54) 수원(水原) 명옥(明玉)이 : 생존 연대를 알 수 없는 옛날 기생. "꿈에 뵈는 임이…"라는 시조 한수가 전함. 55) 머리를 걸혔기로→머리를 얹었기로 : (도련님과) 혼례를 치른 셈이므로. 56) 같거드면 : 같았으면. 57) 신도지초(新到之初)에 : 새로 도임하여 처음에. 58) 손동→송동(悚動) : 두려워서 벌벌 떨고. 59) 각청(各廳) 두목(頭目) : 각 관청의 우두머리.

여보, 형수[60] 형님. 나도 여덟살으 입학허여 열여섯살이 되였으나, 형님께 무슨 혐오[61] 있어 사람을 부르면 조용히 못 부르고 화젓가락[62] 끝마디 떨듯 앙땅[63] 떨어 부르는가? 마소, 마소, 그리 마소.”

【아니리】 행수가 춘향 말을 듣고 좀 수그러졌것다. “여보소, 춘향 각시. 사또 엄령이 지엄하여 부득히 나왔으나, 사또께 들어가서는 내 언사로[64] 꾸며 댈 터이니 안심허소.” 춘향과 작별허고, 사또께 들어와서는 춘향을 먹는듸,[65] 대톱[66] 이상으로 먹것다. “‘사또가 부르면 사령이 나올 터인듸 자네가 어찌 왔냐’ 허며, 죽었으면 죽었지 영으로는 못 간다 허옵디다.” 사또 분을 내야 호장을 급히 불러, “그런 요망한 년이 어디 있단 말이냐? 춘향 바삐 잡어 들여라.” 이때는 군로 사령들이 나가는듸,

【잦은 중중몰이】 군로 사령이 나간다. 사령 군로가 나간다. 산수털[67] 벙거지[68] 남일광단[69] 안 올려[70] 날랠 ‘용’자를[71] 떡 붙이고 거덜거리고[72] 나간다. “이 애, 김 번수야!”,[73] “왜야!”, “이 애, 박 번수야!”, “왜 부르느냐?”, “걸렸다, 걸리어!”, “게 누기가 걸리여?”, “춘향이가 걸렸다!”, “옳다! 그 제기 붙고 발기 갈

---

60) 형수→행수(行首) : 행수기생. 우두머리 기생. 61) 혐오(嫌惡) : 싫어하고 미워함. 62) 화젓가락 : 부젓가락. ‘화저(火箸)’에서 온 말로, 재를 헤집거나 불덩이를 집는 데에 쓰는 쇠젓가락. 63) 앙땅 : ‘땅땅’의 변형. 64) 언사(言辭) : 말솜씨. 65) 먹는듸 : 헐뜯어 먹는데. 곧, 헐뜯거나 모략을 하여 해를 입히는데. 66) 대톱 : 큰 톱. 67) 산수털(山獸-) : 산짐승의 털. 68) 벙거지 : 전립(氈笠). 짐승의 털로 검고 두껍게 만들어서 상여꾼이나 하인이 쓰던 쓰개. 군인이나 민간인이 쓰던 것은 전립(戰笠)이라고 했음. 69) 남일광단(藍日光緞) : 남빛 바탕에 해나 햇살 무늬가 있는 옛날 비단. 70) 안 올려 : 안을 받쳐. 안을 대고. 71) 날랠 ‘용(勇)’자 : 군뢰들이 쓰던 전립 앞에 붙이던, 놋쇠로 만든 ‘용’자 무늬. 72) 거덜거리고 : ‘거드럭거리고’의 방언. 73) 번수(番手) : 대궐 또는 관아에서 번갈아 묵으면서 밤에 보초를 서던 사람.

년이 양반 서방을 허였다고, 우리를 보면 초리로⁷⁴⁾ 보고 댕혀만⁷⁵⁾ 잘잘 끌고 교만이 너머 많더니, 잘 되고 잘 되였다. 니나 내나 일분⁷⁶⁾ 사정 두난 놈, 너도 제기 붙고 나도 제기를 붙나니라." 두 사령이 분부 듣고 안올린벙치를⁷⁷⁾ 젖혀 쓰고, 소소리 광풍⁷⁸⁾ 걸음 제를 잃고⁷⁹⁾ 어칠 비칠 툭툭거려 녹림 숲속을 들어가, "이 애, 춘향아, 나오너라!" 부르는 소리 원근 산천이 떵그렇그 들린다. "사또 분부가 지엄허니 지체 말고 나오너라!"

【아니리】 그때으 춘향이는 군로가 오는지 사령이 오는지 아무런 줄을 모르고 도련님 생각이 간절허여,

【늦은 중몰이】 "갈까부다, 갈까부다. 임 따라서 갈까부다. 천리라도 따라가고 만리라도 갈까부다. 바람도 쉬여 넘고, 구름도 쉬여 넘는, 수지니,⁸⁰⁾ 날지니,⁸¹⁾ 해동청,⁸²⁾ 보라매⁸³⁾ 다 쉬여 넘는 동설령⁸⁴⁾ 고개라도 임 따라 갈까부다. 하날으 직녀성은 은하수가 막혔어도 일년 일도⁸⁵⁾ 보련마는, 우리 님 계신 곳은 무슨 물이 막혔길래 이다지도 못 보는고. 이제라도 어서 죽어 삼월 동풍 연자⁸⁶⁾ 되여 임 계신 처마 끝에 집을 짓고 노니다가 밤중이면 임을 만나

---

74) 초리(草履) : 짚신. 75) 댕혀 : '당혜'의 방언. 가죽신의 한 가지. 76) 일분(一分) : 조금이라도. 77) 안올린벙치 : '안올린벙거지'의 방언. 장교 이상의 무관이 쓰던 쓰개. 벙거지 안쪽은 구름무늬의 비단으로 꾸미고, 뒤는 털을 늘어뜨리고, 앞은 공작깃을 달았음. 여기서는 신분을 나타내는 차림새라기보다는 쓴 사람의 호기를 보여 주는 수식어로 쓰인 듯함. 78) 소소리 광풍(狂風) : 이른 봄에 살 속으로 기어드는 듯이 부는 차고 음산한 바람. 79) 걸음제를 잃고 : 걸음새를 잃고. 곧, 제대로 걷지 못하고. 80) 수지니 : 수진매. 길들인 매나 새매. 81) 날지니 : 날찐. 길들이지 않은 매. 82) 해동청 : 송골매. 83) 보라매 : 난 지 한해가 채 못 된 새끼를 잡아 길들여서 사냥에 쓰는 매. 84) 동설령 : 황해도 황주의 남쪽으로 이십리쯤 되는 곳인 동선관에 있는 동선령(洞仙嶺) 고개. 또는, 다만 '눈덮인 높은 고개'라는 뜻의 '동설령(冬雪嶺)' 고개. 85) 일년(一年) 일도(一度) : 해마다 한 번씩. 86) 연자(燕子) : 제비.

만단정회를 허고지고.[87] 누 년으 꼬염[88] 듣고 영영 이별이 되려는가?"

【아니리】 그때여 춘향이 문밖을 내다보니 벙치 쓴 사령들이 이리저리 야단이 났거늘, 춘향이 그제야 깜짝 놀래난 체허고,

【잦은 중몰이】 "아차, 아차, 아차, 내 잊었네. 오날이 제 삼일 점고라더니[89] 무슨 야단이 났나부다. 내가 전일으 장방청[90] 번수네게 인심을 과히 잃었더니마는 홈초리나[91] 받으리라." 제자다리[92] 걸었던 유문지유사로[93] 머리를 바드득 졸라 매고 나간다, 나간다, 사령을 도르러[94] 나간다. "허허, 번수님들 와 겨시요?[95] 이번 신연으 가셨더라더니 노독이나 없이 오셨으며, 새 사또 정치가 어떠하오?" 우수를 들어내겨[96] 김 번수 손길을 부여잡고, 좌수 들어내겨 박 번수 손길을 부여잡고, "이리 오오, 이리 와. 뉘 집이라고 아니 들어오고 문밖에 서서 주저만 허는가? 들어가세, 들어가세, 내 방으로 들어가세."

【아니리】 춘향으 손이 몸에 오니 마음이 낙수춘빙[97] 얼음 녹듯 스르르르르 풀렸구나. "놔둠소,[98] 들어감세." 방으로 들어가 술상 차려 내 노니 술 한잔씩 잘 먹고, 춘향이 돈 석냥 내여 노며, "어

---

87) 만단정회(萬端情懷)를 허고지고 : 온갖 시름과 회포를 풀고 싶구나. 88) 꼬염 : '꾐'의 방언. 89) 삼일 점고 : 수령이 도임한 지 사흘째 되는 날에 아랫사람들을 점고하던 일. 90) 장방청(長房廳) : 지방 관아에서 호방, 형방, 병방들의 서리가 일을 보던 곳. 91) 홈초리 : '회초리'의 방언. '문초'를 비유하는 말. 92) 제자다리(梯子ㅡㅡ) : 사다리 모양으로 꾸며 놓은 다리. '다리'란 옛날 여자들이 머리털의 숱이 많아 보이게 하려고 머리에 덧넣던 가발. 93) 유문지유사(有紋之柔紗) : 무늬가 있는 얇고 부드러운 비단. 94) 도르러 : (그럴듯한 말 따위로 남을) 속이러. 95) 와 겨시오 : 와 계시오. '겨시다'는 '계시다'의 옛 말. 96) 들어내겨 : '들어내어', '들어내키어'의 방언. 97) 낙수춘빙(落水春氷) : 봄날의 낙수물에 얼음이 녹음. 98) 놔 둠소 : '놓아 두소'의 방언.

허, 가기는 같이 갈 터이나, 한때 주채나[99] 하사이다." 박 번수가 돈을 보더니,

【중중몰이】 "여보소, 이것이 웬 돈인가? 여보소, 이것이 웬 돈이여? 유전이면 가사귀란[100] 말은 옛글에도 있거니와, 우리와 자네와 한 문간 구실하며[101] 유전이란 말이 될 말이냐. 들여 놓소, 들여 노소."

【아니리】 김 번수가 돈을 보더니, "아따, 이 사람아. 이거 새 사또 마수 붙임이네."[102] 김 번수 좋아라고 돈을 한번 가지고 노는 듸,

【잦은 중중몰이】 "돈, 돈, 돈, 돈 봐라. 돈 좋다, 돈 봐라. 돈 좋네, 돈 봐. 맹상군으[103] 술레바꾸처럼[104] 둥굴둥굴 생긴 돈. 잘난 사람은 더 잘난 돈. 못난 사람도 잘난 돈. 생살지권을[105] 가진 돈. 부귀공명에 붙은 돈. 이 놈으 돈아, 아나 돈아, 어데 갔다 이제 오느냐. 얼시구, 돈 봐라. 돈, 돈, 돈, 돈, 돈, 돈, 돈, 돈 봐라."

【아니리】 한쪽에서는 재촉 사령들이 야단이 났거늘, 춘향이 하릴없어 사령 뒤를 따라가는 듸,

---

99) 주채(酒債) : 본디 '술값으로 진 빚'이라는 뜻이나, 흔히 '술값'의 뜻으로 쓰이는 말. 100) 유전(有錢)이면 가사귀(可使鬼)란 : 돈만 있으면 귀신도 부릴 수 있다는. 101) 한 문간 구실하며 : 같은 처지에 있으면서. 102) 마수붙임 : 마수걸이. 개시로 팔거나, 어떤 일에서 처음으로 얻는 소득. 103) 맹상군(孟嘗君) : 중국 전국 시대에 제나라의 정승으로 진(秦)나라에 갔다가 소왕에게 붙잡혔으나, 왕의 애첩에게 값비싼 여우 가죽을 주고 왕에게 청을 넣어 풀려나오게 되었는데, 곧 그를 풀어 준 일을 후회한 소왕이 보낸 군졸에 쫓기면서 성문이 닫혀 있는 함곡관에 이르자, 함께 도망쳐 나온 그의 식객 중의 한 사람이 낸 닭의 울음소리를 들은 문지기가 날이 샌 줄로 알고 문을 열어서 무사히 도망쳐 나왔다고 한다. 그의 이름인 '선문(出文)'이 돈을 뜻하는 '전문(錢文)'과 소리가 같으므로 '돈'의 변말로도 쓰인다. 104) 맹상군으 술레바꾸 : 변화가 심했던 맹상군의 삶을 비유한 말. '술레바꾸'는 '수레바퀴'의 방언. 105) 생살지권(生殺之權) : 사람의 목숨을 살리거나 죽이는 권리.

【진양】 사령 뒤를 따라간다. 신세자탄 우난 말이, "아이고, 내 신세야! 어떤 사람 팔자가 좋아 삼태 육경,[106] 좋은 집이 부귀영화로 잘 사는듸, 내 신세는 어이허여 이 지경이 웬일인고? 국곡투식허였나?[107] 부모 불효를 허였는가? 형제 있어 불목을 허였는가?[108] 살인 강(도)죄 아니어든 이 지경이 웬일인고?" 종로를[109] 당도허니 재촉 청령 사령들이[110] 동동이[111] 늘어서서, 신도지초라, 오즉 떠벌렸겄나. 산수털 전립, 운월,[112] 증자,[113] 채상모,[114] 날랠 '용'자를 떡 붙이고, 한 죽은[115] 늘이치고 한 죽 젖혀, 소소리 광풍 걸음제 잃고 어칠비칠 툭툭툭거려 오느냐. 남전대띠가[116] 파르르르르르르르, 장사래가[117] 꼿꼿, 종로가 울긋불긋, 혼겁이 지엄허니[118] 춘향이 기가 맥혀, "아이고, 내 일이야! 제 낭군 수절헌 게 그게 무슨 죄가 되여 이 지경이 웬일이란 말이냐?" 울음 울고 들어간다.

【아니리】 사령들이 달려들어, "춘향 현신이요!", "이리 올라오라 하여라." 춘향이 상방에[119] 들어가서 아미를[120] 숙이고 단정히

---

106) 삼태(三台) 육경(六卿) : 세 증승과 육조 판서. 곧, 영의정, 좌의정, 우의정과 이조, 예조, 호조, 병조, 공조, 형조의 여섯 판서. 107) 국곡투식(國穀偸食)허였나 : 나라의 곡식을 도둑질하여 먹었나. 108) 불목(不睦)을 허였는가 : 사이가 화목하지 못하였는가. 109) 종로→종루(鐘樓) : 성의 종을 매단 높은 누각. 110) 청령(聽令) 사령 : 웃사람의 명령을 받든 봉명 사령의 뜻으로 쓰인 말. 111) 동동이 : 열명씩 열명씩. '동'은 묶음을 세는 단위로 쓰이는 말인데, 사람의 경우에는 열명이 된다. 112) 운월(雲月) : 모자나 벙거지의, 둥글게 튀어 나온 가운데 부분. 본딧말은 언월(偃月). 113) 증자 : 전립 따위에 꼭지처럼 만들어 붙이는 꾸미개. 품계에 따라 금, 은, 옥, 돌 따위를 닮. 114) 채상모(彩象毛) : 여러 빛깔이 나는 상모. 115) 죽 : '쪽'의 방언. 116) 남전대띠 : 군복에 매던 남색 띠 .117) 장사래→장사대(將士臺) : 병졸을 지휘하는 높은 대. 118) 혼겁(魂怯)허니 : (주위의 상황이) 혼이 빠질 만큼이나 겁이 나게 되었으니. 119) 상방(上房) : 관아의 우두머리가 있는 방. 120) 아미(蛾眉) : 누에나방의 촉수처럼 털이 짧고 초승달처럼 길게 굽은 아름다운 눈썹. 곧, 미인의 눈썹.

앉었것다. 사또 이를 보시고 춘향을 추는듸,[121] "그것 참 잘 생겼다. 어여쁘다 어여뻐. 계집이 어여쁘믄 침어낙안헌단[122] 말을 과히 춘정 허였더니,[123] 폐월수화허든[124] 태도 오늘 너를 보았구나. 설도,[126] 문군[127] 보랴 허고[125] 익주[128] 자사[129] 자원하야, 삼도몽을[130] 꿘다더니, 니 소문이 하[131] 장허기로, 경향에[132] 유명키로, 내 밀양, 서흥 마다 하고 간신히 서둘어 남원 부사 허였더니, 너 같은 저 일색을 봉지를 띠였으나, 녹엽성음자만지가[133] 아직 아니

---

121) 추는듸 : 추는데. 추켜 주는데. 122) 침어낙안(沈魚落雁)헌단 : (여자의 얼굴이 하도 아름다와) 고기가 물속으로 놀라서 깊이 숨어들고, 기러기는 날아가다가 내려앉는다는. 123) 춘정 허였더니 : 춘 줄 알았더니. 허풍을 치는 말인 줄 알았는데. 124) 폐월수화(閉月羞花)허든 : (아름다운 여자의 얼굴에) 달이 구름 속으로 숨고, 꽃도 부끄러워한다던. 125) 설도, 문군 보랴 허고… 꿘다더니 : 한 귀절로 되어 있지만, 서로 다른 세 가지 내용을 담고 있다. 126) 설도(薛濤) : 당나라 때의 장안의 이름난 기생. 자는 홍도(洪度). 127) 문군(文君) : 한나라 탁 왕손의 딸. 음악을 좋아했는데, 익주에 살다가 사마 상여가 타는 「봉구황곡(鳳求凰曲)」의 거문고 소리에 반하여, 밤에 몰래 집을 도망쳐 나가 사마 상여의 아내가 되었다. 뒤에 사마 상여가 익주의 자사가 되어 가자, 문군의 아버지는 문군에게 재산을 아들들과 똑같이 나누어 주었다. 그러므로 '문군 보랴 허고 익주 자사 자원하야'란 사설은 사실과 다르다. 128) 익주(益州) : 지금의 사천성에 있던 지방. 129) 자사(刺史) : 중국의 지방 관리. 한나라 때에는 감찰관에 해당했던 벼슬. 130) 삼도몽(三刀夢) : '영전할 꿈'을 뜻하는 말. 진(晉)나라의 왕준이 칼 석 자루가 들보에 걸려 있고, 조금 뒤에 칼 한 자루가 더해지는 꿈을 꾼 뒤에, 이 의(李毅)에게 물었더니, '삼도(三刀)'는 고을 '주(州)'자를 가리키고 거기에 칼 하나를 더하면 익주가 되니 익주의 자사가 될 꿈이라고 해석하였는데, 그 뒤에 정말로 익주의 자사가 되었다는 일에서 비롯됨. 131) 하 : 하도. 132) 경향(京鄕) : 서울과 시골. 곧, 온나라. 133) 녹엽성음자만지(綠葉成陰子滿枝) : 잎이 우거져서 그늘을 이루고, 가지에는 열매가 많이 열림. 두 목의 시 「탄화(歎花)」의 한 귀절로, 여자가 혼인하여 자식을 많이 둠을 비유한 말.

되았으니, 호주탄화허든[134] 말을 두 목지으[135] 비하면 니게으게[136]
다행하지. 니가 고서를 읽었다니 옛말을 들어 보아라. 촉국 부인
은[137] 초왕의[138] 첩이 되고, 범신[139] 예 왕은[140] 지백을 섬겼으니,
너도 나를 섬겼으면 예왕충과[141] 같을지라. 올라가신 구관 자제
도련님이 니 머리를 얹혔기로, 그 도련님 가신 후에 청춘 공방
헐 수 있나. 응당 애부[142] 있을 테니, 관속이냐, 한량이냐?[143] 어
려이 생각 말고 바른 대로 일러라." 춘향이 여짜오되, "올라가신
도련님이 무심하야 설령 다시 안 찾으면, 반 첩여으[144] 뿐을 받어

---

134) 호주탄화(湖州歎花) : 두 목이 절강성에 있는 호수인 태호 남쪽의 호
주에서 노닐 때에 만난 처녀와 뒷날 혼인을 약속하고 헤어졌는데, 십년 뒤
에 다시 만났을 때에는 이미 남의 아내가 되었음을 보고 인생의 덧없음을
한탄했다는 옛일에서 나온 말. 135) 두 목지(杜牧之) : 당나라의 시인. 이
름은 목(牧). 목지는 자. 두 보를 가리켜 '대두(大杜)'라 하고, 그를 '소두
(小杜)'라 했음. 136) 니게으게 : 너에게. 137) 촉국 부인→식국(息國) 부
인 : 식 부인이라고도 한다. 춘추 시대 때에 초나라의 제후국이었던 식국의
제후인 식후(息侯)의 아내였으나, 초나라 문왕이 침략해서 나라가 망한 뒤
에 초나라로 끌려가 그의 아내가 되었다. 그러나 아들 둘을 낳고 살면서도,
한 몸으로 두 남편을 섬긴다 하여 문왕과는 말 한 마디도 나누지 않았다고
한다. 「열녀전」에는 문왕이 그를 후궁으로 삼으려 했으나 자살을 하였다고
적혀 있다. 138) 초왕(楚王) : 춘추시대 때의 초나라 왕. 139) 범신(范
臣) : 중국 전국 시대에 진(晉)나라 왕실을 보좌하던 여섯 중신의 하나인
범씨(范氏)의 신하. 예 양을 말함. 140) 예 왕→예 양(豫 讓) : 진나라 대
부로 있으면서 처음에는 범씨(范氏)와 중행씨(中行氏)를 섬겼으나 알아 주
지 않으므로 그 둘을 멸망시킨 지백(知伯)을 섬겼는데, 조(趙)나라의 양자
가 지백을 쳐서 죽이자, 그 원수를 갚으려고 몸에 옻칠을 하고 숯을 먹어
문둥이와 벙어리처럼 꾸민 뒤에 양자를 죽이려고 했지만 두번이나 실패하
고 양자에게 붙잡히자 자살을 하였다. 141) 예왕충→예양충(豫讓忠) : 예
양의 충절. 142) 애부(愛夫) : 창부가 정을 주고 있는 남자. 143) 한량(閑
良) : 일정하게 하는 일이 없이 돈 잘 쓰고 놀기만 하는 사람. 144) 반 첩
여(班婕妤) : 한나라 성제 때의 궁녀이자 시인. 이름은 여(女). 황제의 사
랑을 받아 첩여, 곧 궁녀가 되었으나 황제의 총애를 받기 시작한 궁녀 조
비연의 참소를 받아 장신궁으로 물러나와 태후의 시중을 들면서 서글픈 마
음을 시로 읊었는데, 특히 「원가행(怨歌行)」이 유명하다.

옥창행영[145] 지나갈 적 주야로 지키다가 황릉묘를[146] 찾어가서 이비[147] 혼령 모시옵고, 반죽지[148] 저문비와[149] 창오산[150] 밝은 달에 놀아 볼까 허옵는듸, 관속, 한량, 애부 말씀, 소녀게는 당치않소." 사또 이 말 듣고 기특타 칭찬 후에 내여 보냈으면 관촌 무사가[151] 좋을 턴듸, 생긴 것이 하도 어여쁘니 욕심이 잔뜩 나서 '절'자 하나를 가지고 울러 보는듸, "허허, 이런 시절[152] 보소. 내 분부 거절키는 간부[153] 사정이 간절하야 필은곡절이[154] 있는 터이니, 니 속으 절절가통,[155] 형장[156] 아래 기절하믄 니 청춘이 속절 없제." 춘향이 이 말을 듣고 악정으로[157] 아뢰는듸,

【잦은 중몰이】 "여보, 사또님, 듣조시요.[158] 여보, 사또님, 듣조시요. 충신은 불사이군이요,[159] 열녀불경이부절을[160] 사또는 어째 모르시요? 사또님 대부인 수절이나, 소녀 춘향 수절이나, 수절은 일반인듸, 수절에도 상하가 있소? 사또도 국운이 불행허여 외적이 집정하면[161] 적하에[162] 무릎을 꿇고 두 인군을[163] 셈기리요?

---

145) 옥창행영→옥창형영(玉窓螢影) : 옥창 앞에 비치는 반딧불. 여기서 반딧불은 임금의 은총을 뜻함. 146) 황릉묘(黃陵廟) : 소상강에 가까이 있는, 순임금의 두 아내인 아황과 여영을 모신 사당. 147) 이비(二妃) : 아황과 여영. 148) 반죽지(班竹枝) : 반죽 가지. '반죽'은 순임금이 죽자, 그의 두 아내가 슬퍼하여 흘린 눈물이 소상강 가의 대숲에 뿌려져 생겼다는 얼룩 무늬 대. 149) 저문 비 : 날이 저물어 이비의 눈물처럼 내리는 비. 150) 창오산(蒼梧山) : 순임금이 죽었다는, 중국 호남성 영원현에 있는 산. 151) 관촌(官村) 무사(無事) : 관가와 민가에 별일이 없음. 곧, 두루 탈이 없음. 152) 시절(時節) : 세상. 153) 간부(間夫) : 샛서방. 154) 필은곡절(必隱曲折) : 반드시 숨은 곡절. 155) 절절가통(切切可痛) : 통탄할 만큼 애절한 심정. 156) 형장(刑杖) : 옛날에 죄인을 신문할 때에 매질하던 몽둥이. 157) 악정(惡情)으로 : 악에 받쳐. 158) 듣조시요 : '듣즈오시오'의 준말. 159) 불사이군(不事二君)이요 : 두 임금을 섬기지 않고. 160) 불경이부절(不更二夫節) : 두 지아비를 섬기지 않는 절개. 161) 집정(執政)하면 : 정권을 잡으면. 162) 적하(敵下) : 적의 밑에서. 163) 인군(人君) : 임금.

마오, 그리 마고. 천비 자식이라고 너머 마오.”

【아니리】 사또 이 말 들으시고 화열이 상충하야,[164] “이년 잡어 내려라!”

【휘몰이】 골방으[165] 수청, 통인, 우루루루 달려들어 춘향의 머리채를 두루루루 감아쥐고, “급창!”, “예이!”, “춘향 잡아 내리랍신다!”, “예이!”, “사령!”, “예이!”, “춘향 잡어 내리랍신다!”, “예이!”들[166] 밑 아래 두 줄 사령 벌떼같이 달려들어, 춘향의 머리채를 상전 시절 연줄 감듯,[167] 팔부대상[168] 비단 감듯, 사월 팔일 등대 감듯,[169] 오월 단오날 그네줄 감듯, 휘휘칭칭 감아 쥐고 중계[170] 아래 끌면서 훨씬[171] 너른 동헌 뜰에 동댕이쳐 엎드리고, “춘향 잡어 들였소!”

【아니리】 “형리[172] 불러라!” 형리 펄펄 기어 쌍창[173] 앞에 엎드리며, “형리 대령이요!”, “네, 저년 다짐[174] 받어 올려라!” 형리가 들어서 다짐장을 쓴 연후에, “이 애, 춘향아, 다짐 사연 분부 뵈어라.[175] 살등 네의등이 창가소부로, 부종관장지엄령하고 능욕

---

164) 화열(火熱)이 상충(上衝)하야 : 가슴 속의 열이 치밀어 올라. 곧, 성이 나서. 165) 골방 : 수청방. 청지기가 있는 방. 166) 들→뜰. 167) 상전 시절 연줄 감듯→상전(床廛) 시정(市井) 연줄 감듯 : 시장의 봇짐장수나 등짐장수들이 물건의 짐을 꾸릴 때에 그 끈이나 줄을 아주 단단히 잡아매었던 데에서 비롯된 말로, 무엇을 잘 감아쥔다는 뜻이다. ‘상전’은 잡화상 또는 시장을 뜻하고, ‘시정’은 시정배, 곧 시장의 장사아치를 뜻한다. 168) 팔부대상→팔보대단(八寶大緞) : 중국 비단의 한 가지. 여기서는 그것을 취급하는 장사아치의 뜻으로 쓰였음. 169) 등대 감듯 : 옛날에 관부나 시전에서는 사월 초파일이 되면, 18미터가 넘는 길이의 돛대를 높게 세우고 초엿새부터 초아흐레까지 꺼지지 않고 탈 등을 달았는데, ‘등대’는 이때에 쓰인 굵고 튼튼한 줄이었을 듯하다. 170) 중계(中階) : 집의 기초가 되도록 한층을 높게 쌓아올린 단. 171) 훨씬 : 매우. 아주. 172) 형리(刑吏) : 형방에 딸린 구실아치. 173) 쌍창(雙窓) : 문짝이 둘 달린 넓은 창문. 174) 다짐 : 다짐장. 제가 지은 죄를 진술하거나 죄목을 인정하는 글. 175) 뵈어라 : ‘보이어라’의 준말.

존전허니, 죄당만사라."¹⁷⁶⁾ 급창 불러 던져 주며, "다짐 받어 올려라." 춘향이 붓대 들고 벌벌벌벌 떠는듸, "내가 죽기가 서러워 떠는 것도 아니요, 사또가 무서워 떠는 것도 아니요. 한양 계신 서방님과 칠십 당년 늙은 모를 못 보고 죽을 일을 생각허여."

【진양】 일신 수죽을 벌렁벌렁 떨더니 한 '일'자, 마음 '심'자로 지르르 끗고 붓대를 땅에다가 내던지더니마는 요만 허고 앉었구나.

【아니리】 급창이 다짐장을 올렸것다. 사또 이를 보시더니, "그년, 흉악한 악물으¹⁷⁷⁾ 딸년이로구나. 동틀¹⁷⁸⁾ 들어¹⁷⁹⁾ 의법허라."¹⁸⁰⁾ 춘향이 연연약질을¹⁸¹⁾ 높은 동틀 위에다 덩그렇게 올려매고, 왜목을 얼른 가리고¹⁸²⁾ 바지가래¹⁸³⁾ 훨씬 추겨¹⁸⁴⁾ 동틀 다리 아울러 단단히 동인 후에, "집장 사령,¹⁸⁵⁾ 분부 뫼어라.", "예이!", "일호¹⁸⁶⁾ 사정 두었다는 주장대로¹⁸⁷⁾ 찌를 테니 각별히 매우 쳐라.", "예이! 엄령지하에 요망헌 년을 무슨 사정 두오리까? 당장에 뼈를 빼올리리라!"

【세마치】 집장 사령 거동을 보아라. 별형장¹⁸⁸⁾ 한아람을 덥쑥 안

---

176) 살등(殺等) 네의등(汝矣等)이 창가소부(娼家小婦)로 부종관장지엄령(不從官長之嚴令)하고 능욕존전(凌辱尊前)허니 좌당만사(罪當萬死)라 : 죽일 것들인 저희들은 천한 기생의 몸으로 관장의 엄한 명령을 좇지 않고 업신여겼으니 그 죄는 만번 죽어 마땅하다. 이 귀절은 다짐장의 내용이 되는 것인데, 옛날에는 죄인의 심문 기록을 이두로 썼다고 한다. 177) 악물(惡物) : 성질이 흉악한 사람. 178) 동틀 : '형틀'의 방언. 죄인을 묶어 앉히고 심문하는 의자. 179) 들어 : 들어 올려. 180) 의법(依法)허라 : 법에 따라 다스려라. 181) 연연약질(軟軟弱質) : 아주 여리고 약한 몸. 182) 왜목(倭木)을 얼른 가리고 : '왜목으로 얼른 눈을 가리고'의 뜻일 듯하다. '왜목'은 폭이 넓게 짜인 무명베인 '광목'의 방언. 183) 가래 : '가랑이'의 방언. 184) 추겨 : '추켜'의 방언. 185) 집장(執杖)사령 : 곤장을 치는 사령. 186) 일호(一毫) : 털 한올만큼. 곧, 아주 조금. 187) 주장대(朱杖-) : 주릿대로나 무기로 쓰이는 붉은 칠을 한 몽둥이. 188) 별형장(別刑杖) : 죄인을 신문할 때에 쓰는 특별한 몽둥이.

어다가 동틀 밑에다 좌르르르르르르, 형장을 고르는구나. 이놈도 잡고 느끈능청, 저놈도 잡고 느끈능청, 그 중으 손잽이 좋은 놈 골라 잡고, 갓을 숙여 대상을 가리고, 사또 보는 데는 엄령이 지엄하니 춘향을 보고 속말을 헌다. "이 애, 춘향아. 한두 개만 견디여라. 내 솜씨로 살려 주마. 꼼짝 꼼짝 마라. 뼈 부러지리라.", "매우 쳐라!", "예이!", "딱!" 부러진 형장 가지는 공중으로 피르르르르르르르르르 동틀 밑에 가 떨어지고, 동틀 우으 춘향이는 아프단 말을 도심[189] 싫어 아니허고 고개만 빙빙 두루면서 '일'자로 포악을 헌다,[190] "'일'자로 아뢰리다. 일편단심 이 내 마음 일부종사허랴는듸,[191] 일개 형장이 웬일이요? 어서 바삐 죽여 주오.", "매우 쳐라.", "예이!" 딱. "'이'자로 아뢰리다. 이부불경[192] 이 내 마음, 이군불사[193] 다르리까? 이비 사적[194] 알었거든 두 낭군을 섬기리까? 가망없고 무가내요!"[195] '삼'자 낱을 딱 붙여 노니,[196] "삼생가약[197] 맺은 마음, 삼종지법을[198] 알았거던 삼월화로[199] 아지 마오. 어서 바삐 죽여 주오." '사'자 낱을 딱 붙여노니, "사대부 사또님이 사개사를[200] 모르시요? 사지를[201] 쫙쫙 찢어 사태문의 걸쳤어도 가망없고 무가내요." '오'자 낱을 딱 붙여노니, "오마로[202] 오신 사또, 오륜을 밝히시요. 오매불망 우리 낭군 잊

---

189) 도심→도시(都是) : 도무지. 190) 포악을 헌다 : 악을 부린다. 191) 일부종사(一夫從事)허랴는듸 : 한 남편만을 섬기려는데. 192) 이부불경(二夫不更) : 두 지아비를 섬기지 아니하려는. 193) 이군불사(二君不事) : 두 임금을 섬기지 아니함과. 194) 이비(二妃) 사적(史籍) : 순임금의 아내인 아황과 여영의 절행을 적은 글. 195) 무가내(無可奈)요 : 어찌할 수가 없소. 196) 붙여 노니 : 세게 때려 놓으니. 197) 삼생가약(三生佳約) : 전생과 현생과 후생의 세 삶에 걸쳐 이어질 아름다운 언약. '약혼'을 이르는 말. 198) 삼종지법(三從之法) : 여자는 어릴 때에 어버이를, 시집가서는 남편을, 그 뒤에는 아들을 좇아야 한다는 예법. 199) 삼월화(三月花) : 음력 삼월에 피는 봄꽃. 누구나 꺾을 수 있는 꽃의 뜻. 200) 사개사→사기사(事其事) : 일을 일대로 올바르게 함. 201) 사지(四肢) : 팔과 다리. 202) 오마(五馬)로 : 말 다섯 마리를 타고. '오마'는 태수의 수레를 말 다섯 마리가 끈 데에서 비롯된 말로, '태수'의 뜻으로도 쓰인다.

을 가망이 전혀 없소." '육'자 낱을 딱 붙여 노니, "오장 육보가[203)] 일반인듸, 육보으 맺힌 마음 육시허여도[204)] 무가내요." '칠'자 낱을 딱 붙여 노니, "칠척검[205)] 높이 들어 칠대마두으[206)] 동 갈러도[207)] 가망 없고 안 되지요." '팔'자 낱을 딱 붙여 노니, "팔방부당[208)] 안 될 일을 팔짝팔짝 뛰지 마오." '구'자 낱을 붙여 노니, "구중분우[209)] 관장이[210)] 되여 궂인 짓을 그만허오. 구곡간장[211)] 맺힌 마음 가망 없고 무가내요." '십'자 낱을 딱 붙여 노니, "십장가로[212)] 아뢰리다. 십실[213)] 적은 골도 충렬이 있삽거든, 우리 남원 교방청으[214)] 열행이[215)] 없사리까? 십생구사[216)] 허올진대 십망일장[217)] 날만 믿은 우리 모친이 불쌍허오. 이제라도 이 몸이 죽어 혼비 중천 높이 떠서 도련님 잠든 창전으 파몽이나[218)] 허고지고."[219)]

【중몰이】 한개 치고 짐작헐까, 두개 치고 짐작헐까, 삼십도를 맹장허니[220)] 옥루화연[221)] 흐르난 눈물 진정헐 수 바이 없고,[222)] 옥 같은 두 다리, 유수같이 흐르는 피는 정반득[223)] 진정이라. 엎졌던

---

203) 오장 육보 : '오장(五臟) 육부(六腑)'의 방언. 사람 몸의 내장을 한꺼번에 이르는 말. 곧, 간장, 심장, 비장, 폐장, 신장과 담, 위, 대장, 소장, 삼초, 방광. 204) 육시(戮屍)허여도 : 죽고 난 뒤에 또 목을 베이는 벌을 받아도. 205) 칠척검(七尺劍) : 길이가 칠척이나 되는 큰 칼. 206) 칠대마두(七臺馬頭) : 마차 일곱대를 끄는 말들의 머리. 207) 동 갈러도 : 동강을 내어도. 208) 팔방부당(八坊不當) : 어느 모로 보나 당치 않음. 209) 구중분우(九重分憂) : 임금의 근심을 나누어 받는. 곧, 임금의 분부를 받드는. 210) 관장(官長) : 관가의 우두머리. 211) 구곡간장(九曲杆腸) : 깊은 마음속. 212) 십장가(十杖歌) : 춘향이 매맞는 광경을 그린 노래. 213) 십실(十室) : 집이 열채쯤 밖에 안 되는. 214) 교방청(敎坊廳) : 기생 학교. 215) 열행(烈行) : 정절을 장렬하게 지킨 일. 216) 십생구사(十生九死) : 열번 태어났다가 아홉번 죽음. 217) 십망일장→십맹일장(十盲一杖) : '소경 열 사람에 막대기 하나'라는 뜻이니, 여러 사람에게 매우 요긴하게 쓰이는 사물을 비유하는 말. 218) 파몽(破夢) : 꿈을 깨게 함. 219) 허고지고 : 하고지고. 220) 맹장(猛杖)허니 : 혹독하게 매질하니. 221) 옥루화연(玉淚化淵) : 구슬 같은 눈물이 흘러 연못이 될 만큼 많이. 222) 바이 없고 : 전혀 없고. 223) 정반득 : 뜻을 알 수 없다.

항방도 눈물 짓고, 매질허던 집장 사령 매를 놓고 돌아서며 혀 끌끌, 발 툭 구르며, "못 보겠네, 못 보겠네, 사람으 눈으로 볼 수가 없네. 사십년 관문 출입 후으 이런 광경은 첨 보았네. 내일부터 나가 빌어먹드래도, 아서라, 이 구실은 못허겄다."

【아니리】 사또 분이 점점 더 택천하야,[224] "애, 그 년, 착칼인봉하여[225] 하옥시켜라!"[226] 춘향이 큰칼 씌워 장방청에 내쳐 노니, 그때으 춘향모는 춘향이 죽었단 말을 듣고 실성발광으로[227] 들어오는듸,

【잦은 중중몰이】 춘향 모친이 들어온다. 춘향 모친 들어와, "춘향이가 죽었다니, 이게 웬일이여?" 장방청[228] 들어가니 춘향이 기절허여 정신 없이 누웠구나. 춘향 모친 기가 맥혀, "아가, 춘향아! 니가 이게 웬일이냐? 남원 사십팔면[229] 중으 내 딸 누가 모르는가? 질청에[230] 상주상님,[231] 장청에[232] 나리님네, 내 딸 춘향 살려 주오. 제 낭군 수절헌 게 그게 무삼 죄가 되여 이 형벌이 웬일이요? 나도 마자 죽여 주오!" 여광여취,[233] 실성발광, 남지서지를[234] 가르쳐, 내려둥굴 치둥굴며 죽기로만 작정허는구나.

【아니리】 그때으 교방청 여러 기생들이 춘향이 죽었단 말을 듣

---

224) 택천하야→탱천(撐天)하여 : 하늘에 닿을 듯이 솟아올라. 225) 착칼인봉 : '착가인봉(著枷印封)'의 변형. 목에 큰 칼을 씌우고 단단히 잠금. 226) 하옥(下獄)시켜라 : 옥에 가두어라. 227) 실성발광(失性發狂)으로 : 정신을 잃고 거의 미칠 지경이 되어. 228) 장방청(長房廳) : 지방 관아에서 서리가 일을 보는 곳. 229) 사십팔면(四十八面) : 조선 왕조 때의 남원부는 남원읍에 딸린 네 면과 그 주위로 동쪽에 여덟 면, 서쪽에 열다섯 면, 남쪽에 열 면, 북쪽에 열한 면, 모두 마흔여덟 면으로 이루어져 있었다. 230) 질청 : 길청. 군아에서 아전이 일을 보던 곳. 231) 상주상님→상좌상존(上座上尊). 232) 장청(將廳) : 지방 군대와 감영에서 장교가 일을 보던 곳. 233) 여광여취(如狂如醉) : 미친 듯도 하고 취한 듯도 한 상태. 234) 남지서지(南之西之) : 여기저기.

고 모도 떼를 지어서 들어 오는듸,

【잦은 중중몰이】 여러 기생이 들어온다. 여러 기생들이 들어와. 행수 기생이 들어오며, "아이고, 여보소, 이 사람들아! 죽었다네!", "죽다니, 뉘가 죽어?", "춘향이가 매를 맞고 생목숨이 죽었단다.", "아이고, 불쌍허고 아까웁다. 어서 가서 청심환²³⁵⁾ 갈아라." 끼리끼리 동지끼리 천방지축²³⁶⁾ 들어오며 다 각기 항렬을²³⁷⁾ 지어 이름 불러 들어오며, "아이고, 형님!", "아이고, 동생!", "아이고, 아짐!" 어떠한 기생들은 추세를²³⁸⁾ 따라 부른다. "아이고, 서울집! 어머님 신세를 어쩔라고 이 지경이 웬일이요?" 이리 한참 울더니마는 어떠한 기생 하나가 선춤²³⁹⁾ 추면서 들어온다. "얼시구 절시구, 지화자자 좋구나." 여러 기생들이 어이 없어. "아이고, 저년 미쳤구나. 에끼, 천하 미친년아! 춘향과 너와 무슨 혐오 있어 저 중장을²⁴⁰⁾ 당했는듸 선춤 출입이 웬일이냐?", "너 말도 옳다마는 나의 말을 들어 봐라. 진주에 의암 부인²⁴¹⁾ 나고, 평양에 월선 부인²⁴²⁾ 나고, 안동 기생으 일진홍,²⁴³⁾ 산 열녀문을

---

235) 청심환(淸心丸) : 심장에 생긴 병이 몸 거죽에 나타나는 부위인 심경의 열을 푸는 환약. 기절한 사람을 되살려 내는 데에 쓰임. 236) 천방지축(天方地軸) : 매우 급하여 방향을 잡지 못하고 허둥거리며. 237) 항렬(行列) : 친족이나 나이의 순서. 238) 추세(趨勢) : 세력이 있는 사람을 높이 보고 따름. 239) 선춤 : 제대로 된 춤이 아니고, 흥겨운 기분만 나타내려는 마구잡이 춤. 240) 중장(重杖) : 심한 매질. 241) 의암 부인 : 진주 기생 논개. 의암은 논개가 왜장을 안고 남강으로 떨어져 내린 바위 이름. 242) 월선 부인 : 평양 기생 계월향일 듯하다. 조방장 김 응서의 애첩으로, 왜장 마쓰우라에게 독을 탄 술을 먹이고 목을 베었지만, 이미 제 몸이 더럽혀졌음을 부끄럽게 여겨 스스로 목숨을 끊은 기생. 243) 일진홍→일지홍(一枝紅) : 시회(詩會) 놀이에서 만난 남편 김 씨가 중병이 들어 온갖 약을 다 써도 효험을 보지 못할 때에, 사람의 살을 먹어야 병이 낫는다는 말을 듣고 제 살을 베어 고기라고 속여서 남편에게 먹이고 병을 낫게 하였다는 안동 기생. 이 열행을 기리려고 그가 살아 있을 때에 열녀문을 세워 주었다고 하지만, 어느 시대 사람인지는 알 수 없다.

세워 있어 천추행사허여 있고,[244] 성천[245] 기생은 아해로되[246] 칠거으 학문[247] 들어 있고, 청주 기생으 화월이는[248] 삼층각에[249] 올랐으니, 우리 남원 교방청으 현판감이[250] 생겼으니 어찌 아니나 좋을손가. 얼시구나, 절시구. 노모 신세는 불쌍하나 죽을 테면 꼭 죽어라."

【중몰이】 사정이는[251] 춘향을 업고, 향단이는 칼머리 들고, 여러 기생 뒤를 따라 옥으로 내려갈 적으 춘향모 기가 막혀, "아이고, 내 신세야. 네가 이거 웬일이여. 원수로다, 원수로다, 존비귀천지 원수로구나.[252] 니가 만일 죽게 되면, 칠십 당년 늙은 몸을 뉘게 의탁헌단 말이냐?" 이렇닷이 울음 울고 옥으로 내려갈 적, 옥문 거리를[253] 당도허니 사정이 춘향을 옥에 넣고 옥쇠를 절컥 채워 노니 십오야 둥근 달이 떼구름 속으 잠겼구나.

【아니리】 그때여 춘향이, 여러 기생들, 춘향모, 모도 하릴없이 집으로 돌아오고, 춘향만 옥중에 홀로 앉어 장탄으로 울음을 우는듸,

【세마치】 "옥방이[254] 험탄 말을 말로만 들었더니 험궂고 무서워

---

244) 천추행사(千秋行祀)허여 있고 : 오랫동안 제사를 지내오고 있고. 245) 성천→선천(宣川). 246) 아해 : 동기(童妓). 머리를 쪽찌지 아니한 어린 기생. 247) 칠거(七去)으 학문 들어 있고 : '칠거지악의 하나라도 범하지 않을 만큼 배웠고'의 뜻이나, 여기서는 '학문이 높아 어느 한 가지에서도 모자란 데가 없고'의 뜻으로 쓰였다. 248) 화월(花月) : 어느 임금이 난리를 만나 도읍을 옮겼을 때에, 적의 자객이 온다는 사실을 미리 알고, 관인으로 변장하여 임금의 처소에 숨어 있다가 자객을 죽이고 자신도 그 칼에 맞아 죽었다는 청주 기생. 249) 삼층각(三層閣) : 세 층으로 지은 누각. 250) 현판감(懸板-) : 집 앞이나 마을 앞에 세우던 붉은 문인 정문(旌門)을 세워 현판을 달아 줄 만한 충신이나 효자, 또는 열녀. 251) 사정이 : '옥쇄장이'가 변하여 된 '옥사장이'의 준말인 '사장이'의 방언. 옥을 지키는 사령. 252) 존비귀천지원수 : 존비귀천(尊卑貴賤)이 원수로구나. 253) 옥문거리 : 옥문께. '-거리'는 '-께'의 뜻으로 쓰이는 방언. 254) 옥방(獄房).

라. 비단 보료 어데 두고 헌공석이[255] 웬일이며, 원앙 금침 어데 두고 짚토매가[256] 웬일인고? 천지야[257] 삼겨[258] 사람 나고 사람 삼겨 글자 낼 제, 뜻 '정'자, 이별 '별'자, 어찌허여 내셨던고? 이 두 글자 내든 사람 날과 백년 원수로구나." 울며불며 홀연히 잠이드니, 잠 주가[260] 호접[261] 되고 호접이 잠 주 되여[259] 편편히[262] 날어가니 반반혈루 죽림[263] 속으 두견이 오락가락, 귀신은 좌림허고,[264] 적적한 높은 집이 은은히 보이난듸, 황금 대자로 새겼으되, '만고 열녀 황릉묘'라 둥두렷이 걸었거늘, 이 몸이 황홀하야 문 열고 들어가니, 어떠한 두 여동이[265] 문 열고 나오더니 춘향 전예허여 여짜오되, "낭랑께서[266] 부르시니 나를 따라가사이다." 춘향이 여짜오되, "지명도 모르는듸 어떠한 낭랑께서 나를 알고 부르리까?" 여동이 대답을 허되, "가서 보면 알 것이니, 나의 뒤를 따르오 여동 뒤를 따러 내연을[267] 들어가니, 무하운창[268] 높은 집

---

255) 공석(空石) : 아무 것도 들어 있지 않은 빈 섬. '섬'은 짚으로 가마니 보다 크게 엮어 만든, 주로 곡식을 담는 데에 쓰이는 물건. 여기서는 '멍석'의 뜻으로 쓰였음. 256) 짚토매 : '짚뭇'의 방언. 짚단. 257) 천지야(天地也) : 하늘과 땅이. 258) 삼겨 : '생겨'의 옛말. 259) 잠 주가…잠 주 되여 : '잠 주'는 '장 주'의 와전. 장 주가 꿈에 나비가 되어 노닐다가 깬 뒤에 제가 나비였던지 나비가 저였던지 알 수가 없었다는, 「장자」의 "제물"편에 나오는 말로, 본디는 세상 모든 사물의 근본이 캐어 보면 모두 같다는 이치를 뜻하지만, 여기서는 '꿈엔듯 생시인듯 싶게'의 뜻으로 쓰였다. 260) 잠 주→장 주(莊周) : 중국 전국 시대 때에 도교의 사상가. 높이어 장자(莊子)라고 불리는데, 모두 열권으로 된 「장자」를 지었다. 261) 호접(蝴蝶) : 나비. 262) 편편히(翩翩一) : 가볍게 훨훨. 263) 반반혈루(班班血淚) 죽림(竹林) : 아황과 여영이 순임금의 죽음을 슬퍼하여 흘린 피눈물이 뿌려져 얼룩 무늬가 생겼다는 대의 숲. 264) 좌림(坐林)허고 : 숲속에 앉아 있고. 265) 여동(女童) : 여자 아이. 266) 낭랑(娘娘) : 왕족이나 황후를 높이어 부르는 말. 267) 내연→내원(內苑) : 궁중의 인 뜰. 268) 무하운창(無何雲窓) : 선녀가 사는 선경에 있는 높은 집의 창. '무하'는 장자의 "소요유"편에 나오는 말로, 끝 닿는 데가 없이 넓고 먼 선경이자 이상향을 뜻하며, '운창'은 구름이 서려 있는 높은 궁전의 창을 말한다.

이 백의 입은 두 부인이 문 열고 급히 나와 춘향 손길을 덥벅 잡고, "니 비록 여자오나 고금 사적 통달허여, 요녀 순처 아황 여영 우리 형제 있난 줄을 너도 응당 알리로다. 이 집은 황릉묘요, 저 숲은 반죽이요, 저 강은 소상강이라. 천만고 효부 열녀 우리 형제 따러와서 동서무으[269] 앉은 거동 이 모다 세상 효부 열녀로구나. 너도 절행이 장허기로 인간 부귀 시킨 후으이리 다려올 터이기로, 서편으 빈교가[270] 너 앉일 자리로구나. 오늘 너를 청허기는, 연약한 너으 몸이 흉장을[271] 과히 맞어 흉사가 가련키로[272] 구완차[273] 불렀으니, 이것을 먹으면 장독이[274] 풀리고 아무 탈이 없으리라." 술 석잔, 과실, 안주, 여동 시켜 주시거늘 돌아앉어 먹은 후으, 낭랑이 또 다시 분부허시되, "너으 노모 기다리어 시각이 늦었으니 어서 급히 나가 보아라." 춘향이 사배[275] 하직을 허고 깜짝 놀래 깨달으니, 황릉묘는 간 곳 없고 옥방으 홀로 누웠구나. "이리 될 줄 알았으면 두 부인 뫼시고 황릉묘가 있었으면 이런 꼴을 안 보련마는, 내가 이것이 웬일이란 말이냐?" 울음 울고 앉었구나.

〈후략〉

---

269) 동서무으→동서묘(東西廟)에 : 동쪽과 서쪽에 있는 묘당에. 270) 빈교(—轎) : 빈 가마. 곧, 빈 걸상. 271) 흉장(凶杖) : 몹쓸 형장. 272) 흉사(凶死)가 가련키로 : 몹쓸 죽음을 당한 일이 가련하기로. 273) 구완차 : '구완'은 '구원(救援)'이 변하여 된 말. '—차(次)'는 의도를 나타내는 접미사. 274) 장독(杖毒) : 매를 맞아서 생긴 상처의 독. 275) 사배(四拜) : 네번 큰 절을 하고.

심청가

「심청가」는 예술성이 높기로는 「춘향가」 다음으로 평가되며, 슬픈 대목이 많아서 계면조(옛 속악의 음계로 서양의 단조에 가까움)로 된 소리가 많다. 또 '아니리'가 많지 않기 때문에 소리에 능하지 않고는 「심청가」를 부르기가 어렵다.

「심청가」는 이야기의 줄거리와 가락의 짜임새로 봐서, 첫째 대목을 심청의 출생과 심청 어머니의 출상 장면까지, 둘째 대목을 심봉사가 젖을 동냥하는 장면부터 몽은사 화주승에게 공양미 삼백석을 바치겠다고 하는 장면까지, 셋째 대목을 심청이 후원에서 기도하는 장면부터 인당수에 빠지는 장면까지, 넷째 대목을 심청이 용궁으로 들어가는 장면부터 왕후가 되었으나 아버지에 대한 그리움으로 탄식하는 장면까지, 마지막 대목으로 심봉사가 맹인 잔치에 참여하여 심청을 만나고 눈을 뜨는 장면까지로 나눌 수 있다.

일반적으로 고대 이야기들이 그 주인공을 귀족 계급에서 설정하는데 반하여 「심청가」에서는 하층 계급을 주인공으로 설정, 작품화하였다는 데 그 특색이 있다.

우리 고대의 소설은 대부분이 문학 예술로 다루기보다는 권선징악하는 인생 교훈에 무게를 실었다. 삼강 오륜을 지향(志向)하고, 복선화음(福善禍淫 : 착한 사람에게는 복이 오고, 악한 사람에게는 재앙이 옴)을 결과로 삼았으나, 곧 심청의 효도와 춘향의 정절과 흥부의 우애가 그것이다.

특히 이 판소리는 여성들에게 인기가 있었다고 한다. 이것은 평민에서 왕후가 되었다는 여성들의 가장 큰 이상(理想) 때문이라고 할 수 있다. 여성의 동경과 야망을 심청을 통해 대신 실현한 것이다.

여기서는 심봉사가 몽은사 화주승에게 공양미 삼백 석을 납상(올려 바침하기로) 약속하는 장면부터 인당수에 몸을 던지는 장면까지 싣겠다. 이 대목은「심청가」에서 음악적으로 가장 잘 이루어져 있고, 소리도 변화가 심하게 짜여 있어,「심청가」의 중요 부분이라 할 수 있다.

【잦은 몰이】 심청이 들어온다. 시비를 뒷세우고 천방지축 들어와, 닫은 방문 펄쩍 열고 부친의 모냥을 보더니 부친 앞으로 우르르르르르르. "아이고, 아버지! 날 찾어오시다가 이 봉변을 당하였소, 이웃집 가시다가 이 지경을 당하였소? 춥긴들 오죽허며 시장헌들 오죽허리까? 승상댁 노부인이 굳이 잡고 만류허기로 어언간¹⁾으 더디었소."

【아니리】 농 안의 옷을 내야, "아버지, 젖은 옷은 벗으시고 옷 갈아 입으시오." 정제²⁾로 들어가 밥을 속히 지어 가지고 부친 앞에 상올리며, "아버지, 진지 잡수시오.", "아니, 나 밥 안 먹을란다.", "아버지, 소녀가 더디 왔다 그러시오?", "아니다. 너 알 일도 아니고, 나 혼자만 알다가 꼭³⁾ 죽어 버릴란다.", "아버지, 아버지는 나를 믿고, 저는 아버지 영을 받자와 대소사를 의논할 때, 아무리 불효 여식이라고 '너 알어 쓸데 없다' 하시니 소녀가 도로혀 섧소이다.", "아가, 내가 너를 속일 리가 있겠느냐? 내 말 허마. 너 오는 듸 찾어 나가다가 개천물에 빠져 거의 죽게 되얐더니, 아, 몽은사 화주승인지, 발기⁴⁾목탁의 아들놈인지, 나를 건져 살려 놓고, 공양미 삼백 석만 불전에 시주하고 진심으로 불공하면 대명 천지를 본다기에, 눈 뜬단 말만 반기⁵⁾ 듣고 그저 허락을 했으니, 복을 빌어 눈 뜨려다가 도로혀 죄를 지었구나."

【중몰이】 심청이가 여짜오되, "옛날 곽 거⁶⁾라고 허는 효자, 찬수 공양 극진헐 제, 삼세 된 어린아이가 부모 반찬 먹는다고 산 자식을 묻으랄 제, 파는 땅 금을 얻어 부모 봉양을 허여 있고, 맹종⁷⁾이라 허는 효자, 엄동설한에 죽순 끊어 부모 봉양을 허였으니,

---

1) 어언간 : 알지 못하는 사이에 어느덧. 2) 정제 : 부엌. 3) 꼭 : '아무도 모르게'의 뜻. 4) 발기 : 절간에서 쓰는 밥그릇. 5) 반기 : '반겨'의 사투리. 6) 곽거 : 후한 사람으로 효성이 지극하다. 7) 맹종 : 중국 삼국시대 사람. 어머니의 병을 치료하려고 죽순을 구하기 위해 대숲에 가서 밤낮으로 울었더니 죽순이 솟아나와 어머니의 병을 낫게 했다.

사친지효도[8]가 옛사람만은 못하여도, 지성이면 감천이라, 공양미 삼백 석을 올리리다."

【아니리】 이렇듯 부친을 위로하고, 심청은 그날부터 후원에 단[9]을 뭇고[10] 목욕 재계[11] 정히 허고 그날 그날 빌고, 시름없이 앉았을 제, 하루는 뜻밖에,

【중중몰이】 남경 장사 선인들이 골목골목 들어서며 각기 모두 외는[12] 말이, "우리는 남경 장사 선인으로, 인당수라 하는 데서 인제수[13]를 받삽기로, 십오세나 십륙세나 먹은 처녀가 있으면 중값[14]을 주고 살 것이니, 처녀 팔 일 혹 있소? 있으면 있다고 대답을 허시오. 허허이어허허허허허."

【아니리】 심청이 반겨 듣고 보선발로 쫓아나가, 그중에 수선인[15]을 불러 앉혀 놓고 부친 사정 말한 후에, 공양미 삼백 석에 인당수 제수로 제 몸을 팔게 한 후, 행선날은 내월 십오일날로 정하고, 안맹한 부친 소원 그날로 풀게 헌다. 심봉사 심청다려 묻는 말이, "삼백 석은 어디 나서 바쳤느냐?", "일전에 월평 장 승상 댁 부인께서 저를 수양녀를 하라 하시기에, 이 사정을 여쭈옵고, 공양미 삼백 석을 몽은사에 받치우고 제가 수양녀로 팔리었나이다.", "거, 그 일 잘 되었다! 그러면, 거 언제 다녀가시마 하시더냐?", "내월 십오일날 다녀간다 하옵니다.", "거 날도 잘 났다!" 이렇듯 부친을 위로허고, 심청이는 곰곰 앉어 생걱허니,

【진양】 "눈 어둔 백발 부친 영결[16]허고 죽을 일과, 사람이 세상으 삼겨났다가 십오세에 죽을 일이, 이리 허여도 뜻이 없고, 저리 허여도 생각이 없네." 식음을 전폐허고 수심으로 지내이다가 다

---

8) 어버이를 섬기어 효도함. 9) 단 : 흙이나 돌로 쌓아올린 제터. 10) 뭇고 : '모으고'의 옛말. 11) 재계 : (재를 지내려고)몸과 마음을 깨끗이 하며 경계함. 12) 외는 : 외치는. 13) 인제수 : 사람 제물. 14) 중값 : 많은 값. 15) 수선인 : 뱃사람의 우두머리. 16) 영결 : (죽어서)아주 이별.

시 곰곰히 생각허니, "아서라, 내 죄로다. 못 쓰겄다. 내가 망종[17] 살어 있을 적에 부친 의복을 지여 놓으리라." 춘추 의복 상침[18] 접것[19] 백함으다, 다려 놓고, 갓, 망건을 새로 지어 걸어 놓고, 행선[20] 일자를 생각허니 하룻밤이 격한지라,[21] 밤은 적적 삼경이 되고, 은하수는 기울어졌네. 부친이 깰까 크게 울지는 못허고, 속으로 느끼어 경경열열하야[22] 수족도 만지고 얼굴도 대어 보며, "아이고, 아버지. 날 볼 날이 몇 날이며, 날 볼 밤이 몇 밤이요? 내가 철을 안[23] 연후로 밥 빌기를 놓았더니마는, 오늘 밤이 망종이요 그려. 오늘밤 오경이[24] 함정에[25] 머무르고, 내일 아침 돋는 해를 부상에[26] 맬 양이면, 어이 불쌍한 우리 부친 더 모시고 보련마는, 일거월래를[27] 게 뉘라서 막을소냐?" 천지가[28] 사정이 없이, 원촌에 닭이 우니, "닭아, 닭아, 닭아, 우지를 마라. 반야진관에 맹상군이[29] 아니어든,[30] 네가 울면 날이 새고 날이 새면 나 죽는다. 나 죽기는 섧지가 않으나, 앞 어두신 우리 부친 뉘게 의지를 헌단 말이냐?"

【중중몰이】 날이 차차 밝어지니, 부친 진지 지을 양으로 문 열

---

17) 망종 : 마지막. 18) 상침 : 바느질의 일종. 19) 접것 : '접옷'의 방언. 20) 행선 : 배를 타고가는. 21) 격한지라 : 남은지라. 22) 경경열열하야 : 슬퍼서 목메어 울며. 23) 철을 안 : 철이 든. 24) 오경 : 새벽 네시쯤이 되는데, 여기서는 날이 새는 시각을 상징하는 말. 25) 함정→함지 : 해가 진다고 하는 큰 못. 26) 부상 : 해가 뜨는 곳. 동쪽 바다에 있다. 27) 일거월래 : 해가 지고 달이 뜸. 곧 시간의 흐름. 28) 천지 : 여기서는 '자연의 섭리'란 뜻. 29) 반야진관에 맹상군 : 한방중에 진나라 관문에 있는 맹상군. ※ 반야진관에 맹상군 : 맹상군은 전국 시대에 제나라의 정승인 전문을 말하는데, 친구를 좋아하여 식객이 늘 삼천명이나 되었다고 한다. 진나라 소왕이 그를 시기해서, 초청하여 가두고 죽이려 하자, 나라 밖으로 나가는 관문에서 추격을 받았는데, 함께 도망치던 식객 가운데 닭 울음 소리를 잘 내는 사람이 있어 흉내를 내니 성안의 닭들이 한꺼번에 울어, 문지기는 날이 샌 걸로 착각하여 문을 열어서 무사히 탈출했다. 30) 아니어든 : 아닌데.

고 나와 보니, 어느새 선인들이 사립 밖으 와 종긋종긋.[31] "여보, 낭자, 여보, 낭자, 오늘이 행선날이오니 어서 급히 가옵시다." 심청이 선인을 보고 겨우 정신 차려 우두머니 서 있다가, "여보시오, 선인님네. 오늘이 행선날이온 줄 내 이미 알거니와, 앞 어두신 우리 부친께서 날 몸 팔린 줄 모르오니, 잠깐 지체하옵시면 진지망종 지어드린 후 떠나는 것이 어떠하오?"

【아니리】 그리하라 허락하니, 정제로 들어가 눈물 씻고 밥을 지어 가지고 부친 앞에 상 올리며, "아버지, 진지 잡수시오." 심 봉사는 아무런 줄을 모르고서, "아, 거, 오늘 아침 반찬이 매우 걸구나.[32] 거, 뉘 댁에 제사 지냈더냐?" 심청 같은 출천대효는[33] 하느님도 아는지라, 부녀천륜[34]이 어든 몽조[35] 어찌 없을소냐. "아가, 내가 간밤으 꿈을 꾸니 네가 큰 수레를 타고 갓없이[36] 가보이던구나. 수레라 허는 것은 귀한 사람이 타는 법이라. 아마 장 승상 댁에서 너 데려 갈 제 가마 태여 다려갈랴는가 보더라." 심청이는 저 죽을 꿈인 줄 번연히[37] 알되, "아버지, 그 꿈 장히[38] 좋소이다."

【진양】 진지상을 물리치고 사당으로 하직을 간다. 후원에 돌아를 가더니, 사당문을 가만히 열고 통곡 재배 하직을 헌다. "아이고, 삼대 할머니,[39] 삼대 할머니, 그 지차[40] 불쌍한 우리 부친. 불효 여식 심청이는 아비의 눈 뜨려고, 남경 장사 선인들께 몸이 팔려 인당수 제수로 가옵니다. 조종향화를[41] 일로 좇아[42] 끊게가

---

31) 종긋종긋 : 기웃기웃. 32) 걸구나 : 풍성하구나. 33) 출전대효 : 하늘이 낸 큰 효녀. 34) 부녀천륜 : 하늘이 정해 준 아버지와 딸사이의 인륜. 35) 몽조 : 꿈자리. 36) 갓없이 : 끝없이. 37) 번연히 : 환하게 빤히. 38) 장히 : 아주. 39) 할머니 : '할아버지'를 잘못 말한 듯 하다. 40) 그 지차 : 그 다음으로. 41) 조종향화 : 향을 피워서 조상에게 제사를 지내는 일. 42) 일로 좇아 : 한자말 '종차(從此)'를 직역한 말.

되니 불승명보허옵니다."[43] 사당문을 가만히 닫고 나서더니 부친 앞으로 우르르르르르르르르 달려들어 부친의 목을 안고 엎더지 며, "아이고, 아버지!"

【아니리】 딱 기절을 허는구나. 심 봉사는 아무 물색도[44] 모르고서 마음놓고 앉았다가, "아이고, 이 청아. 오늘 아침 반찬이 너무 걸더니 무얼 먹고 체했느냐? 소금을 좀 먹어 볼라느냐? 아이고, 이거 기절했네! 어서 말 좀 하여라. 봉사으 딸이라고 어느 놈이 뭐라 하더냐? 아니고, 답답하다. 어서 말 좀 하여라.", "아이고, 아버지. 공양미 삼백 석을 누가 저를 주오리까? 남경 장사 선인들께 삼백 석으 몸이 팔려, 오늘이 죽으러 가는 날이오니 저를 망종 보옵소서." 심 봉사가 눈뜬단켕이는[45] 눈 빠진 말을 들었으니 그 일이 어찌 되겠느냐! 붙들고 뛰노는듸,

【잦은 중중몰이】 "아이고, 이것이 웬말이냐! 여봐라, 심청아! 무엇이 어쩌고 어쩌! 허허 그 말 들음직허다. 너 하나 날 양으로 명산 대찰 영신당, 나무 보면 목신제,[46] 돌 보면 석신제를[47] 지성으로 공을 들여 천만의외 너를 낳고, 너 낳은 칠일 만으 어린 너를 품안에 안고 동냥젖 얻어먹여 이만큼 자랐기로, 너그 모친 죽은 설움을 차차 잊었더니 네가 이것이 웬일이냐? 어쩐 놈의 팔자 간데, 아내 죽고 자식 잃고, 뉘를 믿고 산단 말이냐? 예이, 천하 상놈들아! 옛 글을 모르느냐? 칠년대한[48] 가물 적에 사람 잡어 빌랴 허니, 탕임금 어지신 말쌈, 내가 지금 비난데 사람을 위한 비니, 사람 잡어 빌랴 허면 몸으로 희생 되어,[49]「신영백모 전조

___

43) 불승명보허옵니다 : 그리움을 이기지 못합니다. 44) 물색 : 까닭이나 형편. 45) 뜬단켕이는 : 뜬다기는 커녕. 46) 목신제 : 민속 신앙에서, 큰 나무에 신이 있다고 믿고 지내는 제사. 47) 석신제 : 큰 바위에 신이 있다고 믿고 지내는 제사. 48) 칠년대한 : 칠년 동안이나 계속되는 큰 가뭄. 49) 내가 지금…몸으로 희생되어 : 내가 지금 비는 비는 사람을 위한 것이니, 사람을 잡아 빌어야 한다면 내 몸을 희생시켜.

단발, 상림 뜰 빌었더니, 대우 방수천리라.」[50] 이런 일도 있었으니 이 몸으로 대신 가면 어떠하냐? 돈도 싫고, 쌀도 싫고, 눈 뜨기도 내사 싫다! 네 이놈들, 히 보자 히 봐!"

【아니리】 그때여 동네사람들이 모두 달려들어 심 봉사 손을 꽉 붙들어 놓으니, 심 봉사, 옮도 뛰도 못허고 그대로 딸을 잃어버리는듸,

【중몰이】 "못 가지야, 못 가지야, 날 버리고 못 가지야. 아이고, 이놈의 신세 보소. 마누라도 죽고 자식까지 마저 잃네." 엎더져서 기절을 하니 동네 사람들은 심 봉사를 붙들고. 그때여 심청이는 선인들을 따라를 간다. 끌리난 치맛자락 거듬거듬이 걷어 안고, 흐트러진 머리채는 두 귀밑에 와 늘었구나.[51] 비와 같이 흐르난 눈물, 옷깃에 모두다 사무친다. 엎더지며 자빠지며 천방지축 따라간다. 건넌말 바라를 보며, "이 진사 댁 작은 아가, 작년 오월 단오날에 앵도 따고 노던 일을 니가 행여 잊었느냐? 너희들은 팔자 좋아 부모 모시고 잘 있거라. 나는 오늘 우리 부친 이별허고 죽으러 가는 길이로다." 동네 남녀노소 없이 눈이 붓게 모도 울어, 하나님이 아신 배라, 백일은[52] 어디 가고 음운이[53] 자욱헌데, 청산도 찡그난 듯, 간수는[54] 오열허여, 휘늘어져 곱던 꽃이 이울고저[55] 빛을 잃고, 요요한[56] 버들가지 졸듯이 늘였구나. 춘조난 슬피 울어 백반제송허는[57] 중에, "묻노라, 저 꾀꼬리, 어느 뉘를 이별허고 환우성을[58] 게서 울고, 뜻밖의 두견이 소리, 피를 내여 운

---

50) 은나라 탕 임금때 칠년 동안이나 가뭄이 들어 사람을 제물로 기우제를 지내야 하는데, 탕 임금이 스스로 희생이 되겠다고 말하고, 손톱과 발톱, 머리카락을 잘라 기우제를 지내니 큰 비가 왔다고 한다. 51) 늘었구나 : 늘어졌구나. 52) 백일 : 밝은 해. 53) 음운 : 어두운 구름. 54) 간수 : 산골짜기에 흐르는 시냇물. 55) 이울고저 : 시들려고. 56) 요요한 : 길고도 가느다란. 57) 백반제송허는 : 온갖 것이 모두 울며 보내는. 58) 환우성 : 짝을 그리워하며 구슬프게 우는 소리.

다마는, 야월공산 어디 두고 진정제성 단장성은 네 아무리 불여
귀라[59] 가지 우에 앉어 운다마는, 값을 받고 팔린 몸이 어느 년
어느 때나 돌아오리?" 바람에 날린 꽃이 얼굴에 와 부딪치니, 꽃
을 지어 손에 들고, "약도춘풍불행의면 하인취송으 낙화내라.[60]
한 무제 수양 공주 매화장에 있건마는, 죽으러 가는 몸이 수원수
구를[61] 어이하리?" 한 걸음에 눈물을 짓고, 두 걸음에 한숨 쉬어,
울며불며 끌리어 강두[62]로만 나려간다.

【휘몰이】 한 곳을 당도허여, 배이마다[63] 조판[64] 놓고 심청을 인
도하여 뱃장[65] 안에다 올린 후 무쇠 같은 선인들이 각 채비를 단
속헌다. 닻 감고, 돛을 달고, 키 잡고, 뱃머리 들어, 북을 두리둥,
어기야 어기야 어기야 어기야, 북을 두리둥 둥둥둥 두리둥 둥둥
둥 둥둥둥 둥둥둥 둥둥둥둥,

【진양】 범피중류,[66] 둥덩실 떠나간다. 망망헌 창해이면 탕탕헌[67]
물결이로구나. 백빈주[68] 갈매기는 홍요안으로[69] 날아들고, 삼강의
기러기난 한수[70]로만 돌아든다. 요량헌[71] 남은 소리 어적이언마
는,[72]「곡중인불견에 수봉만 푸르렀다」[73] 애내성중만고수난[74] 날

---

59) 불여귀 : 돌아감만 못하다'라는 뜻인데, 소쩍새의 울음소리를 가리킨다.
60) 약도춘풍불행의면 하인취송으 낙화내라 : 봄바람이 내 이 슬픈 뜻을 모
른다면, 어찌 내게로 이 꽃잎을 날려 보내겠느냐? 61) 수원수구 : 누구를
원망하거나 탓함. 62) 강두 : 강가의 나루근처. 63) 배이마 : 뱃머리. 64)
조판 : 배에 오르기 쉽도록 배와 물을 이어 대는 널판지. 65) 뱃장 : 나무로
만든 배의 안쪽 바닥. 66) 범피중류 : 바다 한가운데로 배가 떠난다. 67)
탕탕헌 : 크고 힘차며 사나운. 68) 백빈주 : 흰 꽃이 피는 부평초가 가득한
물가 섬. 69) 홍요안 : 단풍이 들어 붉은 대만 남은 여뀌가 가득한 언덕.
70) 한수 : 양자강의 지류. 71) 요량헌 : 소리가 맑아서 멀리까지 들리는.
72) 어적이언마는 : 어부들이 부는 피리 소리인 듯하건마는. 73) 곡중인불
견에 수봉만 푸르렀다 : 노래소리가 그치자 사람은 보이지 않고, 강물 위에
두어 산봉우리만 푸르르다. 여기서는 심청이 빠져 죽은 뒤에 올 적막감을
표현한 말. 74) 애내성중만고수난 : 노질하는 소리 속에 만고의 근심이 들
어 있다는 말은.

로 두고 이름이라. 장사를[75] 지내갈 제 가 태부는 간 곳 없고, 굴삼려 어복충혼 무량도[76] 허도던가? 황학루를 당도하니, 일모향관하처시요. 연파강상사인수난[77] 최호의 유적이로구나. 봉황대를 당도허니, 삼산은 반락청천외요, 이수중분백로주라,[78] 이태백이 노던 데요. 심양강을 당도허니, 백낙천 일거 후에[79] 비파성이 끊어졌다. 적벽강을 그저 가랴. 소동파[80] 노던 풍월[81] 의구하여[82] 있다마는, 조맹덕 일세지웅, 이금으 안재재?[83] 「월락오제[84] 깊은 밤에, 고소성 외으다가 배를 매어, 한산사 쇠복 소리는 전후 상응허여[86] 객선으[87] 뎅뎅 떨어진다」[85] 「진회수를[89] 건너가니, 격강으

---

75) 장사 : 중국 호남성의 중심지. 76) 무량→무양 : 몸에 탈이나 병이 없음을 뜻하는 인사말로, 여기서는 단순한 인사말로 쓰였다. 77) 일모향관하처시요, 연파강상사인수 : '날은 저무는데 내 고향은 어디쯤일까? 사방을 둘러봐도, 강물 위에 피어오르는 안개가 시름만 더해 주네'의 뜻으로 여기서는 그러한 외로운 정경을 가리키는 듯함. 78) 삼산은 반락청천외요, 이수중분백로주라 : 삼산은 반이나 구름 속에 가려 마치 푸른 하늘 밖으로 떨어지는 듯이 우뚝 솟아 있고, 두 줄기로 나뉜 강물은 백로주를 끼고 흘러간다. 79) 일거후에 : 한번 가 버린 뒤에. 80) 소동파 : 중국 송나라 시인으로, 그가 지은 글 가운데 「적벽부」가 널리 알려졌다. 81) 노던 풍월 : 즐기던 경치. 82) 의구하여 : 옛날과 다름없이. 83) 일세지웅, 이금의 안재재 : 한때의 영웅이었던 그 사람이 지금은 어디 있느냐. 84) 월락오제 : 음력 초여드레쯤엔 한밤중에 달이 지는데, 하늘이 동틀 무렵처럼 어슴프레하니, 까마귀가 새벽인 줄 알고 울고 날아가고. 85) 월락오제…뎅뎅 떨어진다 : 한밤중 달이 질 무렵에 까마귀가 새벽인 줄 알고 날아가는데, 하늘엔 서리 기운이 가득 차 춥고, 강 기슭의 단풍과 고깃배의 등불이 잠못 이루는 내 눈에 비친다. 소주 교외에 있는 한산사에서 한밤을 알리는 쇠북 소리가 멀리 나그네 배에까지 들리어 오네. 86) 전후 상응허여 : 앞뒤가 서로 어울려서. 87) 객선 : 손님을 태우는 배. 88) 진회수를~푸르렀구나 : 안개는 차가운 강물 위에서 자욱하고, 달빛은 모래밭에 빛나는 구나. 이 밤을 진회에서 묵으려 하는데, 강가의 많은 주막집에서는 기생들의 노래 소리 들리어 오네. 술 파는 여자들은, 옛날에 진나라가 이과하여 망한 한스러움도 모르는지, 강 저쪽 술집에서 「후정화」 노래를 부르는 구나. 89) 진회수 : 중국의 운하인데, 강가의 풍경이 아름다와 술집이 많다고 함.

상녀들은[90) 망국한[91) 모르고, 연롱한수월롱사에 후정화만[92) 푸르렀구나」[88) 소상강을 들어가니 악양루[94) 높은 집은 호상[95)으 높이 솟아, 동남으로 바라를 보니, 오산은 첩첩, 초수는 만중이라,[96) 반죽으[97) 젖은 눈물은 이비[98) 한을 띠어 있고, 무산의 지는 달은 동정호으가 비쳤으니, 상하천광이[99) 푸르렀다. 산협으[100) 잔내비는 자식 찾는 슬픈 소리로 천객[101) 소인이[102) 몇몇이나 눈물을 지랴.

【중몰이】 소상 팔경[103) 지내갈 제, 한 곳을 당도허니 옥패 소리가 쟁쟁. 어떠한 두 부인이 죽림 새로 나오는듸, 착하승[104) 서주끈에[105) 신을 끌고 나오면서, "저기 가는 심 소저야, 니가 나를 모르리라. 나는 다른 사람이 아니라, 「창오산붕상수절이라 죽상지루내가멸이라.」[106) 천추의 깊은 한을 하소연 할 곳이 없었더니, 지극한 네 효성을 하직코자 나왔노라. 요, 순, 우, 탕 기천년으[107) 지금은 어느 때며, 오현금, 남풍시를[108) 이제까지 전하더냐? 수로

---

90) 격강으 상녀들은 : 강을 사이에 두고, 곧 강가에서 술을 파는 여자들은.
91) 망국한 : 중국 진나라의 임금인 후주가 '후정화'라는 가락을 만들어 밤낮없이 부르며 술을 마시고 놀기만 일삼다가 나라를 망하게 했던 한스러운 일. 92) 후정화 : 후주가 만든 가락의 이름. 93) 푸르렀구나 : 무성하구나. 94) 악양루 : 중국에 있는 누대인데, 풍경이 매우 아름답다. 95) 호상 : 호수 위에. 96) 만중이라 : 여러 겹으로 싸였다. 97) 반죽 : 순임금이 창오산에서 죽자 그의 아내인 아황과 여영이 슬피 울며 뿌린 눈물이 상강의 대밭에 떨어져 생겼다는 점박이 대. 98) 이비 : 아황과 여영. 99) 상하 천광 : 본디 하늘과 물에 비친 하늘. 100) 산협→삼협 : 양자강 중류의 무협, 구당협, 스릉협의 세 골짜기. 101) 천객 : 지방으로 좌천되거나 귀양 간 사람. 102) 소인 : '시인' 또는 '무사'를 이를 때 쓰는 말. 103) 소상팔경 : 중국의 소주와 상강이 합치는 곳에 있는 여덟 가지 아름다운 경치. 104) 착하승→자하상 : 선녀가 입는다는 자주빛 치마. 105) 서주끈 : 상서로운 구슬을 꿴 끈. 106) 순임금이 창오산에서 죽으니, 창오산이 무너지고 상수가 흐리지 않아야 대잎 위에 뿌린 눈물이 비로소 마를 것이다는 의미로 두 왕비의 슬픔을 표현한 말. 107) 요, 순, 우, 탕 기천년으 : 요임금, 순임금, 우임금, 탕임금과 같은 어진 임금이 죽은 지 오랜 세월 뒤에. 108) 남풍시 : 순임금이 지은 시로 효행할 것을 강조하였음.

먼먼 길을 조심허여 다녀가라." 심청이 생각을 허되, "이는 아황, 여영이라." 서산[109]을 당도허니, 풍랑 대작[110]허고 찬 기운이 치달으며, 어떠한 사람이 나온다. 면여거륜허고[111] 미간이 광활헌듸, "가죽을 몸에 입고 이 물에 풍덩 빠졌더니 장부의 원통함이 월병으 멸소함을 역력히 보랴 허고, 내 일찍 눈을 빼어 동문 상에 걸었더니, 완연히 보았노라. 수로 천리 먼먼 길을 조심허여 다녀가라." 심청이 생각허되, 오나라 충신 오자서라. 거년[112] 사오색[113] 꿈과 같이 지내가니, 「품풍삽이석기허고 옥우곽이쟁영이라.」[114] 「낙하는 여고목제비허고, 추수는 공장천일색이라.」[115] 무변떡목소소혜여,[116] 옥로, 청풍이 붉어 있다.[117] 외로울손[118] 어선들은 등불을 돋우어 달고 어가로 화답허니, 일발청산은[119] 봉봉이 칼날 되고, 돋이난[120] 것이 수작이라. 지려으 죽자 허니 선인들이 수직허고,[121] 살아 실려 가자 허니 고국이 창망이라.[122]

【잦은몰이】 한곳을 당도허니 이난 곧 인당수라. 광풍이 대작허고, 바다가 뛰넘으며, 어룡이 싸우난 듯, 대천 바다[123] 한가운데, 노도 잃고, 닻도 잃고, 용총줄[124] 끊어져, 키도 빠지고, 바람 불고 안개 잦아진[125] 날, 갈길은 천리 만리나 남았는듸, 사면이 어둑

---

109) 서산 : 억울하게 죽은 오자서의 넋을 달래기 위해 양자강 가에 세운 사당. 110) 대작허고 : 크게 일고. 111) 면여거륜하고 : 얼굴이 바퀴처럼 크고. 112) 거년→거연 : 별안간. 113) 사오색 : 네댓말. 114) 가을 바람이 저녁에 쌀쌀하게 불고, 넓은 하늘이 말쑥하게 빛난다. 115) 나지막히 긴 노을을 따라 외로운 따오기가 날고, 가을의 맑은 물은 하늘과 한빛이라. 116) 무변떡목소소혜여→무변낙목소소하여 : 넓은 곳에 낙엽이 쓸쓸히 소리 내며 떨어지고. 117) 붉어 있다 : 단풍이 붉어 있다. 118) 외로울손 : 외롭도다. 119) 일발청산 : 한 가닥의 머리카락처럼 가물가물 보이는 산. 120) 돋이난 : 돋우는. 121) 수직허고 : 지키고 있고. 122) 창망이라 : 아득하고 망망하다. 123) 대천바다 한가운데~사면이 어둑 점글어 : 「청구영언」에 실린 사설 시조의 한 부분. 124) 용총줄 : 돛대에 매놓고 닻을 올리고 내리는 줄. 125) 잦아진 : 자욱하게 긴.

점글어[126] 지척 분별헐 수 없다. 수중 고혼 잡귀 잡신, 심청이 기개를 보랴 허고, 샛등[127]에 드난[128] 소리, 풍파 강산 섞어날 제[129], 선인들이 황황 대급[130] 고사지계[131]를 차려, 섬쌀[132]로 밥을 짓고, 큰 소 잡아 헤트리고,[133] 동이 술, 삼색 실과, 오색 탕수[134]를 바쳐 놓고, 산 돝[135] 잡아 큰 칼 꽂아 기는 듯이 바쳐 놓고, 심청을 정한[136] 의복을 입혀 고사 끝에 바칠 차로[137] 뱃머리으다 앉혀 놓더니,

【아니리】 그때여 도사공[138]이 북채를 양손에다 갈라 쥐고 북을 울리는듸,

【잦은 중중몰이】 북을 두리둥 둥둥둥둥둥둥둥둥둥. "헌원씨[139] 배를 모아[140] 이제불통허고,[141] 후생[142]이 본을 받어 다 각기 위업허니,[143] 막대한 공 이 아닌가? 하우씨 구년지수[144] 배 타고 다사를 제,[145] 오복으[146] 정한 음식[147] 구주[148]로 돌아들고[149] 해성으 패한 장수 오강[150]으로 돌아들 적으 그도 또한 배를 타고, 임술지 추칠월으 종일위지소요하야,[151] 지국총 어사와,[152] 어부의 즐거움

---

126) 점글어 : 저물어. 127) 샛등 : 배 128) 드난 : 들어오는. 129) 풍파 강산 섞어 날 제 : 천지에 험한 파도 소리가 뒤섞여 날 때. 130) 황황 대급 : 몹시 급히. 131) 고사지계 : 고사를 지내며 빌 계획. 132) 섬쌀 : 많은 쌀. 133) 헤트리고 : 살을 발라 내고. 134) 탕수 : 탕국. 135) 돝 : 돼지. 136) 정한 : 깨끗한. 137) 바칠 차로 : 바치려고. 138) 도사공 : 뱃사람의 우두머리. 139) 헌원씨 : 황제. 140) 모아 : 만들어. 141) 이제불통허고 : 통하지 못하던 데를 건너다니게 하고. 142) 후생 : 장사하는 사람들. 143) 위업허니 : 생업으로 삼으니. 144) 구년지수 : 9년 동안의 홍수. 145) 배 타고 다사를 제 : 배를 타고 다니며 다스릴 제. 146) 오복 : 서울을 가운데로 한 다섯 구역. 147) 음식 : 오복의 땅에서 공세로 정하여 거두어들인 식량. 148) 구주 : 온 천하. 149) 돌아들고 : 물굽이를 돌아 배로 운반해 오고. 150) 오강 : 항우가 유방에게 패하고 자살한 곳. 151) 임술지추칠월에 종일위지소여하여 : 임술년 음력 칠월에 작은 배가 가는 대로 몸을 맡기고. 152) 지국총 어사와 : '어부가'의 후렴.

이라, 경세우경난으[153] 상고[154] 선인이 아닌가?[155] 우리 동무 스물
세명 상고로 위업하야 경천경서[156] 다니다가, 인당수 용왕님네 인
제수를 받삽기로[157] 십오세 처녀를 넣사오니, 동해 청룡신, 남해
청룡신, 서해 백룡신, 북해 흑룡신, 강한지장[158]과 천택지군[159]이
일시로 흠향을 허옵시고,[160] 비렴[161]으로 바람 불어, 직수 문적하
야,[162] 배도 무쇠배가 되어, 수천리 대해 중으 무사히 행선하옵기
점지하야[163] 주옵소서." 그저 북을 두리둥둥둥둥둥둥둥둥둥둥,
"심청아, 물때 늦어 간다. 어서 급히 물에 들어라!" 성화같이[164]
재촉허니, 심청이 이 말을 듣더니 정신 없이 일어나 뱃전을 붙들
더니, 일신수족을 벌벌 떨며, "여보시오, 선인님네, 도화동쪽이
어디요?" 선인이 손을 들어 도화동을 가리킨다. "저 건너, 허공
이 적막허고 희연 구름이 담담한[165] 듸 그 아래가 도화동일세."
심청이 바라보며 두 손을 합장허고 뱃전 안에 엎드러져, "아이고,
아버지. 심청은 죽거니와 아버지는 눈을 떠 천지만물을 보옵시고,
날 같은 불효 여식을 생각지 마옵소서. 나 죽기 섧잖으나, 혈혈단
신 우리 부친, 누게 의지헌단 말이냐?" 가슴을 뚜다리며 복통단
장터니, "여보시오, 선인님네. 억십만금 퇴[166]를 내여, 고국으 돌
아가서, 도화동 찾어가서, 우리 부친이 눈 떴으면 떴다던지, 애통
하야 세상을 바렸으면 바렸다던지, 존망[167]을 알어다가, 이 물을
지나거던 나의 혼을 불러 그 말을 부디 일러 주오.", "글랑은 염
려 말고 어서 급히 물에 들어라." 물결을 살펴보니, 원해 만리는

---

153) 경세우경년 : 여러해가 지나감. 154) 상고 : 장사아치. 155) 이 아닌
가 : 이와 같지 아니한가. 156) 경천경서 : 사방으로. 157) 받삽기로 : 받으
옵기로. 158) 강한지장 : 큰 강을 지킨다는 신. 159) 천택지군 : 시내와 못
을 지킨다는 신. 160) 흠향을 허옵시고 : 제물을 받아서 드옵시고 161) 비
렴 : 바람의 신. 162) 직수 문적하야 : 용왕이 손수 글로 증서를 적어서.
163) 점지하야 : 그들의 힘으로 도와. 164) 성화같이 : 매우 급히. 165) 담
담한 : 맑고 깨끗한. 166) 퇴 : 이익 167) 존망 : 살았는지 죽었는지.

하날에 닿었난듸,[168] 태산 같은 넛덩이[169] 뱃전 퉁퉁, 풍랑은 우르르르르르르르, 물결은 위리렁 워리렁, 그저 뱃전을 탕탕, 와르르르르르르르.

【휘몰이】 심청이 거동 봐라. 바람 맞은 사람같이 이리 비틀, 저리 비틀, 뱃전으로 나가더니, 다시 한번 생각헌다. "내가 이리 진퇴함은[170] 부친의 정[171] 부족함이라." 치마폭 무릅쓰고,[172] 두 눈을 딱 같고, 뱃전으로 우루루루루루루루, 손 한번 헤치더니,[173] 강상으 몸을 던져, 배이마에 꺼꾸러져, 물에가 풍,

【아니리】 빠져 놓으니,

【진양】 행화[174]는 풍랑을 쫓고[175] 명월은 해문[176]에 잠겼도다. 문창해지일속이라,[177] 제문을 물에다가 떨치고, 청천의 외기러기 난 북천으로 울고 가고, 창파만경[178] 너른 바다 쌍쌍 백구만 흘리 떴다. 우후청강[179]을 못 이기어 비거비래[180] 왕래커날, 선인들 마음이 처량허여 면면히[181] 바라보며, "아차차차차 불쌍허다. 우리가 장사도 좋거니와 사람을 사서 물에다 넣고 우리 후사[182]가 잘 되겠느냐?" 영좌[183]도 울고 집좌[184]도 울음을 울며, "명년부텀은 이 장사를 말자. 닻 감어라, 어그야 에헤어허 어그야 어흐어." 술렁술렁 남경으로 떠나간다.

〈후략〉

---

168) 원해 만리는 하날에 닿었난듸 : 만리나 되는 먼 바다는 끝없이 펼쳐졌는데. 169) 넛덩이 : 덩치가 큰 물결. 170) 진퇴함은 : 물에 빠지려고 앞으로 나아갔다가 그러지 못하고 다시 뒤로 물러섰다가 함. 171) 부친의 정 : 아버지를 생각하는 효성. 172) 무릅쓰고 : 둘러쓰고. 173) 헤치더니 : 손으로 내치더니. 174) 행화 : 향불이나 그 연기. 175) 풍랑을 쫓고 : 바람과 물결을 타고. 흩어지고. 176) 해문 : 두 육지 사이. 혹은 사이로 보이는 수평선. 177) 문창해지일속이라 : 창해같이 넓은 곳에 좁쌀 한알처럼 작다. 178) 창파만경 : 푸르고 너른 바다. 179) 우후청강 : 비 온 뒤에 깨끗해진 강. 180) 비거비래 : 날아갔다 날아왔다 하며. 181) 면면히 : 얼굴들마다. 182) 후사 : 대를 잇는 자식. 183) 영좌 : 마을이나 단체의 우두머리. 184) 집좌 : 영좌를 보좌하는 사공.

흥보가

  흥보와 놀보 형제를 등장시켜 엮어 나가는 이 이야기 속에는 서민다운 재담이 가득 담겨 있고, 또 놀보가 탄 박통 속에서 나온 놀이패들이 벌이는 재담도 있어 「흥보가」는 판소리 가운데 가장 민속성이 강하고, 민중의 해학이 가득 담긴 판소리로 꼽을 수가 있다.

  「흥보가」는 그 내용면으로 보아 첫째 대목을 판소리 시작에서 흥보가 놀보에게 쫓겨 나가는 장면까지, 둘째 대목을 흥보가 매품파는 데서 놀보에게 매를 맞는 장면까지, 셋째 대목을 도사 중이 흥보의 집터를 잡는 데서 제비 노정기까지, 넷째 대목을 흥보가 박을 타는 데서 부자가 되어 잘 사는 장면까지, 다섯째 대목을 놀보가 흥보집에 찾아가는 데서 제비를 후리러 나가는 장면까지, 여섯째 대목을 놀보가 박타는 데서 판소리의 끝장면까지로 나눌 수 있다.

  「흥보가」에서 특히 유명한 소리 대목은 놀보 심술, 돈타령, 흥보가 매맞는 대목, 중타령, 제비 후리러 나가는 대목, 박타령 등이 있다.

  여기서는 넷째 대목의 일부를 실었다.

【중중몰이】 홍보 문전을 당도, 홍보 문전을 당도. 당상당하[1] 비거비래,[2] 편편이[3] 노는 거동 무엇을 같다고 이르랴. 북해 흑룡이[4] 여의주[5] 물고 채운간에서[6] 넘노는[7] 듯, 단산[8] 봉황이[9] 죽실을[10] 물고 오동 속으로 넘노는 듯 집으로 펄펄 날아들 제, 홍보가 보고 좋아라, "얼씨고나, 떴구나, 내 제비야. 어디를 갔다가 이제 와. 북풍한창안비(고)의[11] 기러기 넋이 되야 평사낙안으[12] 놀다 와. 유월유수 얽힌 남기[13] 유수차로[14] 네 갔더냐? 원촌진촌으[15] 널 보내고, 욕향청산으 문두견,[16] 소식이 적적 막연터니, 네가 나를 찾아오니 천도지도가[17] 반갑다." 저 제비 거동을 봐. 집으로 펄펄 날아들어 들보 우에 올라앉어 제비 말로 운다. 지지지지 주지주지 거지연지 우지매요. 낙지각지 철지연지 운지덕지 수지차로 함지표지 내지매요,[18] 삐드드드드드드드. 홍보가 보고 괴이 여

1) 당상당하(堂上堂下) : 집 처마의 위 아래로. 2) 비거비래(飛去飛來) : 이리저리 날아다니는. 3) 편편(片片)이 : 가볍게 날아다니는 모습. 4) 북해(北海) 흑룡(黑龍) : 북쪽 바다에 사는 검은 용. 5) 여의주(如意珠) : 부처의 사리에서 나와 용의 턱 아래에 있다는 구슬. 이것을 지니면 마음먹은 대로 일이 됨. 6) 채운간(彩雲間)에서 : 아름다운 빛깔의 구름 사이로. 7) 넘노는 : 위 아래로 노니는. 9) 봉황 : 상상의 새. 봉은 수컷, 황은 암컷. 8) 단산(丹山) : 봉황이 살고 있다는 산. 10) 죽실(竹實) : 대의 열매. 11) 북풍한창안비고(北風寒窓雁飛高) : 북녘의 찬바람이 나그네의 창가에 몰아치는데, 기러기는 하늘 높이 날아간다. 12) 평사낙안(平沙落雁) : 편편한 모래밭에 기러기가 날아와 앉는 풍경. 13) 유월유수 얽힌 남기→유원유수(悠遠悠水) 얽힌 남기 : 아득히 흐르는 물 위에 얽히어 떠 흐르는 나무처럼. 14) 유수차로→유우차(游優次)로 : 한가하게 노닐려고. 15) 원촌진촌(遠村眞村) : '강남'을 두고 이른 말. 16) 욕향청산(欲向靑山)으 문두견(問杜鵑) : 두견새도 남쪽의 새이므로(제비가 떠나간) 남쪽의 소식을 청산에 가서 물으려 해도. 17) 천도지도(天道之度) : 하늘의 운행에 따른 계절의 변화. 18) 지지지지(知之知之) 주지주지(主之主之) 거지연지(去之年之) 우지배(又之拜)요. 낙지각지(落之脚之) 절지연지(折之連之) 은지덕지(恩之德之) 수지차(酬之次)로 함지포지(啣之匏之) 내지배(來之拜)요 : 아는지요, 아는지요? 주인님, 주인님, 지난해 간 뒤로 또 뵈옵습니다. 떨어져서 부러진 다리를 이어 주셨으니 그 은혜와 덕을 갚으려고 박씨를 물고 찾아와 뵈옵습니다.

겨 찬찬히 살펴보니 절골양각이[19] 완연. 당사실로 감은 다리가 아리롱[20] 아리롱이 지니, "어찌 아니가 내 제비랴."[21] 저 제비의 거동 봐. 보은표 박씨를 입에다가 물고 이리저리 넘놀다, 홍보 양주 앉은 앞에다가 박씨를 뚝 던져 놓고 백운간으로 날아간다.

【아니리】 홍보 좋아라고 박씨를 딱 주어들더니마는, "여보소, 마누라. 아, 제비가 박씨를 물어 왔네요." 홍보 마누라가 보더니, "여보, 영감. 그것 박씨가 아니고 연실인갑소,[22] 연실.", "어소,[23] 이 사람아. 연실이라는 말이 당치 않네. 강남 미인들이[24] 초야반병[25] 날 밝을 적에 죄다 따버렸는데, 제까짓 놈이 어찌 연실을 물어 와? 뉘 박 심은 데서 놀다가 물고 온 놈이제. 옛날 수란이가[26] 배암 한 마리를 살려, 그 은혜 갚느라고 구실을[27] 물어 왔다더니마는, 그 물고 오는 게 고마운께 우리 이놈 심세." 동편 처마 담장 밑에 거름 놓고, 신짝 놓고,[28] 박을 따독따독 잘 묻었것다. 수일이 되더니 박순이 올라달아 오는듸 북채만,[29] 또 수일이 되더니 홍두깨만, 지둥만, 박순이 이렇게 크더니마는, 박 잎사귀 삿갓

---

19) 절골양각(折骨兩脚) : 부러진 두다리. 20) 아리롱 : 갖가지 빛깔의 당사실로 감아 알롱달롱한 상태를 나타내는 의태어. 21) 어찌 아니 가 내 제비랴 : 어찌 내 제비가 아니랴. '아니 가'는 '그것이 아니'의 방언인데, '그것'을 뜻하는 방언 '가'의 뜻이 희미해졌다. 22) 연실인갑소 : 연의 씨앗인가 보오. 23) 어소 : '그리 말라'는 뜻의 감탄사. '아소', '앗아라'로 쓰이기도 함. 24) 강남(江南) 미인(美人) : 중국 춘추 시대에 강남에 있던 오나라의 미인들과 월나라의 미인들. 이들이 달밤에 배를 띄우고 연꽃을 꺾던 일을 소재로 한 「채련곡(采蓮曲)」이 많이 지어졌음. 25) 초야반병→초야반경(初夜半更) : 초저녁 반경에. 초경이 밤 일곱시부터 아홉시까지이므로 밤 여덟시께를 말함. 26) 수란 이 : 수(隋)라고 하는 사람. 수는 한나라의 동쪽에 있는 회성 지방의 제후로, 성이 축(祝)이고, 자가 원창(元暢)인데, 다친 큰 뱀을 약을 써서 살려 주고 보배로운 구슬을 얻었다고 한다. 27) 구실 : '구슬'의 방언. 28) 신짝 놓고 : 씨앗을 뿌리기에 앞서 거름 위에 짚신 따위를 놓아 거름기가 바로 씨앗에 닿지 않게 하고. 29) 북채만 : 북채만큼.

만씩 하야 가지고 홍보 집을 꽉 얽어 놓으매, 구년지수[30] 장마 져야 홍보 집 샐배[31] 만무허고, 지동해야[32] 홍보 집 쓰러질 수 없것다. 홍보가 그때부터 박 덕을 보던가 보더라. 그때는 어느 땐고? 팔월 대명일 추석이로구나. 다른 집에서는 떡을 헌다, 밥을 헌다, 자식들을 곱게곱게 입혀서 선산 성묘를 보내고 야단이 났는듸, 홍보 집에는 먹을 것이 없어, 자식들이 모다 졸라싸니까[33] 홍보 마누라가 앉아 울음을 우는 게 가난타령이 되얐던가 보더라.

【진양】 "가난이야, 가난이야, 원수년으 가난이야. 잘살고 못살기는 묘 쓰기으 매였는가? 북두칠성님이[34] 집자리으 떨어칠 적에[35] 명과 수복을 점지허는거나? 어떤 사람 팔자 좋아 고대광실 높은 집에 호가사로 잘사는듸, 이 년의 신세는 어찌허여 밤낮으로 벌었어도 삼순구식을 헐 수가 없고, 가장은 부황이[36] 나고, 자식들은 아사지경이[37] 되니, 이것이 모두다 웬일이냐? 차라리 내가 죽을라네." 이렇닷이 울음을 우니 자식들도 모두 따라서 우는구나.

【잦은몰이】 홍보가 들어온다, 박 홍보가 들어와. "여보소, 마누라, 여보소, 이 사람아. 자네 이게 웬일인가? 마누라가 이리 설리 울면 집안으 무슨 재수가 있으며, 동네 사람으 남이 부끄럽다. 우지 말고 이리 오소. 이리 오라면 이리와. 배가 정 고프거든 지붕에 올라가서 박을 한통 내려다가, 박 속은 끓여 먹고, 바가지는

---

30) 구년지수(九年之水) : 중국 요임금 때에 아홉해 동안이나 계속된 큰 홍수. 31) 배 : 불완전 명사 '바'에 주격 조사인 '이'가 덧붙은 '바이'의 준말. 32) 지동(地動)해야 : 뇌성이 쳐도. 33) 졸라싸니까 : '졸라대니까'의 방언. 34) 북두칠성님 : 칠원성군(七元星君)이라고도 함. 북두칠성의 일곱 별을 맡고 있다는 신. 35) 집자리으 떨어칠 적에 : 어느 집터에 떨어지게 할 적에. 곧, 사람을 태어나게 할 때에. 36) 부황(浮黃) : 오랫동안 굶으면 생긴다는, 얼굴이 누렇게 붓고 뜨는 병. 37) 아사지경(餓死之境) : 굶어서 죽게 된 지경.

팔어다 양식 팔고 나무를 사서 어린 자식을 구완을[38] 허세. 우지 말라면 우지 말어."

【아니리】 홍보가 지붕으로 올라가서 박을 톡톡 튕겨 본즉 팔구월 찬 이슬에 박이 꽉꽉 여물었구나. 박을 따다 놓고, 홍보 내외 자식들 데리고 톱을 걸고 박을 타는듸,

【진양】 "시르렁 실근, 톱질이로구나, 에이 여루 당그어 주소. 이 박을 타거들랑 아무 것도 나오지를 말고 밥 한통만 나오너리. 평생으 밥이 포한이로구나.[39] 에이 여루 당그어 주소. 시르르르르르르르르. 큰자식은 저리 가고, 둘쨋 놈은 이리 오너라. 우리가 이 박을 타서, 박 속일랑 끓여 먹고, 바가지는 부자집으 가 팔어다 목숨 보명[40] 살어나자. 에이 여루, 톱질이로구나. 시르르르르르르르르르. 여보소, 마누라.", "예.", "톱소리를 어서 맞소.",[41] "톱소리를 맞자 헌들 배가 고파 못맞겠소.", "배가 정 고프거든 허리띠를 졸라 매고 기운차게 당거 주소. 시르렁 실근 시르렁 실근 당거 주소."

【휘몰이】 실근 실근 실근 실근 실근 실근 식삭 시르렁 시르렁 실근 실근 식삭 실근 실근 시르렁 시르렁 시르렁 시르렁 식삭 식삭.

【아니리】 박을 툭 타놓고 보니 박통 속이 휑엥. "아, 이거 나간 놈의 집구석이로구나여.[42] 박속은 어느 놈이 다 파 가 버리고 껍덕만[43] 갖다 여 붙여놨네여. 박속 긁어 간 놈보단 박 붙여 논 놈이 재주가 더 용키는 용쿠나여." 한편을 가만히 들여다보니 웬

---

38) 구완 : 구하여. 39) 밥이 포한(抱恨)이로구나 : 밥에 한이 맺혔구나. 40) 보명(保命) : 목숨 보전. 41) 맞소 : 원형 '맞다'는 소리 따위의 뒤를 잇거나 따라 한다는 뜻의 동사 '받다'와 같은 말. 42) 나간 놈의 집구석이로구나여 : 업동이가 나간 집, 곧 복이 나간 집이로구나. '-여'는 남에게 하소연하거나 혼잣말을 할 때에 붙이는 남도의 특유한 감탄 조사. 43) 껍덕 : '껍데기'의 방언.

궤 두짝이 쑥 불거지거늘, "아, 이거 보게여. 어느 놈이 박속은 다 긁어 가고 염치가 없으니깐 조상궤를[44] 갖다 넣어 놨네여. 이거 관가에서 나오면, 알고 보면 큰일난다, 이거 갖다 내버려라, 이거." 홍보 마누라가 가만히 보더니마는, "여보, 영감. 죄 없으면 괜찮습니다. 좀 열어 봅시다.", "아, 오새 여편네들이 통이 너럭지만이나[45] 크다니까. 이 사람아, 이 궤를 만일 열어 봐서 좋은 것이 나오면 좋으되, 만일 낮인[46] 것이 나오면 내뺄 터인듸, 자네 내 걸음 따라오겠는가? 자식들 데리고 저 사립 밖에 가 서소. 그래갖고, 내가 이 궤를 열어 봐서, 좋은 것이 나오면 손을 안으로 칠 터이니 들어오고, 만일에 낮은 것이 나오면 손을 밖으로 내칠 터이니 내빼소 내빼." 홍보가 궤 자물쇠를 가만히 보니, '박 홍보 씨 개탁'이라[47] 딱 새겼지. 홍보가 자문자답으로 궤를 열것다. "날보고 열어 보랬지? 암은,[48] 그렇지. 열어 봐도 관계찮다지? 암은, 그렇고 말고." 궤를 찰칵찰칵, 번쩍 떠들러 놓고 보니 어백미[49] 쌀이 한 궤가 수북. 또 한 궤를 찰칵찰칵, 번쩍 떠들러 놓고 보니 돈이 한 궤가 수북. 탁 비워 놓고 본께 도로 하나 수북. 돈과 쌀을 비워 놓고 보니까 도로 수북. 홍보 마누래 쌀을 들고 홍보는 돈을 들고 한번 떨어 붓어 보는듸, 휘몰이로 바짝 몰아 놓고 떨어 붓것다.

【잦은 휘몰이】 홍보가 좋아라고, 홍보가 좋아라고, 궤 두짝을 톡톡 떨어 붓고 나니 도로 수북. 톡톡 떨어 붓고, 돌아섰다 돌아보면 쌀과 돈과 도로 하나 가뜩허고, 눈 한번 깜짹이고 돌아섰다

---

44) 조상궤 : 조상의 유물을 담은 궤짝. 45) 너럭지 : 둥글넓적하고 아가리가 넓은 질그릇인 '자배기'의 방언. 46) 낮인 : '나쁜'의 방언. 47) 개탁(開坼) : 보통 아랫사람에게 보내는 편지나 서류의 겉봉에다 '뜯어 보라'는 뜻으로 적은 글. 48) 암은 : '아무려면'의 방언. 49) 어백미(御白米) : 임금에게 바치던 질 좋은 쌀.

돌아 보면 쌀과 돈과 도로 하나 가뜩. 비어 내고, 비어 내고, 비어 내고, 비어 내고, 비어 내고, 비어 내고, 비어 내고, 비어 내고, 비어 내고. "아이고, 좋아 죽겠다. 팔 빠져도 그저 부어라, 부어라, 부어라, 부어라, 부어라, 부어라. 일년 삼백육십날만 그저 꾸역꾸역 나오너라. 부어라, 부어라, 부어라, 부어라. 팔 빠져도 그저 부어라, 부어라, 부어라, 부어라."

【아니리】 어찌 떨어 붓어 놨던지 쌀이 일만구만석이요, 돈이 일만구만냥이라. 나도 어쩐 회계인지[50] 알 수가 없지. 흥보가 궤 속을 가만히 들여다보니깐 노란 엽전 한 궤가 새리고[51] 딱 있지. 쑥 빼 들고는 흥보가 좋아라고 한번 놀아 보는듸,

【중중몰이】 "얼씨고나 좋을씨고, 얼씨고나 좋을씨고, 얼씨고 절씨고 지화자 좋구나, 얼씨고나 좋을씨고. 돈 봐라, 돈 봐라, 얼씨고나 돈 봐라. 잘난 사람은 더 잘난 돈, 못난 사람도 잘난 돈. 생살지권을[52] 가진 돈, 부귀 공명이 붙은 돈. 이놈의 돈아, 아나 돈아, 어디를 갔다가 이제 오느냐? 얼씨고나 돈 봐라. 야, 이 자식들아, 춤 춰라. 어따, 이놈들, 춤을 추어라. 이런 경사가 어디가 있느냐? 얼씨고나 좋을시고. 둘쩻놈아 말 듣거라. 건넌말 건너가서 너그 백부님을 오시래라. 경사를 보아도 형제 볼란다. 얼씨고나 좋을시고. 지화자 좋을시고. 불쌍허고 가련한 사람들, 박 흥보를 찾어오오. 나도 내일부터 기민을 줄란다,[53] 얼씨고나 좋을시고. 여보시오 부자들, 부자라고 좌세[54] 말고 가난타고 한을 마소. 엊그저께까지 박 흥보가 문전 걸식을 일삼더니, 오늘날 부자가

---

50) 회계(會計) : 셈. 계산. 여기서는 '계산의 결과로 나온 수치'의 뜻. 51) 새리고 : 길고 잘 엉키는 물건을 헝클어지지 않도록 둥그렇게 빙빙 둘러 여러 겹으로 포개어 감는다는 뜻인 '사리다'의 활용형인 '사리고'의 방언. 52) 생살지권(生殺之權) : 살리고 죽이는 권리. 53) 기민(饑民)을 줄란다 : 굶주리는 사람들에게 곡식을 거저 나누어 주겠다. 54) 좌세→자세(藉勢) : 자기의 재력이나 세력을 믿고 뽐냄.

되니, 석 숭이를[55] 부러허며 도주공을[56] 내가 부러워 헐그나? 얼
씨고 얼씨고 좋을시고. 얼씨고나 좋구나."

【아니리】 한참 이리 춤을 추고 놀다가, "여보소, 마누라. 아따,
쌀과 돈이 이렇게 많이 나왔는듸, 우리 굶조리던 판에 밥 좀 우
선 해 먹고 타자. 배가 고파서 살 수가 없다. 자, 우리 권속이 모
다 몇이냐? 자식들이 아홉, 우리 내외, 모다 도합이 열하나로구
나. 여태까지 거 굶주리다 매명하에[57] 쌀 한섬 밥 못 먹겠느냐?"
동네 가마솥을 쫓아다니면서[58] 꼬두밥 찌듯 쪄 놓고, 홍보 자식
들이 지게 발대를[59] 짊어지고, "밥 지러 가자.", 우! "엣 뜨거라!
이놈으거." 꿍! "밥 지러 가자." 우! "엣 뜨거라, 이놈으거!" 꿍!
어찌 져다 부둑[60] 실어 놨던지,[61] 밥 모드래기가[62] 삼간 집채만허
니 져다 붓어 놓고, 홍보가 영을 놓는듸,[63] "네 이놈의 새끼들,
애비 영 전에[64] 밥 한 틔깔이라도[65] 모르게 먹어서는, 이놈들, 밥
으로 목을 베리라! 네 이놈들, 밥 먹어라!", "예이!", 군율이[66]
꽉 째였것다. 홍보 자식들이 달라들어서 밥을 와삭 와삭 와삭 와
삭 와삭, 누에 한밥 색이듯[67] 퍼먹고 있을 적에 홍보 마누라, "여

---

55) 석 숭(石崇) : 중국 진(晉)나라 때의 큰 부자이며 문장가. 항해와 무역
으로 돈을 벌어 그 부귀와 영화로움이 비길 데가 없었다고 함. 부자를 비유
하는 말로도 쓰임. 56) 도주공(陶朱公) : 월나라의 재상인 범 여가 제나라
의 도(陶) 지방에 가서 큰 재산을 모으고 스스로를 일컬은 이름으로, 부자
를 비유하는 말로도 쓰인다. 57) 매명하(每名下)에 : 한 사람 앞에. 58) 쫓
아다니면서 : 찾아다니면서. 59) 발대 : 지게에 얹어 짐을 싣는 물건인 '발
채'의 방언. 싸리나 대오리로 조개껍질같이 결어 접었다 폈다 할 수 있게
되어 있음. 60) 부둑 : '잔뜩', '무더기로'의 뜻으로 쓰이는 방언. 61) 실어
놨던지 : (평상이나 마루에)쌓아 놓았던지. 62) 모드래기 : '무더기'의 방언.
63) 영(令)을 놓는듸 : 명령을 내리는데. 64) 영(令)전에 : 명령을 내리기
전에. 65) 틔깔 : '티끌'의 방언. 여기서는 '알'의 뜻으로 쓰임. 66) 군율(軍
律) : 군대의 규율. 67) 누에 한밥 색이듯 : 누에가 자랄 때에 뽕잎을 한창
갉아 먹듯이. '한밥'은 번데기가 될 때까지 네 잠을 자는 누에가 잠을 깨서
다음 잠을 잘때까지 갉아 먹는 뽕잎을 뜻함.

보, 영감. 어서 영감도 밥 자시시요.", "아니, 나는 저렇게 자식들 매로[68] 조백이 없이[69] 밥을 먹을 게 아니라, 나는 밥 속에 가서 드러누워서 좀 먹을란구마.", "아이고, 나도 그럼 영감 따라 들어 가서 밥 속에 좀 드러누워서 먹어 볼라요.", "어디,[70] 여편네들이 요망시럽게!" 흥보가 밥을 먹는듸, 밥을 뭉쳐서 초라니[71] 줄방울[72] 던지듯 공중에다가 딱 던져 놓고, 내려오는 놈을 두께비 파리 차 듯[73] 하는듸, 밥 먹는 듸 무슨 장단이 있으리요마는, 흥보가 근본 오입쟁이라,[74] 밥 먹는 데도 장단을 다르르르 말아[75] 놓고 밥을 먹던가 보더라.

【휘몰이】 흥보가 밥 먹는다. 흥보가 밥 먹는다. 흥보가 밥을 먹는다. 뚝, 딱, 뚝, 딱, 뚝딱 뚝딱 뚝딱 뚝딱. 몽쳐[76] 가지고, "올라 가거라." 딱. 흥보가 밥 먹는다. 흥보가 밥 먹는다. 흥보가 밥을 먹는다. 뚝딱 뚝딱 뚝딱 뚝딱. 몽쳐 가지고, "올라가거라." 딱, 딱. 던져 놓고, 받아먹고, 던져 놓고, 받아먹고, 던져 놓고, 받아 먹고, 던져 놓고, 받아먹고. "아이고, 어찌 밥을 많이 먹어 놨던 지, 흥보가 밥을 먹다 죽는다, 아." 흥보 마누라 기가 맥혀, "아 이고, 영감, 정신 차리오. 아이고, 우리 영감 돌아가시네. 밥 먹다 가 죽다니. 밥 없어서 배고파 죽겄더니, 인제는 밥을 많이 먹어도 돌아가시네. 아이고 정신 채려.", "아아아!"

---

68) 자식들매로 : 자식들처럼. '매로'는 '처럼'의 뜻으로, 남도 방언의 '맹기 로'나 '마니로' 따위와 함께 쓰인다. 69) 조백이 없이 : '조박(糟粕)이 없이' 의 방언. '본데없이'나 '배운 데가 없이'의 뜻. 조박은 술찌꺼기를 말하는데, '갖추어진 학문이나 지식'의 뜻으로도 쓰인다. 70) 어디 : '하소'할 사람에 게 그리 말라는 뜻으로 하는, '어디라고', 또는 '어디에서 함부로'의 뜻을 지 닌 감탄사. 71) 초라니 : 기괴한 여자 모양의 탈을 쓰고 노는 놀이패. 72) 줄방울 : 방울 여러개를 잇달아 한 손으로 던져올리면서 받아내고 또 던져 올리는 놀이. 73) 차듯 : '채듯'의 방언. 74) 오입쟁이 : 여기서는 '풍류꾼' 이라는 뜻으로 쓰였다. 75) 말아 : '재단하다', '마르다'의 옛말인 '말다'의 활용형. 여기서는 '자로 재어 자르듯이 일정하게 장단을 달아'의 뜻. 76) 몽쳐 : '뭉쳐'의 방언.

【아니리】 한참 이러고 있을 적에, 홍보 큰아들놈이 깡밥[77] 긁으러 돌아다니다가 이놈이 나갔던 상주 제청에[78] 달라들 듯[79] 썩 돌아들며, "여, 밥판이 어찌 됐소, 엥이?", "아이고 이놈아, 밥판이고 무엇이고, 느그 아버지 밥 자시다 세상 베리신다.", "밥 먹다가 죽는 걸 거 뉘네 아들놈이 안단 말이요? 어디, 아버지 배 좀 봅시다, 예? 아, 아버지 배에 가서 밥이 환하니 비쳤소, 비쳐. 우리, 강아지 한 마리 몰아 넣읍시다." "아이고, 이놈아. 강아지가 들어가서 어쩐다냐?", "아, 밥을 팍팍 파 먹을 게 아니요?", "아이고, 이놈아, 밥은 파 먹는다 허고 강아지는 어디로 나오게야?",[80] "그러기에 호랭이를 몰아넣지요.", "호랭이가 들어가서 어쩐다냐?", "강아지 콱 잡아먹을 게 아니요.", "아이고, 이놈아. 강아지는 잡아먹는다 허고 호랭이는 어디로 나올 것이냐?", "그래기에 토간 포수를[81] 또 몰아넣지요.", "포수가 들어가 어쩐다냐?", "총으로 꿍 노면 호랭이 죽지 않겠소?", "아이고, 이놈아. 호랭이는 죽는다 허고 그럼 포수는 어드로 나올 것이냐?", "그래기에 나랏님 거동령을[82] 아부지 볼기짝에다가 때려붙여 보시오. 나달아오나 안 나달아오나." 한참 이리 헐 적에, 홍보가 겨우 정신을 채려서 밥타령을 한번 하고 노는듸,

【잦은 중중몰이】 "밥 먹은께 좋다, 밥 먹은께 좋다. 수인씨 교인화식을[83] 날로 두고서 생겼나, 밥 먹으니 좋다. 얼씨고나 좋을

---

77) 깡밥 : '누룽지'의 방언. 78) 나갔던 상주 제청에 달라들 듯 : 제청을 지키고 있어야 할 상주가 밖에 나갔다가 급히 들어와 제청에 달려들 듯. 79) 제청(祭廳) : 제사를 지내려고 마련해 놓은 대청. 80) 나오게야 : '-(하)게야'는 의문형 종결 어미인 '-ㄹ것이냐'의 방언. 81) 토간 포수 : 알 수 없다. 82) 나랏님 거동령(擧動令) : 임금이 거동한다는 영. 83) 수인씨(燧人氏) 교인화식(敎人火食)을 : 중국 고대의 삼황의 한 사람인 수인씨가 불을 일으키는 법을 알아내어 사람에게 음식을 익혀 먹는 것을 가르친 일이.

씨고, 만승 천자라도 식이 위대라[84] 허였으니 밥이 아니면 살 수가 있나, 얼씨구나 좋구나."

【아니리】 한참 이리 놀다가 "여봐라, 박 한통 더 따오니라. 우리 타자." 또 한통을 들여다 놓고 타는듸,

【중몰이】 "시르렁 실근 톱질이야, 에이 여루 당거 주소. 이 박통에 나오는 보화는 김계[85] 만경 오야미뜰을[86] 억십만금을 주고 사고, 충청도 소새 뜰은[87] 수만금을 주고 사니, 부익부가 되리로구나. 시르렁 실근 당그여라. 강상으 둥둥 떴난 배는 수천석을 지가 실고 간들 내 박 한통을 당허더란 말이냐, 시르렁 실근 당그여라."

【휘몰이】 실근 실근 실근 실근 실근 실근 실근 실근 실근 시르렁 시르렁 시르렁 시르렁 식삭 식삭 식삭 콕 캑.

【아니리】 탁 쪼개 노니 박통 속에서 왼갖 비단이 나오는듸, 옛적 비단 이름은 다 이렇게 생겼것다, 잉.

【잦은 중중몰이】 왼갖 비단이 나온다, 왼갖 비단이 나온다. 요간부상으[88] 삼백척 번 떴다 일광단,[89] 고소대[90] 악양루으 적성[91] 아미[92] 월광단, 서황모[93] 요지연의[94] 진상하던 천도문,[95] 천하 구

---

84) 만승(萬乘) 천자라도 식(食)이 위대(爲大)라 : 큰 나라의 임금이라도 먹는 것이 가장 큰 일이라. 85) 김계 : 김제(金堤) 86) 오야미뜰 : 외야들(外野-). 동네 밖의 넓은 들판. 87) 소새 뜰→소사(素砂) 들 : 충청북도 북쪽에 있는 넓은 들. 88) 요간부상(遙看扶桑) : 멀리 바라뵈는 해뜨는 곳. 89) 일광단(一光緞) : 해나 햇살 무늬를 놓은 비단. 90) 고소대(姑蘇臺) : 중국 춘추 시대에 오나라 임금 부 차가 지은, 강소성 고소산에 있는 누대. 91) 적성(赤星) : 붉은 빛이 나는 별인 영성(靈星). 92) 아미(蛾眉) : 본디는 누에 나방의 눈썹을 말하는데, 변하여 '미인의 눈썹', '초생달'따위를 가리킨다. 93) 서황모→서왕모(西王母) : 옛날에 중국에서 받들던 선녀. 94) 요지연(瑤池宴) : 서왕모가 산다는 요지라는 못에서 벌이는 잔치. 95) 천도문(天桃紋) : 하늘나라에서 난다는 복숭아를 그려 놓은 비단.

주[96) 산천 초목 기려 내니 지도문,[97] 태백이 기경상천[98] 후으 강남 풍월[99] 한단,[100] 동정[101] 명월 화창헌듸 장부 절개 송금단,[102] 등태산소천하의[103] 공부자의[104] 대단,[105] 남양 초당[106] 경[107] 좋은 듸 천하 영웅의 와룡단,[108] 옥경 선관[109] 금선이요,[110] 천고일월이[111] 명주라.[112] 사해 요란 분분헌듸 뇌고 함성[113] 영초단,[114] 풍진을[115] 시르르 치니[116] 태평 건곤에 대원단,[117] 염불타령을 치어 놓고 춤추기 좋은 장단,[118] 가는 님 허리를 안고 가지 말라 도로 불수,[119]

---

96) 구주(九州) : 고대 중국에서 전국을 통치하려고 나누었던 아홉개의 주. '온 천하'를 뜻함. 97) 지도문(地圖紋) : 지도가 그려진 비단. 98) 기경상천(騎鯨上遷) : 이 백이 물에 빠져죽은 뒤에 고래를 타고 하늘로 올라갔다는 전설에서 나온 말. 99) 강남 풍월 : '강남의 재주있는 젊은 남자와 아름다운 여자들이 입고 풍월을 읊던'의 뜻일 듯하다. 100) 한단(漢緞) : '대단'이라고도 하는 중국 비단. 101) 동정(洞庭) : 중국 호남성 북쪽에 있는 큰 호수. 102) 송금단(松錦緞) : 소나무가 그려진 비단. 103) 등태산소천하(登泰山小天下)의 : 태산에 오르니 세상이 좁아 보인다고 하던. 104) 공부자(孔夫子) : 공자를 높여 부르는 말. '부자'는 '선생'이라는 뜻의 존칭어. 105) 대단(大緞) : 한단(漢緞. 106) 남양(南陽) 초당(草堂) : 중국 하남성의 남양현에 있던, 제갈 양이 벼슬길에 나가기 전에 살던 집. 107) 경(景) : 경치. 108) 와룡단(臥龍緞) : 용이 새겨진 비단. 제갈 양의 호가 와룡이었으므로 붙인 말. 109) 옥경(玉京) 선관(仙官) : 하늘나라의 벼슬아치. 110) 금선(金線) : 금으로 선을 넣은 비단. 111) 천고일월(天高日月) : 하늘 높이 뜬 해와 달. 112) 명주(明紬) : 명주실로 무늬 없이 곱게 짠 옷감. 113) 뇌고(雷鼓) 함성(喊聲) : 천둥이 치듯 큰 소리가 나는. 114) 영초단(映綃緞) : 올은 가늘지만 씨가 좀 굵어 바닥이 꺼칠꺼칠한, 중국에서 나는 비단. 115) 풍진(風塵) : 전쟁. 116) 시르르 치니 : 스르르 그치니. 117) 대원단(大元緞) : 비단 이름. 118) 장단 : 박자를 이르는 '장단(長短)'을 비단 이름처럼 쓴 말. 119) 도로 불수 : 복숭아와 오얏처럼 생긴 노리개인 '도리(桃李) 불수(佛手)'의 익살스러운 표현. 소리하는 이가 말의 재미를 살리느라고 짐짓 이렇게 발음한 듯하다.

님 보내고 홀로 앉어 독수공방에 상사단,[120] 화운이[121] 운문이요,[122] 삼복 염천에 죽하단,[123] 추월지공단이요,[124] 엄동 대한의 설랭이라.[125] 쓰기 좋은 양태문,[126] 매매 흥정 갑사로다,[127] 절개있는 모초단,[128] 구십 노인의 아룽주,[129] 뚜드럭 꾸뻑허니 말굽 장단, 서부렁섭적허니[130] 세발랑릉,[131] 뭉거뭉거 구름장단, 청사, 홍사, 퉁경이며,[132] 백랑릉,[133] 모래 사주,[134] 통의주,[135] 방의주,[136] 해남포,[137] 도리매,[138] 당포,[139] 몽기 삼성,[140] 철남포,[141] 수주,[142] 모탑

---

120) 상사단(相思緞). 121) 화운(火雲) : 여름철의 구름. 122) 운문(雲紋) : 구름을 그려 넣은 비단. 123) 죽하단(竹霞緞) : 여름 옷감으로 쓰이는 비단. 124) 추월지공단(秋月之空緞) : 맑은 가을 달빛처럼 무늬가 없고 감이 두꺼운 비단. 본디 비단 이름에는 공물 '공(貢)'자가 쓰이는데, 말의 재미를 살리느라고 음이 같은 빌 '공(空)'자를 써서 표현하였다. 125) 설랭(雪冷) : 비단 이름인 '설릉(雪綾)'의 익살스런 표현. 126) 양태문(洋太紋) : 갓끈으로 많이 쓰이는 양태문 갑사. 127) 매매 흥정 갑사(甲紗)로다 : 갑사는 품질이 좋은 얇은 비단인데, 발음이 '값 싸'와 통하므로 '값이 싸서 사고팔기에 좋다'는 뜻으로 쓴 익살스런 표현. 128) 모초단(毛綃緞) : 날실은 가는 올로, 씨실은 굵은 올로 짠, 중국에서 나는 비단. 129) 아룽주→아랑주 : 명주실 날에 명주와 무명실 씨를 두올씩 섞바꾸어 짠 피륙. 130) 서부렁섭적허니 : 힘들이지 않고 가볍게 움직이는 몸짓을 나타내는 의태어. 131) 세발랑릉(細—浪綾) : 발이 가늘고 얇은 비단. 132) 퉁경→통견(通絹) : 아주 얇은 비단. 133) 백랑릉(白浪綾) : 얇은 비단. 134) 모래 사주 : '사주(紗紬)'의 '사'자가 모래 '사(砂)'자와 소리가 같은 데서 지어 낸 말. 135) 통의주(統衣紬) : 병사의 군복을 짓는 옷감. 136) 방의주(防衣紬) : 변방을 지키는 병사의 군복을 짓는 옷감. 137) 해남포(海南布) : 전라남도 해남에서 나던 올이 가는 모시. 138) 도리매 : '도루마(——麻)'의 방언. 여름 옷감으로 쓰이는 중국 베. 139) 당포(唐布) : 당저포(唐苧布). 폭이 조금 넓고 올이 톡톡한 모시. 140) 몽기 삼성 : '몽고 삼승(三升)'의 와전. 몽고에서 나던 굵고 질긴 베. 141) 철남포(鐵藍布) : 철색과 남색이 나는 베. 142) 수주(水紬) : '수화주(水禾紬)'나 '수아주'의 준말. 품질이 아주 좋은 비단.

에[143] 홍의주,[144] 성천 분주,[145] 필누비며,[146] 대고[147] 자주,[148] 원주 자주, 해주 자주, 북도 다루가[149] 다 나오고, 온갖 비단이 나온다. 함경도 육진포,[150] 회령 종성 만사포,[151] 임한산[152] 세모수,[153] 장성 모수, 선남이며,[154] 쌍주,[155] 문주,[156] 초주며,[157] 흑공단, 백공단, 청공단, 홍공단, 송화색까지[158] 그저 꾸역꾸역 나온다.

【아니리】 "어따, 이 사람아, 마누라. 나 이런 비단, 생전 처음 보던 비단이네요. 마누라, 더러 귀경했는가?", "아이고, 나도 생전 첨 보는 비단이요, 이거.", "여러 말할 것 없이, 우리 헐벗은 김에 옷 좀 해 입고 타자. 마누라는 무슨 비단이 기중[159] 좋던가?", "아이고, 영감이 먼저 골라 보시시요.", "그래, 내가 한번 머냐[160] 골라 볼라네. 우리가 모다 걸치고 한번 놀아 보자이. 나는 망건 싸기를[161] 허나, 갓끈을 허나, 흑공단이 젤로 좋더라.", "그러면 영감, 어디 해 입어 보시오.", 홍보가 한번 그렇게 채렸으면 어떠까 하고 걸치고 한번 차려 보는듸,

---

143) 모탑 : '모단(毛緞)'의 와전일 듯 하나, 확실하지는 않다. 144) 홍의주(紅衣紬) : 무관이 입는 붉은 웃옷을 만드는 비단. 145) 성천(成川) 분주(盆紬) : 평안남도 성천에서 나던 명주. 146) 필누비 : 누빈 것처럼 골이 지게 짠, 발이 고운 옷감인데, 요즈음의 코르덴과 비슷하다. 147) 대고 : '대구(大邱)'의 와전인 듯하다. 148) 자주(紫紬) : 자줏빛이 나는 명주. 149) 북도(北道) 다루 : '북도 다로기'의 방언. 경기도의 북쪽 지방인 황해도, 평안도, 함경도와 같은 추운 지방에서 신던 목이 긴 가죽 털버선. 150) 함경도 육진포(六鎭布) : 함경도에서 나던 삼베. 151) 만사포 : 그물과 같이 성기게 짠 베인 '망사포(網紗布)'의 와전인 듯하나, 확실하지는 않다. 152) 임한산(林韓山) : 충청남도의 임천과 한산. 153) 세모수 : '세모시'의 방언. 154) 선남(善藍) : 고운 남색 옷감. 155) 쌍주(雙紬) : 두 올의 명주로 짠 비단. 156) 문주(紋紬) : 명주실로 무늬를 놓아 짠 비단. 157) 초주 : 생명주로 바탕을 거칠게 짠 비단. 158) 송화색(松花色) : 송화색 공단. 159) 기중 : '가장', '제일'의 방언. 160) 머냐 : '먼저'의 방언. 161) 망건 싸기 : 갓의 겉을 싸 바르는 얇은 베인 '갓싸개'가 옳을 듯하다.

【잦은 중중몰이】 "흑공단 갓에 흑공단 갓끈, 흑공단 망건에 흑공단 당줄, 흑공단 풍안에[162] 흑공단 풍잠,[163] 흑공단 두루매기, 흑공단 저고리, 흑공단 바지에 흑공단 허리띠, 흑공단 보신에[164] 흑공단 댓님,[165] 흑공단으로 부채를 들면 어떻겠나, 내 맵시?"

【아니리】 "아이고, 영감은 똑 까마귀 새끼도 같고 청인 뿐으로[166] 생겼겠구만요.", "마누라는 그러면 무슨 비단이 기중 좋던가?", "나는 평생 원이 송화색에다가 반호장[167] 걸어서 입으면 젤로 좋습디다.", "아, 이 사람아. 그 좋은 비단 쌔베렸는듸[168] 해필 송화색으로 해 입는단 말인가? 그래나 좌우간 어디 한번 해 입어 봐라."

【잦은 중중몰이】 홍보 마누라가 차린다, 홍보 마누라가 차린다. "송화색 다루에[169] 송화색 댕기, 송화색 저고리, 송화색 초마, 송화색 단속곳, 송화색 속속곳, 송화색 보신에 송화색 무릉개,[170] 송화색으로 손수건을 들면 어떻겠소, 내 맵시?"

【아니리】 "허어이, 자네는 똑 버들 속에 꾀꼬리 새끼매이로 생겼겠구마. 자, 우리, 옷은 나중에 해 입기로 허고 마냐 한 통 타 베리자."

【진양】 또 한통을 들여 놓고, "당그여라 톱질이야. 이 박을 타거들랑 아무것도 나오지를 말고 은금보화만 나오너라. 은금보화

---

162) 풍안 : 풍안을 담는 풍안집. 163) 풍잠(風簪) : 갓모자가 바람에 뒤쪽으로 넘어가지 못하게 하느라고 망건의 윗부분인 망건당의 앞쪽을 꾸미는 물건. 164) 보신 : '버선'의 방언. 165) 댓님 : '대님'의 방언. 166) 청인(淸人) 뿐 : 중국 사람 모양. 167) 반호장 : '반회장(半回裝)'의 방언. 여자 저고리의 깃, 끝동, 고름에만 빛깔이 다른 헝겊을 대어 꾸미는 일, 또는 그 꾸밈새. 168) 쌔베렸는듸 : '흔한데'의 뜻인 '쌔고쌨는데'의 방언. '쌔다'는 '쌓이다'의 준말. 169) 다루 : '다리'의 방언. 머리숱이 적은 여자가 머리카락 속에 다른 머릿단을 넣어 숱이 많아 보이게 하는 가발. 여기서 '송화색 다루'라고 함은 뒤에 나오는 '댕기'와 짝을 지어 쓰너라고 뜻에 상관없이 쓴 말인 듯함. 170) 무릉개 : 여자의 머리에 쓰는 방한구.

가 나오거드면 우리 형님을 드릴란다." 홍보 마누라 기가 맥혀 톱머리를 시르르르, "안 탈라요, 안 탈라요. 나는 이 박 안 탈라요. 당신은 형제간이라 잊었소 그려. 엄동설한 치운 날으, 어린 자식들을 맨발을 벗겨 몽둥이 무서워 쫓겨나던 일을 곽[171] 속에 들어도 나는 못 잊었소. 나는 나는 안 탈라요." 홍보가 화를 내며, "타지 마라, 타지 마라, 타지 말어. 갑갑허구나, 이 계집아. 계집은 상하 의복과 같은지라 지어 입으면 되지마는, 형제는 일신수족이라, 수족 한번 똑 떨어지면 다시 잇지는 못허느니라. 우리 형님은 아차 한번 돌아가시면 조선 팔도 너른 곳에 어디를 가면 보겠느냐, 요년아. 안 탈라면 나 혼자 탈란다. 시르렁 시르렁 톱질이로구나."

【휘몰이】 실근 실근 실근 실근 실근 실근 식삭 시르렁 시르렁 시르렁 식삭. 박이 반쯤 벌어 가니 박통 속에서 사람이 나달아오는듸, 괭이 든 놈, 호미 든 놈, 도찌[172] 든 놈, 대짜구,[173] 소짜구, 대끌, 소끌, 먹통[174] 든 놈, 대톱, 소톱, 대패 든 놈 그저 꾸역꾸역 나오더니, 터를 닦고, 주추[175] 놓아 지동을[176] 세우고, 들보를 얹어 상랑이[177] 올라 달아간다. "어기야, 어기야."

【아니리】 한참 요란허더니 천지 명랑하며[178] 인적이 고요허거늘, 홍보가 눈을 번뜻 들어 사면을 살펴보니, 예 없던 주란화각이[179] 반공에[180] 가 번뜻 솟았난듸,

---

171) 곽 : 관을 넣는 겉궤를 말하는데, 여기서는 '관'과 같은 뜻으로 쓰인 방언. 172) 도찌 : '도끼'의 방언. 173) 짜구 : '자귀'의 방언. 나무를 깎아 다듬는 연장. 174) 먹통 : 목공이나 석공들이 곧은 금을 긋는 데에 쓰는 기구. 175) 주추 : 주춧돌. 176) 지동 : '기둥'의 방언. 177) 상랑 : '상량(上梁)'의 방언. 마룻대라고도 하는, 용마루 밑에 서까래가 걸리게 보 위에 올리는 나무. 178) 명랑(明朗)하며 : 밝고 환하며. 179) 주란화각(朱欄畵閣) : '아름답게 단청하여 꾸민 누각'이란 뜻인데, 여기서는 '화려하고 큰 집'의 뜻으로 쓰였다. 180) 반공(半空)에 : 하늘 높이.

【중몰이】 동산 하으 너른 들에 팔괘를 놓아서[181] 엔담 치고,[182] 안팎 중문, 솟을대문,[183] 벽장, 다락이 좋을시고. 만석지기[184] 논 문서와 천석지기 밭문서며, 백 가구 종문서가 가득 다뿍 쌓여 있고, 사랑방을 나가 보면 각장[185] 장판, 소래 반자,[186] 완자 밀창,[187] 화류 문갑,[188] 대모[189] 책상까지 놓여 있고, 시전,[190] 서전,[191] 주역이며, 고문진보,[192] 통사력을[193] 좌우로 좌르르르르 벌였구나. 흥보 내외 좋아라고, "얼씨고나 얼씨고나 좋네, 지화 지화 좀도[194] 좋네." 큰자식은 글 갈치고,[195] 적은 놈은 활 쏘이고, 사농공상 갖은 직업을 분별하야서 가라칠 제, 재산이 많이 있고 보니, 양반의 댁이 구혼하야 며느리들을 얻었난듸, 번듯번듯허게로 생겼더라.

【아니리】 이렇게 부자가 되얐지. 그때에 저 건넌마을 놀보는 제 동생 흥보 잘됐단 말을 풍편에 듣고 배를 앓는듸, 이런 가관이

---

181) 팔괘(八卦)를 놓아서 : 풍수지리설에 따라 방위를 잡아서. 182) 엔담 치고 : 사방으로 빙 둘러 담을 쌓고. 곧, 집터를 정하고. 183) 솟을대문 : 행랑채의 지붕보다 높이 솟게 지은 대문. 184) 만석지기 : 곡식 일만섬을 수확하는 농사. '-지기'는 되, 말, 섬 따위에 붙어 그만한 양의 작물을 심을 수 있는 논이나 밭 따위의 넓이를 나타내는 접미사. 185) 각장(角壯) : 보통 것에 견주어 더 넓고 두꺼운 장판지. 186) 소래 반자 : '소란 반자'의 방언. 우물 '정(井)'자를 여럿 모은 것처럼 반자틀을 짜고, 그 구멍마다 네모진 널 조각을 얹어 만든 반자. 187) 완자 밀창 : '만(卍)'자 무늬가 여럿 이어져서 이루어진 미닫이문. '완'자는 '만'자가 변한 말. 188) 화류(樺榴) 문갑(文匣) : 곱고 단단하며 붉은빛을 띤 자단나무로 만든, 문서나 문구 따위를 넣어 두는 긴 궤. 189) 대모(玳瑁) : 고급 공예품이나 장식품에 쓰이는 바다거북의 등껍질. 190) 시전(詩傳) : 주 회가 주해를 단 「시경」. 191) 서전(書傳) : 송나라 때에 주 회의 제자인 채 침이 주해를 단 「서경」. 192) 고문진보(古文眞寶) : 송나라 말기에 황 견이 전국 시대 끝무렵부터 송나라까지의 이름난 시와 문장을 모아 엮은 시문집. 옛날에 선비들이 글을 짓는 데에 표본으로 삼던 책. 193) 통사력→통사략(通史略) : 북송의 사마 광이 편년체로 엮은 역사책인 「자치통감(資治通鑑)」과 원나라 증 선지가 중국 태고부터 송나라 역사에 이르기까지 열여덟 가지의 정사를 줄여 엮은 「십팔사략(十八史略)」. 194) 좀도 : '오죽', '여간'의 뜻으로 쓰이는 부사인 '좀'에 감탄 조사 '-도'가 덧붙은 말. 195) 갈치고 : '가르치고'의 준말로 된 방언.

없지. "아, 이놈이 참으로 부자가 되얐는가, 거짓말로 헛소문이 났는가? 이놈이 참으로 부자가 되얐으면 내가 이놈의 재산을 어찌야 떨어 먹을고?" 하고 밤낮주야로 배를 앓다가, 하루는, "어라, 내가 그놈한틔를 건너가 보고 와야 속이 시원하겠어." 홍보 사는 곳을 갈 양으로 채림을 채리는듸, 큰 통량갓[196] 쓰고, 담뱃대 한발 되는 놈 썩 꼬나 물고, 도복 입고, 차잠차잠[197] 아그똥허니[198] 이놈이 건너가지. 홍보 사는 곳을 당도허니, 예[199] 있던 수숫대 울막은 간 곳 없고 고루거각이[200] 웅장허니 썩 들어섰지. 놀보 깜짝 놀래, "악, 이것이요 홍보란 놈 집구석이냐, 어느 서울 재상이 시골로 낙향을 하였나?" 홍보 문전 당도하야 문패를 바라보니, 호주에다[201] 박 홍보라 딱 새겼지. "에께, 이놈이 참으로 부자가 되얐네여. 요놈의 집구석을 이거 어쩌꼬요? 부쇠를[202] 탁 쳐대서 불을 확 질러 부러, 이거? 그나저나, 내가 한번 불러 볼밖으. 에헴 에헴, 너 게 안에 홍보란 놈 게 있느냐?" 그때으 홍보는 친구들과 사랑에서 바둑을 땅땅 두고 있을 적에, 저으 형 음성이 나니 보선발로 우르르르르 쫓아나와서 절하며, "형님, 그동안 문안이[203] 어떠십니까?", "문 안이고 문 밖이고 너 요새 성허냐, 이녀석?", "형님, 제가 노마를[204] 진즉 보낼 것인듸 여꺼지 도보를 이렇게 허셨으니, 대단 형님 죄송합니다.", "마잇, 네 이놈. 네가 내게 노마 보낼 놈이여, 이놈?", "형님, 안으로 들어가십시다.", "이거 누 집이냐, 이거?", "형님, 제 집이올시다.", "그려? 그놈

---

196) 통량갓(統凉 —) : 경상남도 통영에서 나던 질 좋은 갓. 197) 차츰차잠 : '차츰차츰'의 방언. 천천히 조금씩 나아감을 나타내는 의태어. 198) 아그똥허니 : 몸을 뒤로 젖히고 뒤뚱거리며. 199) 예 : 여기. 200) 고루거각(高樓巨閣) : 아주 크고 웅장한 집. 201) 호주(戶主) : 집주인. 202) 부쇠 : '부시'의 방언. 부싯돌을 쳐서 불을 일으키는 쇳조각. 203) 문안 : 본디 '웃어른에게 하는 인사'를 뜻하는데, 여기서는 다만 '안부'의 뜻으로 쓰였다. 204) 노마(奴馬) : 종과 말.

내 집 뽄으로 잘 꾸며 놨네요. 네 이놈, 이 집 내 집허고 바꾸자, 이놈아.", "형님 처분하라[205] 하십시오. 안으로 들어가십시다.", "그래, 들어가자." 안에를 들어가서 사랑에다 뫼셔 놓고. 그때에 홍보가 저그 마누라 전에 들어가 갖고, "여보, 마누라. 형님이 건너 오셨으니 어서 나가서 인사 여쭈시오." 그때으 홍보 마누라는 전사에[206] 허던 일을 곰곰 생각을 허니 시숙이라고 한자리에 앉아서 대면할 마음이 없지마는, 가장의 명령을 복종하야 놀보 봐라는 듯이 한번 꾸미고 나오것다.

【중몰이】 홍보 마누라가 나온다. 홍보 마누라가 나오는듸, 전일에는 못 먹고 못 입고 굶주리던 일을 생각허니, 지끔이야 돈이 없나, 쌀이 없나, 은금보화가 없나, 녹용, 인삼이 없나. 며느리들께 호사를 많이 시키고, 홍보 마누라도 한산 세모시에다 당청엣물을[207] 포로소름허게 놓아, 주름은 짤게[208] 잡고, 말은[209] 널리 달아, 외로[210] 돌려서 걷어잡고 며느리들께 좌우로 거나리고 아장거리고서 나오더니,

【아니리】 "시숙님 뵈옵시다"허고 큰절을 하니, 이런 사람 같으며는 제수가 인사를 허니까 뻘딱 일어나서 맞절을 해야 도리가 옳은듸, 발을 땅그랗게 올려 개고, 담뱃대 진 놈 썩 꼬나 물고, "야, 그거, 제수씨가 나갈 적에 보고 인자 본께 거 미꼬리가[211] 용 됐구나, 거? 때를 훨씬 벗었는듸?" 그때으 홍보는 들은 체 본체도 아니허고, "여보, 마누라. 형님이 모처럼 건너오셨으니 어서 안에 들어가서 형님 점심상 준비허시오." 그때에 홍보 마누라가 본래 얌전허던가 보더라. 며느리들 다리고 부엌에 들어가서 놀보

---

205) 처분(處分)하라 : 처분따라. 처분대로. 206) 전사(前事) : 옛일. 지난일. 207) 당청엣물 : 당나라에서 들여온 푸른 물감. 푸른 물감을 흔히 '청엣물', '청에물'이라고 하였음. 208) 짤게 : '잘게'의 방언. 209) 말 : 치마의 마루폭. 210) 외로 : 왼쪽으로. 211) 미꼬리 : '미꾸라지'의 방언.

술상을 꾸몄는듸 꼭 이렇게 꾸몄것다.

【잦은몰이】 놀보 술상 꿰몄는듸, 안성 유기,[212] 통영 칠판,[213] 천은[214] 수저, 구리 적사,[215] 진미서리[216] 수 벌이듯[217] 좌우로 벌여 놓고, 꽃 그렸다 오죽판,[218] 대모 양각 당화기,[219] 얼기,[220] 설기,[221] 송편, 네모번듯 정절편[222] 주루루 엮어, 산피떡과,[223] 평과,[224] 진청,[225] 생청[226] 놓고, 조락 산적[227] 웃짐을 쳐,[228] 양회,[229] 간, 처녑,[230] 콩팥, 양편에 벌여놓고, 청단,[231] 수단의[232] 잣배기며,[233] 인삼채, 도라지채, 낙지, 연포,[234] 콩기름에,[235] 시금치로 웃짐을 쳐, 갖은 양념 모아 놓고, 편적,[236] 거적,[237] 포적이며,[238] 설탕볶이에[239] 매물 탕수,[240] 어포, 육포 갈라 놓고, 처녑살, 벙거지골,[241] 갈비

---

212) 안성(安城) 유기(鍮器) : 경기도 안성에서 나는 질 좋은 놋그릇. 213) 통영 칠판 : 경상남도 통영에서 나는 질 좋은 옻칠 소반. 214) 천은 (天銀) : 질이 좋은 순은. 215) 적사→적쇠(炙-) : '석쇠'의 본딧말. 216) 진미서리→집리서리(執吏書吏) : 관아에서 일을 보던 구실아치. 217) 수 (數)벌이듯 : 수효대로 벌여 서듯. 218) 오죽판(烏竹板) : 빛깔이 검고 작은 대인 오죽에다 꽃을 그려 붙인 소반. 219) 대모 양각 당화기→대 모양 양각 당화기(唐畫器) : 대 모양을 돋을새김하여 그려 넣은 중국의 사기 그릇. 220) 얼기 : 알 수 없다. 221) 설기 : 멥쌀 가루로 켜를 짓지 않고 그냥 찐 시루떡. 222) 정절편 : 네모 번듯하게 자른 흰떡. 223) 산피떡 : 팥을 껍질 채로 삶아 찐 떡. 224) 평과(苹果) : 사과. 225) 진청(眞淸) : 벌꿀. 226) 생청(生淸) : 벌에서 바로 얻은, 가공하지 않은 꿀. 227) 조락 산적→조란(鳥卵) 산적 : 새알, 곧 푼 달걀을 씌워 구운 산적. 228) 웃짐을 쳐 : 위에다 곁들이고. 229) 양회 : 소의 양 회. 230) 처녑 : 천엽. 안주감으로 많이 쓰이는, 잎 같은 얇은 조각이 많이 붙은 소의 세째 밥통. 231) 청단 (淸團) : 꿀물에 경단을 담근 것. 232) 수단(水團) : 꿀물이나 오미자물에 경단을 담근 것. 233) 잣배기 : 잣을 묻힌 박산. 234) 연포(軟脯) : 살점을 떠서 말린 고기. 235) 콩기름 : '콩나물'의 방언. 236) 편적(片炙) : 잘게 썬 고깃점을 꿰어 만든 산적. 237) 거적(巨炙) : 넓고 크게 만든 산적. 238) 포적(脯炙) : 포를 떠서 만든 산적. 239) 설탕볶이 : 알 수 없다. 240) 매물 탕수 : '메밀 당수'의 방언. 물에 메밀 가루를 풀고 삶은 파의 대가리와 술찌끼나 막걸리를 넣고 끓인 뒤에 설탕을 타서 미음처럼 만든 음식. 241) 벙거지골 : 무쇠나 곱돌 따위를 써서 벙거지를 잦혀 놓은 모양으로 만든, 전골을 지지는 그릇.

찜, 양지머리, 차돌백이를[242] 들여 놓고, 끌끌 우는 생치구이, 호
도독 포도록 메초리탕, 옴방톰방[243] 오리탕, 계자, 고초, 생강, 마
늘, 문어, 전복 봉오림을[244] 나는 듯이 괴야 놓고,[245] 전골을 들여
라. 청동 화로, 백탄[246] 숯불, 부채질 활활, 고초같이 일워 놓고,[247]
살찐 소 반짜고기[248] 반환도[249] 드는 칼로 점점 편편[250] 오려 내
야, 깨소금으다가 참기름을 쳐서 부두두 물러 재어 내야,[251] 대양
판,[252] 소양판,[253] 여기도 담고, 저기도 담고, 산채, 고사리, 수근,[254]
미나리, 녹두채, 맛난 장국, 주루루 들이붓고, 계란을 톡 톡, 웃딱
지를[255] 떼고, 질게 들이워라. 손 뜨건데 쇠저 저바리고 나무 저
붐을[256] 들여라. 고기 한점을 덥벅 집어 맛난 기름간장국에다 풍
덩 들입대 덥벅. 피이 피이 피이 피이. 너도 먹고, 나도 먹고. 보
배답다 천은병, 평사낙안[257] 기러기병, 청유리병, 황유리병, 유리
잔, 호박대,[258] 빛 좋은 과하주를[259] 보기 좋게 들여 놓고, 저그
시숙님 전에 술, 진지를 허는구나.[260]   〈후략〉

---

242) 차돌백이 : '차돌박이'의 방언. 소의 가슴뼈인 양지머리뼈에 붙은 단
단하고 기름진 고기. 243) 옴방톰방 : 오리가 물속으로 들어갔다 나왔다 하
는 모습과 그때에 내는 소리를 재미있게 표현한 말. 244) 봉오림 : 말린 문
어나 전복 따위를 봉황 모양으로 오려서 잔치상에 올리는 음식. 245) 괴야
놓고 : 그릇에 차곡차곡 쌓아 올려 놓고. 246) 백탄(白炭) : 떡갈나무나 참
나무로 만든, 숯 가운데서 화력이 가장 센 참숯. 247) 고초같이 일워 놓
고 : 숯불을 고추같이 빨갛게 일구어 놓고. 248) 반짜고기 : '방자고기'의
방언. 씻지 않은 채로 양념 없이 소금만 뿌려 구운 고기. 249) 반환도(半
還刀) : 주로 고기를 썰 때에 쓰는, 끝이 말려 올라간 큰 칼. 250) 점점 편
편 : 한점 한점. 조각 족각. 251) 부두두 물러 재어 내야 : 고기를 부두둑
부두둑 주물러 양념을 재어 내어. 252) 대양판 : 큰 양푼. 양푼은 음식을
담거나 데우는 데에 쓰이는, 아가리가 넓은 그릇. 253) 소양판 : 작은 양푼.
254) 수근(水芹) : 미나리. 255) 웃딱지 : '껍질'의 변말. 256) 저붐 : '젓가
락'의 방언. 257) 평사낙안(平沙落雁) : 편편한 모래밭에 내려앉는 기러기.
소상 팔경의 하나. 258) 호박대(琥珀臺) : 호박으로 만들어서 물건을 받치
거나 올려 놓는 물건. 호박으로 만든 술잔 받침. 259) 과하주→과화주(果
花酒) : 열매나 꽃으로 담아 빚은 술. 260) 술, 진지를 허는구나 : 술과 밥
을 드리는구나.

민속극

- 봉산탈춤
- 양주산대놀이
- 송파산대놀이
- 통영오광대
- 꼭두각시놀음

민속극(民俗劇)

〈민속극의 정의와 특징〉

민속극은 가면을 쓴 배우가 대화와 몸짓으로 사건을 전개해 나가는 형태로 전통극이라고 한다. 민속극은 공연되는 놀이판을 통해 표현하고자 하는 이야기나 내용을 집약하여 독립적으로 공연할 수 있다.

농민 같은 평민이 주로 향유하였고 문자로 전해지기보다는 구전되어 왔다. 평민들이 주도하고 관중 또한 평민들이었기에 평민들의 삶의 모습이 나타나 있고 상류 계층에 대한 비판이 나타나는 것이 특징이다. 그리고 관중들을 오락적으로 충만시키기 위해 곳곳에 풍자와 해학이 들어 있다.

〈민속극의 종류〉

한국의 민속극에는 가면을 쓰고 극을 진행하는 가면극, 인형을 사용하는 꼭두각시놀음, 발에 가면을 씌워 인형처럼 움직이게 하는 발탈이 있다.

가면극 중 중요 무형 문화재로 지정된 것은 봉산탈춤과 양주별산대놀이, 송파산대놀이, 북청사자놀이, 수영야유, 동래야유, 강령탈춤, 은율탈춤, 통영오광대, 고성오광대, 가산오광대, 하회별신가면극, 강릉관노가면극의 13종이 있으나 이 중 강릉관노가면극과

북청사자놀이는 대사가 별로 없고, 주로 춤과 연기에 의하여 연희되는 특징을 지니고 있다. 그 외에도 현재는 전승되지 않지만 진주오광대, 서흥탈놀이, 통천가면극이 대본으로 남아 있다.

꼭두각시놀음은 유명한 남사당패의 꼭두각시놀음, 충남 서산의 박첨지 놀이, 황해도 박첨지 놀이, 황해도 장연 지방의 꼭두각시극 등이 있다.

발탈은 대사가 단순하고 주로 기존의 고사창, 잡가, 민요, 판소리단가, 춘향가의 일부 등을 그대로 빌려 쓴 삽입가요가 주축을 이루고 있다.

가면극

〈가면극의 지역적 분포〉

가면극은 그 특징 및 지역을 고려할 때 산대놀이, 해서탈춤, 야유, 서낭굿계통, 오광대, 남사당패의 덧뵈기, 사자놀이로 분류할 수 있다.

산대놀이는 서울·경기 지방에서 전승되던 가면극이다. 그 종류로는 현재 전승되지 않는 본산대놀이와 전승되는 양주별산대놀이, 송파산대놀이가 있다.

해서탈춤은 황해도 일대의 가면극을 말하는데 가면, 의상, 춤사위, 대사의 유형으로 보아 기린, 서흥, 봉산, 재령, 신천, 안악 등지의 봉산탈춤형과 옹진, 강령, 해주 등지의 해주탈춤형으로 크게 나눌 수 있다.

야유는 낙동강을 중심으로 경남 동쪽 지역에서 전승되어 온 가면극이고 오광대는 서쪽 지역에서 전승되어온 가면극이다. 야유는 동래, 수영, 부산진 등지에서 전승되었으며 「들 놀음」이라고도 한다.

오광대는 다섯 광대가 나오기 때문에, 또는 다섯 과장으로 구성되어 있기 때문에 오광대라 한다. 이는 진주, 통영, 고성 등지에서 전승되었다.

야유와 오광대는 다른 가면극과는 다른 유형의 독자성과 향토성을 보여 준다. 그리고 가면극 전체가 말뚝이 놀이로 인식될 정도로 말뚝이의 비중이 큰 것이 특징이다.

유랑 예인 집단인 남사당패가 공연하는 종목 중의 하나인 덧뵈기는 양주별산대놀이와 봉산탈춤과 유사한 내용의 가면극이다.

함경도 등지에서는 사자놀이를 주로 했다는데 이 중에서도 북청사자놀이가 대표작이라 할 수 있다. 이는 연극적 요소가 빈약하고 춤 위주의 놀이라 할 수 있다.

〈가면극 대사의 특징〉

가면극의 대사는 입에서 입으로 전승되는 것외에는 다른 전승방법이 없다. 고정된 대본이 있는 것이 아니라 입으로 구전되고, 공연시 공간적, 시간적, 놀이적, 관중적 현장성 속에 있기 때문에 즉흥성을 갖고 있으며 민중의 일상 생활에서 전승되는 구어, 즉 사투리, 비속어, 외설어, 은어 등을 자주 사용한다.

그리고 대화속에는 일정한 운율이 있고, 기존 가요의 사설이 많이 포함되어 있으며 반복법이 빈번하게 쓰인다. 짧은 대화로 말할 때는 일상 회화와 비슷하게 말하지만 긴 대화를 할 때에는 일상 회화보다는 좀 길게 율격을 맞추면서 낭송조에 가깝게 말한다. 그리고 가면극 대사의 여러 가지 형식은 모두 민중 생활의 반항적인 어법을 과장해서 나타낸 것이다. 상대방을 무시하고 혼자 지껄여대거나 자문자답하거나 일인다역으로 말을 하거나, 겉으로는 복종하는 체하면서 욕하는 등의 어법은 민중의 주장을 효과적으로 표현하는 문맥적 기능을 발휘하고 있다.

〈가면극의 역사적, 사회적 의의〉

가면극은 사회 풍자의 희극이다. 등장 인물 또한 구체적 개인의 이름을 언급하기보다는 '양반', '말뚝이' 등 신분이나 부류를 나타내는 명칭이 대부분이다. 이 명칭을 통하여 가면극 속의 사건은 신분이나 계층 사이의 문제임을 알 수 있다. 요컨대 가면극은 당대 삶의 구조적인 면모를 적나라하게 반영하고 있다. 따라서 가면극은 민중 의식의 성장을 이루었다고 할 수 있다. 그리고 신분적 특권을 내세우는 유교를 비판하며 평등 사회를 주장하는 것을 볼 때, 새로운 사회 의식의 발전을 엿볼 수 있다. 아울러 긍정적 인물인 취발이, 말뚝이 등을 통하여 기존 질서를 거부하고 새로운 가치관을 요구하는 민중 의식을 보여주는데 이것은 중세에서 근대 사회로 이행되는 역사적 운동과 맥락을 함께 하고 있다.

봉산(鳳山)탈춤

봉산탈춤의 대사는 다른 가면극에 비하여 매우 잘 짜여 있고, 인용과 한자성어, 한시구가 많이 발견된다.

〈줄거리〉

제1과장: 사방신(四方神)에 배려하는 의식무 장면.

제2과장: 8명의 먹중이 나와서 각자 풍류를 읊는다.

제3과장: 사당(社堂)이 등장하며 거사(居士)들을 잡으려 한다.

제4과장: 8명의 먹중이 노장을 발견하나 모르는 척하며 노장을 놀린다. 그러다가 먹중 8명이 퇴장하면 소무 2명이 나와서 춤을 춘다. 노장은 처음으로 아름다운 두 미녀를 보고 지금까지의 자기 인생에 회의를 느낀다. 그리고 앞으로의 생활을 과거와 마찬가지로 보낼 것인가 하는 갈등에 놓인다. 그러다가 옛날의 생활을 포기하고 소무에게 접근한다. 신발 장수가 등장하자 노장은 소무에게 신발을 사주려고 한다. 신발 장수와 같이 등장한 원숭이가 소무에게 붙어 음외한 짓을 하자 노장이 원숭이를 때리고 신발 장수와 원숭이는 퇴장한다. 이어서 취발이가 나오고 노장은 취발이를 때려서 쫓으려하지만 도리어 취발이에게 맞고 소무를 뺏긴 채 퇴장당한다. 소무는 취발이에게 애를 낳아 주고 취발이는 아이에게 한문과 언문을 가르친다.

제 5 과장 : 먹중 8명과 사자가 등장한다. 먹중이 사자를 놀리자 사자는 먹중 1명을 잡아먹는다. 사자는 먹중이 스님 (노장)을 음탕한 길로 꾀여 내어 파계하게 하였다고 징계하기 위해 부처님께서 자기를 보냈다고 한다. 먹중들은 반성하며 앞으로는 부처님을 잘 섬기겠다고, 사자와 타협하고 같이 춤을 추다가 퇴장한다.

제 6 과장 : 말둑이가 어리숙한 양반들을 놀린다. 어리석은 양반들은 그것도 모르고 좋아한다. 양반들이 말둑이에게 취발이를 잡아오라고 한다. 말둑이는 취발이를 잡아오는 과정에서 어리숙한 양반들을 놀린다. 말둑이가 취발이를 벌하는 대신 돈이나 받아 챙기자며 타락한 양반들을 풍자한다.

제 7 과장 : 미얄(할멈)이 먼저 영감을 찾는다. 만나서 처음에는 서로서로 반가워하다 영감이 미얄을 때린다. 서로 싸우다가 싸우면 쫓겨난다는 미얄의 말에 싸움을 중지한다. 영감은 미얄에게 그 동안 무얼 했는지에 대해 말한다. 미얄이 자식이 죽었다 하자 영감은 헤어지자고 한다. 헤어지기로 하고 세간을 나누는데 영감의 세간 분배가 불공평하다고 미얄이 불평을 하자 영감이 미얄을 죽인다. 영감은 그 뒤 덜머리집과 어울려서 함께 희롱한다. 남강도인이 등장하여 미얄의 넋을 풀어주기 위해 노래를 부른다.

〈대본〉 채록자 : 임석재

제 1 과장

상좌 넷이 등장. 모두 흰 장삼을 입고 붉은 가사를 들쳐 입고 꼬깔을 썼다. 등장의 절차는 다음과 같다. 먹중 하나가 상좌 하나를 업고 달음질로 입장하여 타령곡에 맞추어 춤추며 장내를 한 바퀴 돌고 나서 상좌를 적당한 곳에 내려놓고 퇴장한다. 그런 뒤 다른 먹중이 다른 상좌를 업고 달음질하며 입장하여 장내를 춤추며 돌다가, 첫번 상좌가 서 있는 옆에다 내려놓고 퇴장한다. 제3·제4의 상좌도 이와 같은 방식으로 등장한다. 상좌들은 일렬로 서서 춤추다가 긴 영산회상곡(靈山會相曲)에 맞추어 2인씩 동서로 갈라 서서 대무(對舞)한다. 영산곡이 끝날 때까지 춤은 계속된다. 타령곡으로 전(轉)하면 먹중 I (첫목)이 등장한다. 상좌들은 팔먹중이 등장하는 동안 그 서 있는 자리에서 손춤 춘다.[1]

제 2 과장

첫목 : (붉은 웃옷을 입고 허리에는 큰 방울을 차고, 버드나무 생가지를 띠에 꽂고 달음질하며 입장한다. 얼굴은 두 소매로 가리고 타령에 맞추어 누워서 춤춘다. 춤추며 삼전삼복(三轉三伏)한다. 〈이 춤은 퍽이나 선정적이다.〉 이와 같이 한참 추다가 일어서서 춤을 춘다.[2])

먹중 II[3] : (달음질하여 등장. 첫목의 면상을 탁 치면, 첫목 아

---

1) 상좌춤은 사방신(四方神)에 대한 종교적 기원 또는 놀이를 시작하는 의식무의 성격을 띠고 있음.
2) 술이 취해 드러누운 상태에서 일어나려고 애쓰는 모습을 형상화.
3) '먹중'이라고 표기하고 있지만, 묵승, 목중으로 표기하시도 한다.

무 말 않고 퇴장한다. 타령곡에 맞추어서 장내를 한 바퀴 춤추며
돌다가 적당한 곳에 서서 좌우를 돌아다보고) 쉬―. (반주 음악
은 그친다.) 한양성중 좋단 말을 풍편(風便)에 넌즛이 들었더니,
상통은 붉으디디하고 코는 울룩줄룩 매미잔등 같고 입은 기르마
까치 같은 놈들이 예쁜 아씨를 두셋씩 모아 놓고 떵꼬랑 깽꼬랑
(타령곡에 맞추어 춤추며 노래한다.) ―넘노라 낸다― (춤을 한
참 더 계속하여 추다가 악공에게 쉬―하면서 손짓하여 반주를 그
치게 한다.) 하하 거 다 거젓부리(거짓부리)다. 세이인간사(洗耳
人間事) 불문(不問)하여 산간(山間)에 뜻이 없어 명승처를 찾어
가니 천하 명승 오악지중(五岳之中)에 향산(香山)[1]이 높었이니,
서산대사(西山大師) 출입 후에 상좌 중 능통자로[2] 용궁에 출입
드니 석교상 봄바람에 팔선녀(난양공주·영양공주·진채봉·적경
홍·심요연·백능파·가춘운·계섬월)[3] 노던 죄(罪)로 적하인간(謫
下人間) 하직하고 대사당(大師堂) 돌아들 때, 요조숙녀는 좌우로
벌려 있고 난양공주 진채봉이, 세운(細運) 같은 계섬월, 심요연
백능파와 이 세상 시일토록 노니다가 서산에 일모(日暮)하여 귀
가하여 돌아오던 차에, 마침 이 곳에 당도하여 단상을 바라보니
노소남녀(老少男女) 소년들이 모여 있고, 그 아래로 굽어보니 해
금(奚琴) 피리 저 북 장고가 놓여 있으니 이 아니 풍류정인가.
한 번 놀고 가려던. (타령곡에 맞추어 춤추다가) 쉬―. (음악과
춤이 그친다.) 봉제사연후(奉祭祀然後)에 접빈객(接賓客)하고 수
인사연후(修人事然後)에 대천명(待天命)[4]이라니 수인사 한 마디

1) 향산 : 형산의 착오로 쓰여진 이름.
2) 〈구운몽〉의 주인공인 성진을 말함.
3) 〈구운몽〉에 나오는 팔선녀의 이름. 영양공주의 원래 이름은 정경파.
4) 대천명(待天命) : 제사를 받들어 모신 연후에 손님을 대접하고 사람으
　로서 할 수 있는 데까지 최선을 다 한 후에 그 결과를 하늘에 맡김.

들어가오. (타령곡에 맞추어 춤추며 노래부른다.) ―심불노(心不老) 심불노(心不老) 백수(白首) 한산(寒山)에 심불노[1] …… (먹중Ⅱ는 위의 대사를 하는 대신에 경우에 따라서는 다음과 같은 대사를 한다.) 산중에 무력일(無曆日)[2] 하여 철 가는 줄 몰났더니, 꽃 피여 춘절(春節)이요 잎 돋아 하절(夏節)이라. 오동엽락(梧桐葉落) 추절(秋節)[3]이요, 저 건너 창송녹죽(蒼松綠竹)[4]에 백설이 펄펄 휘날였으니 이 아니 동절(冬節)인가. 나도 본시 외입쟁이로 산간에 묻혔더니 풍류소리 반겨 듣고 염불에 뜻이 없어 이러한 풍류정을 찾아왔거던. (타령곡에 맞추어 춤추다가) 쉬―. (음악과 춤 그친다.) 봉제사연후에 접빈객하고 수인사연후에 대천명이라니 수인사 한 마디 들어가오. (타령곡에 맞추어 한참 춤추다 노래한다.) ―심불노 심불노 백수한산에…―

먹중Ⅲ[5] : (달음질하여 등장. 먹중Ⅱ의 면상을 탁 치면 먹중Ⅱ는 퇴장한다. 타령곡에 맞추어 장내를 한 바퀴 춤추며 돌다가 적당한 곳에 서서 좌우를 돌아다보고) 쉬―. (음악의 반주는 그친다.) 〈먹중Ⅷ에 이르기까지 다 이러한 동작을 하므로 이하(以下)는 동작설명은 약(略)하기로 한다.〉 이 곳을 당도하여 사면을 바라다보니 담박영정(澹泊寧靜)[6]〈제갈무후서(諸葛武侯書):비담박무이명지(非澹泊無以明志) 비영정무이치원(非寧靜無以致遠)〉네

---

1) 백수한산심불노 : 머리털은 희어졌으나 일없이 한가하여 마음만은 늙지 않았다는 뜻. 이 말은 장단을 요청하는 신호로써 '불림'이라고 한다.
2) 산중에 무력일 : 산중에 책력이 없어서.
3) 오동엽락 추절 : 오동잎이 떨어지는 가을.
4) 창송녹죽 : 푸른 소나무와 푸른 대나무.
5) 셋째 목중의 대사는 〈춘향가〉 중 이도령이 춘향 방의 사벽에 붙은 그림을 묘사하는 '사벽도사설'을 차용한 것임.
6) 담박영정 : 담박은 욕심이 없이 마음이 깨끗함을, 영정은 평안하고 고요함을 뜻함.

글자 분명히 붙어 있고, 동편(東便)을 바라보니 만고성군(萬古聖君) 주문왕(周文王)이 태공망(太公望)¹⁾ 찾이랴고 위수양(渭水陽) 가는 경(景)을 역력(歷歷)히 그려 있고, 남편(南便)을 바라보니 춘추(春秋)적 진목공(秦穆公)²⁾은 건숙(蹇叔)³⁾이를 찾이랴고 농명촌 가는 경(景)을 역력히 그려 있고, 서편(西便)을 바라보니 전국(戰國)적 오자서(伍子胥)⁴⁾는 손무자(孫武子)⁵⁾를 찾이랴고 나무산(羅浮山) 가는 경(景)을 역력히 그려 있고, 북편(北便)을 바라보니 초한(楚漢)이 요란(搖亂)할 제 천하장사 항적(項籍)⁶⁾이는 범아부(范亞父)⁷⁾를 찾이랴고 기고산(祁高山)으로 가는 경(景)을 역력히 그려 있고, 중앙을 살펴보니 여러 동무들이 풍류를 잡히고 희락(喜樂)히 노니, 나도 한 번 놀고 가려던. (타령곡에 맞추어 춤추다가) 쉬-. (음악과 춤 그친다.) 봉제사연후(奉祭祀然後)에 접빈객(接賓客)하고 수인사연후(修人事然後)에 대천명(大天命)이라 하였으니 수인사(修人事) 한 마디 들어가오. (타령곡에 맞추어 다시 춤추며 노래한다.) —이 두견(杜

---

1) 태공망 : 주나라 문왕 때의 현신(賢臣) 강태공(姜太公)을 말함. 주문왕이 위수가에서 낚시대를 드리우고 있는 강태공을 스승으로 삼았는데 선군(先君) 태공이 바라고 있던 인물이라 하여 태공망이라 불렀음.
2) 진목공 : 진의 임금. 춘추오패의 하나. 백리해·건숙 등 현사(賢士)를 부지런히 찾아 등용하여 서방 제후의 장이 되었음.
3) 건숙 : 춘추시대 진나라 사람. 진목공이 정나라를 치려고 건숙이를 방문했던 고사. 건숙이가 불가함을 간했으나 듣지 않고 쳤다가 패함.
4) 오자서 : 중국 춘추시대 초나라 사람. 이름은 운(員). 아버지와 형이 초나라 평왕에게 피살되자, 오나라로 도망쳐 오궁을 이끌고 초나라를 쳐서 원수를 갚음.
5) 손무자 : 중국 전국 시대 제나라의 병법가. 절도와 규율로 오의 군을 양성했으며, 병서인 〈손자병법〉을 지어 유명함.
6) 항적 : 초패왕 항우를 말함.
7) 범아부 : 범증을 말함. 나이 70세에 항우의 모사가 되어 제후를 굴복시켰으므로, 항우가 아부(亞父)라 일컬었음.

鵑) 저 두견 만첩청산에—

먹중Ⅳ : (등장하면 먹중Ⅲ 퇴장) 쉬—. 멱라수(汨羅水)¹⁾ 맑은 물은 굴삼려(屈三閭)에〈의〉 충혼(忠魂)이요. 삼강수(三江水) 얼크러진 비는 오자서에〈의〉 정령(精靈)이요. 채미(採薇)하던 백이숙제(伯夷叔齊)³⁾ 구추명절(九秋名節) 일렀건만 수양산에 아사(餓死)하고, 말 잘하는 소진(蘇秦)⁴⁾ 장의(張儀)⁵⁾ 열국(列國) 제왕 다 달래도 염라대왕 못 달래며, 춘풍세우 두견성에 슬픈 혼백이 되었으니, 하물며 초로(草露)같은 우리 인생이야 이러한 풍악소리를 듣고 아니 놀 수 없거던. (타령곡에 맞추어 한참 춤추다가) 쉬—. (음악과 춤 그친다.) 봉제사연후에 접빈객하고 수인사연후에 대천명이라 하였으니 수인사 한 마디 들어가오. (타령곡에 맞추어 춤추며 노래부른다.) —절개는 여산(廬山)이요 지상신선은—

---

1) 멱라수 : 중국 호남성에 있는 물 이름. 굴원이 빠져죽은 곳.
2) 굴삼려 : 이름은 굴평. 자(字)는 원. 초나라의 왕족으로 삼려부대가 되었다가 소인의 참소로 추방되어. 〈이소경〉, 〈어부사〉 등을 짓고 5월 5일 멱라수에 빠져 죽었음.
3) 백이숙제 : 중국 은나라 고죽군의 아들로서, 백이는 형, 숙제는 아우임. 주나라 무왕이 은나라 주(紂)를 칠 때 백이와 숙제가 신하로서 임금을 정벌하는 것은 불가하다고 간하였으나 받아들이지 않자, 주나라 곡식을 먹는 것이 부끄럽다고 수양산에 들어가 고사리를 캐어 먹다가 굶어 죽음.
4) 소진 : 중국 전국 시대의 호변객으로 처음 진 혜왕에게 청하였으나 등용되지 않자, 육국동맹으로 진에게 저항하게 하였음.
5) 장의 : 중국 전국 시대의 변사로 진 혜왕의 재상이 되어 연형의 책으로써 육국을 유세하니, 육국은 종약을 배반하고 진을 섬겼다. 진 혜왕이 죽은 후 육국이 다시 합종책을 쓰니 진에서 물러나와 위나라의 재상이 되었다.

　　먹중Ⅴ : (등장) 쉬―. 오호(五湖)로[1] 돌아드니 범려(范蠡)[2]는 간 곳 없고, 백빈주(白蘋洲)[3] 갈매기는 홍료안(紅蓼岸)[4]으로 날아들고 삼호에 떼기러기는 부용당(芙蓉堂)으로 날아들 제, 심양강(潯陽江) 당도하니 이적선(李謫仙) 간 곳 없고, 적벽강 추야월에 소동파 노든 풍월 의구히 있다마는, 조맹덕[5] 일세효웅(一世梟雄) 이금(爾今)은 안재재(安在哉)요.[6] 월락오제(月落烏啼)[7] 깊은 밤에 고소성외(姑蘇城外) 배를 대니 한산사(寒山寺) 쇠북소리 객선(客船)에 동동동 울려 있고, 소언(少焉)에 천변일륜홍(天邊日輪紅)[8]은 부상(扶桑)[9]에 둥실 높았는데, 풍류정 당도하야 사면을 굽어보니 만학천봉(萬壑千峰) 운심처(雲深處)에 학선(鶴仙)이 노니는 듯, 유량(嚠喨)[10]한 풍악소리 그저 지날 수 없거던. (타령곡에 맞추어 춤추다가) 쉬―. (음악과 춤 그친다.) 봉제사연후에 접빈객하고 수인사연후에 대천명이라 하였으니 수인사 한마디 들어가오. (타령곡에 맞추어 춤추며 노래부른다.) 상산사호(商山四皓)[11] 네 늙은이 날 찾는다.

---

1) 오호(五湖) : 격·조·사·귀·태호 등 다섯 호수를 말함. 또는 태호(太湖)의 별명이기도 함.
2) 범려 : 월왕 구천을 도와 오나라를 멸하였음. 그 뒤 대명지하(大名之下)에서는 오래 살기 어렵다고 세상을 피하여 배에서 서시를 태워 오호로 떠나갔음.
3) 백빈주 : 하얀 마름꽃이 피는 물가.
4) 홍료안 : 붉은 빛을 띤 여뀌가 가득한 언덕.
5) 조맹덕 : 조조. 맹덕은 자(字).
6) 일세효웅이금안재재 : 그 당세의 영웅도 지금은 소용 없다는 뜻.
7) 월락오제 : 달은 넘어가고 까마귀가 울음.
8) 천변일륜홍 : 하늘에 떠 있는 붉은 해를 뜻함.
9) 부상 : 동방(東方)의 해가 돋는 곳.
10) 유량 : 나팔 따위의 악기가 거침없이 맑게 울리며 또렷또렷함을 뜻함.
11) 상산사호 : 진시황 때에 난리를 피해 상산에 들어가 숨은 동원공, 기리계, 하황공, 녹리의 네 사람인데, 모두 눈썹과 수염이 세었음.

먹중Ⅵ : (등장) 쉬―. 산불고이(山不高而) 수려(秀麗)하고 수불심이(水不深而) 청징(淸澄)이라. 지불광이(地不廣而) 평탄(平坦)하고 인부다이(人不多而) 무성(茂盛)이라.[1) 월학(月鶴)은 쌍반(雙伴)[2]하고 송죽(松竹)은 교취(交翠)로다. 기산영수(箕山穎水)[3] 별건곤(別乾坤)에 소부(巢父) 허유(許由)[4] 놀아 있다. 채석강(采石江) 명월야(明月夜)에 이적선[5]이 놀아 있고 적벽강 추야월에 소동파[6] 놀아 있거든, 낙양(洛陽) 동천(東天) 유하정(柳下亭)[7] 이러한 풍류정에 한 번 놀고 가려던. (타령곡에 맞추어 춤추다가) 쉬―. (음악과 춤 그친다.) 봉제사연후에 접빈객하고 수인사연후에 대천명이라 하였으니 수인사 한 마디 들어가오. (타령곡에 맞추어 춤추며 노래부른다.) ―세이인간사(洗耳人間事) 불문(不聞)하는 한가롭다―

먹중Ⅶ : (등장) 쉬―. 천지현황(天地玄黃) 생긴 후에 일월영측(日月盈昃) 되었어라. 천지가 개벽 후에 만물이 번성이라. 산(山) 절로 수(水) 절로 하니 산수간에 나도 절로. 때 마츰 춘절이라 산청경개 구경코저 죽장망혜(竹杖芒鞋)[8] 단표자(簞瓢子)[9]로

---

1) "산이 높지 않으나 수려하고, 강물은 깊지 않으나 맑으며, 땅은 넓지 않으나 평탄하고, 수풀이 맑지 않으나 무성하다"는 뜻으로 〈적벽가〉의 '와룡강 경개풀이'임.
2) 월학은 쌍반 : 원숭이와 함께 학이 노닌다는 뜻으로, 매우 깊은 산중이란 뜻.
3) 기산 영수 : 중국의 산과 강이름. 요임금 때에 소부와 허유가 은거한 별천지.
4) 소부 허유 : 요임금 때의 고사(高士)들로, 요가 천하를 물려주려 하자 모두 거절하고 기산에 은둔하였음.
5) 이적선 : 이태백으로, 술에 취해 채석강에 비친 달을 건지려다 빠져 죽었다고 함.
6) 소동파 : 북송의 문인.
7) 낙양동천 유하정 : 낙양의 동쪽 마을에 있는 정자라는 뜻.
8) 죽장망혜 : 대지팡이와 짚신.
9) 단표자 : 단사표음의 준말, 도시락 밥과 표박의 물.

이 강산에 들어오니, 만산홍록(滿山紅綠)[1]은 일년 일차 다시 피어 춘색을 자랑하야 색색이 붉었는데. 창송취죽(蒼松翠竹)은[2] 울울창창(鬱鬱蒼蒼) 기화요초(奇花瑤草)[3] 난만중(爛漫中)[4]에 꽃 속에 자든 나비 자취 없이 날아난다. 유상앵비(柳上鶯飛)는 편편금(片片金)이요 화간접무(花間蝶舞)는 분분설(紛紛雪)이라.[5] 삼춘가절(三春佳節)[6]이 좋을시고. 도화만발(桃花滿發) 점점홍(點點紅)이로구나.[7] 무릉도원(武陵桃源)이 예 아니냐. 양류세지(楊榴細枝) 사사록(絲絲綠)[8] 하니 황산곡리(黃山谷裏) 당춘절(當春節)[9]에 연명오류(淵明五柳)[10]가 예 아니냐. 충암적별상에 폭포수가 꽐꽐 흘러 수정렴(水晶簾)[11] 드리운 듯 병풍석에 마주쳐서 은옥같이 헐어지니, 소부 허유 문답하든 기산영수(箕山穎水) 예 아니냐. 주각제금(住刻啼禽)은 천고절(千古節)이요[12] 적다정조(積多鼎鳥) 일년풍(一年豊)이라.[13] 경개무궁 좋을시고. 장중(場中)을 굽어보니 호걸들이 많이 모여 해금 피리 저 북장고 느려놓고

---

1) 만산홍록 : 붉고 푸른 것이 산에 가득함. 즉 봄을 가리킴.
2) 창송취죽 : 푸른 소나무와 푸른 대나무.
3) 기화요초 : 보기드문 아름다운 꽃과 풀.
4) 난만중 : 꽃이 만발하여 한창 무르녹은 모양.
5) 버들위에 나는 꾀꼬리는 한 조각의 금과 같고, 꽃 가운데 춤추는 나비는 어지러이 날리는 눈과 같다.
6) 삼춘가절 : 석달의 봄은 좋은 계절이란 의미.
7) 복사꽃이 만발하여 점점이 붉었다.
8) 버드나무 가는 가지는 푸른 실이 늘어진 것 같다는 뜻.
9) 황산곡 속에서 봄철을 만남. 여기서 황산곡은 지명으로 되어 있으나 실제로는 사람의 이름이다.
10) 연명오류 : 도연명은 진이 망하려 할 때 벼슬을 버리고 향리에 은퇴하여, 자기 집 앞에 버드나무 다섯 그루를 심고 스스로 호를 오류라 했다.
11) 수정렴 : 수정으로 만든 발.
12) 두견새의 우는 소리는 천고절이란 뜻.
13) 소쩍새 우니 풍년이 들겠다는 뜻. 적다정조는 소쩍새.

이리 뛰고 저리 뛰니 이 아니 풍류정인가. 나도 흥에 겨워 한 번 놀고 가려던. (타령곡에 맞추어 춤추다가) 쉬ー. (음악과 춤 그친다.) 봉제사연후에 접빈객하고 수인사연후에 대천명이라 하니 수인사 한 마디 들어가오. (타령곡에 맞추어 춤추며 노래부른다.) ―옥동도화(玉洞桃花) 만수춘(萬樹春) 가지 가지…

먹중Ⅷ: (등장) 쉬ー. 죽장 짚고 망혜 신어 천리강산 들어가니 폭포도 장히 좋다마는 여산(廬山)이 여게로다. 비류직하삼천척(飛流直下三千尺)은 옛말로 들었드니 의시은하락구천(疑是銀河落九天)[1]은 과연 허언이 아니로다. 은하석경(銀河石徑) 좁은 길로 인도한 곳 나려가니 사호선생(四皓先生) 바둑 두고, 소부는 무삼 일로 소 고삐를 거슬리고 허유는 어이하여 팔을 걷고 귀를 씻고 앉어 있고, 소리 좇아 나려가니 풍류정이 분명키로 한 번 놀고 가려던. (타령곡에 맞추어 춤춘다.) 쉬ー. (음악과 춤 그친다.) 봉제사연후에 접빈객하고 수인사연후에 대천명이라 하였으니 수인사 한 마디 들어가오. (타령곡에 맞추어 춤추며 노래부른다.) ―강동(江東)에 범이 나니 길로래비[2] 훨훨…(또는 만사(萬事)에 무심(無心)하니 일조간(一釣竿)도[3] 가소롭다…)―

(먹중Ⅷ이 춤추는 동안 일단 퇴장했던 다른 먹중 7인이 일제히 입장하여 한데 엉기어 뭇등춤을 추면서, 각자 자기의 장기(長技)의 춤을 관중에게 보인다. 이때의 반주는 타령, 굿거리 등이다.)

---

1) 삼천척이나 되는 나는 듯한 폭포가 곧장 쏟아져 내리는 모습은 마치 저 높은 하늘에서 은하수가 떨어지는 듯하다는 뜻.
2) 길로래비 : 단순한 여음.
3) 모든 일에 생각 없고 다만 하나 낚시대란 뜻.

제 3 과장

(먹중 8인이 한참 춤추다가 퇴장하면, 호래비거사 등장한다.)

호래비거사¹⁾ : (시래기 짐을 졌다.) (타령곡에 맞추어 되지도 않은 뭇등춤을 되는 대로 함부로 춘다.) (이 때에 거사 6인이 사당²⁾을 가마에 태워 등장한다.

사당 : (화관(花冠) 몽두리³⁾로 화려하게 치장했다. 사당을 태운 가마는 거사 4인이 떠멘다. 가마 앞에 거사 둘이 등롱을 들고 앞서 가고, 가마를 멘 뒤의 거사 하나는 일산(日傘)을 받치고 사당을 차일(遮日)한다.)

호래비거사 : (사당과 거사들이 등장하는 것을 보자, 어찌할 줄 몰라 장내를 이리 왔다 저리 갔다 하며 당황히 군다.) (타령곡이 끝나자, 사당이 탄 가마는 장내 중앙쯤 와서 내려놓는다.)

거사 I : 술넝수우.

거사 일동 : (5인 일제히) 예에잇.

거사 I : 호래비거사 집에 들여라.

거사 일동 : 예에잇. (거사들은 각기 북·장고·징·꽹과리·소고 등을 들고 치며 엉덩이춤을 추면서 호래비거사 잡으러 쫓아간다. 호래비거사는 잡히지 않으려고 피해 다니다가, 나중에는 장외(場外)로 도망가 버린다.)

사당 : (가마에서 나와서 거사 6인과 같이 어울려서 만장단조에 맞추어 놀량가를 같이 합창한다. 그리고 군물(軍物)을 치며

---

1) 거사 : 속인으로 불교의 법명을 가진 사람.
2) 사당 : 떼를 지어 돌아다니며 노래와 춤을 파는 여자.
3) 화관 몽두리 : 여자가 예장할 때 쓰는, 칠보로 만들고 꽃으로 장식한 족두리.

난무한다.)

제 4 과장

　소무(小巫)：(2인 등장. 화관 몽두리를 쓰고, 검무복(劍舞服)을 입었다. 8먹중이 이 소무 둘을 각각 가마에 태워 들어와, 장내 중앙쯤 와서 내려놓는다. 소무는 가마서 내려와서 먹중들과 어울려서 타령곡에 맞추어 춤을 춘다. 이렇게 추는 동안 장내의 한편으로 다가 서서 손춤을 추다가, 먹중과 노장 사이에 여러 가지 일이 일어나게 되면 적당한 시기에 살며시 퇴장한다.)

　노장(老僧)：(살며시 등장하여 장내 한편 구석에 선다. 검은 탈을 쓰고 송낙[1] 쓰고 먹장삼[2] 입고 그 위에다가 홍가사(紅袈裟)[3]를 걸치고, 염주를 목에 걸고, 한 손에 사선선(四仙扇)을 들고, 한 손에 육환장[4]을 짚었다. 먹중과 소무들이 난무하는 동안에 남모르게 가만히 입장하여 가지고 한편 구석에 가서 서서 사선선으로 얼굴을 가리고 육환장을 짚고 버티고 서서, 그 난무의 상(相)을 물끄러미 본다.)

　먹중 I：(한참 춤추다가 노장 있는 쪽을 보고 깜짝 놀래며) 아나야아. (타령곡과 춤이 일제히 그친다.)

　먹중 일동：그랴 와이이－

　먹중 I：(노장 쪽을 가리키면서) 저 동편(東便)을 바라보니 비가 오실랴는지 날이 흐렸구나.

---

1) 송낙 : 중이 쓰는 모자.
2) 장삼 : 중의 웃옷. 검은 베로 길이가 길고, 품과 소매를 넓게 만듦.
3) 홍가사 : 붉은 가사. 가사는 장삼 위에 왼쪽 어깨에서 오른쪽 겨드랑이 밑으로 걸치는 네모로 된 긴 천.
4) 육환장 : 승려가 짚는, 고리가 6개 달린 지팡이.

먹중Ⅱ : 내 한 번 들어가 보겠구나. (하며 춤을 추면서 노장한
테 가까이 갔다 곧 돌아와서) 아나 얘—

먹중 일동 : 그랴 와이이—

먹중Ⅱ : 날이 흐린 것이 아니다. 내가 자서〈자세〉히 들어가 보
니 옹기장사가 홍기짐을 버트려 났더라.

먹중Ⅲ : 아나야아—

먹중 일동 : 그랴 와이이.

먹중Ⅲ : 내가 가서 다시 한 번 자서히 알어 보고 나올라. (노
장한테 가서 보고 돌아와서) 아나야아.

먹중 일동 : 그랴 와이이.

먹중Ⅲ : 내가 이자 자서히 들어가 본즉 숯장수가 숯짐을 버트
려 났더라.

먹중Ⅳ : 아나야아.

먹중 일동 : 그랴 와이.

먹중Ⅳ : 내가 가서 다시 한 번 자서히 보고 나올라.(노장한테
갔다 와서) 아나야아.

먹중 일동 : 그랴 와이.

먹중Ⅳ : 내가 이제 자서히 들어가 본즉 날이 흐려서 대명(大
蟒)[1]이가 났더라.

먹중 일동 : (큰 소리로 놀래며) 대명이야?

먹중Ⅴ : 아나야아.

먹중 일동 : 그랴 와이.

먹중Ⅴ : 내가 또 다시 가서 보고 올라. (엉덩이춤을 추면서 가
나, 무서운 양(樣)으로 노장에게 가서 이모로 저모로 살펴보다가
깜짝 놀래며 땅 위에 구르면서 돌아온다.)

---

1) 대명 : 이무기, 아주 큰 구렁이.

먹중 일동 : (먹중Ⅴ가 굴러오는 것을 보고) 아 이놈 지랄을 벋는다. 아 이놈 지랄을 벋는다.

먹중Ⅴ : (일어나서)아나야아.

먹중일동 : 그랴 와이이.

먹중Ⅴ : 사실이야 대명이 분명하더라.

먹중Ⅵ : 아나야아.

먹중 일동 : 그랴 와이이.

먹중Ⅵ : 사람이 이렇게 많이 모여 있는데 대명이란 말이 웬말이냐. 내가 가서 자세히 알고 나올라. (노장 있는 데로 슬금슬금 가서 머리로 노장을 부딪쳐 본다. 노장 부채를 흔들흔들한다.)

먹중Ⅵ : (놀래며 후퇴하며 와서) 아나야아.

먹중 일동 : 그랴 와이이.

먹중Ⅵ : 대명이니 숯짐이니 옹기짐이니 뭐니뭐니 하더니, 그것이 다 그런 게 아니고 뒷절 노(老)시님[1]이 분명하더라.

먹중Ⅶ : 아나야아.

먹중 일동 : 그랴 와이이.

먹중Ⅶ : 그럴 리가 있나. 내가 가서 다시 자세히 알고 오리라. (타령곡에 맞추어 춤을 추며 유유히 노장한테로 가서) 노(老)시님!

노장 : (부채를 흔들며 고개를 끄덕끄덕한다. 노장은 일체 말을 안하고 동작으로 표시한다.)

먹중Ⅶ : (달음질하여 돌아와서) 아나야아.

먹중 일동 : 그랴 와이이.

먹중Ⅶ : 노시님이 분명하더라. 그렇다면 우리 시님이 평생 좋아하시든 것이 백구타령이 아니드냐. 우리 백구타령 한 번 하여

---

1) 시님 : 스님의 사투리.

들려 드리자.

먹중 일동 : 그거 좋은 말이다.

먹중Ⅷ : 그러면 내가 들어가서 노시님께 여쭈어 보고 나올라. (춤을 추며 노장에게로 가서) 노시님!

노장 : (고개를 *끄덕끄덕*한다.)

먹중Ⅷ : 백구타령을 돌돌 말아서 귀에다 소르르ㅡ?

노장 : (고개를 *끄덕끄덕*한다.)

먹중Ⅷ : (돌아와서) 아나야아.

먹중 일동 : 그랴 와이이.

먹중Ⅷ : 내가 이자 가서 노시님게다 백구타령을 돌돌 말아서 귀에다 소르르 하니까. 대갱이를 횟물 먹은 메기 대갱이[1] 흔들 듯이 하더라. (혹은 굶주린 개가 주인 보고 대갱이 흔들 듯이 끄덕끄덕하더라.)

먹중Ⅰ, Ⅱ : (둘이 같이 어깨를 겨누고 타령곡에 맞추어 같이 노래를 병창하며 노장에게로 간다.) 백구야 훨훨 날지 마라. 너 잡을 내 아니도다. 성상이 바리시니 너를 좇아 여기 왔다. 오류춘광(五柳春光)……

먹중Ⅲ : (노래가 끝나기 전에 뒤쫓아가서 갑자기 Ⅰ, Ⅱ의 면상을 친다. Ⅰ, Ⅱ 놀래며 돌아다보면) 백구야 껑충 날지 마라. (하고 노래 부르며 셋이 같이 타령곡에 맞추어 춤추며 돌아온다.)

먹중Ⅳ : 아나야아. (타령곡과 춤 그친다.)

먹중 일동 : 그랴 와이이.

먹중Ⅳ : 아 네미를 붙을 놈들은 백구야 껑충 나지 말라 하는데, 우리는 오도독이타령이나 한 번 여쭈어 보자.(하며 노장 가까이 가서) 오도독이타령을 돌돌 말어 귀에다 소르르……

---

1) 대갱이 : 대강이, 속어로 머리란 뜻.

노장 : (고개를 끄덕끄덕한다.)

먹중Ⅳ : (이걸 보고 먹중들 있는 데로 와서) 아나야아.

먹중 일동 : 그랴 와이이.

먹중Ⅳ : 내가 이제 노시님께 가서 오도독이타령을 돌돌 말아 귀에다가 소르르 하니까, 대갱이를 용두치다가 내버린 ×××× 흔들 듯이 하더라.

먹중Ⅴ : 아나야아.

먹중 일동 : 그랴 와이이.

〈註. 이하 약(略). 단 남은 먹중들도 각각 번갈아서 시조나 단가를 돌돌 말아서 노장의 귀에다 넣어 줬다고 하고 와서는 노장을 모욕하는 말을 하는 것이다.〉

먹중Ⅰ〈첫목〉 : 아나야아.

먹중 일동 : 그랴 와이이.

첫목 : 시님을 저렇게 불 붙은 집에 ××× 세우듯이 두는 것은 우리 상좌의 도리가 아니니 그 시님을 모셔야 하지 않느냐.

먹중 일동 : 네 말이 옳다. (하고, 모두 노장이 있는 데로 간다. 먹중 둘이 노장이 짚고 있는 육환장의 한 쪽 끝을 붙잡고 앞서 온다. 노장은 그에 따라온다. 남은 다른 먹중들은 남무대성 인로왕보살(南無大聖 引路王菩薩)의 인도소리를 크게 합창하면서 뒤따른다. 중앙쯤 와서 노장은 힘이 차서 육환장을 놓고 꺼꾸러진다. 다른 먹중 하나가 얼른 육환장을 잡는다. 앞서 가는 먹중 둘은 노장이 여전히 따르거니 하고 그대로 간다. 한참 가다가 뒤돌아다보고 의외의 경(景)에 놀랜 듯이 큰 소리로) 노시님은 어데 가고 이게 웬 놈이란 말이냐?

앞서 가든 다른 먹중 : 이럴 리가 있나. 노시님이 온데 간데 없어졌으니, 아마도 상좌인 우리가 정성이 부족하여서 그런 거이다. 우리 같이 한 번 노시님을 찾어 보자. (타령곡이 시작되자 먹중

여덟은 서로 어울려져 난무하며 노장을 찾아 본다. 노장이 넘어져 누워 있는 것을 먹중 하나가 본다.)

먹중 하나 : 쉬ー. (타령곡과 춤 그친다.) 이거 안된 일이 있다.

다른 먹중하나 : 무슨 일이냐.

먹중 하나 : 이제 내가 한 편을 가 보니 노시님이 누워 있이니 아마 죽은 모양이더라.

먹중 : 아나야아.

먹중 일동 : 그랴 와이이.

먹중Ⅵ : 노시님이 과연 죽었는가 내가 가서 자세히 보고 올라. (달음질하여 가서 멀찍이 노장이 누운 양을 보고 돌아와서) 이거 야단 났다.

먹중Ⅶ : 무슨 일이게 야단 났단 말이냐.

먹중Ⅵ : 노시님이 유유정정 화화(柳柳井井 花花)했더라.

먹중Ⅶ : 아 그놈 벽센 말 한 마디 하는구나. 유유정정 화화, 유유정정 화화야? 그것 유유정정 화화라니, 아! 알았다. 버들버들 우물우물 꽃꽂이 죽었단 말이구나.

먹중Ⅲ : 아나야아.

먹중 일동 : 그랴 와이이.

먹중Ⅲ : 우리 노시님이 그렇게 쉽사리 죽을 리가 있나. 내가 들어가 다시 한 번 자세히 보고 올라. (달음질하여 노장 있는 데 갔다가 되돌아와서) 야아, 죽을시 분명하더라. 육칠월에 개 썩은 내가 나더라.

먹중Ⅴ : 아나야아.

먹중 일동 : 그랴 와이이.

〈註. 이와 같이 남은 먹중들은 번갈아서 노장이 누워 있는 곳에 갔다가 와서 죽었다는 보고를 하여 노장에 대하여 모욕적 언사를 쓴다. 그러나 여기서는 약한다.〉

먹중Ⅰ : 아나야아.

먹중 일동 : 그랴 와이이.

먹중Ⅰ : 중은 중의 행세(行勢)를 해야 하고 속인은 속인의 행세를 해야 하는 법이니, 우리가 시님에(의) 상좌가 되여 가지고 거저 있을 수 있너냐. 시님이 도라가셨으니 천변수락에 만변야락 굿을 하여 보자꾸나.

먹중 일동 : 그랴 와이이. 거 옳은 말이다. (하며, 먹중들 각각 징·장고·북·꽹과리 등 악기를 들고 치면서, 노장이 엎드러진 곳의 주위를 돌면서 염불하며 재(齊)를 오린다. 염불조로)「원아 임욕명종시 진제일체 제장애 면견피불아미타 즉득왕생 안락찰(願我臨欲命終時 盡除一切 諸障碍 面見彼佛阿彌陀 卽得往生 安樂刹)」[1]

먹중Ⅱ : 아나야아. (염불과 굿치는 소리 그친다.)

먹중일동 : 그랴 와이이.

먹중Ⅱ : 염불이 약은 약이다. 시님이 다시 갱생[2]을 하는구나. 그러면 시님이 평생 좋아하시던 것이 염불이댔으니 염불을 한바탕 실컨 하자.

(팔 먹중들, 염불조로 악기를 치면서 한참 난무하다가 전원 퇴장.)

소무 2인 : (먹중들이 다 퇴장하자 등장하여 노장이 누웠는 자리에서 좀 떨어진 데서 양인(兩人)[3] 상당 거리를 두고 서서 염불타령곡조에 맞추어 춤을 춘다.)

노장 : (누운 채로 염불곡에 맞추어 춤추며 일어나려 한다. 그

---

1) 내가 죽음에 임해서 일체의 장애를 없애고 저 아미타불을 볼 수 있다면 안락찰(극락정토)에 왕생을 얻을 수 있을텐데…'의 의미.
2) 갱생 : 거의 죽을 지경에서 다시 살아남.
3) 양인 : 두 사람.

러나 넘어진다. 다시 춤추며 일어나려 하는데 또 넘어진다. 겨우
하여 육환장을 짚고 일어나서 사선선¹⁾으로 면을 가리고 주위에
사람이 있나 없나를 살펴보려고 부채살 사이로 사방을 살핀다.
그러다 소무가 춤추고 있는 양을 보고 깜짝 놀래며 다시 땅에 업
딘다. 한참 후에 다시 일어나 사방을 살펴보고 소무를 은근히 응
시한다.)

〈註. 노장과 소무는 일체무언. 다만 행동과 춤으로써 그의 심중의
모습을 표현한다.〉

　　노장 : (동작과 춤으로써 다음과 같은 심정의 모습을 표현한다.
－소무의 미용(美容)을 선녀인가 의심한다. 선녀가 이 속세에 어
찌 왔나 한다. 그런데 그는 선녀가 아니고 사람임을 알게 된다.
인간세상에도 저런 미색이 있구나 하고 매우 감탄한다. 그리고
산중에 들어박혀 무미하게 지냈던 자기의 과거가 몹시도 무의미
했고 적막한 것을 깨닫는다. 생을 그렇게 헛되이 보낼 것인가 하
고 회의해 본다. 인간세상이란 저러한 미인과 자유로이 즐길 수
있는 세상인가 하고 생각해 본다. 자기의 과거의 생활을 그대로
계속할 것인가 그렇지 않으면 인간세상에 들어와서 저러한 여인
과 흥취있는 생활을 하여 볼까 하고 계교²⁾(計較)하여 본다. 어떠
한 결정이 지어졌는지 고개를 끄덕끄덕한다. 그래도 좀 겸연쩍은
지 부채로 면을 가리고 육환장을 짚고 염불곡에 맞추어 조심조심
춤추며 장내를 돈다. 소무 I 을 멀찍이 바라보며, 그 주위를 춤추
며 세 바퀴 돈다. 소무의 주의를 끌 동작을 여러 가지 한다.)

　　소무 I : (노장을 본체만체하고 그냥 그 자리에서 춤만 춘다.)

　　노장 : (소무의 무심함을 보자, 좀 적극적으로 나가보려 든다.

---

1) 사선 : 욕계(欲界)를 떠나 색계(色界)에서 도를 닦는 초선, 이선, 삼선,
　사선의 네 단계.
2) 계고 : 요리조리 생각해 낸 꾀를 부리다.

육환장을 어깨에 메고 춤추며 소무 곁으로 간다. 그러나 아직도 조심스러운 동작이다. 소무의 배후에 가만히 접근한다. 그리고 자기 등을 소무의 등에 살짝 대어 본다.)

　　소무 I : (모르는 체하고 여전히 춤만 춘다.)

　　노장 : (소무가 본체만체하므로 소무의 앞으로 돌아가서 그의 얼굴을 마주쳐 본다.)

　　소무 I : (보기 싫다는 듯이 노장을 피하여 돌아선다.)

　　노장 : (낙심한다. 휘둥휘둥하다가 소무의 전면으로 돌아가 본다.)

　　소무 I : (또 싫다는 듯이 돌아선다.)

　　노장 : (노한 듯이 소무의 앞으로 바싹 다가선다.)

　　소무 I : (약간 교태를 부리며 살짝 돌아선다.)

　　노장 : (초면에 부끄러워서 그렇겠지 하고 소무의 심정을 해석하고, 자기를 싫어하지 않는구나 하고 소무 곁에 가까이 가서 여러 가지 춤으로 얼러 본다. 그러다가 육환장을 소무 사탱이[1] 밑에 넣었다가 내어든다. 소무를 한참 들여다본다. 육환장을 코에다 갖다 대고 맡아 본다. 뒤로 물러나와서 육환장을 무릎으로 꺾어 내버린다. (이때 반주는 타령곡으로 변한다. 이곡에 맞추어 춤춘다.) 염주를 벗어서 소무의 목에 걸어 준다.)

　　소무 I : (걸어 준 염주를 벗어 팽개친다.)

　　노장 : (놀래어 염주를 주워 들고 소무 앞으로 가서 정면(正面)하며 얼린다.)

　　소무 I : (살짝 돌아선다.)

　　노장 : (춤추며 소무 곁으로 다가서서 얼리며 염주를 다시 소무의 목에 걸어 준다.) (이러한 동작을 수차 되풀이한다. 그리하다

---

1) 사탱이 : 사타구니의 사투리.

가 나중에는 소무는 그 염주를 벗지 않고 그대로 걸고 춤을 춘다.)

　　노장 : (대단히 만족해하며 춤을 춘다. 한참 추다가 소무에게 가까이 가서 입도 만져 보고 젖도 만져 보고 겨드랑도 후벼 보다가, 염주의 한편 끝을 자기의 목에 걸고 소무와 마주 서서 비로소 희희낙낙하며 춤을 춘다.)

(노장은 이와 같은 동작과 순서로 소무Ⅱ에게 가서 되풀이하여 자기의 수중에 들어오게 한다.)

(생불(生佛)이라는 노장은 두 소무를 자기의 수중에 넣은 것이나, 사실은 소무의 요염한 교태와 능란한 유혹에 빠진 것이다. 노장은 두 미녀의 사이에 황홀히 되었다.)

　　신장사 : (원숭이를 업고 등장) 야— 장이 잘 섰다. 장자미(場滋味)가 좋다기에 불원천리(不遠千里)하고 왔드니 과연 거짓말이 아니구나. 인물병풍을 둘러쳤으니 이것 태평장이로구나. 이 장이나 태평장이나 속담에 이른 말이 쌈은 말리고 흥정은 붙이랬이니, 상인이 되여서는 물건을 팔아야겠다. 식(食)이 위천(爲天)이라 하였으니 식료품부터 팔어 보자. (사면을 돌아다보며 외치는 소리로) 군밤을 사랴 삶은 밤을 사랴. (사러 오는 사람이 하나도 없다.) 그러면 신이나 팔아 볼가. (크게 외치는 소리로) 세코 집세기[1] 육날 메투리[2] 고흔 아씨에 신을 사랴오.

　　노장 : (신장사의 뒤로 가서 부채로 어깨를 탁 친다.)

　　신장사 : (깜짝 놀라며) 이게 무엇이냐. (위아래로 훑어보고) 네놈에 차림 차림을 보니 송낙을 눌러쓰고 백팔염주 목에 걸고

---

1) 세코 집세기 : 발을 편하게 하려고 앞의 양쪽에다 약간의 총을 터서 코를 낸 짚신.
2) 육날 메투리 : 미투리의 사투리. 삼껍질로 짚신처럼 삼은 신. 흔히 날을 여섯 개로 한다.

장삼을 줏어입고 홍가사를 걸치고서 육환장을 짚었이니 중놈일시
분명하구나. 중놈이면 승속[1](僧俗)이 다른데, 양반을 보면 소승
문안 드리요 하는 인사도 없이 몽둥이로 사람을 치니 이것이 웬
말이냐.

노장 : (소무의 발을 가리키고 부채로 소무의 발 치수를 재어
보이고 신 사겠다는 동작을 한다.)

신장사 : (노장의 뜻을 알아차리고 신을 내놓으려고 등에 진 짐
을 내려놓고 보따리를 끄른다. 의외에도 원숭이가 뛰어나와 앞에
가 앉는다. 깜짝 놀라며 원숭이 보고) 네가 무엇이냐 물짐성이
냐?

원숭이 : (고개를 쌀쌀 흔들어 부정한다.)

신장사 : 그러면 수어[2]냐?

원숭이 : (고개를 좌우로 흔들어 부정한다.)

〈註. 원숭이는 일체 말 안 한다.〉

신장사 : 농어냐.

원숭이 : (부정)

신장사 : 잉어냐.

원숭이 : (부정)

신장사 : 메기냐.

원숭이 : (부정)

신장사 : 뱀장어냐.

원숭이 : (부정)

신장사 : 그럼 네가 뭐냐? 네 발을 가졌이니 산짐성이냐?

원숭이 : (고개를 끄덕끄덕하며 긍정한다.)

---

1) 승속 : 승려와 속인.
2) 수어 : 숭어.

신장사 : 범이냐.

원숭이 : (부정)

신장사 : 노루냐.

원숭이 : (부정)

신장사 : 사심이냐.[1]

원숭이 : (부정)

신장사 : 맷도야지냐.

원숭이 : (부정)

신장사 : 오오 알겠다. 그전 어른의 말씀을 들은 일이 있는데, 네가 사람에 입내를 잘 내는 것을 보니 원숭이로구나.

원숭이 : (긍정)

신장사 : 오오, 그러면 우리 선조 때에 대국사신으로 다닐 적에, 이 놈이 힘이 있고 날냄이 있는 고로 대국 다니던 기념도 되고 가정에 보호군도 될 것 같다 해서 사다가 둔 것을, 내가 신짐을 지고 나온다는 것이 이 원숭이 짐을 지고 나왔구나. 네가 영리하고 날냄이 있는 놈이라, 저 뒷절 중놈한테 신을 팔고 신값을 아직 못 받은 것이 있이니, 네 가서 받아 가지고 오너라.

원숭이 : (날쌔게 소무한테 가서 소무의 허리 등에 붙어서 음외(淫猥)스러운 동작을 한다.)

신장사 : 여보 구경하는 이들. 내 노리개 장난감 어데로 가는 걸 못봤오. (하며 사방으로 원숭이를 찾으러 돌아다닌다. 소무 허리 등에 붙어 있는 것을 보고) 아, 요놈 봐라. 요놈, 신값 받아 오라니까 돈은 받아 거기다 다 써 버렸너냐. (원숭이를 붙잡아 가지고 전에 있던 자리로 와서) 요놈아, 너는 소무(小巫)를 하였이니 나는 네 뼉[2]이나 한번 하겠다. (하며 원숭이를 엎어놓고 음

---

1) 사심 : 사슴.
2) 뼉 : 비역. 남자끼리의 동성애.

외한 동작을 한다.)

원숭이 : (날쌔게 빠져나와 신장사를 엎어놓고 뺙하는 동작을 한다. 한참 후에 둘이 같이 일어난다.)

신장사 : 이 놈, 생긴 게 요꼴이, 다 무얼 안다고…… 그런데 신값이나 분명히 받아 오너라. 얼만고 허니. (하며 신값을 계산하느라 땅에다 숫자를 쓴다.)

원숭이 : (신장사가 쓰는 숫자를 지운다.)

신장사 : (다른 데다 계산해 쓴다.)

원숭이 : (또 가서 지운다.)

신장사 : (다른 데다 또 계산해 쓴다.)

원숭이 : (또 쫓아가서 지운다.)

〈註. 이런 동작 수차 반복한다.〉

신장사 : (땅 위에 계산한다.)

원숭이 : (이번에는 신장사를 돌아보지 않고 소무한테 가서, 먼저와 같이 음외한 짓을 한다.)

노장 : (원숭이의 동작을 보고 부채자루로 마구 때린다.)

신장사 : (원숭이가 맞는 것을 보고 쫓아가서 원숭이를 잡어 가지고 치료하러 간다고 같이 퇴장한다.)

취발 : (허리에 큰 방울을 차고 푸른 버들가지를 허리띠에 꽂고 술 취한 것처럼 비틀거리고 등장하다가, 갑자기 달음질하며 중앙으로 온다.) 에에케, 아 그 제에미를 할 놈에 집안은 곳불인지 행불인지 해해 년년이 다달이 나날이 시시 때때로 풀돌아들고 감돌아든다. (타령곡에 맞추어 한참 춤춘다.) 쉬ㅡ. (타령과 춤 그친다.) 산불고이수려(山不高而秀麗)하고 수불심이청징(水不深而淸澄)이라. 지불광이평탄(地不廣而平坦)하고, 인부다이무성(人不多而茂盛)이라. 월학(月鶴)은 쌍반(雙伴)하고 [1]송죽(松竹)은 교취

---

1) 원숭이와 함께 학은 노닌다는 뜻으로 매우 깊은 산중.

(交翠)로다. 녹양(綠楊)은 춘절(春節)이다. 기산영수 별건곤(箕山穎水 別乾坤)에 소부허유(巢父許由)가 놀고, 채석강 명월야(采石江 明月夜)에 이적선(李謫仙)이 놀고, 적벽강 추야월(赤壁江 秋夜月)에 소동파(蘇東坡)가 놀았으니, 나도 본시 오입쟁이로 금강산 좋단 말을 풍편에 잠간 듣고 녹림간 수풀 속에 친고 벗을 찾어 갔드니, 친고 벗은 하나도 없고 승속이 가하거든 중이 되여 절간에서 불도는 힘 안 쓰고 이쁜 아씨를 데려다가 놀리면서. (타령곡에 맞추어 춤추며 노래부른다.) 꾸웅꾸웅 (하며 노장 옆으로 가까이 간다.)

노장 : (부채 꼭지로 취발이를 딱 친다.) (타령곡과 취발이의 춤 끝난다.)

취발 : 아이쿠 아아 이것이 뭐이란 말인고. 아 대체 매란거이 맞어 본 적이 없는데, 머이 뺙하고 때리니 아 원 이거 머이라는 건고. 오오 알겠다. 내가 세이인간사불문(洗耳人間事不聞) 하직하고 대사당(大師堂) 돌아들 때, 요조숙녀는 좌우로 벌려 있고 난양공주 진채봉이며 세운같은 계섬월과 심요연 백능파와 이 세상 시일토록 노닐다가 귀가하여 돌아오던 차에 마침 이 곳에 당도하고 보니, 산천은 험준하고 수목은 진잡한 이 곳에 아마도 금수오작(禽獸烏鵲)[1]이 나를 희롱하는가 보다. 내가 다시 들어가서 자세히 알고 나와 보겠다. (타령곡에 맞추어 춤추며 노장 옆으로 가면서 노래를 부른다.) 적막은 막막 중천에 구름은 뭉게 뭉게 솟아 있네.

노장 : (부채꼭지로 취발의 면상을 탁 친다.) (타령곡과 취발의 춤, 노래 그친다.)

취발 : 아 잘은 맞는다. 이, 이게 뭐람. 나라는 인간은 한창 소

---

1) 금수오작 : 새와 짐승과 까마귀와 까치. 산에 사는 짐승.

년시절에도 맞어본 일이 없는데, 아 이거 또 맞었구만. (노장을 쳐다보며) 아 원, 저거 뭐람. 오오 이제 내가 알겠다. 저이 거밋 거밋한 것도 보이고 또 번득번득한 것도 보이고 히뜩히뜩한 것도 보이고 저 번들번들한 것도 보이는 것을 본즉 아마도 금인가 부다. 이 금이란 말이 당치 않다. 육출기계(六出奇計) 진평(陳平)[1] 이가 황금 삼만냥(黃金三萬兩)을 초군중(楚軍中)에 흩었으니[2] 거 금이란 말도 당치 않다. 그러면 옥인가? (노장한테로 한발 가까이 가서) 너 옥이여든 옥에(의) 내력을 들어 봐라. 홍문연(鴻門宴)[3] 높은 잔체 범증이가 깨친 옥이[4] 옥석이 구분(俱焚)이라, 옥과 돌이 다 탔거든[5] 옥이란 말도 당치 않다. 그러면 귀신이냐. (노장에게로 한 발 더 나간다.) 너 귀신이여던 귀신에 내력을 들어 봐라. 백주청명[6](白晝淸明) 밝은 날에 귀신이란 말이 당치 않다. 그러든 네가 대명이냐?

노장 : (고개를 좌우로 흔들고 취발이 앞으로 두어 걸음 나온다.)

취발 : 이이 이것 야단났구나. 오오 이제야 알겠다. 자세히 보니까, 네 몸에다 칠포(漆布)[7] 장삼을 떨쳐 입었으며 육환장을 눌러 짚고 백팔염주 목에 걸고 사선선을 손에 들고 송낙을 눌리 썼일

---

1) 진평 : 한고조 유방의 신하. 젊었을 때에는 비록 가난하였으나 글 읽기에 힘을 기울였고, 후일 유방을 섬겨 여섯 가지 기책의 공을 세웠음.
2) 육출기계(六出奇計)의 하나로, 황금 4만근으로 초나라 진중의 장수를 매수하여 항우와 모사 범증이 한과 내통하고 있다는 허위 풍문을 유포하여 불신케 하였음.
3) 홍문연 : 홍구의 군문에서 항우와 유방이 연회를 하였음.
4) 홍문연에서 범증이 패옥을 세 번 들어 빨리 유방을 죽일 것을 권한 일을 말함. 또는 항우가 범증에게 준 玉斗(술그릇)을 깨친 것을 말함.
5) 착한 자와 악한 자가 함께 망하는 것을 비유.
6) 대낮의 날씨가 맑고 밝음.
7) 칠포 : 옷칠을 한 헝겊.

때에는 중일시가 분명하구나. 중이면 절간에서 불도나 심씰 것이지 중에 행사(行勢)로 속가에 내리와서 예쁜 아씨를 하나도 뭣한데 둘씩 셋씩 다려다 놓고 낑꼬랑 깽꼬랑. (타령곡에 맞추어 한참 춤춘다.) 쉬─ (타령과 춤 그친다.) 이놈 중놈아, 말 들어거라 허니, 너는 이쁜 아씨를 둘씩이나 다려다 놓고 저와 같이 노니, 네 놈에 행세는 잘 안됐다. 그러나 너하고 나하고 내기나 해 보자. 너 그전에 땜질을 잘 했다허니, 너는 풍구[1]가 되고 나는 불 테이니, 네가 못 견디면 저년을 날 주고 내가 못 견디면 내 엉뎅이밖에 없다. 그러면 솥을 땔가 가마를 땔가. (타령에 맞추어 한참 춤춘다.) 쉬─ (타령과 춤 그친다.) 아 이것도 못 견디겠군. 그러면 이번에는 너하고 나하고 대무하며, 네가 못 견디면 그렇게 하고 내가 못 견디면 그렇게 하자. (타령곡에 맞추어 춤추며 노래한다.) ─백수한산 심불노(白首寒山 心不老)……─(타령 춤 노래 그친다) 아 이것도 못 견디겠군. 자 이거 야단난 일이 있군. 거저 도깨비는 방맹이로 휜다드니 이건 들어가 막 두들겨 봐야겠군. (타령곡에 맞추어 춤추며 노래한다.)─강동에 범이 나니 길로래비가 휠휠(하며 노장한테 간다.)

노장 : (부채로 취발이 면상을 한 대 친다.)

취발 : 아이쿠. (타령과 춤 그친다. 훨쩍 한 번 뛰어 노장에게서 도망친다.) 아이쿠 이 웬일이냐, 이놈아 때리긴 바로 때렸다. 아 이놈이 때리긴 발 뒷축을 때렸는데, 아아 피가 솟아 올라서 코피가 나는군. 아 이것을 어떻게 하면 좋단 말인가. 거저 코 터진 건 타라막는 것이 제일이라드라. 자 그런데 코를 찾일 수가 있어야지. 그러나 지재차산중(只在此山中)이지 내 상판 가운데에 있겠지. 그런즉 이걸 찾일랴면 끝에서부터 찾어 들어와야지. (하며 머

---

1) 풍구 : 풀무의 사투리. 불을 피울 때에 바람을 일으키는 도구.

리 정수리서부터 더듬어서 아래로 차차 내려온다.) 아 여기가 코가 있는 걸 그렇게 애써 찾았구나. (코에다 무엇을 타라막는다.) 아 이 코를 타라막아도 피가 자꾸 나오는구나. 이걸 어떻거나. 옛날 의사 말에 코 터진건 먼지로 문지르는 것이 제일이라드라.(하며 흙먼지로 코 터진 데를 문지른다.) 아 이렇게 낫는 것을 애를 괴연히 빠락빠락 썼구나. 이제는 다시 들어가서 찬물을 쥐여먹고 이를 갈고서라도, 이놈을 때려 내쫓고 저년을 다리고 놀 수밖에 없다. (타령곡에 맞추어 노장에게로 춤추며 노래 부르며 간다.) ─소상반죽(瀟湘斑竹)[1] 열두 마디……(노장을 딱 때린다.)

노장 : (취발이에게 얻어맞고 퇴장.)

취발 : (좋아하며 신이 나서 춤추며 노래한다.)─때렸네, 때렸네. 뒷절 중놈을 때렸네. 영낙 아니면 송낙이지. (노래 끝내고 소무 I 에게로 간다. 타령과 춤 그친다.) 자 이년아 네 생각에 어떠냐. 뒷절 중놈만 좋아하고 사자 어금니같은 나는 싫으냐? 이년아 돈 받어라.

소무 I : (손을 내민다.)

취발 : 아 시러배 아들년 다 보겠다. 쇠줄피 받다 대통[2] 기름자[3] 보고 따라댕기겠군. 이년아 돈 받어라. (돈을 던져 준다.)

소무 I : (돈을 주으러 온다.)

취발 : (큰 소리로) 앗! (돈을 제가 주어 넣는다.)

소무 I : (뒤로 물러 나간다.)

취발 : 아 그년 쇠줄피 받는 것을 보니 문고리 쥐고 엿장수 부

---

1) 소상반죽 : 중국 소상지방에서 나는 아롱진 무늬가 있는 대. 순임금이 창오산에서 죽은 후에, 순임금의 두 비인 아황·어영이 소상강가에서 피눈물을 흘린 것이 대나무에 맺혀 소상반죽이 되었다는 전설이다.
2) 대통 : 담뱃대의 담배를 담는 부분. 쇠로 되어 있음.
3) 기름자 : 그림자.

르겠다. 그러나 너 내에(의) 말 들어 보아라. 주사청루(酒肆靑樓)에 절대가인(絶代佳人) 절영(絶影)하야 청산(靑山)동무로 세월을 보내드니마는, 오늘날에 너를 보니 세상인물이 아니로다. 탁문군(卓文君)[1]에 거문고로 월노승(月老繩)[2] 다시 맺어 나하고 백세를 무양[3]하는 게 어떠냐.

소무 I : (싫다는 듯이 살짝 외면해 선다.)

취발 : 아 그래도 나를 마대? 그러면, 그것은 다 농담이지만, 너 겉은 미색을 보고 주랴던 돈을 다시 내가 거두어 가진다는 것은 당치 않은 일이다. 아나 돈 받어라. (소무 I 에게로 돈을 던진다.)

소무 I : (돈을 받아 줍는다.)

취발 : (타령곡에 맞추어 춤추며 노래한다.)—낙양동천 류하정(洛陽東天 柳下亭)……(하며 소무 I 에게로 가서 같이 어울려서 춤춘다……한참 춤춘 후 타령과 춤 그친다.)

소무 I : (배 앓는 양을 한다.)

〈註. 이와 같은 동작을 소무 II 에 대해서도 되풀이한다.〉

소무 : (배 앓는 양을 한 뒤에 아이를 낳았다 하고 소무 둘 다 퇴장한다.)

취발 : (춤추며 소무 섰던 곳으로 가서 아이를 안고서 아이 우는 목소리로) 에 애 애 (자기 목소리로) 에게게 이것이 웬일이냐. 아아 동내 양반들 말씀 들어 보오. 년만 칠십에 생남했오. 우리집에 오지도 마시요. 우리 아이 이름을 지어야겠군. 둘째라고

---

1) 탁문군 : 한나라 때 익주에 살던 탁왕손의 딸로 과부였는데, 음악을 좋아했음. 사마상여가 타는 〈봉구황곡〉의 거문고 소리에 반하여, 밤에 몰래 집을 도망쳐 나가 사마상여의 아내가 되었다.
2) 월노승 : 월하노인이 가지고 다니며 남녀의 인연을 맺어준다고 하는 주머니의 붉은 끈. 월하노인은 전설에서 부부의 인연을 맺어준다는 노인.
3) 무양 : 몸에 탈이나 병이 없음.

질가. 아 첫째가 있어야 둘째라 하지. 에라 마당에서 났이니 마당이라 질 수밖에 없군. 마당 어머니 젖 좀 주소……(아이 얼르는 소리로) 에게게 둥둥둥둥 내 사랑. 어딜 갔다 이제 오나. 기산영수 별건곤에 소부 허유와 놀다 왔나. 채석강 망월야에 이적선과 놀다 왔나. 수양산 백이 숙제와 채미하다 이제 왔나. 둥둥둥둥 내 사랑아. (아이 소리로) 여보 아버지, 날 다리고 이렇게 둥둥 타령만 할 것 없이, 나도 남에 자식들과 같이, 아 글 공부를 시켜 주시요. (자기 목소리로) 야 이게 좋은 말이로구나. (소아(小兒)소리) 그러면 아버지 나를 양서로 배워주시요. (제소리) 양서라니 평안도하고 황해도하고, (소아소리) 아아니 그거 아니라오. 언문[1]하고 진서[2]하고. (제소리) 오냐. 그는 그렇게 해라. 하늘천. (소아소리) 따지. (제소리) 아. 이넘(놈) 봐라. 나는 하늘 천 하는데 이넘은 따지 하는구나. (소아소리) 아버지. 나는 하늘천 따지도 배와 주지 말고 천자 뒤풀이로 배와 주시요. (제 목소리) 거 참 좋은 말이다. (음악에 맞추어 노래부른다.)—자시(子時)에 생천(生天)[3]하니 불언행사시(不言行四時)[4] 유유피창(悠悠彼蒼)[5] 하날천(天). 축시(丑時)에 생지(生地)하다[6] 만물창성 따지(地). 유

---

1) 언문 : 국문을 낮추어 부르는 말.
2) 진서 : 한문을 높이어 부르는 말.
3) 자시생천 : 하루를 열둘로 나눈 시간 중에 첫째 시간인 밤 11시부터 1시 사이인 자시에 하늘이 생기니, 송나라 때의 학자인 소옹이 지은 〈황극경세〉 중의 "하늘은 맨 처음 깜깜한 자시에 열리고, 땅은 그 다음 축시에 생겼다"는 구절에서 따온 말.
4) 불언행사시 : 아직 사시가 운행한다고 할 수 없을 때, 곧 네 계절의 구별이 없을 때.
5) 유유피창 : 끝없이 너른 저 푸른 하늘.
6) 축시생시 : 열둘로 나눈 시간 가운데서 둘째 시인, 밤 1시에서 3시 사이인 축시에 땅이 생겨.

현(幽玄)비모[1] 흑적색(黑赤色)[2] 북방현무(北方玄武)[3] 가물현
(玄). 궁상각치우(宮商角徵羽)[4] 동서사방 중앙토색(中央土色)
누루황(黃). 천지사항 몇만 리냐 거루광활(巨樓廣濶)[5] 집우(宇).
여도 국도(國都) 흥망성쇠 그 누구 집주(宙). 우치홍수(禹治洪
水)[6] 기자춘 홍범구주(洪範九疇)[7] 삼경취황(三經就荒)[8] 거칠황
(荒). 요순성덕(堯舜聖德)[9] 장(壯)하시다 취지여일(就之如日)[10]
날일(日). 억조창생(億兆蒼生)[11] 격양가(擊壤歌)[12] 강구연월(康
衢煙月)[13] 달월(月). 오거시서(五車詩書)[14] 백가서(百家書)[15] 적
안영상(積案盈床)[16] 찰영(盈). 밤이 어느 때냐 월만즉측(月滿則

---

1) 유현비모 : 알기 어려울 만큼 이치가 아득하고 오묘한.
2) 흑적색 : 흑정색의 착오. 순흑색.
3) 북방현무 : 사신도중 북쪽을 맡은 것은 현무임.
4) 궁상각치우 : 동양 음악의 바탕이 되는 다섯 음계.
5) 거루광활 : 크고 넓은 누각.
6) 우치홍수 : 우가 다스린 홍수. 요임금 때에 아홉 해에 걸쳐 홍수가 지자,
   요임금의 뒤를 이은 순임금의 명을 받고 우가 그 홍수를 다스렸으므로,
   그 공로로 우는 순임금에게 왕위를 물려받아 하나라를 세움.
7) 홍범구주 : 나라를 다스리는 아홉 가지 원칙.
8) 삼경취황 : 집 마당의 세 줄기 오솔길은 황폐해졌다. 마당의 세 오솔길
   은 대문과 뒤뜰과 우물로 가는 세 갈래 길.
9) 요순성덕 : 중국 고대의 성군으로 알려진 요임금과 순임금의 덕.
10) 취지여일 : 해처럼 빨리 나아감.
11) 억조창생 : 창생은 모든 백성. 백성이 초목과도 같이 많다는 뜻.
12) 격양가 : 요임금 때에 태평한 세월을 즐기며 늙은 농부가 불렀다는 노
    래. 풍년가나 태평가의 뜻으로도 쓰임.
13) 강구연월 : 사방 팔방으로 통하는 번화한 거리의 태평한 모습. '강'은
    다섯군데로 통하는 길. '구'는 사방으로 통하는 길의 뜻.
14) 오거시서 : 다섯 수레에 실을 만큼 많은 책.
15) 백가서 : 여러 학자들의 말이 담긴 책.
16) 적안영상 : 책상 위에 쌓이고 함께 가득찬 책들.

昃)[1] 기울측(昃). 이십팔숙(二十八宿)[2] 하도낙서(河圖洛書)[3] 중성공지(衆星拱之) 별진(辰). 투계소년(鬪鷄少年)[4] 아해(兒孩)들아 창가금침(娼家衿枕)[5] 잘숙(宿). 절대가인(絶代佳人) 좋은 풍류 만반(滿盤) 진수(珍羞) 벌열(列). 야반삼경(夜半三更) 심창리(深窓裡)에 갖는 정담(情談) 베풀장(張). …(소아(小兒)소리) 그건 그만 해두고 이제는 언문(諺文)을 배와 주시요. (제소리로) 그래라. 언문을 배우자. 가갸 거겨 고교 구규. (소아소리) 아버지 그것도 그렇게 배와 주지 말고 언문뒤풀이로 배와 주시요. (제소리로 노래조로) 가나다라 마바사아 자차카타 아차차 잊었구나. 기억 니은 지긋하니 기억자로 집을 짓고, 니은 같이 사잤더니 지긋같이 벗어난다. 가갸거겨 가이 없는 이내 몸은 거지 없이 되였구나. 고교구규 고생하던 이내 몸이 고구하기 짝이 없다. 나냐너녀 날아가는 원앙새야 널과 날과 짝을 무쳐, 노뇨누뉴 노류장화 안개가절(路柳牆花 人皆可折)[6] 눌로 말미암아 생겨났는고. 다댜더녀 다닥다닥 붙었든 정이 덧이 없이 떨어진다. 도됴두듀 도장에 늙은 몸이 두고 가기 막연하다……(이하 약(略))

(타령곡에 맞추어 춤을 한바탕 추고 아이를 들고 퇴장.)

---

1) 월만즉측 : 달이 가득 차면 곧 기움.
2) 이십팔숙 : 해나 달이나 다른 혹성의 자리를 밝히려고 황도에 따라 천구를 스물 여덟으로 나눈 것.
3) 하도낙서 : 하도는 중국 고대의 복희씨 때에 황하에서 용처럼 생긴 말이 등에 지고 나왔다는 그림. 낙서는 하나라 우임금 때에 낙수에서 나온 거북의 등에 적혀 있었다는 글.
4) 투계소년 : 말을 달리고 닭쌈을 붙여 승패를 겨루는 놀이.
5) 창가금침 : 오늘밤을 창부의 집에서 묵게 되니 애닯다.
6) 누구든지 꺾을 수 있는 길가의 버들과 담 밑의 꽃이라는 뜻. 노류장화는 '노는 계집' 또는 '창부'를 가르키는 말.

제 5 과장

먹중 8인 : (등장하여, 한 편 구석에 적당히 늘어선다)

마부 : (등장. 〈마부는 먹중 중의 하나가 된다.〉 큰 소리로 외친다.) 짐생났오ー.

사자 : (마부 뒤에서 어슬렁어슬렁 들어온다.)

먹중 일동 : (사자 있는 데로 나오며) 짐생이라니. (사자를 보고 놀리며) 이것이 무슨 짐생이냐? 노루 사슴도 아니요. 범도 아니로구나.

먹중 하나 : 어디 내가 한 번 물어 보자. (사자 앞으로 가까이 가서) 네가 무슨 짐생이냐. 우리 조상적부터 보지 못 하든 짐생이로구나. 그런데 노루냐?

사자 : (머리를 설레설레 흔들어 부정)

〈註. 사자는 일체 말하지 않는다.〉

먹중 : 사슴이야.

사자 : (부정)

먹중 : 그러면 범이냐.

사자 : (부정)

먹중 : 옳다 알겠다. 예로부터 성현이 나면 기린이 나오고 군자가 나면 봉이 난다드니 우리 시님이 났으니, 네가 분명 기린이로구나.

사자 : (부정)

먹중 : 이것도 아니라, 저것도 아니라니, 이거 참 야단났구나.

먹중들 : 이거 참 야단났구나. (일동 제각기 떠들며 야단법석한다.)

먹중 : 옳지 알겠다. 제나라 때 전단(田單)이가 소에다 가장하

여 수만 적군을 물리쳤다드니, 그러면 우리가 이렇게 떠드니까 전장(戰場)으로 알고 뛰여들어 온 소냐.

사자: (부정)

먹중: 이거 참 야난났구나. 하하아, 그러면 인제야 알겠다. 당나라 때 오계국(烏鷄國)이 가물어서 온 백성이 떠들 때에, 국왕에 초빙으로 너에 신통을 다 부려서 단비를 내려주고, 오계국왕 은총 입어 궁중에 한거(閑居)하여 갖은 영화 다 보다가, 궁중후원 유리정(瑠璃井)에 국왕을 생매(生埋)하고 삼년간 동안이나 국왕으로 변장하여 부귀영화 누리다가, 서천(西天) 서역국(西域國)으로 불경을 구하러 가든 당삼장(唐三藏)이 보림사(寶林寺)에 유숙할 제, 생매된 오계국왕이 현몽하여 삼장법사 수제자로 도솔천에 행패하든 제천대성(齊天大聖) 손행자(孫行者)[1]에게 본색이 탄로되어 구사일생 달아나다가, 문수보살에 구호받어 근근히 생명을 보존케 되어 문수보살이 타고 다니든 사자냐.

사자: (머리를 끄덕끄덕하여 긍정)

먹중: 그러면 네가 무슨 일로 적하인간(謫下人間) 하였느냐. 우리 시님 수행하야 온 세상이 지칭키를 생불이라 이르나니, 석가여래 부처님이 우리 시님 모시라고 명령 듣고 여기 왔냐.

사자: (부정)

먹중: 그러면 네가 오계국에 있을 때에 실이목지호[2](悉耳目之好)하며 궁심지지소락(窮心志之所樂)[3]하여 인간에 갖은 행락 마음대로 다 하다가, 손행자에게 쫓겨서 천상으로 올라간 후 문수보살 엄시하(嚴視下)에 근근이 지내다가, 우리가 이렇게 질탕이 노는 마당 유량한 풍악소리 천상에서 반겨 듣고, 우리와 같이 한

---

1) 손행자 : 「서유기」의 손오공을 말함.
2) 실이목지호 : 듣고 보는 즐거움을 다 찾음.
3) 궁심지지소락 : 마음과 뜻의 즐거움을 다함.

바탕 놀아 볼랴고 내려 왔느냐.

사자: (부정)

먹중: 그러면 네가 무엇을 먹으랴고 여기 왔느냐.

사자: (긍정)

먹중: 그러면 네가 가왕 노릇 3년 동안 산해진미 다 먹다가 인간음식 취미 붙여서 다시 한 번 맛보고저 왔느냐.

사자: (부정)

먹중: (화를 내어) 그러면 네 에미 애비 먹으려 왔느냐. (하고 막대기로 사자의 머리통을 때린다.)

사자: (크게 노하며 장내를 이리 뛰고 저리 뛰며 먹중을 잡아 먹으려 한다.)

먹중 일동: (사자에 쫓기어 이리 도망치고 저리 도망치고 한다.)

먹중 하나: (사자에게 잡혀 먹힌다.) (한참만에 사자의 꼬리 쪽으로 살짝 빠져 나온다. 그리하여 사자의 뱃속에서 본 것을 여러 가지로 재미있게 재담을 한다. 또는 약(略)하는 수도 있다. 여기에는 약한다.)

먹중Ⅱ: (크게 무서워하며) 저놈이 우리 중을 잡아먹을 적에는 아마도 우리가 시님을 꾀여냈다고 해서 우리를 다 잡아먹으랴는 모양이다.

먹중들: 아마 그런 모양이다. (하며 모두 무서워 야단친다.) 다시 물어 봐서 정 그렇다면 우리들은 마음과 행실을 고쳐야겠다.

먹중Ⅱ: 그러면 내가 한 번 자세히 물어 보자. (사자 앞으로 나가서) 여봐라 사자야. 말 들어거라 허니, 우리 시님 수행하여 온 세상이 생불이라 칭하는 것을 우리가 음탕한 길로 꾀여 내여 파계가 되게 하였다고, 석가여래 부처님이 우리를 징계하시기 위하여 이 세상에 너를 내려보내시면서 우리를 다 잡아먹으라시드냐?

사자 : (긍정)

먹중들 : (한데 모여서 무서워 벌벌 떤다.) 우리들야 무슨 죄가 있느냐. 우리 스승 취발이가 시님을 시기하며 이렇게 만든 것이 아니냐. 그러면 우리들은 기왕(己往) 잘못한 것을 곧 회개하기로 하자.

먹중Ⅱ : (사자를 향하여) 사자야 네가 온 뜻 알겠다. 우리들이 회개하여 이제부터는 부처님을 잘 섬길 터이니, 우리가 기왕에 잘못한 것을 용서하고 춤이나 한 번 추고 마지막으로 헤여지자.

사자 : (긍정)

먹중Ⅱ : 꿍 떵. (이 말이 나자 음악이 연주된다. 먹중 8인과 사자, 한데 어울려 각각 장기의 춤을 추다가 전원 퇴장.)

제 6 과장

말둑이 : (등장. 울긋불긋한 검붉은 탈을 쓰고, 머리에 검은 벙거지¹⁾를 썼다. 불그레한 짧은 옷 입고, 오른 손에 채찍을 쥐었다. 굿거리 장단에 맞추어 우스운 춤을 추며 양반 삼형제를 인도한다.)

양반 삼형제 : (말둑이 뒤를 따라 매우 점잔을 피우며 들어온다. 허나 어색스러운 점잔뺌이다.) (양반 삼형제는 장남은 샌님〈생원님〉, 둘째는 서방님, 끝은 도령님이다. 생원과 서방님은 흰 창옷²⁾을 입고 머리에 관을 쓰고, 도령님은 복건(卜巾)³⁾을 썼다. 생원

---

1) 벙거지 : 군인들이나 하인들이 쓰는 모자로, 털로 검고 두껍게 만든 갓처럼 생긴 모자.
2) 창옷 : 바지 저고리 위에 입던, 옷 길이가 길고 소매가 좁은 남자 두루마기의 한 가지.
3) 복건 : 도복에 갖추어서 머리에 쓰는 쓰개의 한 가지.

님은 흰 수염이 늘어진 백색면(白色面)인데 언챙이다. 장죽(長竹)을 물었다. 서방님은 검은 수염이 돋친 약간 붉은 면을 썼고, 도령님은 소년면을 쓰고 남색 쾌자[1]를 입었다. 이는 시종 말은 하지 않고 형들이 하는 동작을 같이 따라서 한다.)

말둑이 : (중앙쯤 나와서) 쉬― (음악과 춤 그친다.) (큰 소리로) 양반 나오신다아, 양반이라거니 노론[2] 소론[3] 이조 호조 옥당을[4] 다 지내고, 삼정승 육판서 다 지낸 퇴로재상으로 계신 양반인 줄 아지 마시요. 개잘양[5]이라는 양자(字)에 개다리 소반이라는[6] 반자 쓰는 양반이 나오신단 말이요.

양반들 : 야 이놈 뭐야아.

말둑이 : 아아 이 양반 어찌 듣는지 모르겠오. 노론 소론 이조 호조 옥당을 다 지내고 삼정승 육판서를 다 지내고, 퇴로재상으로 계시는 이생원네 삼형제분이 나오신다고 그리 했오.

양반들 : (합창) 이생원이라네에. (굿거리장단에 모두 같이 춤춘다.) (춤 추는 동안에 도령은 때때로 형들의 면을 탁탁 치며 돌아다닌다.)

말둑이 : 쉬―(음악과 춤 그친다.) 여보 구경하는 양반들 말씀 좀 들어 보시요. 잘다란 골연 잡수지 말고 저 연죽전[7](煙竹廛)으로 가서, 돈이 없이면 내에게 기별이라도 해서 양칠간죽[8](簡竹)

---

1) 쾌자 : 등솔을 길게 째고 소매 없이 만든 옷. 명절이나 돌날에 어린 아이들에게 입힘.
2) 노론 : 조선시대 사색당파. 송시열 중심의 서인들.
3) 소론 : 서인들 중심의 윤증, 조지겸 등 소장파.
4) 옥당 : 홍문관.
5) 개잘양 : 방석처럼 깔기 위해 털이 붙어 있는 채로 다룬 개가죽.
6) 개다리 소반 : 다리를 개다리와 같이 구부정하게 만든 자그마한 밥상.
7) 연죽전 : 담뱃대를 파는 가게.
8) 양칠간죽 : 빨강, 파랑, 노랑의 빛깔로 알록지게 칠한 담배설대. 담배설대는 물부리와 담배통 사이에 맞추는 가느다란 대통.

자문죽[1](紫紋竹)을 한발아웃식(式) 되는 것을 사다가, 육무깍지[2] 회자죽[3] 오동수복[4] 연변죽을 사다 이리저리 맞추어 가지고, 저어 자령(載寧)[5] 나무리〈註. 평야명〉 거이 낚시 걸듯 죽 걸어 놓고 잡수시요.

양반들 : 머야아.

말둑이 : 아 이 양반 어찌 듣소. 양반이 나오시는데 담배와 훤화(喧嘩)[6]를 금하라고 그리하였오.

양반들 : (합창) 훤화를 금하였다네. (굿거리장단에 맞추어 모두 같이 춤춘다.)

말둑이 : 쉬― (주악과 춤 그친다.) 여보 악공들 오통육률(五統六律) 다 버리고, 저 버들나무 홀뚜기[7] 뽑아다 불고 바가지장단 좀 쳐 주소.

양반들 : 야 이놈 뭐야.

말둑이 : 아 이 양반 어찌 듣소. 용두 해금 북 장구 피리 저때 한 가락도 뽑지 말고 건드러지게 치라고 그리하였오.

양반들 : (합창) 건드러지게 치라네. (굿거리장단에 맞추어 같이 어울러져 춤춘다.) 말둑아아. (굿과 춤 그친다.)

말둑이 : 예에.

양반(생원) : 이놈 너도 양반을 모시지 않고 어디로 그리 다니너냐.

---

1) 자문죽 : 중국에서 들어온 대로, 아롱진 무늬가 있으며 담뱃대를 만드는 데 많이 쓰임.
2) 육무깍지 : 여섯 모가 난 깍지처럼 생긴 뿔로 대통 모양으로 생긴 것.
3) 회자죽 : 담뱃대를 만들 때 쓰는 대나무의 일종.
4) 오동수복 : 백동으로 만든 기구에 오동 검은 빛이 나는 구리인 오동 '수'자나 '복'자를 박은 자형.
5) 자령 : 황해도의 지명.
6) 훤화 : 시끄럽게 떠든다는 뜻.
7) 홀뚜기 : 물오른 버들가지를 비틀어 뽑은 통껍질이나 밀짚 토막 따위로 만든 피리의 한 가지.

말둑이 : 예에, 양반을 찾이려고 찬밥 국 말어 일조식(日早食) 하고, 마죽간에 들어가 노새원님을 끌어내다 등에 솔질 솰솰하여 말둑이님 내가 타고, 서양 영미법덕(英美法德)[1] 동양 3국 무른 메주 밟듯하고, 동은 여울이요 서는 구월이라 동 여울 서 구월 남 드리 북 향산 방방곡곡이 면면촌촌이 바위틈틈이 모래쨈쨈이 참나무 결결이 다 찾어 다녀도 샌님 비뚝한 놈도 없기 보니, 낙향사부(落鄕士夫)라 경성본댁을 찾어가니 샌님도 안 계시고 둘째 샌님도 안 계시고 종가집 도령님도 안 계시고 마내님 혼자 계시기로, 벙거지 쓴 채, 이 채찍 찬 채, 감발한 채, 두 무릎을 꿇코 하고하고 재독(再讀)[2]으로 됐읍니다.

생원 : 이놈 뭐야.

말둑이 : 하아 이 양반 어찌 듣소. 문안을 들이고 들이고 하니까 마내님이 술상을 차리는데, 벽장문 열고 목이 길다 황새병(瓶), 목이 짧다 자라병, 강국주(强麴酒) 이강주며 우이쉬기 부란데며[3] 금천대(金千代)[4]를 내여 놓자, 앵무잔(鸚鵡盞)을 마내님이 친히 들어 잔 가득이 술을 부어 한 잔 두 잔 일이삼배 마신 후에 안주를 내여 놓는데, 대양푼[5]에 갈비찜 소양푼[6]에 저육(猪肉)초 고추 저린 김치 문어 전복 다 버리고, 작년 8월에 샌님댁에서 등산갔다 남아온 좃대갱이 하나 줍디다.

생원 : 이놈 뭐야.

말둑이 : 아아 이 양반 어찌 듣소. 등산 갔다 남아온 어두일미

---

1) 영미법덕 : 영국, 미국, 불란서, 독일.
2) 재독 : 두 번째 읽음. 여기서는 성행위를 두번 했다는 의미.
3) 강국주, 이강주, 우이쉬기, 부란데는 모두 술의 일종.
4) 금천대 : 술의 일종.
5) 대양푼 : 소의 밥통고기.
6) 소양푼 : 돼지의 밥통고기.

라고 하면서 조기 대갱이 하나 줍디다. 그리하였오.

양반들 : (합창) 조기 대갱이라네에. (하며 굿거리에 맞추어 같이 어울려 춤춘다.)

말둑이 : 예에. 아 이 제미를 붙을 양반인지 좃반인지 허리꺾어 벌반인지 개다리 소반인지 꾸렘이전에[1] 백반인지, 말둑아, 꼴둑아, 밭 가운데 최뚝아[2], 오뉴월 밀뚝아, 잔대둑[3]에 메뚝아, 부러진 다리 절둑아, 호도엿 장사 오는데 하내비[4] 찾듯 왜 이리 찾소.

생원 : 네 이놈 양반을 모시고 다니면 새처[5]를 정하는 것이 아니고 어디로 다니느냐.

말둑이 : (채찍으로 둥그렇게 공중에 금을 그면서) 이마만큼 터를 잡아 참나무 우장을 두문두문 꽂고 깃을 푸군푸군이 두고, 문을 하늘로 낸 집으로 잡어 놓았읍니다.

생원 : 이놈 뭐야.

말둑이 : 아 이 양반 어찌 듣소. 자좌오향(子坐午向)[6]에 터를 잡고 낭간 팔자로 오련각(五聯閣)과 입구(口)자로 집을 짓되, 호박주초(琥珀柱礎)에[7] 산호(珊瑚)기동에 비취연목(翡翠椽木)[8] 금파(金波)[9] 도리[10]를 걸어 입구(口)자로 풀어 짓고, 체다보니 천

---

1) 꾸렘이전 : ① 꾸리어 싼 물건(꾸러미) ② 아주 가는 새끼로 그물같이 얽어서 만든 소의 주둥이에 들씌우는 물건.
2) 최뚝 : 밭두둑.
3) 잔대둑 : 잔대는 초롱꽃과의 가는 잎 잔대, 넓은 잔대, 장 잔대, 둥근 잔대, 왕잔대 따위의 식물을 통틀어 일컬음.
4) 하내비 : 할아버지.
5) 새처 : 점잖은 손님이 객지에서 묵고 있는 집을 높이어 이르는 말.
6) 자좌오향 : 묏자리나 집터 따위가 자방을 등지고 우방을 바라보는 좌향.
7) 호박주초 : 호박 주춧돌.
8) 비취연목 : 푸른 서까레.
9) 금파 : 금빛처럼 반짝거리는 물건.
10) 도리 : 기둥과 기둥 위에 들여 얹히는 나무. 그 위에 서까래를 얹게 되어 있음.

판자(天板子)¹⁾요 내려다보니 장판방(張板房)이라. 화문석 칫다 펴고 부벽서(付壁書)²⁾를 바라다보니, 동편에 붙은 것이 담박정녕 (澹泊靜寧) 네 글자가 분명하고, 서편을 바라보니 백인당중유태 화(百忍堂中有泰和)³⁾가 완연히 붙어 있고, 남편을 바라보니 인의 예지가 분명하고, 북편을 바라보니 효자충신이 분명하니, 이는 가 위 양반에 새처방(房)이 될 만하고 문방제구(文房諸具) 볼작시 면 용장봉장⁴⁾ 궤(櫃)⁵⁾ 두지⁶⁾ 자기함롱⁷⁾ 반다지 샛별같은 놋요강 을 놋대야 바쳐 요기 놓고, 양칠간죽 자문죽을 이러저리 마좌 놓 고, ××같은 기사미⁸⁾를 저 평양 동푸루⁹⁾ 선창에 돼지똥물에다 축축이 추기어 놨읍니다.

생원: 이놈 뭐야.

말둑이: 아 이 양반 어찌 듣소. 소털같은 담배를 꿀물에다 추 겨놨다 그리하였오.

양반들: (합창) 꿀물에다 추겨놨다네. (음악에 맞추어 어울려 서 춤춘다.)

(한참 춤추다가 춤과 음악이 끝나서 새처방으로 들어간 양을 한 다.)

생원: 여보게 동생. 우리가 본시 양반이라. 이런 데 가만히 있 자니 갑갑도 하네. 우리 글이나 한 수씩 지여서 심심풀이나 하세.

---

1) 천판자 : 관의 뚜껑이 되는 널.
2) 부력서 : 벽에 붙이는 글.
3) 백인당중유태화 : 백번 참는 집에 편안함과 화락함이 있음.
4) 용장봉장 : 용장은 앞면에다 용을 새기거나 용의 모양을 그린 장. 봉장 은 봉을 그린 장.
5) 궤 : 물건을 넣기 위해 나무로 만든 그릇으로 뚜껑이 없음.
6) 두지 : 곡식을 넣기 위해 만든 세간, 뒤주.
7) 함롱 : 옷을 담는 큰 함처럼 생긴 농.
8) 기사미 : 칼 따위로 썬 담배.
9) 동푸루 : 지명.

서방님 : 형님 좋은 말심이요. 형님이 먼저 지으시요.

생원 : 그러면 동생이 운자를 하나 부르게.

서방 : 산자 영자외다.

생원 : 아 그것 어렵다. 여보게 동생 되고 안 되고 내가 부를 것이니 들어 보게. (영시조로) 울룩줄룩 작대산(作大山)하니 황천(黃川)[1] 풍산(豊山)[2]에 동선령(洞仙嶺)[3]이라.

서방 : 거 형님 잘 지였오. (하며 형제 같이 환소〈歡笑〉한다.)

생원 : 동생 한 귀 지여 보게.

서방 : 형님이 운자를 부르시요.

생원 : 충자 못자네.

서방 : 아 그 운자(韻字) 벽자(僻字)[4]로군. (한참 낑낑 하다가 형님 들어 보시요. (영시조로) 집세기 앞총[5]은 헌겊총[6]이요, 나막신 뒷축에 거말못[7]이라.

말둑이 : 샌님 저도 한 수 지을 테이니 운자를 하나 불러 주시요.

생원 : 재구삼년(齋狗三年)에 능풍월(能風月)[8]이라드니, 네가 양반에 집에서 몇 해를 있드니 기특한 말을 다 하는구나. 우리는 두 자씩 불러 지였지마는 너는 단자(單字)로 불러 줄게, 한자씩이나 달고 지여 보아라. 운자는 강자다.

---

1) 황천 : 지명.
2) 풍산 : 함경남도 풍산군.
3) 동선령 : 고개 이름.
4) 벽자 : 흔히 쓰이지 않는 괴벽한 글자.
5) 앞총 : 짚신이나 미투리의 앞쪽의 양편짝으로 운두를 이루는 낱낱의 울. 운두는 그릇이나 신 따위의 울의 높이.
6) 헌겊총 : 헝겊으로 만든 신의 앞부분.
7) 거말못 : 나무그릇 등의 금잔테나 벌어질 염려가 있는 곳에 걸치어 박는 못.
8) 서당개 삼년에 풍월을 읊는다는 뜻.

말둑이 : (곧, 영시조로) 썩정[1] 바자[2] 구녕에 개대강이요. 헌 바지 구녕에 ×××이라.

생원 : 아 그놈 문장이로구나. 운자를 내자마자 지어내는구나. 자알 지였다. 그러면 이번에는 파자(破字)나 하여 보자. 주둥이 는 하야코 몸댕이는 알락달락한 자가 무슨 자냐.

서방 : (한참 생각하다가) 네에 거 운고옥편(韻考玉篇)에도 없 는 자인데 그것 참 벽자요. 그거 그거 피마자자(蓖麻子字)가 아 니요.

생원 : 아아 거 동생이 용세.

서방 : 형님. 내가 한 자 부르라우.

생원 : 그리하게.

서방 : 논두럭에 살피[3] 짚고 섰는 자가 무슨 자요.

생원 : (한참 생각한다) 아 그것은 논임자가 아닌가.
(이러는 동안에 취발이 살짝 들어와 한 편 구석에 서 있다.)

서방 : 이놈 말둑아아.

말둑이 : 예에.

생원 : 나라 돈 노랑돈[4] 칠분 잘라 먹은 놈. 상통[5]이 무르익은 대추빛같고 울룩줄룩 배미잔등[6] 같은 놈을 잡어드려라.

말둑이 : 그놈이 심이 무량대각(無量大角)이요[7] 날램이 비호같 은데, 샌님에 전령이나 있이면 잡아올넌지 거저는 잡아올 수가 없읍니다.

---

1) 썩정 : 썩은.
2) 바자 : 대, 갈대, 수수깡 따위로 발처럼 엮은 물건.
3) 살피 : 두 땅의 경계선을 간단히 나타낸 표.
4) 노랑돈 : 몹시 아끼던 돈.
5) 상통 : 낯, 얼굴.
6) 배미잔등 : 뱀의 잔등.
7) 무량대각 : 한이 없음.

생원 : 오오 그리하여라. (지편에다 무엇을 써서 준다.)

말둑이 : (지편을 받아들고 취발이한테로 가서) 당신 잡히였오.

취발 : 어데 전령 보자.

말둑이 : (지편을 취발이에게 보인다.)

취발 : (지편을 보더니 말둑이에게 끌려 양반의 앞에 온다.)

말둑이 : (취발이의 엉덩이를 양반 코 앞에 내밀게 하여) 그놈 잡어드렸오.

생원 : 아 이놈 말둑아. 이게 무슨 냄새냐.

말둑이 : 이놈이 피신을 하여 다니기 때문에 양취[1]를 못 하여서 그렇게 냄새가 나는 모양이외다.

생원 : 그러면 이놈에 모가지를 뽑아서 밑구녕에다가 갖다 박아라.

말둑이 : 이놈에 목쟁이를 뽑아다 밑구녕에다 꽂는 수가 있이면, 내 ×으로 샌님에 입술을 떼여 드리겠입니다.

생원 : (노하여 큰 목소리로) 이놈 뭣이 어째?

말둑이 : 샌님, 말씀 들으시요. 시대가 금전이면 그만인데 하필 이놈을 잡어다 죽이면 뭣 하오. 돈이나 몇백 냥 내라고 하여 우리끼리 노나 쓰도록 합시다. 그러니 샌님은 못 본 체하고 가만히 계시면, 내가 다 잘 처리하고 갈 것이니 그리 알고 계시요. (음악에 맞추어 다 같이 어울려져서 춤추다가 전원 퇴장)

제 7 과장

미얄, 영감, 용산 삼개[2] 덜머리집, 3인(굿거리장단에 맞추어

---

1) 양취 : 양치질.
2) 삼개 : 현재 서울의 마포.

춤추며 등장.)

(미얄은 검은 면에 하얀 점점이 박힌 면상을 하고, 한 손에 부채를 들고 한 손에는 방울 하나를 들었다.)

(영감은 좀 험상스런 노인 면상에 이상한 관을 썼다. 회색빛 나는 웃옷을 입고 지팡이를 짚었다.)

(용산 삼개 덜머리집은 소무면과 비슷한 면상이다.)

(영감과 용산 삼개 덜머리집은 한 편에 가서 있다.)

미얄 : (악공 앞에 가서 운다.) 에에 에에 에에 에에 에에 에에.

악공Ⅰ : 웬 할맘입나.

미얄 : 나도 웬 할맘이드니 덩덩하기에 굿만 여기고, 한 거리 놀고 갈랴고 들어온 할맘이올세.

악공Ⅰ : 그럼 한 거리 놀고 갑쇄.

미얄 : 노든지 마든지 허름한 영감을 잃고 영감을 찾어다니는 할미가 영감 찾고야 아니 놀겠읍나.

악공Ⅰ : 할맘 난지 본향은 어데메와.

미얄 : 난지 본향은 전라도 제주 망막골이올세.

악공Ⅰ : 그러면 영감은 어째 잃었읍나.

미얄 : 우리 고향에서 난리가 나서 목숨을 구하랴고 서로 도망했기 때문에 잃었읍네.

악공Ⅰ : 그러면 영감에 모색이나 한 번 댑쇼.

미얄 : 우리 영감에 모색은 마모색(馬毛色)일세.

악공Ⅰ : 그러면 말새끼란 말인가.

미얄 : 아니 소모색(牛毛色)일세.

악공Ⅰ : 그러면 소새끼란 말인가.

미얄 : 아니 마모색도 아니고 소모색도 아니올세. 우리 영감에 모색을 알아서 무엇 해. 영감에 모색을 대기만 하면 여기서 생길가.

악공 I : 모색을 자세히 대면 찾을 수 있지.

미얄 : (노래조로) 우리 영감에 모색을 대. 우리 영감에 모색을 대. 모색을 대면 좀 흉한데. 난간 이마에 주게턱[1] 웅커눈[2]에 개발코, 상통은 갖 발른 관역같고 수염은 다 모즈라진 귀열[3] 같고 상투는 다 갈아먹은 ××같고 키는 석자 세치 되는 영감이올수에.

악공 I : 옳지. 고 영감 마루 너머로 망 쪼러[4] 갑데.

미얄 : 에에 고놈에 영감, 고리쟁이[5]가 죽어도 버들가지를 물고 죽는다드니 상개 망을 쪼려 다녀.

악공 I : 영감을 불러 봅소.

미얄 : 여기 없는 영감을 불러 본들 무엇 하나.

악공 I : 그래도 한 번 불러 봅소.

미얄 : 영감!

악공 I : 너무 짧아 못 쓰겠읍네.

미얄 : 여어엉 가아암, 여어엉 가아암.

악공 I : 너무 느려서 못 쓰겠읍네.

미얄 : 그러면 어떻게 불르란 말인가.

악공 I : 전라도 제주도 망막골 산다니 신아위[6]청으로 불러 봅소.

미얄 : (신아위청으로) 절절 절시구, 절절 절시구. 지화자자 절

---

1) 주게턱 : 주걱턱.
2) 웅커눈 : 우멍눈. 우묵하게 생긴 눈.
3) 귀열 : 물감이나 풀 또는 옻을 칠할 때에 쓰는 기구.
4) 망 쪼러 : 맷돌이나 메통의 닳은 이를 쪼아서 날카롭게 만드는 것.
5) 고리쟁이 : 고리버들로 키나 옷 담는 고리짝을 만드는 것을 업으로 사는 사람.
6) 신아위 : 시나위 ① 무속음악의 중심을 이룬 음악의 일반 명칭. ② 선아리곡 또는 세나위제라고도 하는 제주도의 민요곡.

시구. 어디를 갔나. 어디를 갔나. 우리 영감 어디를 갔나. 기산 영수 별건곤 소부 허유 따러갔나. 채석강 명월야에 이적선 따러갔나. 적벽강 추야월에 소동파 따러갔나. 우리 영감 찾으려고 일원산서 하루 자고, 이강경이에서 이틀 자고, 삼부조서 사흘 자고 사법성서 나흘 자고, 삼국적 유현덕(劉玄德)이 제갈공명(諸葛孔明) 찾으려고 삼고초려(三顧草廬)[1] 하든 정성(精誠), 만고 성군 주문왕이 태공망(太公望) 찾으려고 위수양(渭水陽)에 가든 정성, 초한적 항적이가 범아부 찾으랴고 기고산(祁高山) 가든 정성, 이런 정성 저런 정성 다 부려서, 강산천리를 다 다녀도 우리 영감을 못 찾겠네. 우리 영감을 만나면 귀를 잡고 코도 대고 눈도 대고 입도 대고, 춘향이와 이도령 만나 노듯이 업어도 주고 안어도 보며 건드러지게 놀겠구만. 어디를 가고 날 찾을 줄 왜 모르나, 어엉 어엉. (굿거리장단에 춤춘다.) (한참 춤추다가 주악이 끝나면 춤을 그치고 저편으로 물러앉는다.)

영감 : (등장. 악공 앞에 가서 운다.) 에에 에에 에에 에에 에에.

악공Ⅱ : 웬 영감이와.

영감 : 나도 웬 영감이더니 덩덩궁하기에 굿만 여기고 한 거리 놀라고 들어온 영감이올세.

악공Ⅱ : 놀라면 놀고 갑세.

영감 : 노든지 마든지 허름한 할맘을 잃고는 할맘을 찾고서야 아니 놀겠읍나.

악공Ⅰ : 난지 본향은 어데메와.

영감 : 전라도 제주 망막골이올세.

악공Ⅰ : 그러면 할맘은 어째서 잃었읍나.

---

1) 삼고초려 : 중국 삼국시대 촉한의 유비가 남양 땅에 있는 제갈공명의 집을 세 번 찾아가서 초빙했던 일.

영감: 우리 고향에 난리가 나서 각분(各分) 동서로 도망하다가 잃고 말았읍네.

악공: 할맘에 모색을 말해 봅수에.

영감: 우리 할멈에 모색은 하도 흉해서 말할 수 없네.

악공Ⅱ: 그래도 한 번 말해 봅소.

영감: 여기서 모색을 말한들 찾을 수가 있나.

악공Ⅱ: 모색을 말하면 찾을 수가 있겠지.

영감: 우리 할맘에 모색은 마모색일세.

악공Ⅱ: 그러면 말새끼란 말인가.

영감: 아니 소모색일세.

악공Ⅱ: 그러면 소새끼란 말인가.

영감: 아니 마모색도 아니고 소모색도 아니올세. (노래조로) 우리 할맘에 모색을 대. 우리 할맘에 모색을 대. 할멈에 모색을 대면 좀 흉한데. 난간이마에 우멍눈 개발코에 주게턱 쌍통은 먹 푸는 바가지같고, 머리칼은 모즈러진 빗자루같고, 한켄 손엔 부채 들고 한켄 손엔 방울 들고, 키는 석자 세치 되는 할맘이올세.

악공Ⅱ: 옳지, 고 할맘 마루 너머 등 너머로 굿하러 갑데.

영감: 에에 고놈에 할맘 항상 굿만 하러 다녀.

악공Ⅱ: 할멈을 한 번 불러 봅소.

영감: 여기 없는 할맘을 불러 무엇하나.

악공Ⅱ: 그래도 한 번 불러 봅소.

영감: 할맘!

악공Ⅱ: 너무 짧아 못 쓰겠읍네.

영감: 하아알 마아암.

악공Ⅱ: 그것은 너무 느려서 못 쓰겠읍네.

영감: 그러면 어떻게 부르란 말인가.

악공Ⅱ: 전라도 제주 망막골 산다니 신아위청으로 불러 봅소.

영감 : (신아위청으로) 절절절 절시구 절절절 절시구. 얼시구 절시구 지화자자 절시구 어디를 갔나. 어디를 갔나. 우리 할맘 어디를 갔나. 기산영수 별건곤에 소부 허유 따러갔나. 채석강 명월야에 이적선 떠라갔나. 적벽강 추야월에 소동파 따러갔나. 우리 할멈 찾으랴고, 일원산 이강경 삼부조 사법성 강산천리(江山千里)를 다 다녀도 우리 할맘은 못 찾겠네. (굿거리장단에 맞추어 춤춘다.)

미얄 : (춤을 추며 영감 쪽으로 슬금슬금 온다.) (노래조로) 절절 절시고, 지화자가 절시고. 보고지고 보고지고, 우리 영감 보고지고. 대한칠년(大旱七年)[1] 왕가물에 빗발같이 보고지고. 구년치수(九年治水)[2] 대탕수에 햇발같이 보고지고. 우리 영감 보잘시면 눈도 대고 코도 대고 입도 대고 귀도 대고, 연적같은 젖을 쥐고 신짝같은 혀를 물고 건드러지게 놀겠구만. 어델 가고 날 찾일 줄 왜 모르나.

영감 : (춤을 추며 할맘 쪽으로 슬금슬금 간다.) (미얄이 하는 노래와 같은 노래를 한다.)

미얄 : (노래조로) 절절 절시구 절절 절시구. 거 누구라 날찾나. 거 누구라 날 찾나. 날 찾을 사람 없건마는 거 누구라 날 찾나. 술 잘 먹는 이태백이 술 먹자고 날 찾나. 상산사호(商山四晧) 네 노인이 바둑 두자 날 찾나. 춤 잘 추는 학두루미 춤을 추자 날 찾나. 수양산(首陽山) 백이숙제(伯夷叔齊) 채미(採薇)하자 날 찾나. 〈註. 상기 노래 대신 다음과 같은 것을 하기도 함.〉
(절절 절시고 지화자자 절시고. 거 누구가 날 찾나. 거 누구가 날 찾나. 날 찾일 이 없건마는 거 누구라 날 찾나. 인당수 풍랑 중에

---

1) 대한칠년 : 옛날 중국 탕임금 때 7년이나 계속된 큰 가뭄.
2) 구년치수 : 옛날 중국 요임금 때 9년이나 계속된 홍수.

심낭자[1]가 날 찾나. 소상반죽 물들이던 아황(娥媓)·여영(女英)이 날 찾나. 반도회(蟠桃會)[2] 요지연(瑤池宴)[3]에 서왕모[4]가 날 찾나. 섬돌위에 옥비녀가 꽂히였든 숙영낭자가 날 찾나. 이도령 일거후(一去後)에 수절하든 춘향이가 날 찾나. 거 누구라 날 찾나.)

영감 : (미얄이 부르는 노래를 되풀이한다. 그리고 다음 것을 덧붙인다.) 낙양동천유하정(洛陽東天柳下亭) (굿거리장단에 맞추어 춤추며 미얄 쪽으로 간다.)

영감·미얄 : (서로 맞대 보고서 놀래고 반가운 목소리로 합성(合聲)) 거 누구가, 거 누구가. 아무리 보아도 우리 영감(할맘)일시 분명쿠나. 지성이면 감천이라드니 이제야 우리 영감(할맘)을 찾었구나. (합창) : 반갑도다 반갑도다 우리 영감(할맘) 반갑도다. 좋을시고 좋을시고 지화자가 좋을시고. 얼러 보세 얼러 보세. (양인은 서로 얼른다. 미얄은 전하부(前下部)에 매여달려 매우 노골적인 음행동(淫行動)을 한다. 영감이 땅에 누우면 미얄은 영감의 머리 위로 기여 나간다.)

미얄 : (고통스런 소리로) 아이고 허리야 연만(年晩) 팔십에 생남자(生男子) 보았드니 무리공알이 시원하다.

영감 : (발딱 누운 채로) 알날날날. 세상이 험하기도 험하다. 그놈에 곳이 좌우에 솔밭이 우거지고, 산고심곡(山高深谷) 물많은 호수 중에 구비구비 동굴섬 피섬이요. 갈피갈피 유자로다. 자아 여기서 봉산을 갈라면 몇리나 가나. 육로로 가면 삼십리요, 수

---

1) 심낭자 : 심청.
2) 반도 : 3천년 만에 한 번씩 열매가 열린다는 선도.
3) 요지 : 중국 곤륜산에 있으며 신선이 산다는 연못.
4) 서왕모 : 옛날 중국에서 받들었던 선녀. 한나라 무제가 장수하기를 원하고 있을 때 그를 가상히 여기어 하늘에서 선도 일곱 개를 가지고 내려와 무제에게 주었다 함.

로로 가면 이천리외다. 에라 수로에서 배를 타라. 배를 타고 오다
가 바람을 맞어서 표풍이 디야 이에다 딱 붙여놨으니. 어떻게 뗴
여야 일어난단 말이요. 아아 내가 이제사 알었다. 나 한창 소시적
에 내 점치는 법을 배왔드니만 점이나 쳐서 어디 일이나 볼가.
(점통¹⁾을 꺼내어 절렁절렁 흔들며) 축왈(祝曰) 천하언재(天何言
哉)²⁾시며 지하언재(地何言哉)³⁾시리요, 고지즉응(告之卽應)⁴⁾ 하
시나니 감이순통(感而順通)⁵⁾ 하소서. 미련한 백성이 배를 타고
오다가 이곳에 딱 붙어 놓았이니, 복걸(伏乞) 이순풍⁶⁾ 곽곽 선생⁷⁾
제갈공명 선생 정명도 정이천 선생 소강절 선생⁸⁾ 여러 신명(神
明)은 일시(一時) 동참하시사 상괘(上卦)로 불비소시⁹⁾……(점괘
를빼 보고) 하아 이 괘상(卦象) 고약하다. 에 독성지괘(犢聲之
卦)라, 송아지가 소리하고 일어나는 괘가 났고나. 음매애(하며
일어난다.) 어허어 이년 나를 첫아들로 망신 주었지. 이년을 만나
면, ×××을 꺾어 놓겠다. 웃중방을 우툴우툴하니 본대머리¹⁰⁾에
풍잠¹¹⁾ 파 주고, 아랫중방은 미끈미끈하니 골패짝¹²⁾ 만들밖에 없
구나. (미얄을 때린다)

　　미얄 : 오래간만 만나서 사람을 왜 이리 치는가. 사람을 치는

---

1) 점통 : 장님이 점을 칠 때에 산가지를 넣는 조그만 통.
2) 천하언재 : 하늘이 무엇을 말씀하리시오.
3) 지하언재 : 땅이 무엇을 말씀하리시오.
4) 고지즉응 : 고하면 곧 응답함.
5) 감이순통 : 신이 감응되어서 모든 일이 순서대로 잘 통함.
6) 이순풍 : 중국 당나라의 당술가.
7) 곽곽 : 중국 진대 시인인 '곽박'의 착오.
8) 정명도, 정이천, 소강절 : 중국의 유학자.
9) 불비소시 : 숨기지 않고 자세히 알려 줌.
10) 본대머리 : 대머리. 평안도·황해도의 사투리.
11) 풍잠 : 망건의 앞이마에 대는 장식품.
12) 골패짝 : 검은 나무 바탕에 흰 뼈를 붙여 여러 수효의 구멍을 판 노름
　　연장의 하나.

것이 인사란 말인가.

　영감 : 이년이 무얼 잘 했다고 이 지랄이야. 잔말 말고 가만 있거라. (하며 또 때린다.)

　미얄 : 이놈에 두상아, 어서 때려라. (하며 달라들어 영감을 마구 친다.)

　영감 : (빈다.) 할마이! 오마이! 아바이!

　미얄 : 내 매 솜씨가 어떠냐.

　영감 : 그러나 저러나 할맘에게 내가 매를 많이 맞은 모양이군. 내 잔등에서 개가죽 베끼는 내가 나는구나.

　미얄 : 이봅소. 영감. 영감하고 나하고 이렇게 만날 쌈만 한다고 이 동내서 내여 쫓겠답데.

　영감 : 우리를 내여 쫓겠대. 우리를 내여 쫓겠대. 나가라면 나가지. 욕거선이순풍(欲去船而順風)¹⁾일다. 하늘이 들장지²⁾ 같고 길이 낙지발 같고, 막비왕토(莫非王土)에 막비왕신(莫非王臣) 이지. 어데 가서 못살겠나. 그러나 저러나 너하고 나하고 이 동내 떠나면, 이 동내 인물 동티 난다. 너는 저 웃목기 서고 나는 아랫목기 서면, 잡귀가 범치 못하는 줄 모르드냐.

　미얄 : 그건 그렇지들. 영감 나하구 이별한 후에 어찌나 지냈이며 다녔읍나.

　영감 : 할맘하고 나하고 헌한 난에 이별하여 여기저기 다니면서 고생도 많이 하였네.

　미얄 : 영감 머리에 쓴 것은 무엇입나.

　영감 : 내 머리에 쓴 것, 근본을 좀 들어 보아라. 아랫녁을 당도하야 이곳저곳 다니면서 해 먹을 것이 있드냐. 때음쟁이통을 사

---

1) 욕거선이순풍 : 배를 띄워 가고자 하니 바람이 순조롭다는 뜻.
2) 들장지 : 떠들어 매달아 놓게 된 장지. 장지는 우리나라 종이.

서 걸머지고 다녔드니, 하루는 산대도감(山臺都監)[1]을 만나서 산
대도감에 말이 인왕산 모르는 호랑이 어디 있으며, 산대도감 모
르는 땜쟁이가 어디 있드냐. 너도 세금 내여라 하길래 세금이 얼
마나 물었드니, 세금이 하레에 한 돈 팔 푼이라 하기에, 하아이
세금 뻐건하군. 벌기는 팔 푼 버는데 세금은 한 돈 팔 푼이구나.
한 돈을 보태야갔구나. 그런 세금 난 못내겠다 하니까, 산대도감
이 달러들어 싸움을 해서 의관탈파(衣冠脫破) 당하여 어디 머리
에 쓸 것이 있드냐. 마음 때음쟁이 통속을 보니 개털가죽이 있드
구나. 이놈으로 떡 관(冠)을 지여 썼으니, 내가 동지벼슬이다.

미얄 : 동지 동지 곰 동지 님자가 무슨 벼슬 했나, 에에 (운다.)
(노래조로) 절절 절시구 저놈에 영감에 꼴을 보게. 일백 열두 도
리 통영갓 대모풍잠[2]은 오대 두고, 인모압산 진주 당공단[3] 뒤막
이 인모망건[4] 어데 갖다 내버리고, 개가죽관이란 말이 웬 말이냐.
(말로) 그러나 저러나 영감 입은 것 무엇입나.

영감 : 내 입은 것 근본 들어 보아라. 산대도감을 뚝 떠나서 평
안도 영변 향산을 들어갔다. 중을 만나 노장님께 인사하고 하로
밤 자든 차에, 어떠한 이쁜 중이 있기로 객지에 옹색도 하기에
한 번 덥쳤드니, 중들이 벌떼같이 모여들어 무수(無數) 능욕(凌
辱) 때리길래, 갑자기 도망하여 나오면서 가지고 나온다는 것이
이 중에 칠베 장삼일다.

미얄 : (울며 노래조로) 에에에 절절절절절 해가 떴다 일광단.[5]

---

1) 산대도감 : 산대놀음을 하는 사람들의 단체. 산대놀음은 산같이 높이 쌓
   은 무대에서 연회하던 가무백희와 가면극을 말함.
2) 대모풍잠 : 열대지방에 사는 거북의 껍데기를 써서 만든 풍잠.
3) 당공단 : 중국산으로, 무늬가 없는 두꺼운 비단.
4) 인모망건 : 사람의 머리털로 앞을 뜬 망건. 망건은 상투 있는 사람이 머
   리에 두르는 그물처럼 생긴 물건.
5) 일광단 : 비단의 일종.

달이 떴다 월광단.[1]도리 볼수 영초단.[2] 여름이면 하절 의복. 겨울이면 동절 의복. 철철이 철을 찾어 입혔더니 어데 갔다 내버리고 중에 장삼이란 말이 웬 말이냐. (말로) 영감! 기왕 전자에 날과 같이 살 적에는 얼굴이 명주자루[3] 메물가루 같더니, 왜 이렇게 얼굴이 뼈적뼈적합나.

영감 : 내 얼굴이 어렇단 말이냐. 그래 나는 도토리하고 감자를 먹어서 찰나무 살이 졌다. 그런데 오래간만에 만났으니 아이들 말좀 물어 보자. 처음에 낳은 문열이 그놈, 어떻게 자라나나.

미얄 : 아아 그놈에 말 맙소. 세상사가 하도 빈곤하여 나무하러 갔다가 그만 호환(虎患)에 갔다오.

영감 : ……인저는 자식도 죽이고 말았으니. 집이라고는 볼것이 없다. 너하고 나하고 헤여져야지.

미얄 : 헤여질라면 헤여질쇄.

영감 : 오냐 헤여지자고, 헤여지는 판에 더 볼 게 무엇 있나. 네 년에 행적이나 털어 내겠다. (관중을 보고) 여보 여러분 말씀 들으시요. 저년에 행위 말좀 들어 보시요. 저년이 영감 공경을 어떻게 잘 하는지 하루는 앞집 털풍네 며누리가 나들이를 왔다고 떡을 가지고 왔는데, 그 떡을 영감한테 와서 이것 하나 잡수 하면 내가 먹고파도 저를 먹일 것인데, 이년이 떡그릇을 제 손에다 쥐고 하는 말이, 영감 앞집 털풍네 나들이떡 가지고 온 것 먹겠읍나 묻드니, 대답할 새도 없이, 안 먹겠이면 그만두지 하고, 제 혼자 다 먹어버리니 내 대답할 사이가 어데 있나. 동지 섣달 설한(雪寒) 서북풍에 방은 찬데, 이불을 발길로 툭 차고 이마로 봇장[4]을 칵

---

1) 월광단 : 비단의 일종.
2) 영로단 : 중국에서는 나는 비단의 한 가지.
3) 명주자루 : 옷차림이나 겉치장이 좋은 것을 비유.
4) 봇장 : 들보, 즉 집 사이의 두 기풍. 머리를 건너지른 나무.

하고 받아서 코피가 줄 흘러나 가지고 뱃대기를 버적버적 긁으면서, 우리 요강은 파리 한 놈만 들어가도 소리가 왕왕 하는 것인데, 벌통 같은 ××를 벌치고 오줌을 솰솰 방구를 땅땅 뀌니, 앞집에 털풍이가 봇동[1] 터진다고 괭이하고 가래하고 가지고 왔이니 이런 망신이 어데 있나.

미얄 : 이놈에 영감 하는 소리 보소. (용산 삼개 덜미집을 가리키며) 저렇게 고흔 년을 얻어 두었이니개 나를 미워할 수밖에. 이별할라면 저년하고 같이 이별하고, 미워할랴면 저년하고 같이 미워하지. 어느 년에 ××는 금테두리 했었드냐. (와다닥 덜미집에 달라들어 때리며) 이년아 이년아 너하고 나하고 무슨 웬수가 졌길래, 저놈에 영감을 환장을 시켜 났나.

영감 : (미얄을 때리며) 너 이년아 용산 삼개집이 무슨 죄가 있다고 때리느냐. 야 이년 썩 저리 가라. 구린내 난다.

미얄 : 너는 젊은 년하고 사니개 나를 이같이 괄세를 하니, 이제는 나도 너 같은 놈하고 살기가 시물정났다.[2] 같이 버언 세간이니 세간이나 노나 가지고 헤여지자. 어어 어어. (운다.) 어서 세간이나 나나 줍소.

영감 : 자 그래라! 물이 충충 수답(水畓)이며 사래[3] 찬 밭은 내나 가지고, 앵무 같은 여종과 날매 같은 남종일랑 새끼 껴서 내나 가지고, 황소 암소 자웅(雌雄) 껴서 새끼까지 내 가지고, 노류마당 곡석 안 되는 곳은 너를 주고, 숫쥐 암쥐 새끼 껴서 새양쥐까지 너를 주고, 네년에 네 새끼 너 다 가져라.

미얄 : (노래조로) 아이고 아이고 서름이야. 낭구라도 짝이 있

---

1) 봇동 : 보를 만들기 위해 둘러 쌓은 둑.
2) 시물정났다 : 신물났다. 마음에 없는 일을 너무 오래하여 지긋지긋하고 진절머리난다.
3) 사래 : 묘지기나 마름이 보수로 지어 먹는 논밭.

고 나는 새와 기는 즘생 모두 다 짝이 있거든, 우리 부부 헤여지자니 이게 모다 웬 말이냐. 헤여질라면 헤여지자. 어어 어어 어어. 저어 절시구 지화자자 절시구. 물이 충충 수답이며 사래찬 밭도 너 다 가지고, 앵무같은 여종과 날매 같은 남종에다 새끼까지 다 껴서 너 다 가지고, 황소 암소 자웅 껴서 새끼까지 너 다 가지고, 노류마당 곡석 안되는 곳은 나를 주고, 숫쥐 암쥐 새끼 껴서 새양쥐까지 나를 주고, 네년 네 새끼 너 다 가져라 하니, 이 늙은 이가 혼자 벌어먹기도 어려운데 새끼를 모두 다 나를 주니, 어찌하여 살란 말인고. (엉엉 운다.)

　　영감 : 그럼 조금 더 갈라 주마.

　　미얄 : 내가 처음 시집올 때 우리 부부 화합하고 수명장수하겠다고, 백집을 돌고 돌아 깨진 그릇 모고 모아 불리고 또 불리여서, 일만 정성 다 들이며 맨들이다 놓은 요강과 도끼하골랑은 나를 줍소.

　　영감 : 앗다 이년 욕심 봐라. 박천뒤지 돈 삼만 냥 별은 세 갤랑은 내나 다 가지고, 옹장봉장 자개 함롱 반다지[1] 샛별같은 놋요강 대야 바쳐 나 다 가지고, 죽장망혜 헌집세기 만경청풍(萬頃淸風) 삿부채 이빨 빠진 고리짝[2]과 굴둑덮은 헌 삿갓치 모두 너 다 주고, 도깨날은 내가 갖고 도끼자룰랑은 너 가져라!

　　미얄 : (노래조로) 저 놈으 영감 욕심 보게. 저 놈으 영감 욕심 보게. 박천뒤지 돈 삼만 냥 별은 세 개 너 다 가지고, 왕장 봉장 귀두지 자개 함롱 반다지 샛별같은 놋요강 대야 바쳐 너 가지고, 죽장망혜 헌 집세기 만경청풍 삿부채 이빨 빠진 고리짝 굴둑 덮은 헌 삿갓치 나를 주고, 도깨날은 너 가지고 도끼자루 나를 주

---

1) 반닫이 : 앞의 위쪽 절반이 문짝으로 되어 있는 궤의 한 가지.
2) 고리짝 : 고리버들로 만들어 옷을 넣은 상자.

니, 날이 없는 도끼자루 낭굴랑은 어찌 하노. 아마도 동지설한(冬至雪寒) 서북풍에 얼어 죽기 똑 알맞겠다. (말로) 영감! 여러 새끼 많이 데리고 혼자 몸뎅이 그것 가지고 어찌 살란 말이요. 좀 더 나눠 줍소.

영감 : 너 그것 가지고 나가면 똑 굶어죽기 알맞다.

미얄 : 어찌 그리 야속한 말 함나. 어서 더 갈라 줍소.

영감 : 이년에 욕심 보게, 똑같이 나나 줍소. 좀 더 줍소. 어서 더 갈라 줍소. ─예 이년 다 귀숭수이러우니 다 짓모으고 말겠다. 꽝꽝 짓모아라. (굿거리장단에 맞추어 짓모는 춤을 춘다.)

미얄 : 영감 영감 여니 건 다 짓모아도 사당(祠堂)일랑 짓모지 맙소. 사당동티 나면 어찌 하오.

영감 : 사동동티 나면 말지. (여전히 짓모다가 갑자기 넘어져 죽은 듯이 가만히 있다.)

미얄 : (손뼉을 치며 좋아 춤추며) 잘 되고 잘 되였다. 이넘에 영감아. 사당동티 난다고 사당 짓모지 말라고 그만큼 말을 해도 내 말을 안 듣고 짓모드니, 사당동티 기예 나서 너 죽었구나. 동내 방내 키 크고 코 큰 총각 우리 영감 내다 묻고 나하고 같이 살아 봅세. (영감 눈을 만져 보고) 이넘에 영감 벌써 눈깔을 가마귀가 파 먹었구나.

영감 : (큰 소리로) 아야아!

미얄 : 죽은 놈에 영감이 말을 하나.

영감 : 가주 죽었으니 말하지. (벌떡 일어나 미얄을 때린다.) 너 이년 뭣이 어째? 키 크고 코 큰 총각 우리 영감 내다 묻고, 나하고 같이 살아 봅세?

미얄 : 이넘에 영감 나 싫다드니, 이제 와서 때리기는 왜 때려. 아이고 아이고 사람 죽네.

영감 : 야 이년아 뭐이 잘 났다고 악을 쓰는 거야. (하며 마구

때린다.)

    미얄 : (얻어 맞다가 그만 넘어져 죽는다.)

    영감 : (미얄을 들여다 본다.) 아 이 할맘 정말 죽었구나. 성깔도 급하기도 급하여 가랑잎에 불붙기로구나. (노래조로) 아이고 아이고 불쌍하고 가련하다. 이렇게도 갑자기 죽단 말이 웬 말이냐. 신농씨[1] 상백초(嘗百草)하야 모든 병을 고치랴고 원기부족중에는 육미 팔미 십전대보탕, 비위 허약한 덴 삼구탕, 주체(酒滯)에는 대금음자, 담중에는 도씨도담탕, 황달고창(黃疸鼓脹)에는 온백원, 대취난성(大醉難醒)에 석갈탕, 학질에는 불이음, 회충에는 건리탕, 소변불통에는 우공산, 대변불통에는 육신환, 임질에는 오리산, 설사에는 위령탕, 두통에는 이진탕, 구토에는 복령 반하탕, 감기에는 패독산, 관격에는 소체환, 구감(口疳)에는 감언탕, 단독(丹毒)에는 서각소독음, 방사 후에는 쌍화탕, 이러한 영약들이 세상에 가득하건마는 약 한 첩 못 써 보고 갑자기 죽었으니 이런 기막힐 데가 어디 있노.[2] (이때에 용산 삼개 덜머리집이 나가랴 하니까, 영감은 그리로 가서 덜머리집과 한데 어울려서 한참 희롱한다.)

    남강노인[3] : (등장. 흰 수염 늘어뜨린 백면(白面)의 노인이다. 장고를 메고 천천이 들어온다.) 이것들이 짜아 하드니 쌈이 난 게로구나. (미얄을 한참 바라보더니) 이것이 죽었구나. 불쌍하구도 가련하구나. 제 영감 이별 몇 해에 독부(毒婦)로 지내드니 아

---

1) 신농씨 : 중국 옛 전설에 나오는 제왕의 하나. 머리는 소의 형상이고 몸은 사람인데, 농사짓는 법을 처음으로 가르치고 육십사효를 지었다고 한다. 그리고 백초를 맛보아서 의약을 마련했다고 한다.
2) 이상의 내용은 미얄의 죽음과는 전혀 상관이 없는 것을 열거함으로써, 영감이 허망한 인물임을 드러낸다.
3) 남강노인 : 남극노인이라고도 한다. 나타나면 태평하고, 나타나지 않으면 전쟁이 있다고 한다.

아 매를 맞어 죽어? 하도 불상하니 넋이나 풀어 줄 수밖에 없다. (범벅구조(調)로 장고를 치며 고개를 좌우로 내두르며 노래부른다.) 명산 대천 후토신령(后土神靈) 불쌍한 이 인생을 극락세계 가게하소. 넋이 넋은 넋반에 담고 귀(鬼)에 귀는 귀반에 담아 연화봉(蓮花峰)으로 가옵소서. (춤을 춘다.) ……아이들아 일어나거라. 남창 동창 다 밝았다.……

양주(楊州) 산대놀이

송파산대놀이와 함께 경기 지방에서 연희되어 온 산대도감극의 한 갈래로, 양반과 상민 간의 갈등을 두드러지게 드러냈다.

사월 초파일, 오월 단오, 팔월 추석에 주로 연희되었고, 크고 작은 명절 외에도 기우제 같은 때에도 연희되었다.

봉산탈춤에 비해 평이한 일상 회화조의 대사를 주로 썼고, 특히 옴과 취발이의 대사는 너무 노골적이지만 익살을 더해 주고 있다. 내용은 봉산 탈춤과 별 차이가 없다. 포도부장 놀이에서 포도부장과 양반, 소첩의 삼각 관계를 다룬 것이 다른 가면극과 약간의 차이이다.

이러한 가면극의 대본은 한 작품에 대해서도 여러 조사자에 따라 내용이 약간씩은 다른 점이 나타난다. 여기에는 모든 가면극의 대사 중 가장 먼저 기록되었던 자료로 그 가치가 매우 크다. 이 대본은 동작에 대한 설명이 부족하나 대사는 비슷하다. 이 대본은 전체를 11과장으로 나누었다.

총 8과장으로 이루어진 양주별산대놀이의 대사는 다른 가면극에 비해 욕설, 외설어, 은어가 많은 것이 특징이다.

대부분의 내용이 봉산탈춤과 비슷하므로 여러 과장 중에서 일부만 싣도록 하겠다.

〈줄거리〉
서막 : 고사를 지낸다.

제1과장 : 상좌(上佐)가 나와서 하느님께 절을 하고 춤을 추는데, 그때 추는 춤의 종류가 나열된다.

제2과장(옴 등장) : 옴중이 등장하여 시작을 위한 준비를 한다.

제3과장 : 목승이 등장하여 먼저 나와 있던 옴과 이야기를 나눈다. 풍자와 해학이 나타난다.

제4과장 : 연잎과 눈끔쩍이가 등장하여 놀다가 퇴장한다.

제5과장(팔목과장) : 팔목중이 나오며 염불 놀이와 침 놀이로 나뉘어 진다. 염불 놀이에선 중들과 관 쓴 사람이 나와 양반들을 비판하는 행동이 나타난다. 침 놀이에서는 산두(산꼭대기) 구경을 하다 죽어가는 중의 아들, 손자, 증손이 신주부라는 사람에 의해 쉽게 살아난다. 이 과장에서는 여러 인물을 비판하고 또 불리워지는 가사가 양주별산대놀이에서 창작된 게 대부분이다.

제6과장(애사당놀이) : 중들이 애사당과 노는 장면이다. 이 부분에서 중들의 타락한 모습을 볼 수 있다. 뒷 부분의 북 놀이에서는 완보가 중을 놀리는 대목인데, 완보의 재치가 돋보인다.

제7과장(노장과장) : 노장이 등장하여 등장인물 모두를 놀라게 한다. 이제까지 어수선하던 분위기가 정리되면서 노장에게 모든 게 집중된다.

제8과장(말뚝이과장) : 말뚝이가 등장한다.

제9과장(취발이과장) : 취발이가 등장하여 이 때까지 등장했던 인물들에 대해 비판을 한다. 그리고 취발이의 아이가 아버지와 대화하는 장면에서 해학적 요소가 나타난다.

제10과장(샌님과장) : 샌님이 등장하여 쇠뚝이와 대화를 나누는데 여기서 샌님의 무식함이 두러나자 샌님은 권위를 내세워 말뚝이를 벌한다.

제11과장(신할애비과장) : 신할아배, 독기, 독기누이가 등장한다. 신할애비가 독기에게 어머니가 돌아가셨다고 하자 독기는 누이를 데리고 빈소로 가서 넋을 달래기 위해 창을 하며 끝낸다.

제2과장　－옴 등장－

옴 : 여러 해포만에 왔더니 정신이 띵하다. 옛날 하던 지저귀[1] 나 한 번 해 볼까. (양봉(兩棒)을 딱딱 치면 상좌가 빼앗아 간 다.)

옴 : 사람이 백절치듯[2] 한데 적혈(賊血)에 들어왔군. 막대기를 빼어갈 제는 쇠끝을 내놓으면 큰일나겠군! (재팔이[3]를 치며 상 좌 앞으로 돈다. 상좌가 와서 또 빼앗고, 그 제금을 옴의 가슴과 등에 대어 치는 형용을 한다.)

옴 : 적반하장(賊反荷杖)도 분수가 있지. 남의 물건을 빼어가고 사람까지 쳐. 너 요녀석들 하던 지랄이나 다 했나? (상좌가 박수 이립(拍手而立 : 장고 치라는 신호). 상좌가 옴을 마주보고 춤을 춘다. 옴이 상좌를 숙시하니 상좌가 엉덩이를 두른다. 옴이 상좌 를 한번 때리고)

옴 : 요녀석 어른보다 차포오졸(車包五卒)[4]을 더 두르느냐? (옴의 인사) 대방에 휘몰아예소. "절수 절수 지화자 저리 절수" (하며 옴이 춤춘다)(타령춤)

---

1) 지저귀 : 짓거리.
2) 백절치듯 : 제6과정 〈애사당놀이〉의 완보의 대사에서는 "백차일치듯"으 로 나옴. 흰 차일을 친 것처럼 흰 옷을 입은 사람들이 많다는 뜻.
3) 재팔이 : 무쇠와 놋쇠를 합한 재료로 만들며, 특히 불가의 악기로 서양 의 심벌즈와 비슷하다.
4) 차포오졸 : 꼼짝 못하고 피상적으로 들이덤비는 공세의 비유.

제 4 과장

　―연잎(蓮葉)¹⁾ 눈끔쩍이²⁾ 등장― (연잎은 앞에서 부채로 얼굴을 가리고 눈끔쩍이는 그 뒤에서 장삼으로 얼굴을 가린다. 상좌가 곱사위 춤을 추고 연잎 앞에 가서 규시(窺視)할 제, 연잎이 부채를 떼면 상좌가 놀라서 들어간다. 다음 상좌도 같다.)

옴 : (나오면서) 아따 요 이런 녀석들이 뭘 보고 그렇게 방정맞게 그러느냐?

목승 : 〈歌〉 "소상반죽³⁾ 열두 마디 후리쳐 덤석 타" (곱사위 춤으로 들어가다가 상좌를 보고 돌아서면서) 어이쿠 이게 뭐야? (제자리로 돌아간다.)

옴 : 아따, 그 자식들 무엇을 가 보고 그렇게 기절경풍을 하느냐?

목승 : 오냐, 나가 봐라. 너밖에 죽을 놈 없다. (옴이 춤추며 나와서 눈끔쩍이 얼굴 가린 것을 홱 벗겨, 눈끔쩍이 눈을 끔쩍끔쩍하며 옴을 쫓아간다. 연잎이 새면⁴⁾ 앞에 가서 부채를 한 번 들면, 염불 타령을 친다. 눈끔쩍이는 돌단으로 세 번 돌고 나서, 연잎은 새면 앞에 가서 부채를 앞에 대고 세 차례 몸을 잰다. 눈끔쩍이

―――――――――

1) 연잎 : 고승으로, 이 연잎의 눈살을 맞으면 생물체가 죽기 때문에 얼굴을 가리고 등장하여 먹중들과 옴중을 혼내준다. 머리에 청색의 연잎을 쓴 것이 특징이다.

2) 눈끔쩍이 : 고승으로, 눈끔쩍이의 눈살을 맞으면 생물체가 죽기 때문에 얼굴을 가리고 등장하여 먹중들과 옴중을 혼내준다. 탈은 검붉은 보라빛 바탕에 흰 눈을 그리고 눈동자와 입을 뚫었는데, 눈동자 속에는 쇳조각을 달아 끔쩍이게 하였다.

3) 소상반죽 : 중국의 아롱진 무늬가 있는 대.

4) 새면 : 삼현(三絃)으로 거문고, 가야금, 당비파의 세 가지 현악기. 여기서는 '악사'라는 뜻.

가 세 번 돌면 연잎이 새면을 뒤로 하고 부채로 잔등이를 치면 타령을 친다. 연잎이 곱사위 멍석말이 추고 들어간다. 눈끔쩍이도 여다지 하고 퇴장.)

제 6 과정   - 애사당놀이 -

(중이 일렬로 서고 제금을 치면서 애사당을 청하면, 왜장녀가 장삼 두개를 짊어지고 애사당을 데리고 나와 선다. 왜장녀가 막대기로 중의 얼굴을 때리며)

왜장녀 : 얘 얘.

목승 : 이년이, 얘가 누구냐.

왜장녀 : 여보 여보. (애사당을 가리키며) 얘, 내 딸이다.

중 : 너의 집에 또 있느냐?

왜장녀 : 우리 집에 또 있다.

중 : 너 집에 저런 게 또 있으면 집안 망하긴 똑 알맞겠다. (왜장녀가 가진 장삼을, 관 쓴 목중이 뺏어 새면 앞에 가서 풀고, 그 중에 작은 장삼 하나를 꺼내어 목중이 입는다. 장고 등을 치고 사당을 놀릴 제, 왜장녀·애사당 춤춘다.)

관 중 : 사당, 돈이야! (왜장녀가 돈을 받으러 간다.) 이년아, 저리 가거라. (또 그런다.) 이 육실할 년아, 저리 가. (관 중이 왜장녀 손을 잡는다.)

중 : 〈唱〉 등장 가세 등장 가세, 하누님한테로 등장 가세.
　　　　무삼 연유로 등장을 가나?
　　　　늙으신 노인은 구기지 말고, 젊으신 청년은 늙지 말게.
　　　　하누님한테로 등장 가세.
　　　　얼시구 절시구 기정(기장) 자로 찧는다.

아무리 찧어도 햇방아만 찧는다.[1]

관 중 : (두 손가락을 동그랗게 해서 돈이라는 표시를 하고, 두 번 팔을 벌려 두 쾌라는 것을 보인다.)

왜장녀 : (애사당 뺨을 만지며) 저 양반이 두 쾌만 주마고 그러니까 가자. (애사당이 왜장녀 뺨을 친다. 왜장녀가 분이 나서 관 쓴 중 앞에 가서 관 중의 뺨을 치고 발로 복장을 찬다. 관 중이 다시 왜장녀 등을 툭툭 두드린다.)

관 중 : 돈 한 쾌만 더해서 세 쾌를 줄게, 이 편지를 갖다가 애 사당을 주어라.

왜장녀 : (편지를 갖다가 애사당을 주고 얼굴을 어루만지며) 돈 한 쾌를 더 주마고 그리고 편지를 주니 보아라. (애사당이 편지 를 보고 미소하고 왜장녀를 따라간다.)

관 중 : (애사당하고 동좌(同坐)한다.) 애, 주안상 한 상 차려 오너라. (왜장녀가 북에다가 꽹과리를 얹어 이고서 가지고 가서 관 중과 애사당 앞에 놓을 제, 중들이 죽 돌아선다.)

중들 : 이년아 어서 술 데라. (왜장녀가 꽹과리 안에 손을 넣고 두른다.) 이년아 너 먼저 먹을라. (왜장녀 먹는다.) 이년아 네가 먹는단 말이냐? (왜장녀 또 뗀다.)

완보 : (아무 중이나 가리키며) 저 양반 먼저 드려라. (왜장녀 가 그것을 관 중을 준다. 완보가 북(酒床)을 발로 차 엎지르고) 자아.

중들 : 자아.

관 중 : 자아. (관 중이 애사당을 업고 한 손을 흔들며)

(여러 중들이 물러서서 새면 앞에 앉는다. 애사당은 소장삼, 왜 장녀는 대장삼을 입고 마주 서서 타령장단에 맞추며 대무를 춘

다. 대무 3진 3퇴 후에 애사당이 새면 앞에 앉으면 왜장녀가 돌단을 추고 멍석말이·곱사위하고 퇴장. 애사당이 일어나 여다지 후에 화장을 하고 그만둔다. 목중 2인이 북을 들고 서면 장단은 굿거리. 애사당이 벅구¹⁾를 치고 한참 재미있게 노는 중에 목중 1인이 덤벼서 벅구를 뺏는다.)

목승: 요년 요 요망 방정스런 년아, 남의 크나큰 놀음에 나와서 계집아이년이 무엇을 콩콩 퀑퀑 하느냐? (애사당은 가서 앉고, 목중이 벅구를 뺏어 들고 친다. 완보가 북 뒤에 가서 슬그머니 북을 잡아당기자 중은 헛손질을 한다.)

완보: 아따 그놈은 남을 타박을 치더니, 밥을 굶었는지 헛손질 잘하고 섰다.

중: 남 재미있게 노는데 이게 무슨 짓이냐?

완보: 너는 왜 남 잘 치는데 타박을 왜 주라드냐?

중: 애 그렇지 않다, 좀 잘 들어라. 우리 좀 잘 놀아 보자.

완보: 그래라. (북을 머리에 인다.)

중: 그것을 어떻게 치란 말이냐?

완보: 이놈아 물구나무 서서 못 치느냐?

중: 그렇지 않다, 잘 들어라. (완보가 두상(頭上)에 북을 높이 든다.) 이놈아 높아서 어떻게 치느냐?

완보: 이놈아 사닥다리 놓고 못 치느냐?

중: 애. 너무 높으니 조곰, 조곰, 조곰, 조곰, 조곰, 조곰, (완보가 차츰차츰 내려든다.) 고만 (완보가 북을 땅에 놓는다.) 네게 땅에 노라드냐?

완보: 이놈아 조곰조곰 하다가 땅에 닿기에 놨지.

중: 애 안 되겠다. (북을 밀방을 해서 완보에게 지운다.)

---
1) 벅구: 법고. 부처님 앞에서 치는 작은 북.

완보 : 이런 대처(大處)에를 나왔으니 좋은 물건이나 팔아 볼까.

〈歌〉 "헌 가마솥 봉 받치올까 으트르……"

　　　　사람은 백차일(白遮日) 치듯한데

　　　　홍정은 오리(五厘)치도 없구나.[1]

중 : 게가 구멍을 찾지 구멍이 게를 찾느냐?[2]

완보 : 옳것다, 게가 구멍을 찾아. 구멍은 게를 안 찾는 법이라.

〈歌〉 "헌 무쇠 가마솥 봉 받치려"(중이 일어나 북을 꽝 친다.) 어이쿠 나와 계시우?

중 : 자네 이새 드문드문해그려.

완보 : 드문드문? 네미 경둥경둥 아니고? 족통이나 안 났느냐?

중 : 아이고 그런 효자(孝子)야.

완보 : 소재라는 게 오줌 앉힌 재?

중 : 어째 듣는 말이냐? 효자란 말이다. 자네 요새 들으니까 영업이 대단히 크다데그려.

완보 : 내 요새 영업이 대단히 크이. 영업차로 서양 각국이든지 일본이든지 많이 다녔다.

중 : 그 무슨 물건이란 말인가?

완보 : 물건은 한 가지로되 이름은 여러 가질세.

중 : 그 무슨 물건 이름이 여러 가지란 말인가?

완보 : 그 이름 알면 끔찍끔찍하다. 고동지라고도 하고, 북이라고도 하고, 벅구라고도 한다.

중 : 벅구면 치기도 허겠구나.

완보 : 치면 천지가 진동하고 도무지 기가 막힌다.

중 : 우리 한 번 치고 놀아 보면 어떻겠느냐?

---

1) 사람은 흰 차일을 친 듯 많은데 홍정은 매우 적다는 뜻.

2) 기러기는 바다를 좇고 나비는 꽃을 좇고 게는 구멍을 좇는다는 뜻.

완보 : 글랑은 그래라. (중이 벅구를 치는데, 완보가 돌아다보며) 좋지?

중 : 얘 그 딴은 좋다. (다시 친다.)

완보 : 찌르르…… (남으로 나가니 중이 헛손질을 한다.) 왜 이놈아 귀게(헛게) 들었느냐? 왜 헛손질을 하느냐?

중 : 얘 얘.

완보 : 왜 그러느냐?

중 : 너 이번에 남쪽으로 갔으니 남쪽으로 가면 네 모(母)를 나를 주느니라.

완보 : 남쪽으로 아니 가면 그 욕은 네가 먹느니라.

중 : 너만 그래. (중이 북을 또 친다. 완보는 북으로 가면 그는 못치고 헛손질을 한다.) 너 이게 무슨 짓이냐?

완보 : 남으로 가는 맹세했으니까 북으로 가지 않았니.

중 : 너 북쪽이나 남쪽으로 가면 그렇다. (중이 벅구를 치면, 완보는 동으로 간다.)

완보 : 이따 그놈 잘 친다.

중 : 너 이게 무슨 짓이냐?

완보 : 너 북쪽이나 남쪽 가는 맹세했지, 동으로 가는 맹세는 아니 했으니까 동쪽으로 갔다.

중 : 너 남쪽이나 북쪽이나 동쪽이나 가면 그 욕은 네가 먹느니라.

완보 : 그러면 남이나 북이나 동이나 아니 가면 괜찮지. (중이 벅구를 치면 완보가 서쪽으로 간다.)

중 : 이게 무슨 짓이냐?

완보 : 남쪽이나 북쪽이나 동쪽이나 맹세했지, 서쪽 가는 맹세는 아니 했으니까 서쪽으로 갔다.

중 : 이런 녀석 말해 볼 수 있나, 너 이리 오너라. (완보를 세워

두 발을 모아 놓고 그 주위에 원을 긋는다.) 너 만일 이 금 밖에
나오면 네 어멈을 날 주느니라.

완보: 아모더지, 이 금 밖에만 나가면 그렇지.

중: 영낙없지.

완보: 여러분이 다 보십시요. 금 밖에 나가면 그렇다고 맹세했
으니 금 밖에 이놈이 먼저 나갔습니다. (중이 북을 칠 제 완보가
북을 벗어 버린다.)

중: 너 이게 무슨 짓이냐?

완보: 금 밖에 나가면 그렇게 맹세했으니까 북을 벗어 노면 그
만 아니냐?

—북놀이 종(終)—

제 9 과장 —취발이과장—

(취발이가 고섭가지(木枝)를 들고 나오면서)

취발: 에라 에라 에라. 이 안갑을 할 녀석들 다들 물러서라.
(나와서) 애 여러 해포만에 나왔더니 정신이 띵하구나. 왜 난데
없는 향내가 코를 쿡쿡 찌르느냐? 향내도 되잖은 인조사향(人造
麝香)내일세. 옛날에 하던 지저귀나 한 번 하여 보자. 애 일어—
어어키여. (재채기한다.) 한 번 다시 또 불러 볼까? 애 일어—
(노장이 앉았다가 벌떡 일어나서 취발이 앞에 가 부채를 확 편
다.) 아이쿠머니 이게 뭐냐? 내 오늘 친구 덕에 술잔이나 얼척지
근하게 먹었더니 이 ××(장소) 벌판에 주린 솔개미가 내 얼굴이
벌거니까 꾸미 자판으로 알고 덤비네. 까딱하면 얼굴 부란당 맞
기 쉽겠군. 솔개미 좀 쫓아야지. 훨훨훨훨훨. (타령장단) 솔개미
를 쫓았으니 다시 한 번 불러 볼까. 일워— (노장이 나가서 또
부채를 확 편다.) 애 이건 솔개미인 줄 알았더니 솔개미도 아니

로구나. 무슨 내용이 있는 모양이로군. (취발이가 솔가지를 제 이마에 대고 터부렁한 머리를 거슬리고 소무를 건너다 보고, 두 손으로 땅바닥을 탁 치면서 껄껄 웃는다.) 나는 뭣이 그랬노 했드니 저 녀석이 그랬네 그려. 이놈아 아무리 세월이 말세가 되얏기로 중놈이 여려(旅閭)에 내려와서 계집이 하나도 어려운데 둘씩 데리고 농창을 쳐? 저런 육실할 놈을 어떻게 하면 저년을 다 빼앗나! 우선 급한 대로 신정(新町)[1] 갖다 팔더래도 둘에 백냥은 받겠지. 이놈아, 너고 나고는 소용없다. 만첩청산 깊은 골에 쑥 들어가서 눈이 부옇게 멀도록 생똥구멍이나 하자. 아이고 저런 육실을 한 놈 그건 싫다네. 저놈을 뭘로 놀여 낼고, 금강산으로 놀여낼가!

〈歌〉 금강산을 좋단 말은 풍편에 넌짓 듣고 장안사 썩 들어가니 난데없는 검은 중놈 팔대 장삼을 떨쳐 입고 흐늘거려서 노닌다.

(노장과 마주 서서 춤추다가 돌단을 추고, 노장이 장삼 소매로 취발이를 때린다.) 얘 그 중놈 딴딴하구나. 속인 치기를 낭중취물(囊中取物)[2] 하듯 하네. (노장이 새면 앞에 가서 장삼을 벗고 우뚝 서면 취발이가 물끄러미 본다.) 아 이놈 보게. 나를 아주 잡으려나 옷을 벗고 덤비네. (취발이도 벗는다.) 이놈아 너 벗었는데 나는 못 벗으랴! 여 여러분이 몸조심을 하는 이는 다 가십시요. 오늘 여기서 살인납니다.

〈歌〉 "양양 소화……"

(둘이 대립하여 춤을 추다가 노장이 취발이 앞으로 돌아서며 화장을 하며 다시 취발이 앞으로 간다. 취발이가 노장의 등을 치면 노장이 놀라 나가서 소무당 다리를 벌리고 들어가 업드린다.)

1) 신정 : 새로 생긴 시장.
2) 낭중취물 : 주머니 속의 물건을 취하듯 쉽게 한다.

중놈이란 할 수 없어. 뒤가 무르기가 한량이 없지. 나는 그놈한테 한 번 얻어맞고 능히 배겼는데, 이놈은 아주 열두 굿을 하였네. 이놈이 들어갔으니 한번 놀아나 봐야겠다. (옷을 주워 입고)

〈歌〉 "녹수청산 깊은 골에 청룡 황룡이 굼틀어졌다."

(춤을 추며 돌단으로 소무 앞으로 간다. 노장이 별안간에 쑥 나오면, 취발이가 깜짝 놀라 돌아서면서) 아이고머니 이게 뭐야! 옳다 뭔고 하였더니 인왕산 속에서 여러 천년 묵은 대맹이[蛇]¹⁾ 가 나왔네그려. 애 그저 연일 날이 흐리더라. 점잖은 짐승이 인간 눈 더러운데 왜 나려왔어, 어서 들어가! 어, 짐승도 점잖으니까 말귀를 알아듣네. 들어가라니까 슬슬 들어가는데. (노장이 뒷걸음으로 들어가다가 쑥 나온다. 취발이가 놀라 물러서면서) 아이고 이게 나하고 놀자네. 어서 들어가! 이 녀석아 쑥 들어가거라. (솔가지로 땅바닥을 치니 노장이 소무 하나를 데리고 개복청으로 퇴장.) 저년은 그래도 못 미더워 중서방을 해 가네. (나머지 소무 1인의 옆에 가서) 중놈이 밤낮 천수천한관자보살²⁾이나 불렀지, 이런 오입쟁이 놀음이야 한 번 해 봤을 수가 있나. 자랏춤이나 한 번 추어 볼까! (취발이가 춤으로 들어가서 소무를 가운데 놓고 돌단으로 추다가, 곱사위춤으로 들어가서 소무 앞에 앉으며 다리 하나를 소무 치마 속에 넣고 책상다리를 앉는다.) 제가 나무아미타불이나 했지 이런 가사나 한 번 불러 봤을 수가 있나!

〈歌〉 공산이 적막한데 슬피 우는 두견아. 촉국흥망(蜀國興亡)³⁾
이 어제 오늘 아니어든 지금에 피나게 울어 남의 애를.

(타령장단. 다시 한 바퀴 돌아 소무 앞에 앉는다.) 원 이런 녀

---

1) 대맹이 : 이무기.
2) 천수천한관자보살 : 천수천안관세음보살, 천수관음이라고도 하며 대자대 비로 지옥의 고통을 벗어나게 하여 모든 원을 이루게 한다는 성인.
3) 촉국흥망 : 촉왕 두우가 죽어서 두견새가 되었다고 함. 그래서 두견새를 망세혼이라고 함.

석에 일이 있나? 내가 계집을 데리고 논다고 머리를 풀고 있었으니, 남이 알면 제상 당한 줄 알겠지. 상투나 좀 짜야겠다. (상투를 짠다.) 밤낮 짰다 봐도 한벌(몇번 감다가) 또 한 벌. (3차나 이렇게 하고 앉는다.) 이 계집애 상투 외투마다 시다 절절. (한 바퀴 돌아 뒤에 가서 소무의 사타구니에 머리를 넣고 엎드려 방아 찧는다.)

〈歌〉 "얼시구 절시구 경(庚)귀자로 찧는다. 아무리 찧어도 헛방아만 찧는다."

(고개를 돌려 소무를 보니 무(巫)가 살그머니 비껴 선다.) 내 그저 싱겁드라니 요년 중놈만 못하지? 이 계집애 방아마다 시다. (일어나서 돌단을 돌고 소무 뒤로 앉아서 치마 속에 머리를 넣는다.) 애 딴은 좋다. 평생 살아도 후정(後庭)이라고는 처음 들어와 봤는데, 잔솔이 담상담상 난 게 참 좋다. (일어나서 소무의 치마를 붙잡고 서로 등을 대고 선다.) 뒤집 신개(白犬) 흘러 허― (소무가 서서 배를 만진다.) 공석 어멈, 공석 어멈, (부른다.) (왜장녀가 수건을 머리에 쓰고 한 바퀴를 돌면서 드러누운 소무 옆으로 가니, 공석 어멈을 보고 취발이가) 머리를 짚어 드려라. 허리를 좀 눌러 드려라. (공석 어멈은 해산 구완하는 형용하고 퇴장. 마당에 아이만 있고 소무는 나가서 새면 앞에 앉았다. 취발이가 낭성걸음으로 뛰어다니다가 아이를 보고서) 어이쿠머니 이게 뭐여. 지금 난 게 요렇게 큰가! 몹시 숙성한데, 아! 육실할 년 보게 삼도 안 가르고[1] 들어갔네. 내가 가를 수밖에. (탯줄을 뻠 가옷을 갈라서 돌돌 말아 배에 붙이고) 삼신제왕[2]이 내가 넉넉지

---

1) 삼도 안 가르고 : 아이를 낳은 뒤에 탯줄을 끊지 않고. 삼은 태아를 싸고 있는 막과 태반.
2) 삼신제왕 : 아이 점지와 해산을 맡은 신령.

못한 줄 알고 한 번 일습(一襲)을 하여 입혀 보냈네. 굴레[1]까지 저고리까지 바지까지 버선 행전 토수[2]까지 꽃미투리를 낙꼭지로 들메[3]까지 하였네. (注意 : 다음에 나오는 아이 말은 취발이가 자문자답하는 것.)

아해 : 여보 아버지. 날 좀 업어 주.

취발 : 몰라 그렇지, 아해 업는 방법이 있는 걸 여간 사람이 이걸 알 수가 있나. 아이라는 것은 거꾸로 업어야 체증(滯症)이 없는 법이라. (거꾸로 업는다.) 아이고머니 덜미를 이렇게 뚫러? 원 이렇게 어린 녀석이 양기(陽氣) 덩어리로 생겼는지. (어린애를 들고 본다.) 아따 어린 녀석 자지라고 어른 ×보다 더 빳빳하구나.

아해 : 여보 아버지 글을 좀 배워야겠소.

취발 : 그 이를 말이냐.

아해 : 황해도하고 평안도하고 배우겠소.

취발 : 옳것다. 양서(兩西 : 兩書)를 배워?

〈唱〉 하늘천 따지 가물현 누루황.

　　　하늘이 있을 제 땅이 없으랴!

　　　가마솥이 있을 제 누른밥이 없으랴.

아해 : 북북 긁어서 선생님은 한 그릇 나는 두 그릇 먹겠소.

취발 : 이놈아, 네가 두 그릇을 먹어! 선생님을 두 그릇 드려야지.

〈唱〉 ㄱ, ㄴ. ㄷ. ㄹ,

　　　ㄱ자(字)로 집을 짓고 ㄷ ㄷ이 살았더니

---

1) 굴레 : 어진 아이의 머리에 씌우는 수 놓은 모자.
2) 토수 : 토시. 저고리 소매처럼 생겨 한 쪽은 좁고 한 쪽은 넓은 팔뚝에 끼는 것.
3) 들메 : 끈으로 신을 발에 동여매는 일을 말함.

가이 없는 이내 몸이 거주 없이 되얐소.(아이가 운다.)

〈唱〉 아가 아가 우지 말아 제발 덕분 우지 말아.

너 어머니가 굿 보러 가서

떡 받아다 주맷스니 제발 덕분 우지 말아.

아해: 여보 아버지 내, 젖을 좀 먹어야겠소.

취발: 오냐 그래라. 이걸 이름을 지야 할 텐데 뭐라고 지야할까. 옳것다. 마당에서 났으니 마당이라고 지어야겠군. (아이를 안고 소무당녀에게로 간다.) 여 마당 어머니. 얘 배고프다고 젖을 좀 달라니 젖을 좀 멕이우. (소무가 아이를 툭 친다.) 아 이게 무슨 짓이요? 어린게 젖을 달라니 좀 먹일 게지 아수 그러지 마우. (다시 아이를 내미니 소무는 또 그런다.) 이게 무슨 못된 짓일까. 이건 나만 좋아 만들었니? 어린게 우니까 젖좀 주라니까 삥그러트리고 그럴 게 뭐야. 예끼 망덕[1]을 할 년 같으니. (아이를 소무 앞에 던지고 취발이가 소무 옆에 가 앉는다.)

제10과장 　－샌님과장－

(말뚝이가 샌님 서방님 도련님 3인을 데리고 나온다. 이 때에 쇠뚝이는 의막사령[2] 노릇을 한다.)

말뚝이: 의막사령(依幕赦令), 의막사령아.

쇠뚝이: 누 네미할 놈이 남 내근(內勤)하는데, 의막사령 의막사령 그래?

말뚝이: 내근하기는 사람이 백차일 치듯 한데 내근을 해?

---

1) 망덕 : 패가망신할 못된 짓.
2) 의막사령 : 의막은 임시로 거처하게 된 곳을 말함. 의막사령은 의막을 준비하는 사령.

쇠뚝이 : 어찌 듣는 말이냐? 아무리 사람이 백차일 치듯 해도 우리 내외(內外) 앉았으니까 내근하지.

말뚝이 : 옳것다. 내외 앉았으니 내근한단 말이렸다.

쇠뚝이 : 자네 드문드문하이그려.

말뚝이 : 드문드문 넨장할 건둥건둥하이.

쇠뚝이 : 족통이나 안 났느냐?

말뚝이 : 아이 그런 효자(孝子)야.

쇠뚝이 : 소재라니 오줌 앉힌 재?

말뚝이 : 어찌 듣는 말이냐? 그건 소재지, 이건 효자란 말이여. 얘 그러나 저러나 안될 일이 있다.

쇠뚝이 : 무슨 일이란 말이냐?

말뚝이 : 우리댁 샌님, 서방님, 도련님이 장중 출입을 하시느라고, 일세(日勢)가 저물어서 하룻밤 숙박을 해야 할 텐데, 나는 여기 아는 사람이 없고, 친구란 자네뿐인데 의논의 말일세. (쇠뚝이가 샌님을 기웃이 보고 샌님 부채 대고 있는 것을 잡아뗀다.)

샌님 : 으어 으어 어흠. (기침을 한다.)

말뚝이 : 다 자란 송아지 코 찔나?

쇠뚝이 : 얘, 의막 지였다. 얘 봐 하니까 그 젊은 청년도 있는 듯하니 담배도 먹을 듯하니, 방 하나 가지고 쓸 수 없으니까 안 팎 사랑 있는 집을 지였다. 바깥 사랑을 똥그랗게 말장(돼지우리 같이) 박고 안은 똥그랗게 담 쌓고 문은 하늘 냈다.

말뚝이 : 그럼 돼지우리로구나.

쇠뚝이 : 영낙없지. (쇠뚝이는 앞서고 말뚝이는 뒤에 섰다.) 고이 고이 고이 고이.

말뚝이 : (채찍을 들고) 두우 두우 두우 (돼지 쫓는 모양) 얘 우리 댁 샌님께서, "이 의막을 누가 잡았느냐? 네가 얻었느냐, 누가 다른 사람이 얻었느냐?" 말씀하시기에 "이 동네 아는 친구 쇠

뚝이가 얻었습니다." "그럼 걔 좀 보는 게 어떠냐?" 하시니 들어가서 한 번 뵈이는 게 좋다.

쇠뚝이 : 샌님 쇠뚝이 문안 들어가우. 잘 받아야지 잘못 받으면 송사리뼈라는 게 안 남는다. 샌님 소인—

말뚝이 : 애 샌님께는 인사를 드리려고 ××× 같고, 아니 드려도 우스꽝스러우나, 서방님께 문안을 단단히 드려야지 만일 잘 못 드리면 죽고 남지 못하리라.

쇠뚝이 : 서방님 쇠뚝이 문안 들어가우. 잘 받아야지 잘못 받으면 생육실하리라.[1] 서방님 소인—

말뚝이 : 애, 샌님과 서방님께서는 인사를 드려도 ××× 같고, 아니 드려도 우스꽝스러우니, 해남 관머리께 선 종가집 도령님께 인사를 드려야지 인사를 잘못 드리면 네가 죽고 남지 못하리라.

쇠뚝이 : 도령님 쇠뚝이 문안 들어가우. 도령님 도령님 소인—

도련님 : 좋이 있더냐?

쇠뚝이 : 하, 이런 놈의 일 보게. 양반의 새끼라 다르다. 상놈 같으면 네미나 잘 붙었느냐? 그럴 텐데. 고런 어린 호래들 녀석이 어디 있어? 늙은 사람에게 의젓이 좋이 있더냐 그러네!

말뚝이 : 애 그리하기에 우리 나라 호박은 커도 심심하고 대국(大國) 호추는 작아도 맵단 말을 못 들었느냐?

쇠뚝이 : 말뚝아. 샌님께 문안 좀 다시 드려다우. 쇠뚝이가 술 한 잔 안 먹은 날은 샌님, 서방님, 도령님 세 댁으로 다니면서 안팎에 비질을 말갛게 하고요, 술이나 한 잔 먹고, 두 잔 먹고, 석 잔 먹어서, 한 반취(半醉)쯤 되면 세 댁으로 다니면서 조개라는 조개, 작은 조개, 큰 조개, 묵은 조개, 햇 조개 여부없이 잘 까먹

---

1) 육실 : 육시는 이미 죽은 사람의 목을 벰. 남을 매우 꾸짖거나 저주할 때 '육실할'이라는 욕을 함.

는 영해 영덕 소라, 고등어 애들놈 문안 드리고[1] 이렇게 하였다
오.

　　샌님 : 어으아 남의 종 쇠뚝이 잡아들여라 쿵.

　　말뚝이 : 쇠뚝이 잡아들였소. (쇠뚝이를 거꾸로 잡아들였다.)

　　샌님 : 그놈의 대가리는 정주[2] 난리를 갔다 왔느냐?

　　말뚝이 : 그놈의 대가리가 하도 험상스러워서 샌님이 보고서 경
풍을 하실까봐 거꾸로 잡아들였소. (쇠뚝이가 손가락으로 꼴뚜기
─욕할 때 하는 것─를 만들어 꼼작꼼작한다.)

　　샌님 : 그놈의 뒤에서 무엇이 꼼작꼼작하느냐?

　　말뚝이 : 그놈더러 물어 보시구려.

　　샌님 : 여라 찌놈.

　　쇠뚝이 : 누 네밀할 놈이 날 보고 여봐라 이놈 그래? 내 이름이
있는데.

　　샌님 : 네 이름이 뭐란 말이냐?

　　쇠뚝이 : 내 이름은 샌님한테 아주 적당하오.

　　샌님 : 그것 뭐란 말이냐? 이름이.

　　쇠뚝이 : 아당아자(字) 번개번자(字)요.

　　샌님 : 애 이놈의 이름이 이상스럽다.

　　쇠뚝이 : 샌님께는 그 이름이 꼭 맞지요.

　　샌님 : 아자(字) 번자(字).

　　쇠뚝이 : 붙여 부를 줄 몰우? 하늘천 따지만 알지 천지현황(天
地炫黃)은 모르우?

───────────────

1) 여기서 조개는 여성의 성기를 은유하며, 그것을 잘 까먹는 소라, 고등어
　 는 남성을 은유한다. 즉, 쇠뚝이가 샌님, 서방님, 도령님 세 집의 여자들
　 과 성 행위를 했다는 뜻.
2) 머리를 앞으로 끌고 오는 것이 아니라, 거꾸로 엉덩이를 끌어왔다는 의
　 미. 정주는 평북의 지명.

샌님 : 아 아.

쇠뚝이 : 이건 누가 잘갭이¹⁾를 놓소.

샌님 : 아字 번字.

쇠뚝이 : 붙여 불러요.

샌님 : 아번이.

쇠뚝이 : 왜!

샌님 : 으으아! 남의 종 쇠뚝이 죄는 허(許)하고 사(赦)하고 내 종 말뚝이 잡아들여라.

쇠뚝이 : 그러면 그렇지. 양반집에는 이래 다니는 거야. 이놈이 그 댁 청지기니 벨배²⁾니 하면서 세도가 아망위같이 세더니 세무십년(勢無十年)³⁾이요 화무십일홍(花無十日紅)⁴⁾이라더니. (말뚝이의 평양자⁵⁾를 벗겨서 쓰고 채찍을 빼앗아 들면서)

샌님 : 엎어 놓고 그놈을 까라. 집장노자, 그놈을 대매⁶⁾에 물고를 올리고 헐장⁷⁾을 해라.

쇠뚝이 : 저아―(때리려고 한다.) (말뚝이가 일어나 쇠뚝이를 보고 스무 냥(兩)을 준다는 의미로 양수(兩手)를 합하야 2차 편다.) 걱정마라 이놈 넙죽 엎드렸거라. 저아―

샌님 : (부채를 확 펴고) 여봐라 찌놈 네밀 논아 하자고 공론을 했느냐.

---

1) 잘갭이 : 잘개미. 자라개미, 포도청에서 죄인의 목을 졸라 죽이는 것.
2) 벨배 : 별배로, 벼슬아치 집에서 사사로이 부리던 하인.
3) 세무십년은 세도가 십년을 가지 못한다는 뜻으로, 사람의 권세와 영화는 계속되지 못함을 이르는 말.
4) 화무십일홍은 열흘 붉은 꽃이 없다는 뜻으로, 한번 성한 것이 얼마 못가서 반드시 쇠하여짐을 이르는 말.
5) 평양자 : 패랭이와 같은 말. 대개비로 엮어 만든 갓의 일종으로, 조선시대에 천한 사람이나 상제가 썼음.
6) 대매 : 단 한 번 때리는 매.
7) 헐장 : 형식적으로 아프지 않게 매를 침.

쇠뚝이 : 아니올시다. 저놈이 매를 맞으면 죽겠으니까 헐장하여 달라고 했습니다.

샌님 : 아니다.

쇠뚝이 : 저놈의 눈깔이 띄었으니까, 어떻게 할 수가 있나? (쇠뚝이가 채찍으로 샌님 코를 찌르며) 이것 주맙디다.

샌님 : 빙신(돈)? 얼마?

쇠뚝이 : 아 이어 아퀴¹⁾까지 지라네. 그놈이 형세가 없으니까 열댄 냥 주맙디다.

샌님 : 열 아홉 아홉 돈 구분(九分)은 댁으로 봉송하고, 한 푼 가지고 청량리 나가서 막걸리 한 푼어치 사 가지고 냉수 한 동이에 타먹고 급살이나 맞아 죽어라.

쇠뚝이 : 예끼 도적의 아들놈. (말뚝이, 쇠뚝이, 서방님, 도령님 퇴장. 샌님이 소무를 내세우고 사방으로 다니며 춤추다가 (타령 장단) 소무 곁에 와서 돌단 한 번 돌고 소무를 안는다.)

샌님 : 두 내외 재미있게 노는데 어느 놈이 회를 지어? (포도부장이 개복청에서 왈칵 나와서 샌님을 집어치고 소무의 손을 잡고 대무하면서 나가니 샌님이 소무 뒤를 쫓으면서) 일어서 일어서 어디를 갔나? (소무가 돌아서면 샌님이 마주 서서 춤을 추는데, 포도부장이 춤추며 가운데 와서 막아선다. 샌님이 포도부장을 떠밀면서) 이놈아 저리 물러서거라. (소무와 샌님이 마주 춤을 추는데, 포도부장이 재차 들어 중간을 막아 서니, 샌님이 포도부장의 등을 올리며) 이놈아 이 육실을 할 놈아 저리 가거라. (샌님이 소무 즉 첩을 끼고 서서) 저놈은 얼굴은 뻔뻔해도 속에는 장구벌레가 들석들석하네. 나는 코밑은 조금 째졌어도 못 먹는 돌배일세. 저놈을 한번 보고 와야겠지. 쳐라. (세마치 타령장단) 고

---

1) 아퀴 : 어수선한 일을 갈피잡아 머무르는 끝매듭. 일이나 흥정의 끝을 마무리하여 마감하는 것.

이 고이(가다가 중간에서 소무를 돌아다보고) 소무를 두고 가려니까 걸음이 뒤로 걸리네. 그래도 저놈을 가보고 와야겠지. (부채로 포도부장 얼굴을 탁 치면서) 이놈, 이 주릴할[1] 놈아. 처가살이 갔다가 장모 붙고 쫓겨올 놈. 어디 계집이 없어서 늙으니가 소첩 하나 둔 것을 깍쟁이 태(胎) 차가듯[2] 차가느냐? 다시 오면 네미를 붙느니라. 쳐라. 춤추며 돌아온다.) (포도부장이 다시 소무 손목을 잡고 대무하며 나간다. 샌님이 소무 뒤를 쫓으면서) 어이거 어이거 일어서 일어서. (다시 소무를 안고) 너 어디 갔더냐? (소무가 손가락으로 하늘을 가리키니) 하늘에 별 따러? 아닌 밤중쯤 되면 내 연장 망태기를 네것 주무르듯 맘대로 노는 내 사랑이지? (소무가 뺑그러트리며 샌님의 뺨을 치고 멱살을 들고서 포도부장을 손으로 부르니까, 포도부장이 립(笠)을 제껴쓰고 두 소매를 걷으면서 옷자락을 뒤로 젖히고 벼락같이 달려들어서 샌님의 멱살을 들고 발길로 복장을 질러 내꽂고서, 소무와 같이 서서 있다. 샌님이 할 일 없어) 늙으면 죽어, 젊은 놈의 세상이다. (샌님이 소무 곁에 가서) 장부 일언이 중천금인데 말을 냈다 그만두랴? 손 내밀어라. (포도부장이 손을 내미니 샌님이 소무의 손인 줄 알고서 붙잡고) 참말 이러나 어이거 어이거 정말인가? 이놈이 이 육실할 놈아 널더러 손 내밀랬어? (손을 홱뿌리치고 다시 소무를 보고) 손 내밀게. (소무가 손을 내민다.) 어이거 어이거 정말 이러나? 할 수 없다 퇴. (침 뱉는다.) 쳐라. (샌님이 춤추고 개복청으로 들어간다.)

---

1) 주리 : 죄인을 심문할 때, 두 다리를 묵고 그 틈에 두개의 주릿대를 끼우고 비트는 형벌.
2) 매우 약싹 빠르게 채간다는 의미. 깍쟁이는 조선시대 포도청 포교의 심부름으로 도적 잡는데 거드는 사람.

송파(松坡)산대 놀이
─중요 무형문화재 제49호─

산대놀이는 서울 및 서울 근처의 가면극을 말하는데 서울의 아현동(애오개), 녹번동, 노량진, 퇴계원, 사직골 등지에 본산대놀이가 있었다고 하나 전하지 않는다. 송파의 것은 별산대놀이에 속한다.

송파산대놀이는 양주별산대놀이와는 달리 오래 전에 채록된 대본이 없고, 1970년대에 들어와 복원되었기 때문에 그 놀이의 원형에 대한 논란이 많다.

송파산대놀이는 다른 산대놀이와는 달리 욕설, 외래어, 은어가 그리 많이 발견되지 않는다.

〈줄거리〉
제1과장 : 상좌의 춤
제2과장 : 먹중이 옴중을 만나 옴중의 외모에 대한 흉을 보면서 서로의 갈등을 유발시키나 마지막 부분에 두 사람이 함께 춤을 춤으로써 화해하게 된다.
제5과장 : 여덟 명의 먹중이 모여들어 마음을 새로이 고쳐먹고 염불공부를 시작하면서 틀리게 되는 사람에게는 곤장을 때린다.
제6과장 : 여덟 먹중 중 한 명이 쓰러져 의원인 신주부를 모셔다 황침을 놓고 먹중을 되살린다.

제 8 과장 : 원숭이를 데리고 신을 팔러 다니는 신장수가 노장에게 신 두 켤레를 팔고도 돈을 제대로 받지 못하자 원숭이를 시켜 돈을 받아오려 하나 역시 받지 못한다.

제 9 과장 : 불도는 닦지 않고 속세에 내려와 여자를 가까이 하는 중의 모습을 취발이가 풍자, 비판한다.

제10과장 : 자신을 무시하는 샌님을 뒤에서만 흉을 보던 말뚝이가 사처를 정하라는 샌님의 말에 돼지 우리를 사처로 정해준다.

제12과장 : 신할애비가 홧김에 내뱉은 '죽어라'는 한 마디에 신할미는 쓰러지고 신할애비는 후회를 하면서 무당을 불러 굿을 해 준다. 신할미는 무당의 몸을 빌어 이승에 남은 남편과 자식의 앞길이 잘될 것을 약속하고 저승으로 떠난다.

채록자 : 이병옥

제 2 과장 -옴중, 먹중-

옴중이 검정 삼베 장삼을 입고 시루밑 벙거지[1]를 쓰고 제금을 들고 나와 있다가, 둘째상좌가 자진타령으로 춤이 끝날 무렵 일어서서 제금을 '쨍쨍쨍쨍' 치며 뛰어 들어가면, 둘째상좌가 자지러지게 놀라며 춤을 멈추고 물러나 뒤에 가서 쪼그리고 앉는다.

옴중 : 자, 모처럼 나왔으니 한 번 놀고나 가자! (불림으로) 나비야 나비야 청산 가자, 호랑나비야 너두 가자.[2]

(제금으로 장단 따라 양쪽으로 번갈아 칠 때, 둘째상좌가 팔소매를 걷어 올리면서 나와 뒤에서 제금을 채가지고 뒤에 가서 앉는다.)

옴중 : 이크! 내가 대낮에 불한당을 만났구나. 송도 말년에 불가사리가 나서 쇠붙이라는 쇠붙이는 모조리 다 집어 먹었다더니, 이조 말년에도 불가사리가 났나? 애가 내 제금을 솔개미 병아리 채가듯이 휘익 채가고 말았으니 승천입지(昇天入地)[3]를 했나, 비거석양풍(서남풍)[4]을 했나, 아주 자취도 없이 싹 없어졌구나! 허허, 그러나 저러나 대체 어디로 갔는지 찾아나 봐야겠다.

(옷깃을 다른 한 손으로 잡고 좌우로 쳐다보고, 뒤로 돌아 위를 휘둘러 찾아 본다. 이때 둘째상좌가 제금을 '쨍'하고 치면 옴중이 자지러지게 놀라며) 이크! 이것 봐라 적반하장이라드니 바로 네놈을 두고 하는 말이로구나 이놈! 한 번 혼좀 나 봐라. (불

---

1) 시루밑 벙거지 : 떡시루 밑을 모자처럼 쓴 것.
2) 불림은 장단을 요청하는 구호.
3) 승천입지 : 하늘로 오르고 땅으로 들어간다. 즉, 자취를 감추고 없어짐.
4) 비거석양풍 : 서남풍을 타고 날아감.

림으로) 소상반죽 열두 마디 휘휘칭칭 감아잡고,(옴중이 한 손으로 다른 팔소매깃을 잡고 위로 쳐들어 좌우로 흔들고 둘째상좌와 대무하다가, 옴중이 둘째상좌의 등을 쳐 쫓아 버리면 퇴장한다.)

옴중 : 쉬―이! 그러면 그렇지. 네놈이 별 수 있나. 자, 이왕에 나왔으니 한 번 더 놀고나 가야겠다. (염불장단 불림으로) 얼―수 절―수 지화 허자 저르르르… (한 팔을 어깨에 올리고 다른 팔도 어깨에 걸치고 고개잡이를 하다가 무릎을 구부리며 앞으로 뿌린다. 양팔을 옆으로 활개를 펴고 앞으로 전진했다가 양팔을 앞으로 뿌리고 뒷걸음으로 물러난다. ―삼진삼퇴― 활개 펴고 장삼치기를 하다가 오른쪽 팔소매를 잡아 쳐들어 몸을 제꼈다가, 오른쪽으로 몸을 흔들어 용트림을 하고 왼쪽으로 반복한다. 주로 여다지와 같이 양팔을 위로 펴드는 춤을 추다가, 어깨에 팔을 걸치고 고개를 끄덕끄덕하고 오른 발을 왼쪽으로 90도 돌려 몸을 옮기며 양쪽 소매자락을 어깨에 올린다. 양 소매깃을 앞으로 뿌리고 타령장단을 부른다. 활개 펴고 건드렁·화장무·자진 화장무·제자리서 양팔 좌우 휘두르고, 활개펴기를 두 번 반복 앞뒤로 휘돌리며 옆걸음으로 뛰어갔다 돌아오고 나서, 왼손 어깨로 넘기고 오른 손을 앞뒤로 휘두르며 장내를 돈다 .―너울걸음― 이때 먹중이 붉은 반장삼을 입고 나타나서)

먹중 : 쉬―이! (하면서 쫓아 나가면 옴중은 놀라 물러선다.)

옴중 : 아니 웬 녀석이 어른 노시는데 쉬―하느냐? 쉬―이라니? 왕파리 똥구멍에서 나온 쉬―이란 말이냐?

먹중 : 왕파리건 쉬파리건 너 이리 좀 오너라.

옴중 : 날더러 오라고? 대체 네놈이 누군데 날더러 이리 오너라, 저리 가거라. 함부로 주둥이를 놀리느냐?

먹중 : (옴중의 얼굴을 쳐다보니 망측하게 생긴 것을 보고, 시루밑 벙거지를 움켜잡고 장내를 한 바퀴 돌아와서) 이놈아! 이것

이 여러 만자[1] 중에 나들이벌[2]로 쓰고 나온 얼굴이냐? (하며 침을 탁 뱉는다.)

옴중 : 이런 안갑[3]할 녀석이 남의 얼굴에 설사를 했구나. 어르르르… (하며 장내를 한 바퀴 돈다.)

먹중 : 여러분. 이놈의 얼굴을 좀 보시요. 이놈이 이런 얼굴을 해 가지고 지가 저 잘났다고 날뛴다오. 내가 이놈 얼굴의 흠을 잡아 볼테니 들어 보슈.

니 얼굴이 얼굴이냐? 덜굴이냐?

얽구 검구 검구 얽구.

푸르구 붉구 붉구 푸르구.

우박 맞은 잿더미 같구.

줄오 줄육[4] 같구.

쟁이 밑살[5] 같구.

고석 맷돌[6] 같구.

땜쟁이 발등 같구.

석쇠[7] 망태 같구.

멍석 덕석[8] 방석 같구.

자판에 콩엿 호두엿 같구.

………………

---

1) 만자 : 사람들이 가득하게 앉은 자리.
2) 나들이벌 : 나들이옷.
3) 안갑 : 생피. 근친상간.
4) 줄오줄육 : 골패의 숫자 구멍.
5) 쟁이 밑살 : 쟁이는 창녀. 밑살은 여자 성기의 통속적인 말.
6) 고석 맷돌 : 고석은 빈 틈이 썩 많아서 물에 뜰 정도로 가벼운 화산의 용암. 이 용암으로 만든 맷돌.
7) 석쇠 : 고기나 굳은 떡을 굽는 제구.
8) 덕석 : 추울 때에 소의 등을 덮어주는 멍석.

그러나 저러나 니 어멈이 너를 낳아 콩멍석에 엎었다더냐? 니 얼굴이 그 모양이냐? (하며 얼굴을 탁 치며 잡은 손을 놓는다.)

옴중 : 예끼 안갑할 녀석아, 이놈이 한참 지껄이더니 어른의 신수가 어떻다고 얼굴에 흠을 내느냐. 내 일러 줄 테니 들어봐라. 자고로 사내 대장부 얼굴이란 얼숭덜숭 태산준령 같구 무르익은 대추빛 같아야지, 네 얼굴모냥 샛빨갛구 한 십년이나 두들겨 먹은 목탁처럼 **빤들빤들**하고 지지벌건해야 한단 말이냐? (양손으로 얼굴을 문지르다 딱딱이로 친다.)

먹중 : 아이쿠 코야! 이 녀석이 손찌검을 하더니 코가 터졌구나. (코를 움켜잡고 다른 손으로 땅바닥을 더듬어 지푸라기를 주워 눈구멍 하나를 틀어막는다.)

옴중 : 아 이녀석아, 코가 깨졌다더니 어째 눈구멍을 틀어막느냐?

먹중 : 내가 급해서 막는다는 것이 눈구멍을 틀어막았구나. 그러나 저러나 얘얘! 어디 다시 한 번 보자. (살펴보고) 대관절 너 이 쓰고 있는 것은 뭐냐?

옴중 : 오, 이 쓰고 있는 것 말이냐? 신천[1] 구석에 있는 무식한 놈이 이런 의관을 봤겠느냐? 이 의관으로 논해볼 지경이면 관명이 옥로[2]다.

먹중 : 뭐. 옥로! 야 이놈아. 두루미 잡는 건 아니구?

옴중 : 야, 이놈 보게! 두루미 잡는 옥로를 다 알고 맹물은 아니로구나. 그러나 그게 아니라 저 대국 천자가 보내 주신 노벙거지[3]

1) 산천 : 현재 송파구에 있는 지명. 송파산대놀이의 현지.
2) 옥로 : 옥로갓. 옥로는 옛날 높은 벼슬아치나 외국 가는 사신이 쓰는 갓 위에 달던 해오라기 모양의 옥으로 만든 장신구. 새나 짐승을 잡는 올가미를 옥로라고 함.
3) 노벙거지 : 노끈으로 만든 벙거지. 벙거지는 조선시대 군노나 하인이 쓰던 모자.

다.

먹중 : 놈 둘러대기는 피아말[1] 궁둥이 둘러대듯 잘도 둘러대는구나. 그건 그렇다 치고 여기 달려 있는 꽃은 무엇이냐?

옴중 : 이 꽃 말이냐? 이 꽃은 저위(상감)께서 주신 어사화다.

먹중 : 허 그놈. 참 높이는 대는구나. 그러면 이 쓰고 있는 둥글넓적한 것은 또 무엇이냐?

옴중 : 이것 말이냐? 저 동대문 밖을 썩 나서서 안갑내[2]를 지나 떡전거리를 가면, 한 칠십 먹은 노파가 녹두 서너 되 드르륵 갈아서 무쇠 솥뚜껑 제쳐놓고, 기름을 둘러서 미나리·김치 숭덩숭덩 썰어 지글지글 이글이글 부친 젬뱅[3]이다.

먹중 : 그럼 어디 한 번 먹어보자. (양손으로 붙잡으려 하자, 옴중이 뒤로 물러난다.)

옴중 : 아 이놈 보게. 걸신이 들려도 단단히 들렸구나. 아무래도 네놈이 원체 주려서 모두 먹을 것으로밖에 뵈지 않는 모양이구나.

먹중 : 이놈아 자세히 좀 보자. 이 울긋불긋 푸릇푸릇하고 노릇노릇 우툴두툴한 것이 대체 뭐냐? (얼굴의 곪은 것을 가리키며)

옴중 : 오 노릇노릇한 것 말이냐? 이것은 저 강남에서 오신 호구별성님[4]께서 잠시 잠깐 전좌[5]하셨던 자리다.

먹중 : 예끼 이놈아, 호구별성님이 어데다 전좌를 못해서 좋은 자리 다 제쳐놓고, 이 못생긴 네놈의 상판에다 전좌를 하셨단 말

---

1) 피아말 : 다 자라 암내 나는 암말.
2) 안갑내 : 동대문구 청량리 근처.
3) 젬뱅 : 전병, 부꾸미, 찹쌀가루, 밀가루, 수수가루 따위를 반죽하여 둥글하고 넓게 하여 번철에 지진 떡.
4) 호구별성 : 마마귀신. 즉, 천연두의 신을 말함.
5) 전좌 : 친히 정사를 보거나 조회를 받으려고 임금이 정전에 나와 있는 것.

이냐? 얘, 얘, 어디 자세히 좀 보자. (양 소매를 걷어올리고 벙거지를 잡아 제치고, 두 손으로 얼굴을 쑥 훑어 보고는 호들갑을 떨면서 두 손을 들어 흔들며 뒤로 물러서며) 아. 퉤! 퉤! 얘 이 녀석아. 어디서 진옴을 잔뜩 올려 가지고 와서 수작을 부렸으니, 이제 3년은 재수 없겠다. 퉤 퉤!

옴중 : 얘 이 녀석아, 이게 옴이냐? (대든다.)

먹중 : 옴이다.

옴중 : 옴이냐? (다그친다.)

먹중 : 그래 옴이다. (물러나며)

옴중 : 정말 진옴이냐? (재차 쫓아가며 다그친다.)

먹중 : 아니다. 아니다. 아주 빤들빤들 예쁘게 잘 생겼다. (비꼬는 투로)

옴중 : 얘얘 다 집어 치우고 옛날에 하던 짓거리나 안 잊었느냐?

먹중 : 암, 잊지 않았지.

옴중 : 그럼 우리 한 번 놀고나 들어가자.

먹중 : 오냐, 그게 좋겠다. (불림으로) 금강산이 좋단 말은 풍편에 넌즛 듣고… (둘이 춤을 추다가 옴중이 뒷걸음치고, 먹중이 여다지로 쫓아가며 퇴장한다.)

제 4 과장 ─애사당의 북놀이─

먹중 두 명이 하나는 북을 들고 다른 하나는 북채를 들고 굿거리 장단에 등장하여, 장내를 한 바퀴 돌며 북을 치려고 하면, 살짝 피하며 약을 올린다.

먹중 갑 : 쉬─이! 얘애, 어른(양반)이 법고를 치려고 하는데, 작살 맞은 뱀장어 모양 요리 빼긋 조리 빼끗 도망다닌다구? 니가

날 못 쫓아오는 거지.

먹중 을 : 아니, 이놈아! 내가 요리 빼꿋 조리 빼꿋 도망다닌다 구? 니가 날 못 쫓아오는 거지.

먹중 갑 : 애애, 그러지 말고 어디 번쩍 쳐들어 보아라. (북채를 쳐들면서)

먹중 을 : 번쩍 쳐들어 보라구. 자, 쳐들었다. (북을 높이 든다.)

먹중 갑 : 이놈아, 그건 높아서 어디 치겠느냐?

먹중 을 : 그럼 사다리 놓고 올라가서 쳐라.

먹중 갑 : 애애! 그러지 말고 북을 좀 내려라.

먹중 을 : 이젠 내려 달라구? 자, 아주 내려 놓았다. (북을 땅에 놓으며) 쳐 봐라.

먹중 갑 : 이놈아. 그건 너무 낮아서 어디 치겠느냐?

먹중 을 : 허허, 너무 낮다고? 낮으면 물구나무 서서 쳐라!

먹중 갑 : 이런 안갑할 녀석 봤나. (덤비려다 멈추고) 애애, 그러지 말고 어중간이 좀 들어라.

먹중 을 : 어중간이 좀 들라구? 자, 이 정도면 되었느냐?

먹중 갑 : 오냐, 이제 됐다. (북을 치려 하니, 또 피해 다닌다.) 아, 이놈 보게. 이놈이 자꾸만 슬슬 피해 다니니, 무슨 좋은 수가 없을까? (골똘이 생각하다가) 옳지! (무릎을 탁 치며) 너 이리 좀 오너라. (중앙으로 끌고 와서) 너 이놈, 여기 꿈쩍 말고 서 있거라! (북채로 먹중의 주위를 돌며 금을 긋는다.)

먹중 을 : 여기 꿈쩍 말고 서 있으라 말이지. 자, 섰다 어쩔테 냐?

먹중 갑 : 이 금 안에 꿈쩍 말고 있거라. 너 이놈, 이 금 밖에 나가면 개자식이다.

먹중 을 : 뭣이 어째! 이 금 밖에 나가면 개자식이라구?

먹중 갑 : 그래, 이 금 밖에 나가면 개자식이라 했다.

먹중 을 : 틀림없지.

먹중 갑 : 그래 틀림없다.

먹중 을 : 틀림없이 개자식이라고 했지? 허허허, 자, 여러분! (관중을 둘러보며) 여기 좀 보시요. 이놈이 제 입으로 분명히 이 금 밖에 나가면 개자식이라고 했는데, 지금 어느 놈이 금 밖에 나갔소?

먹중 갑 : 예끼! 이 안갑 할 녀석아! (하고 북채로 먹중 을의 얼굴을 탁 치면 장단이 나온다. 사방으로 피해 다닐 때 왜장녀가 궁둥이춤으로 등장한다. 왜장녀보고 북을 쳐 보라고 북채를 주니, 고개를 저으며 손가락으로 동그라미(돈)를 만들어 보인다. 허리 춤에서 엽전꾸러미를 꺼내 주며 북채를 주니, 받아 가지고 나가, 애사당을 데리고 나와 북채만을 애사당에게 넘겨 주며 북을 치게 한다. 애사당이 북채를 받아 쥐고 북의 둘레를 양채로 테를 따라 위에서 아래로 그려 내리고 나서, 한 장단에 한 번 치고 한 바퀴 돌아 또 한 번 치고, 반대 방향으로 돌아 한 장단에 한 번 치고 한 바퀴 돌아 한 번 치고. 반대 방향으로 돌아 한 장단에 두 번 치고 나서 계속 둥둥 친다. 북을 들고 있다가 북을 점차 내리니, 북채로 먹중 을의 이마를 탁 치면 북을 재빨리 올린다. 한 번 더 반복하여 칠 때 먹중 갑이 애사당의 북채를 나꿔 채면서)

먹중 갑 : 쉬—이! 애애, 니가 벗고[1] 친다고 해서 홀렁 벗고 치는 줄 알았더니, 그래 이게 벗고 치는 거냐? (하며 북채로 애사당 치마 밑을 들추려 하자, 주춤 물러나며 손으로 치마폭을 쓸어 내린다.) 치마·단속곳·속곳·몽주리[2] 껴입고 치는 게 벗고 치는

---

1) 법고 : 부처님 앞에서 치는 작은 북. 여기서는 옷을 '벗고'라는 말과 음이 비슷하므로 말장난을 하고 있음.

2) 몽주리 : 조선시대 궁중에서 기녀가 춤출 때 입던 옷. 보통 초록색 두루마기와 비슷한데 어깨와 가슴에 수를 놓고 붉은 띠를 매었음.

것이냐? 자, 내가 벗고 칠테니 봐라. (채로 장단을 불러 먹중 갑과 애사당, 먹중 을과 왜장녀가 어울려 춤을 추다 퇴장한다.)

제 6 과장 ―신주부의 침놀이―

굿거리장단에 팔먹중이 등장하여 춤을 추며 장내를 돌며 춤을 출 때, 그중 하나가 배를 움켜쥐고 가운데로 쓰러진다.

팔먹 갑 : 쉬―이! (들어가 살피며) 애가 왜 여기 쓰러졌지? (살펴보다가) 죽었나 봐.

팔먹 을 : 죽었어! 그럼 고택골[1]로 갔군!

팔먹 갑 : 그래, 밥숟갈 났다. 그러나 저러나 애가 대관절 누구냐!

팔먹 병 : 그야 들어가 봐야 알지.

팔먹 을 : 어디 그럼 내가 한 번 들어가 볼까? (들어가 쓰러진 팔먹 뒤쪽에 가서 머리를 두 손으로 잡고 쳐들어 확인한 후, 주위를 휘 둘러 보고 나서) 내 생질[2] 조카야! (하면서 제자리로 나온다.)

팔먹 병 : 니 생질 조카라고? (들어가 사지를 만져 보며) 몸둥이가 차디차구나. 쯔쯔! 애가 아까부터 팥죽을 많이 처먹더니만 꼭 찔렸나 보구나. (일어서면서 팔먹 갑을 향하여) 애애, 네가 아무래도 우리들 중에서는 아는 게 많아 그중 날 듯하니 들어가 봐라.

팔먹 갑 : 내가 그중 날 듯하니 들어가 보라구? (들어가 발로 툭툭 차면서) 애애, 일어나 일어나, 사지가 얼음장같이 차고 뻣뻣하구나. 맥이나 한번 봐야지. 애가 꼼짝달싹도 안 하는 걸 보니

---

1) 고택골 : 화장터가 있는 마을 이름.
2) 생질 : 누이의 아들.

암만해도 신맥[1]이 뚝 끊어졌구나.

팔먹 정 : 그 말도 어사한데[2] 그래 신맥을 어떻게 이어 주느냐?

팔먹 갑 : 신맥을 이어주는데는 신풀이로 백구타령이 제일이지.

팔먹 정 : 그럼 속히 해 봐라.

팔먹 갑 : 하! 그 녀석 급하긴 매우 급하구나. 돼지꼬리 잡고 순대국 달라겠다. 자, 그럼 백구타령으로 이어주는데. (노래장단이 나온다.)

백구야 훨 훨 날지 마라

너를 잡을 내 아니다.

성상이 버렸으매

너를 쫓아 예 왔노라.

나물 먹고 물 마시고

팔을 베고 누웠으니

대장부의 살림살이

이만하면 넉넉한가?

일촌 간장에 매진 설움은

부모님 생각뿐이로구나.

에라 만수—에라 대신이야

(장단에 맞춰 춤추며 두 손을 올리며 신을 높이는 시늉을 한다.)

팔먹 갑 : 쉬—이! (당황하며)— 어허! 백구타령이 아니라 아무것을 해도 소용 없구나. 내 재주로는 고칠 수 없으니, 무슨 좋은 수가 없겠나?

팔먹 정 : 좋은 수가 하나 있지. 요새 풍편에 들어 보니, 저 고개 너머 싸릿골에 신주부라는 용한 의원이 새로 오셨다는데, 모

---

1) 신맥 : 맥박.

2) 어사하다 : 근사하다.

셔다 맥이라도 보는게 어떻겠느냐?

팔먹 갑 : 그게 좋겠다. 그런데 싸릿골 신주부네는 어디로 가느냐?

팔먹 을 : 저쪽이다. (객석을 가리키자 그쪽으로 나간다.)

팔먹 정 : 애애, 그쪽으로 가면 개구멍이다. 이쪽으로 가거라.

팔먹 갑 : 허허허, 이 녀석들아. 이 늙은이를 만석중[1]이처럼 이리 가라 저리 가라 막 놀리는거냐? 자, 그럼 얼른 다녀오마. (입구쪽으로 와서 양손을 입에 대고) 신주부! 신주부!

신주부 : 누가 날 찾는 모양인데 (등장하며) 신주부, 신주부, 이웃집 강아지 부르는 듯하느냐? 그리고 내가 오주부지 어디 신주부인가?

팔먹 갑 : 모르시는 말씀 마시요. 용하게 병을 잘 고치는 의원님이 새로 오셨다고 해서, 모두들 신주부라고 모시는 거요.

신주부 : 새로 왔으니 신주부라! 하긴 그 말도 그럴 듯하군. 그런데 왜 날 찾아 왔소?

팔먹 갑 : 다름 아니라, 웬 놈이 산대도감 춤을 흐드러지게 추다가 흥에 겨웠는지 쓰러져 신맥이 뚝 끊어졌는데, 속히 가서 맥이라도 좀 봐 주시소.

신주부 : 허허, 오밤중에 신주부를 모시러 왔으면 하다 못해 강아지 새끼라도 데리고 와야 타고 갈게 아니요.

팔먹 갑 : (객석을 보며 방백한다.) 제미럴! 활개똥[2]을 쌀 놈 같으니라구. 사람이 다 죽어가는 급한 판국인데, 그런 걸 생각할 겨를이 어디 있어. 자 당신 정갱이말이라도 타고[3] 어서 가 봅시다. (신주부를 모시고 가운데로 나와서) 여기 애여요.(가리키며)

---

1) 만석중 : 인형극(만석중놀이)에 나오는 인형. 만석은 옛날 중의 이름.
2) 활개똥 : 몹시 힘차게 내깔기는 물찌똥.
3) 제 발로 걸음.

신주부 : 대관절 얘가 누구요?

팔먹 병 : 들어가 봐야 알지!

팔먹 을 : 어디 내가 한 번 들어가 볼까? (들어가 고개를 쳐들고 또 확인한 후) 내 외삼촌이요!

팔먹 갑 : 이 녀석아. 아까는 생질 조카라드니 별안간 외삼촌이 됐어?

신주부 : 그래 너희 놈의 집안은 참 무식한 놈의 집이로구나. 늬 집 촌수는 죽수방울[1] 촌수냐? 올라갔다 내려갔다 하게.

팔먹 을 : 내가 외삼촌이란 말인데, 급해서 말이 헛나와 그랬소.

팔먹 병 : 여보 신주부 양반, 사람이 죽느냐 사느냐 하는데, 왜 그러고 서 있오? 맥이라도 좀 짚어 보구려.

신주부 : 진맥을 해 보란 말이지. (앉아서 팔소매를 걷어 올리고 쓰러진 팔먹의 발목을 잡고 쳐들어 진맥을 한다.)

팔먹 갑 : 여보 신주부 양반, 다른 사람들은 맥을 볼 때 손목을 짚는데, 당신은 발목을 짚고 어쩌자는 거요?

신주부 : 허허 모르는 소리. 매사란 상하가 있는 법인데, 위에서 아래로 내려오면 못 쓰고, 아래에서 위로 치올라 가야 하는 법이야. 그러니까 맥을 보는데도 위에서 아래로 보는 상중하맥이 있고, 아래서 위로 보는 하중상맥이 있는데, 이것은 아래서 위로 보는 하중상맥일세.

팔먹 갑 : 하중상맥이라고요? 신주부양반, 그럼 사관이나 좀 터주슈.

신주부 : 사관? 사관을 어따 놓지?

팔먹 갑 : 여보슈. 그걸 알면 내가 놓지 의원을 불렀겠소.

신주부 : 그렇던가. (무색한 듯 쪼그리고 앉아, 허리춤에서 침

---

1) 죽수방울 : 올라갔다 내려갔다 함.

통을 꺼내 침을 머리에 문질러 손과 발에 사관을 놓는다.) 사관을 놔도 꿈쩍 안하는 걸 보니 이상한데, 옳지 아까 내가 아래서 봤길 망정이지 위에서 봤더라면 큰일날 뻔했구나!

팔먹 을 : 뭐가 어떻게 됐소?

신주부 : 아 그럼, 되다 마다 항문이 꽉 막혔어.

팔먹 을 : 그럼 무슨 좋은 수가 없소.

신주부 : 좋은 수가 있긴 하나 있지. 항문이 꽉 막힌 데는 황침[1])이 제일이지.

팔먹 병 : 황침! 황침이라면 이만한 게 아니요. (양손을 넓게 벌려 보이며)

신주부 : 암 그렇지, 이만하지. (양손을 넓혀 보임)

팔먹 정 : 그러나 저러나 신주부 양반, 황침을 놓으면 살겠소?

신주부 : 그야 둘 중 하나겠지.

팔먹 정 : 둘 중 하나라니?

신주부 : 죽기 아니면 살기지.

팔먹 갑 : 그럼 어서 황침인지 똥침인지, 죽든 살든 단판 씨름으로 한 대 놔 주오.

신주부 : 자 그럼 황침을 놓는데 죽든지 살든지 난 모르오! (머리에 쓴 건에서 황침을 뽑아 쓰러진 팔먹을 엎어 놓고 뒤에서 엉덩이를 향하여 두어 번 흔들다가 푹 쑤셔 넣는다. 깜짝 놀라 벌떡 일어나면 장단이 나오며 모두 흥겹게 춤추며 퇴장한다.)

---

1) 황침 : 침 가운데 가장 큰 침.

제10과장 ─샌님, 말뚝이─

말뚝이가 굿거리 장단에 맞춰 팔소매 있는 검정 등거리를 입고 채찍을 들고 앞장서서 뒷걸음으로 나오고, 그뒤 정자관[1]을 쓴 언챙이 샌님, 갓을 쓴 서방님, 복건을 쓴 도련님순으로 양반 까치걸음으로 나온다. 마당을 한 바퀴 돌며 말뚝이가 '샌님! 샌님! 허허! 샌님'하고 굿거리에 맞춰 부르면서 돌다가, 양반 셋이 잽이 반대편에 자리잡고 서서 부채질하며 중앙으로 춤추며 나온다.

샌님 : 말뚝아, 말뚝아, 야! 이놈 말뚝아─! (말뚝이는 알아듣고도 들은 척도 안하다가 샌님 옆에 다가가서)

말뚝이 : 에─잇! (장단이 멈춘다.) 말뚝이 대령이오! (채찍을 양손에 잡고 고개를 숙였다 쳐들며 대답한다.)

샌님 : 야라야히, 듣거라! 날이 저물었으니 사처[2]를 하나 정해라!

말뚝이 : 예─잇, 사처를 하나 정하랍신다. (채찍을 어깨에 걸쳐 메고 빈정대는 투로 말하며 앞쪽으로 걸어 나오면서) 제기럴 우리 집 샌님인지, 댄님인지, 졸님인지 하는 저런 녀석이 (힐끗 쳐다보며) 날 부르기를 말뚝아, 꼴뚝아, 메뚝아, 깍뚝아 하고 오뉴월 장마통에 나막신 찾듯[3]이 막 불러제키더니만, 겨우 사처를 하나 정하라구? (채찍을 내려 흔들며) 하기야 장님이 개천 나무라[4] 소용있나? 내가 제 집에서 종노릇 해먹고 사는 형편이니, 사

---

1) 정자관 : 말총으로 짜거나 떠서 만든 유생의 관. 위가 터지고 세 봉우리가 지게 두 층으로 되어 있음.
2) 사처 : 점잖은 손님이 객지에서 묵고 있는 집을 높이어 부르는 말.
3) 오뉴월 장마통에 나막신 찾듯 : 몹시 아쉬워서 찾는 모양.
4) 장님이 개천 나무라 : 제잘못은 모르고 남만 탓한다는 말.

처를 하나 정하는 수밖에 없지. 내 그럼 사처를 하나 정하는데!

(불림으로) 나비야 청산 가자 호랑나비야 너도 가자, 얼수 절수 얼수 절수! (채찍 중간을 잡고 앞으로 냈다 당겼다 하며 불림을 하고, 몸을 좌우로 비껴 뛰며 말뚝이 춤을 추다가 샌님 앞으로 여다지로 가서 팔 어깨 위로 넘기고 고개짓을 하다가, 양반 둘레를 한 바퀴 돌아 나와 반대편으로 가서 두 손을 입에 대고 의막사령을 부른다.)

말뚝이 : 의막사령! (장단이 멈춘다.) 의막사령!

쇠뚝이 : 어떤 제미럴 놈이 날 불러. (반장삼을 입고 괴춤을 넣으며 하품을 하며 기지개 켜며 등장한다.)

말뚝이 : 대낮에 뭘 하고 들어 앉았나?

쇠뚝이 : 내근[1]을 했지.

말뚝이 : 예끼 이 사람아. 괴춤도 안 빼고 내근을 해!

쇠뚝이 : 두 내외가 안에 들어 앉았으니 내근이지!

말뚝이 : 그렇든가. 그런데 자네 요새 드문드문하네 그려!

쇠뚝이 : 신홍사 지프래기 같으냐[2]?

말뚝이 : 중에 상투 같다.

쇠뚝이 : 싸립문에 입춘[3] 같구?

말뚝이 : 맛물 써래발[4] 같다.

쇠뚝이 : 여보게 농담은 그만두고 대체 무슨 일로 날 찾아왔나?

말뚝이 : 자네한테 청이 하나 있어 찾아왔네.

쇠뚝이 : 무슨 청인가? 뭐 달라는 소리만 말고는 다 들어 줌세.

말뚝이 : 여보게 이리 좀 와 보게. (쇠뚝이를 끌어 상전을 가리

---

1) 내근 : 성행위.
2) 신홍사 지프래기 : 새로 지은 절의 지푸라기. 매우 드물다는 뜻.
3) 싸립문에 입춘 : 격에 어울리지 않음.
4) 맛물 써래발 : 논에 물이 가득하여 써레질이 힘들다는 뜻.

키며) 저 건너편의 저것들을 좀 보게. 저것들이 우리집 상전일세. 저기 윗 입술이 쭉 째진 게 우리집 샌님이고 (샌님이 못마땅하다는 듯이 부채를 몹시 흔든다.) 그 다음 물건이 서방님이고, 끝에서 깝쭉깝쭉 까부는게 우리집 도련님일세. (역시 도련님이 부채질한다.) 그런데 저것들이 송파산대놀이 구경을 왔다가 날은 저물고 의지할 곳이 없어 사처를 하나 정하랍시는데, 내가 이 근처에서 다정한 친구라야 자네밖에 더 있나?

쇠뚝이 : 그야 그렇지!

말뚝이 : 그러니 사처를 하나 정해 주게.

쇠뚝이 : 오랜만에 다정한 친구가 찾아와서 부탁하는데 안 들어줄 수 있나. 그럼 내 사처를 하나 정해 봄세!

(불림으로) 원초 반초 반반초[1]. (둘이 대무를 하다가 쇠뚝이가 퇴장을 하니, 말뚝이 혼자 추다가 쇠뚝이가 등장하면)

말뚝이 : 쉬─이! 그래 사처를 정했느냐?

쇠뚝이 : 암, 정했지.

말뚝이 : 어따 정했느냐?

쇠뚝이 : 저 고개 너머 양지 바른 곳에 좌좌우향[2]으로 좌청룡 우백호한 명당자리가 있어 터를 널찍이 잡아 놓고… 여보게. 잠깐만 (한쪽으로 데리고 가서 귀에 대고 소근거리며 말뚝 박는 시늉, 깃 넣는 시늉, 문 여는 시늉을 하니 말뚝이도 따라서 한다. 이때 도련님은 샌님, 서방님을 건들며 수염도 잡아당기고 장난을 치다가 부채로 얻어 맞는다.)

말뚝이 : 아하하하─수고했네. (불림으로) 백수한산 심불로… (춤을 한바탕 추며 대무한다. 양반 셋은 부채를 펴 앞으로 숙였

---

1) 원초 반초 반반초 : 아무런 뜻이 없는 여음구.
2) 좌좌우향 : 좌방을 등지고 우방을 향함. 곧 정남방으로 향함.

다 들었다 하며 삼진삼퇴한다.)

샌님 : 야, 이놈 말뚝아! 말뚝아! 말뚝아!

말뚝이 : (서서히 다가가서) 예─잇! (장단 멈춘다.) 말뚝이 대령이오. (고개를 숙였다 쳐든다.)

샌님 : 사처를 정했느냐?

말뚝이 : 예─잇. 사처를 정했소.

샌님 : 어따 정했느냐?

말뚝이 : 저기 (가리키며) 저 고개 너머 양지 바른 곳에 좌좌우향으로 좌청룡 우백호한 명당자리가 있어 터를 널찍이 잡아 놓고, 토담을 뚜르르르 둘러 놓고 (손을 한 바퀴 둘러 보이며) 참나무로 깎아 만든 말뚝을 여기도 박고 (샌님 가랭이 밑에 박으니 깜짝 놀라 물러난다.) 여기도 박고 (서방님 앞에 박는다.) 저기도 박고 (도련님 앞에 박는다.) 듬성 듬성 박아 놓고, 우리 양반님네들 오뉴월 삼복지경에도 얼어 뒈지실까봐 깃을 두둑이 갖다 놓고 (들어 넣는 시늉), 문은… 문은… (문을 잡고 열려는 시늉을 하다가, 옆에서 거들어 주는 쇠뚝이를 힐끗 쳐다보며 서로 고개를 끄덕끄덕 한 다음) 하늘로 내어소! (양손을 위로 펴올린다.)

샌님 : 예끼 이놈. 그럼 돼지 우리가 아니냐!

말뚝이 : 영락없이 돼지우리죠! (장단이 나오면 모두 춤을 춘다. 한참 추다가 채찍을 들어 양반을 치며) 양반 돼지 나가신다. 두우두우! (하며 돼지 모는 흉내를 내며 퇴장한다.)

통영 오광대

통영은 현재 경남 충무를 말하며 오광대는 경상남도 지방에 두루 분포되어 있다. 오광대라는 명칭은 놀이 전체가 다섯 과장으로 구성되어 있기 때문이라는 설과 양반 과장에 나오는 다섯 양반광대, 즉 오광대에서 연유한다는 설 등이 있다. 어쨌든 오광대 놀이는 오광신장무, 다섯 문둥이, 다섯 양반 등 다섯과 관련된 내용이 많은 점이 특징이다.

통영 오광대는 병신춤인 문둥이춤, 비정상적인 다수의 양반들, 말뚝이 대사의 확대, 정체 확인 형식의 영노과장, 파계승을 잡아 먹는 내용의 축소, 할미 죽은 후의 독경과 상여소리, 담보를 잡아 먹는 사자를 포수가 총으로 쏘는 내용 등 해서 탈춤이나 산대놀이와는 다른 경남지방 가면극의 독자성과 향토성을 잘 보여준다.

〈줄거리〉

제1과장 : 문둥이가 풍악소리에 맞추어 춤을 추다가 그 흥에 겨워하며 자아도취에 빠진다.

제2과장 : 비정상적인 다수의 양반들과 말뚝이가 등장하여 서로가 더 양반임을 우기다가 양반이 말뚝이에게 승복해 버림으로 화해의 장을 열게 된다.

제3과장 : 자신이 속해 있는 양반이라는 계층에 대해 애착, 자긍심이 없고 현실에 안주하기만 하려는 양반의 모습을 비판한다.

제 4 과장 : 제대각시(양반의 애첩)의 등장으로 양반, 본처, 애첩
의 갈등이 시작되지만 애첩이 옥동자를 낳음으로써 양
반과 본처의 기쁨을 얻게 되며 양반, 본처, 애첩 간의
갈등이 해소된다.

제 5 과장 : (포수탈) 포수가 사자를 잡는 장면을 설명한다.

제2과장 —풍자탈[1]—

등장인물:

　홍백(紅白)탈: 반면(半面)은 홍(紅), 반면은 백(白).

　흑(黑)탈(검정탈): 반면은 흑(黑), 두발은 황다색(黃茶色).

　삐투르미탈: 면상(面上)의 균형이 없어 추하다.

　손님탈[2]: 곰보, 천연두흔(天然痘痕)이 전면(全面)을 차지.

　조리중[3]: 삭발에다 바랑을 지고 목탁을 가지고 있다.

　원양반: 면류관[4], 청사도포

　둘째양반: 관(冠), 청사도포

　말뚝이(馬夫): 평립(平笠), 말채찍

무대:

　제1과장과 동일함. 풍악소리 서서히 흐르며 막이 전개.

홍백탈 등장 (좌편에서)

　오른손에 접선(扇)을 펴들고 풍악에 맞추어 무대 전면(全面)을 선회하면서 춤을 춘다. 장단가락이 차차 높아짐에 따라 춤의 선율도 빨라진다.

흑탈 등장 (우편에서)

　양손에 아무 것도 쥐지 않고 홍백탈과 상반되어 무대 주위로 돌며 선무(旋舞)하다, 무대 중앙에 돌아와 마주 서서 가락[風樂]

---

1) 풍자탈: 다른 가면극의 양반과장에 해당함.
2) 손님탈: 손님은 무속의 손님마마를 말함. 천연두의 신.
3) 조리중: 실답지 못한 중.
4) 면류관: 원래 임금이 쓰던 관.

에 맞춘다.

삐투르미탈 등장 (좌편에서 이 광경을 바라보다가)

얼굴 비틀어지고 몸도 반신불구다. 무대 주위로 돌며 업치락 뒷치락 병신춤을 춘다. (홍백·흑탈 무대 중앙에서 함께 흥에 취해진다.) 한 바퀴 돌고, 무대 중앙으로 돌아서며 (홍백탈과 흑탈은 좌우편 주위로 나누어 장단에 맞춘다.) 웃웃자락을 헤치고 조그마한 거울을 내어 자신의 얼굴을 비추어 보며, 이만하면 그렇게 미남은 아닐지라도 과히 못나지는 아니 하였다는 자아 만족감을 표현하는 형태를 하며, 장단가락에 맞추어 병신춤을 춘다.

손님탈 등장 (우편에서)

죽지(竹枝)에다 '江西神司命'이라고 쓴 기폭(旗幅) (註:천연두 수호신의 부기(符旗)[1])를 어깨에 메고 유유히 무대 주위를 선회한다. 홍백탈·흑탈 마주 서서 합무(合舞). 삐투르미 무대 중앙에서 독자적인 자세.

조리중 등장 (좌편에서)

승락(僧冠) 쓰고 장삼을 두루고 목탁을 치며 요망스러운 행동으로 무대를 한 바퀴 속보로 선회하면서, 장단에 대응되게 한 번씩 춤을 추고 또 속보로 선회한다. 홍백·흑탈·손님(천연두)은 대략 동일한 자세로 풍악 장단 맞추고, 삐투르미와 조리중은 각자 특이한 자세를 취하여 적응하게 맞춘다.

둘째 양반 등장 (우편에서)

정자관을 쓰고 청사도포에 코 밑과 턱 아래 수염을 약간 가렸다. 오른손엔 접선(摺扇)[2], 왼손에 작지를 쥐고, 점잖은 자세를 취하며 서서히 무대 중앙으로 옮긴다. 홍백·흑탈·손님 좌편으로

---

1) 부기 : 부적이 되는 깃발.
2) 접선 : 쥘 부채.

삐투르미는 우편에 나누어져 장단가락에 호응하고, 조리중은 여전히 빠른 걸음으로 무대 주위를 돌면서 적절한 자세.

원양반 등장 (좌편에서)

  면류관을 쓰고 청사도포에 긴 수염을 가리고 큰 접선과 작지를 쥐고, 교만할 만치 점잖한 외형을 갖추고 무대 주위를 서서히 선회하다가 무대 중앙으로 나선다. 그외의 등장인물은 무대 주위로 밀려 나와 각자 적당한 위치에서 풍악에 맞춘다. 그대로 계속하다, 양팔을 벌려 무용을 중지시킴과 동시에 모두 퇴장, 풍악 함께 그친다.

  원양반 : 이미 나온 김에 말뚝이나 한 번 불러봐야지 (수염을 쓰다듬으며 긴 목소리로) 이놈 말뚝아—. (좌편에서 험상궂은 안면에 평양립을 쓰고 오른 손에 말채찍(馬鞭)을 들고 등장. 풍악 다시 흘러 가락에 맞추어 말뚝이 무대 주위를 선회하면서 춤을 춘다. 우뚝 원양반 앞에 바른 자세로 서면, 동시에 풍악 중지.)

  말뚝이 : 예—, 옳소. 화지근본(火之根本)은 수인씨(燧人氏)[1]라 어든 생원님께서 말뚝이를 부르시오니 말뚝이 문안이오. (두 손을 모아 읍을 공손히 함.)

  원양반 : (교만할 정도로 점잖은 체하며 재담조로) 소년당상[2] (少年堂上) 애기 도령님은 좌우로 벌려 서서 소 잡아 북 메고, 말 잡아 장고 메고, 개 잡아 소고 메고, 안성맞침 깽수[3] 치고, 운

---

1) 수인씨 : 불의 근본은 수인씨. 전설적 인물로 복희씨 이전의 사람인데, 불을 쓰는 법과 식물의 조리법을 전했다고 함.
2) 소년당상 : 젊은 당상관을 비유하는 말. 당상관은 조선시대 정3품이상의 높은 벼슬아치.
3) 안성맞침 깽수 : 경기도 안성에 주문하여 만든 꽹과리. 어떤 물건이 마음에 딱 들어맞을 때 '안성마춤'이라고 함.

봉내기 징[1] 치고, 술 거루고, 떡 치고, 홍문연 높은 잔치, 항장이 칼춤 출 때 이내 몸은 흔글한글하여 석탑에 비겨 앉아 고금사(古今事)를 곰곰 생각할 때, 이런 제 할미 붙고 홍각대명[2]을 우쭌우쭌 갈 놈들이 양반의 칠륭[3] 뒤에 웅모갱갱[4]하는 소리 양반이 잠을 이루지 못하여 이미 금란차(禁亂次)[5]로 나온 김에 말뚝이나 한번 불러보자. 이놈 말뚝아, 말뚝아― (원양반·말뚝이 춤·풍악 계속하다 그침.)

말뚝이 : (공손히 읍하고 일어서며) 예―이―, 예―옳소. (재담조로) 동정(洞庭)은 가을 가고[6] 천봉만학(千峰萬壑)[7]은 그림을 그려 있고, 양류천만사 각유춘풍(楊柳千萬絲 各有春風) 자랑하고 탐화봉접(探花蜂蝶)[8]은 춘악(春樂)에 하늘하늘 별유요, 능노군(能魯軍)[9]이 열다섯이오, 좌우청(左右廳) 양사(兩司)[10]요, 부관사(副官司)요, 왜사(倭司)요, 하동문(下東門)안 관유사(官有司) 들어 잡아 다 해 먹고, 그것은 고사하고 우리집 둘째 양반은 서파(庶派)에서 나고[11], 셋째 양반은 수원백씨(水原白氏)가 아버지요 또 한편은 남양홍씨(南陽洪氏)가 아버지요[12], 넷째 양반은 혹

---

1) 운봉내기 징 : 전라북도 남원군 운봉면에서 생산되는 징.
2) 홍각대명 : 경각(당장)에 담양을 갈 놈들.
3) 칠륭 : 철륭의 사투리. 영·호남 지방에서는 집 뒤꼍의 나무 밑에 묻어 철륭대감으로 모시는 단지를 철륭단지라 한다. 철륭대감은 대추나무에 있다는 귀신으로 대단히 무섭고 영험이 있다고 함.
4) 웅모갱갱 : 박자가 잘 짜인 농악소리.
5) 금란차 : 법령을 어기거나 어지럽히지 못하게 막음.
6) 가을 가고 : 광활하고.
7) 천봉만학 : 수많은 산봉우리와 골짜기.
8) 탐화봉접 : 꽃을 찾아다니는 벌과 나비.
9) 능노군 : 노를 잘 젓는 사람.
10) 좌우청 양사 : 좌포도청과 우포도청. 양사는 사헌부와 사간원.
11) 서파에서 나고 : 서자라는 뜻.
12) 홍백탈 양반의 얼굴이 반쪽은 홍색이고, 반쪽은 백색이므로 이와 같이 말함.

국(黑國)놈이 아버지요, 다섯째 양반은 아버지가 풍기[1]가 심하여 사지가 비틀어졌고, 여섯째 양반은 강남 손님이 아버지요[2], 일곱째 양반은 보살의 소출이라. 이것 저것 다 버리고 나 하나이 양반이라. 네 가문을 들어 보니 우리 가문을 똘똘 뭉쳐도 네 하나를 못 당하겠다. 그러나 이것 저것 다 버려 두고 흥미대로 한 번 놀아 보자.

전원등장 : (3박자에 맞추어 각자 적당한 위치와 특이한 자기 자세를 취하여 무대 주위 또는 중앙을 선회하면서, 한바탕 춤 풍악 가락 절정에 올랐다 서서히 흐른다.)

제 4 장 ─농창탈[3]─

등장인물 :
  제자각시 : 20세 가량의 창녀, 양반의 첩.
  상좌중(上佐) : 15세의 소동(小童).
  활량 : 20세 정도의 놈팽이.
  둘째양반 : 50세 가량의 소지주(小地主).
  할미 : 둘째양반의 본처. 55세 가량.
  할미양반 : 할미의 남편.
  끝돌이 : 둘째양반의 하인.
  장님 : 50세 가량의 판수[4].

제자각시 등장

---

1) 풍기 : 중풍 기운.
2) 손님탈의 얼굴이 곰보인 것에 대한 설명으로 천연두의 신인 손님마마로 인하여 곰보가 되었음을 말함.
3) 다른 가면극의 파계승과장과 영감 할미과장이 합쳐진 내용.
4) 판수 : 점치는 것을 업으로 삼는 노경.

무대 우편에서 머리에 고깔(花笠)을 쓰고 반호장 저고리[1]에 분홍치마를 입었다. 오른손에 백건(白巾)을 들고 무대 중앙으로 서서히 나오면, 이에 따라 풍악 장단 3박자로 흐른다. 장단에 맞추어 제자각시 춤을 춘다.

상좌중(小僧) 등장

그렇게 화려하지 못한 고깔에다 승복을 입었다. 염주를 걸고 무대 우편에서 서서히 등장하여, 제자각시 있는 무대 중앙에 나와 제자각시를 중심하여 좌우로 갈리어서, 장단에 맞추어 춤을 추며 제자각시를 농락한다. 제자각시 이에 호응하여 농을 받으며 함께 일단이 되어 흥에 취해진다. (한참 동안 계속)

활량 등장

무대 좌편에서 속보[2]로 중앙에 진출하여 상좌중을 쫓는다. 상좌중 불의의 침입자에 놀래어 무대 우편으로 사라진다. 활량 득의만면(得意滿面)하여 제자각시 어깨에 손을 얹고 희롱하며 풍악에 맞추어 춤을 춘다. 제자각시 이에 맞추어 피차 손을 잡고 합무. 주로 무대 중앙에서 남녀 요염한 모습을 취하며 한참 동안 계속된다.

둘째양반 등장

청사도포에 갓을 쓰고 한 손에 접선 또 한 손에는 작지, 수염을 길게 내리고, 무대 좌편에서 등장, 제자각시와 활량은 무대 우편으로 도망하고 제자각시 그 자리에서 당황한 표정을 한다.

곧 요염한 미태(媚態)를 보이자, 둘째양반 웃음을 띄우며 이에 호응하여 손을 서로 잡고 장단에 맞추어 춤을 춘다. 둘째양반 소실의 아양에 혼미되어 어깨를 어루만지다 얼굴을 쓰다듬으며 회

---

1) 반호장 저고리 : 자주빛이나 남빛의 헝겊으로 깃, 끝동, 고름만을 꾸미어 만든 저고리.
2) 속보 : 빠른 걸음.

롱하는 장면 한참 동안 계속.

할미 등장

몽당치마에 허리통을 내어놓고 있다. 초리(草履)[1]를 신고 얼굴은 아주 쭈굴쭈굴하며 머리에는 백건(白巾)을 썼다. 무대 우편에서 아주 당황한 걸음으로 나와 엉덩이를 흔들며, 무대 주위를 돌며 본부[2]인 둘째양반을 찾고 있다. 특이한 걸음으로 풍악에 맞추어 허리를 우쭐거린다. 무대 중앙에는 둘째양반과 제자각시 대좌하여 술상을 앞에 놓고 흥에 취하고, 할미는 산신에 고사하는 상을 차려 놓고 본부인 둘째양반 돌아오기를 비는 치성을 올린다. 허리통이 쑥 빠진 모습으로 계속하여 합장배례를 한다. 둘째양반 희롱을 그치고 시장에 가서 제자각시께 선물할 옷과 반찬거리를 사러 갈 차림을 하려고 끝돌이를 부른다. (풍악 중지)

둘째양반 : 이애 끝돌아.(끝돌이 대답이 없자 더욱 화가 나서 고성으로) 이애 끝돌아, 끝돌아—.

끝돌이 : (무대 좌편에서 방정맞은 걸음으로 나온다. 몽당 바지에 허리통이 나왔으며, 저고리도 아주 짤막하다. 머리에 수건을 질끈 매고 줄걸음으로 주인 둘째양반 앞에 나와 허리를 굽신하며) 예—생원님 부르셨습니까?

둘째양반 : 이놈아! 뭣을 했건데, 목이 터지도록 불러도 대답이 없나? 요 망칙한 놈아. (사이) 내 장에 갔다 올테니 빨리 차림해. (끝돌이 허리를 굽신하여 봐가면서 무대 좌편으로 사라진다. 다시 망태를 어깨에 걸고 나와 둘째양반에게 전해준다. 둘째양반 망태를 받아서 등에 걸머지고 장으로 가려고 일어서며, 다시 제자각시를 한번 애무하고 뒤를 돌아보며 천천히 무대 우편으로 사라진다. 제자각시 요염한 태도를 취하여 손에 백건을 흔들며 이

---

1) 초리 : 짚신.
2) 본부 : 본남편.

를 전송한다. 끝돌이 눈을 흘기며 원망스러운 표정을 짓는다.)
(사이)

놀량패[1] 일동 등장

(둘째양반 퇴장을 기다린 듯이 무대 좌우편에서 놈팽이들 함께 제자각시를 중심하여 몰려 들어옴과 동시 풍악 다시 계속 하고 일동 함께 제자각시를 둘러싸고 몸에 취해진다. 제자각시 분위기에 호응하여 춤을 추며 할미는 그대로 치성을 드리고 있다. 끝돌이도 함께 놀량패에 합세되어 있다. 박자에 맞추어 당분간 그대로 계속.)

둘째양반 등장

(무대 좌편에서 시장에서 돌아오는 모습. 망태에는 옷감과 반찬 등 들어 있다. 꽤 피로한 표정으로 서서히 나오다, 제자각시의 부정한 태도를 목격하고 매우 격분하여 단장을 휘두르며 놀량패에 덤벼든다. 놀량패 좌우 무대쪽으로 분산 도망한다. 풍악 중단되고 끝돌이는 양반 앞에서 고개를 푹 숙이고 와들와들 떨고 섰다.)

할미 : 이제 우리 영감을 만나게 해 주시겠지…. (허리춤을 우쭐거리며 동당걸음으로 영감을 부른다.) 영감아― 우리 영감아―
(무대 중앙에서 제자각시 둘째양반에게 갖은 아양을 다 부려도 격분은 풀리지 않고, 새삼 본처 할미가 그리워서 본처 할멈을 찾으려고 각시를 뿌리치고 일어선다.)

둘째양반 : 소실이란 할 수 없군. 이놈도, 저놈도 다 붙어 먹고 못 믿을 건 소첩이라. 아무래도 귀밑머리 함께 풀고 파뿌리가 되도록 가약한 우리 할멈이 무엇보담 제일 좋아… 우리 할멈은 어디 갔을까? (혼자 중얼거리며 무대 정전면(正前面)으로 작지를

---

1) 놀량패 : 난봉꾼, 동네 오입장이, 바람둥이.

짚고 나선다. 끝돌이 무대 후면으로 사라지고. 제자각시 그대로 주저앉아 머리만 숙이고 있다. 할미와 둘째양반 서로 반대되는 방향으로 돌고 서로 부른다.)

할미 : 영감아―. 우리 영감아―.

둘째양반 : 할멈아―. 할멈아―. 이 양귀비보다 더 예쁜 우리 할멈아―. (상반하여 무대 주위를 선회하며 피차 영감·할멈을 부르며, 특이한 자세를 취하며 반무(半舞), 반보(半步)를 하고 있다.)

할미 : 영감아―. 영감아―.

둘째양반 : 할멈아―. 할멈아―. (서로 귀를 기울여 어디서 들릴 듯도 한 영감·할멈 부르는 소리 나는 쪽으로 접근하다 서로 대하게 되므로 반가워 하며 서로 안는다.)

할미 : 아이구, 영감아, 영감아, 우리 영감아, 어디 갔다 왔소. 아이 아이 옥황상제·부처님·미륵님·산신님이 도우셔서, 요렇게 잘난 우리 영감을 만나게 했구나.

둘째양반 : 아이구, 할멈아, 할멈아, 춘향이보다 더 예쁜 우리 할멈아―, 요리 봐도 내 할멈 조리 봐도 내 할멈, 아이구 할멈아. (부둥켜 안고 희열을 금치 못한다. 무대 중앙에서 제자각시 쓰러진다. 신음하는 소리. 둘째양반·할미 놀래서 제자각시 옆에 나아가 어찌 할 바를 몰라 당황한다.)

제자각시 : 아이구 배야. 아이구 배야. 뱃속에서 어린애가 요동을 한다. 아이구 배야 배야. (엎치락 뒤치락 신음하며 고통을 못 참는다.)

둘째양반 : (둘째양반 제자각시를 껴안으며) 부정[1]을 탄 모양이다. 빨리 부정을 벗겨야지. 판수를 불러야지. 이놈 끝돌아, 끝돌아 (끝돌이 옆에 와 무언(無言)으로 서서 주인의 분부를 대령

---

1) 부정 : 꺼려서 피할 때에 생기는 사람이 죽거나 하는 불길한 일.

한다.) 끝돌아, 빨리 가 판수를 불러 오라. 부정을 벗겨야겠다. (끝돌이 허리를 굽신하고 물러간다. 사이) (무대 우편에서 끝돌이 판수를 이끌고 등장. 판수 때 묻은 주의(周衣)[1]에 갓을 쓰고 단장을 더듬더듬 소고를 메고 환자 옆으로 접근한다. 할미, 소반에다 정화수를 갈아 놓고 둘째양반 판수에게 자리를 양보한다. 판수, 북을 뚜다리며 경문을 음송하며 부정을 치기 시작하고, 할미 둘째양반 정화수 소반을 향해 허리를 굽신굽신 절을 한다. 제자각시 여전히 신음한다. 그대로 계속 하다 제자각시 옥동자를 해산한다. 둘째양반·할미 희색이 만면하여 아이를 안고 귀여워 얼러댄다. 판수·끝돌이 퇴장하고 제자각시는 그대로 누워 있고, 할미·둘째양반 어린아이를 번갈아 안고 풍악 흐름과 함께 춤을 추며 얼러댄다. 풍악 차차 고조됨에 따라 할미 엉덩이를 흔들고 둘째양반 고조의 흥에 달한다. 한참 동안 계속한다.[2]

---

1) 주의 : 두루마기.
2) 다른 채록본에서는 이 뒤에 제자각시가 할미를 밀어 할미가 죽고 상여꾼들이 상여를 내가며 상여소리를 함.

꼭두각시놀음

〈지역적 분포〉

주로 남사당패와 같은 유랑예인 집단에 의해 공연되었기 때문에 특별한 지역에 한정되지 않고 여러 지역에서 전승되었다고 볼 수 있다. 그리고 꼭 유랑예인 집단만이 아니라 부락 주민들에 의해서도 공연되었다. 이는 유랑예인 집단의 일부가 여러 지역에 정착하여 향인 광대가 되었거나 유랑생활을 계속한 집단들이 여러 지역에 놀이를 보급한 결과라고 추측된다.

〈구성〉

꼭두각시놀음은 몇 개의 과장(거리)으로 구성되어 있다. 그리고 각 장면은 서로 유기적인 연결성이 없는 독립적인 내용이다. 그러나 박첨지 놀이에서와 같이 박첨지가 여러 과장에 걸쳐 계속 등장하여 극의 해설자 역할을 하며 각 장면을 연결하는데 이러한 일정한 주인공이 존재함으로써 극의 통일성을 조성하고 있다.

〈대상의 특징〉

가면극과 마찬가지로 사투리, 비속어, 은어 등을 많이 쓴다. 그러나 꼭두각시놀음은 특수 집단에 의해 공연되기 때문에 은어가

자주 사용되며 가면극의 대사보다 비속하거나 상하관계를 무시한
내용이 많다.

〈**사회·역사적 의의**〉

가면극과 마찬가지로 중과 양반을 풍자하고 모든 권위를 우습
게 알며 성적 금기도 여지없이 깨진다. 꼭두각시놀음의 내용에서
성의식의 개방적인 성장과 풍요와 다산을 기원하는 의식을 느끼
게 한다.

꼭두각시놀음

꼭두각시놀음은 크게 박첨지 마당과 평양감사 마당으로 나누어지는데 여기서는 박첨지 마당만 싣도록 하겠다.

채록자 : 심우성
⟨대본⟩
1. 박첨지 마당

첫째　박첨지 유담거리

대잡이[1] : (안에서) 어허허 아헤헤

산받이[2] : 어허허 아 헤헤.

박첨지[3] : (唱) 떼이루, 떼이루, 띠어라, 따, 떼이루 떼이루 떼이루 야하.

산받이 : (唱) 떼이루, 떼이루, 띠어라, 따 떼이루 떼이루 떼이루 야하.

박첨지 : 떼이루 떼이루 떼이루 야하, 떼어해 띠어라 따 떼이루 떼이루 떼이루 야하.

산받이 : 떼이루 떼이루 떼이루 야하, 떼어헤 띠어라 따 떼이루 떼이루 떼이루 야하.

---

1) 대잡이 : 꼭두각시놀음의 포장막 안에서 인형을 조정하는 사람.
2) 산받이 : 꼭두각시놀음의 포장막 밖에서 대잡이와 대화를 주고받는 사람.
3) 박첨지 : 꼭두각시놀음의 주역 인형으로 극 진행상의 해설자. 예전에는 꼭두각시놀음을 '박첨지극'이라고도 했다.

대잡이 : (안에서 구음 무용곡) 나이니 나이니 나이니 나이나, 나이나 나이나 나이나 나이나. (박첨지의 춤)

박첨지 : (춤 멈추고) 에이헤헤 에헤헤.

산받이 : 에이헤헤 아헤헤.

박첨지 : 어흠, 어흠, 아따 아닌 밤중 가운데 사람이 많이 모였구나.

산받이 : 아닌 밤중 가운데 사람이야 많건 적건 웬 영감이 남의 놀음처에 난가히 떠드시오.

박첨지 : 날더러 웬 영감이 난가히 떠드느냐구?

산받이 : 그려.

박첨지 : 허허허 내가 웬 영감이 아니라, 내가 살기는 저 웃녘 산다.

산받이 : 저 웃녘 산다는 걸 보니 한양 근처에 사는가 보네.

박첨지 : 아따 그 사람 알기는 오뉴월 똥파리[1]처럼 무던히 아는 척하는구려.

산받이 : 알 만하지. 한양으로 일러도 8문안에 억만 가구가 다 영감네 집이란 말이여.

박첨지 : 아하 여보게, 한양으로 일러도 8문 안에 억만 가구가 다 내 집일 리가 있겠느가, 내 사는 곳을 저저히 일러줄 터이니 들어보게.

저 남대문 안에 썩 들어갔것다. 1관헌, 2목골, 3청동, 사직(社稷)골, 5관헌, 6조앞, 7관헌, 8각재, 구리개, 십자가, 갱병들이, 만리재, 낙양장터, 이화장터, 호리대 골목을 다 제쳐 놓고 아랫벽동 웃벽동 다 제쳐놓고 가운데 벽동[2] 사는 박한량 박주사라면 세

---

1) 오뉴월 똥파리 : 몹시 성가시게 구는 사람.
2) 벽동 : 현재의 종로구에 걸쳐 있던 마을.

상에 모르는 사람 빼놓고는 다 안다.

산받이 : 여보 영감 아랫벽동 웃벽동 다 제쳐 놓고 가운데 벽동 사는 박한량 박주사라면 세상에 모르는 사람 빼놓고는 다 안단 말이요, 여보 영감 그게 다 입으로 일르는 말이요.

박첨지 : 그럼 너는 똥구멍으로 말하나?

산받이 : 그럼 여긴 무슨 사(事)로 나왔소.

박첨지 : 여보게, 내가 무슨 사가 아니여, 나도 부모 슬하에 글자나 배우고 호의호식하다가 부모님 돌아가셔 선산 발치 뫼셔 놓고 고사당에 하직하고 신사당에 허례[1]하고 발뒷굼치로 문을 닫고 마당 가운데 시기를 두고[2] 팔도강산 유람차로 나왔네.

산받이 : 팔도강산 유람차로 나왔으면 어디어디 다녔단 말씀이요.

박첨지 : 아 어디어디 다닌 걸 일러 달라고.

산받이 : 그려.

박첨지 : 아따 그 사람 똑히도 알려구 하네.

산받이 : 알라면 똑똑히 알아야지.

박첨지 : 내 그럼 다닌 곳을 똑똑히 일러 줄게 들어봐라. 남대문 밖을 으씩 나섰구나, 칠패[3], 팔패, 청패[4], 배달이[5], 여우 개고개[6], 신방뜰[7], 남태령을[8] 썩 넘어서니 갈 곳이 망연쿠나.

〈唱〉 죽장 짚고 망혜 신어라 천리강산을 구경가자, 전라도라

1) 허례 : 정성이 없이 겉만 꾸미는 예절.
2) 시기를 두고 : 집을 떠나기에 앞서 섭섭해서 "눈길을 주었다"는 뜻.
3) 칠패 : 패는 요즈음의 통에 해당하는 행정구역. 현 서울 중림동부근.
4) 청패 : 서울 용산구 청파동 일대. 청파에 말을 바꾸어 타는 역이 있었음.
5) 배달이 : 배다리. 청파동 근처의 다리.
6) 여우개고개 : 아야고개(애고개).
7) 신반 : 승방.
8) 남태령 : 동작동에서 과천으로 가는 길에 있는 고개.

지리산이면 하동 섬진강 구경하고, 경상도라 태백산이면 상주 낙동강 구경하고, 강원도라 금강산이면 1만2천봉 구경하고, 함경도라 백두산이면 두만강수를 구경하고, 평안도라 묘향산이면 청천강수를 구경하고, 황해도라 구월산이면 성지 불상을 구경하고, 충청도라 계룡산이면 공주 금강을 구경하고, 경기도라 삼각산이면 파주 임진강 구경하고, 그런 구경을 모두 다할려면 몇 날이 될 줄을 모르겠네.

산받이 : 아 여보 영감 뭐 어디어디 다녔나 일러 보라고 했지, 누가 소리하라고 했나.

박첨지 : 어허 참 그렇군, 늙으면 죽기 마련 잘했지. 아하 여보게 팔도강산을 낱낱이 다니다가 천산은 조비절이오 만경은 인적멸하니[1], 늙은 사람이 눈 어둡고 다리 아프고 길 갈 수가 있던가. 아 그래 저 건너 여인숙에 들어가 진지 한상 차려 잡숫고 목침을 돋베우고 가래침을 곤돌리고 길다란 담뱃대 불다려 물고 가만히 누웠노라니까, 어디서 뚱뚱 소리가 나고 그저 어린아이들은 이리 가도 수근수근 저리 가도 재잘재잘하여 그래 내 한번 아이들한테 물어 봤지.

산받이 : 여보 영감 남의 애를 물었으면 아프다고 하지 않어.

박첨지 : 야, 야 이 미련한 사람아, 내가 남의 애기를 아 하고 입으로 문 게 아니여, 말로 물어봤단 말이어.

산받이 : 난 또 입으로 물었다는 줄 알았지.

박첨지 : 그러니까 그 애들 하는 말 좀 들어 보게, 늙은 영감이 종일 길이나 오셨으면 잠이나 쳐 자빠져 잘 것이지 다급에도 참여 서급에도 참여[2], 에이 심한 개 영감이라고 하잖나, 그래 내가

---

1) 산에는 새가 날지 않으며 모든 길에는 사람의 발자취가 끊어졌다는 뜻으로 황혼 무렵의 풍경.
2) 아무일에나 참견한다.

노염이 더럭 났지. 그래 내 한 번 나무랬지.

산받이 : 뭐라고 나무랬나?

박첨지 : 유식하게 나무랬네.

산받이 : 어떻게?

박첨지 : 아 나도 한강수 거슬러 떠먹는 박한량 박영감으로 남의 애를 욕할 때 유식하게 했겠지 무식하게 했겠나.

산받이 : 그래 어찌어찌 나무랬나?

박첨지 : 애, 애, 이놈들아, 네 애비 똥구멍하고 니 에미 똥구멍하고 딱 붙이면 양장구통이 될 놈아, 그랬지. 허허허.

산받이 : 거 참 점잖게 나무랬네.

박첨지 : 허허 그랬더니 어린애들 하는 말 좀 들어봐, 영감이 노여워하실 줄 알았으면 진작 일러 드릴 걸 그랬습니다 그려, 그려.

산받이 : 그래서?

박첨지 : 그 무얼 그러느냐고 하니까, 아 저 서울 꼭두패[1]가 와 노는데 구경이 좋으니 갈려면 가십시다. 아 그래서 내 구경을 나왔네.

산받이 : 아 영감 구경을 나왔으면 그냥 나오진 않았을 거고 돈 갖고 나왔겠지요.

박첨지 : 여보게. 거 무슨 소리여, 항차 시골에 계신 양반도 뒷간 출입을 할려면 엽전 7푼을 가지고 가는데, 적어도 한강물 거슬러 떠먹는 박영감으로 남의 노름처에 나올 때 돈을 안가지고 나왔것나.

산받이 : 그럼 얼마 가지고 나왔나?

박첨지 : 얼마?

산받이 : 얼마.

---

1) 꼭두패 : 꼭두각시놀음을 노는 패거리.

박첨지 : (唱) 얼마 얼마 얼마 얼마, 돈을 얼마를 가지고 왔느냐? 잔뜩 칠푼 가지고 나왔네.

산받이 : 돈 칠푼을 가져다 어디어디다 썼나?

박첨지 : 돈 칠푼을 가져다 굿마당에 부닥티려 놓고 율속을 내려다보니 어여쁜 미동 애들은 장장 군복에 소란쾌자 남전대 때를 띠고 오락가락하는구나. 아 그래 겉은 내가 늙었어도 마음조차 늙었겠느냐. 아까 장구 치는 사람 돈 만 냥 주고 꽹매기 치는 사람 만 냥 주고 친구 만나 술잔 먹고 흙 쓰듯 물 쓰듯 창창 용지에 다 쓰고, 오줌이 마려워 한쪽 구뎅이에 가서 오줌을 누려니까 한쪽 주머니가 묵지근하여, 무언가 하고 꺼내서 헤어 보니 본전 돈은 칠푼인데 얼마나 늘었나 보니 삼칠은 이십일 이십일만 냥이 늘었구나.

산받이 : 아 여보 영감 본전은 칠푼인데 웬 돈이 그렇게 늘어, 영감 돈 쓰러 나온 게 아니라 이곳 손님들 주머니 털러 나온 게 아니여.

박첨지 : 뭐, 뭐 아 이놈아 그걸 말이라고 해, 이 사람이 늙은이 오라를 씨울려는구나.

산받이 : 아 그러면 웬 돈이 그렇게 늘었소?

박첨지 : 여보게, 자네가 미련하여 돈 늘고 주는 속을 몰라. 천지하강하고 지지생진하여 나는 짐승 알을 낳고 기는 짐승 새끼치고 이화도화 만발할 제, 자네나 내가 돈이 늘어야 먹고 살지 한 푼이 한 푼대로 있으면 무얼 먹고 살겠어.

산받이 : 거 입으로 하는 말이여.

박첨지 : 허 자넨 똥구멍으로 말하나?

산받이 : 난 똥구멍으로 말한다.

박첨지 : 아하 여보게 이건 모두 놀음판에 몬지담[1]이렸다.

---

1) 몬지담 : 재담(재미있는 이야기)이라는 뜻의 은어.

산받이 : 허 재담이란 말인지.

박첨지 : 나 잠깐 들어갔다 오겠네.

산받이 : 그러시오.

둘째 피조리거리

박첨지 : 아하, 여보게 내 집에 들어갔더니 우리 두 살 반 먹은 딸애기와 세 살 반 먹은 며늘애기 있지 않은가, 아 요것들이 꽃바구니를 사달라네 그려.

산받이 : 여보 영감, 두 살이면 두 살이고 세 살이면 세 살이지 반 살이 웬거요.

박첨지 : 거 모르는 소리, 그건 윤달이 껴서 그러네.

산받이 : 그래서?

박첨지 : 꽃바구니는 무얼 할래 하니까 나물 뜯어다 아버님 진지상에 놓아 드릴 겁니다. 그러더니 요것들이 뒷산 상좌중하고 오르락내리락하더니 아 부시럼이 났다네 그려.

산받이 : 아 정이 들었단 말이지, 그래서.

박첨지 : 요것들이 춤추러 나온다네.

산받이 : 나오라고 그러게.

(박첨지 들어가고 피조리 상좌 나와 춤춘다.)

대잡이 : (안에서)니나니 난실 나니네 난실, 니나니 난실, 나니네 난실.

(홍동지 나와 모두 내쫓고 홍동지도 들어가면 박첨지 다시 나와)

박첨지 : 아 여보게 거 우리 두 살 반 먹은 딸하고 세 살 반 먹은 며늘애기하고 뒷절 상좌중하고 춤 잘 추던가.

산받이 : 춤은 잘 추데만 웬 발가벗은 놈이 나와서 휘 휘 두르

니 다 쫓겨 들어갔네.

박첨지 : 뭐, 뭐 그 망할 자식이 또 나왔나 보네.

산받이 : 그게 누구여?

박첨지 : 우리 사촌 조카여.

산받이 : 저런 망할 영감, 사촌 동생이면 동생이지 사촌 조카가 어디 있어.

박첨지 : 아 사촌 조카는 없나, 아 누님의 아들이 누구여.

산받이 : 누님의 아들이면 생질 조카지 누구여.

박첨지 : 생질 조카, 난 사촌 조카라구, 허, 허, 허, 그놈 들어가서 좀 때려 줘야겠네.

(박첨지 잠시 들어갔다 나와서)

박첨지 : 여보게, 아 그놈을 내 들어가서 종아리를 때렸더니 아이고 할아버지 다시는 안 그럴래요, 하고 빌지 않어.

산받이 : 아 저런 망할 영감, 생질 조카는 뭐고 할아버지는 뭐여.

박첨지 : 아 참 그러네 그려, 내 잠깐 들어갔다 오겠네.

셋째 꼭두각시거리

박첨지 : 아 여보게 한상 놀세.

산받이 : 그러세.

박첨지 : 자네 우리 마누라 못 봤나.

산받이 : 봤지, 며칠 전에 맨발로 옷도 남루하게 입고 가는 것을 보았소.

박첨지 : 그게 정말인가.

산받이 : 정말이고 말고 저 산모퉁이로 울면서 가는 것을 보았네. 불쌍해서 못 보겠대.

박첨지: 여보게 내가 우리 마누라 나간 지가 수삼 년이 되어 우리 마누라를 찾으려고 방방곡곡 면면촌촌 참빗새새 다 찾아다녀도 마누라를 못 보겠네. 혹시 이런 데 없나 내 한 번 불러 보겠네.

산받이: 어디 불러 보게.

박첨지: 그럼 불러 보겠네. (唱) 여보 할멈 할멈

꼭두각시: (唱) 여보 영감 영감.

(꼭두각시 나와서)

꼭두각시: (唱) 영감을 찾으려고 일원산 가 하루 찾고, 이 강경에 이틀 찾고, 삼포주에 가 사흘 찾고, 사법성가 나흘 찾고, 오 강화에 닷새를 찾아도 영감 소식을 몰랐는데, 어디서 영감 소리가 나는 듯 나는 듯하구려. 여보, 영감, 영감.

박첨지: (唱) 저리 저리 절시구 지화자 절시구 거기 누가 날 찾나. 거기 누가 날 찾나. 날 찾을 이 없건만은 거기 누가 날 찾나. 지경성지[1] 이태백이 술을 먹자고 날 찾나. 거기 누가 날 찾나. 거기 누가 날 찾나. 상산사호 네 노인이 바둑을 두자고 날 찾나. 날 찾을 리 없건만은 거기 누가 날 찾나. 여보게 할멈, 할멈.

꼭두각시: (唱) 여보, 여보, 영감.

박첨지: (唱) 만나 보세 만나를 보세.

꼭두각시: (唱) 만나 봅시다. 만나 봅시다.

박첨지: 아그 할멈이요.

꼭두각시: 아이구 영감이요, 여러 해포만이구려.
(唱) 잘 되었소 잘 되고도 잘 되었소, 영감 꼴이 잘 되었소. 정주 탕관[2]은 어디다 두고 개가죽 감투가 웬 말이요.

---

1) 지경성지 : 이태백이 신선이 되어 고래를 타고 하늘로 올라갔다는 전설이 있음.
2) 정주 탕관 : 탕관은 탕건의 오자. 전주에서 만든 것이 유명하다. 탕건은 벼슬아치가 갓 아래에 바쳐 쓰던 말총을 잘게 세워서 앞쪽은 낮고 뒷쪽은 높아 턱이 지도록 뜬 관.

박첨지 : 거 다 할멈 없는 탓이요.

꼭두각시 : (唱) 잘 되고도 잘 되었소. 영감 꼴이 잘 되었소. 청사 도포는 어디다 두고 광목 장삼이 웬 말이요.

박첨지 : 그도 다 할멈 없는 탓이요.

꼭두각시 : 여보 영감, 젊어 소싯적에는 어여쁘고 어여쁘던 얼굴이, 네에미 부엉이가 마빡을 때렸나 웬 털이 그렇게 수북하오.

박첨지 : 야 야 이거 봐, 사내대장부라 하는 것은 위엄지세가 우긋해야 오복이 두리두리한 거여.

꼭두각시 : 오복, 육복이라 하시요.

박첨지 : 육복, 칠복은 어떻구.

꼭두각시 : 칠복보다 팔복이라 하시요.

박첨지 : 야 야 이년 복타령 하러 나왔나. 야, 야 이년아 너도 젊어 소싯적에 어여쁘고 어여쁘던 얼굴이 율묵이[1]가 마빡을 때렸나, 우툴두툴하고 땜쟁이 발등 같고 보리 먹은 삼잎 같고 비틀어지고 찌그러지고 왜 그렇게 못 생겼나.

꼭두각시 : 여보 영감 그런 말 마소, 영감을 찾으려고 방방곡곡 얼게빗 참빗 새새 다니다가 먹을 것이 없어서 저 강원도 괴미탄에 들어가서 도토리밥을 먹었더니 얼굴이 요렇게 되었소.

박첨지 : 아따 그년 능글능글하기도 하다. 야 야 이년아 내 말 들어봐라. 너는 빤들빤들한 도토리밥을 먹어서 그러느냐, 나는 이 앞들에 세모나고 네모난 메밀로 국수만 눌러 먹어도 얼굴만 매끌매끌하다.

꼭두각시 : 여보 영감 오랜만에 만나서 싸우지만 말고 같이 들어갑시다.

박첨지 : 야, 야 이리 와, 자네가 나간 지 수십 년이 되어서 늙

---

1) 율묵이 : 뱀의 일종.

은 내가 혼자 살 수 있던가, 그래 내 작은 집을 하나 얻었네.

꼭두각시 : 옳지 옳지 내 알았소, 영감이나 나간 뒤로 알뜰살뜰 모아 가지고 작은 집을 한칸 샀단 말이지요.

박첨지 : 왜 기와 집은 안 사고, 이 늑대가 할켜갈 년아.

꼭두각시 : 그럼 뭐 말이요?

박첨지 : 그런게 아니라 작은 마누라를 하나 얻었단 말이다.

꼭두각시 : 옳지 옳지 내 알았소, 내가 갔다 돌아오면 김장할려고 마늘을 몇 접 샀단 말이죠.

박첨지 : 왜 후추 생강은 어떻고, 이 우라질 년아.

꼭두각시 : 그럼 뭐 말이요?

박첨지 : 자 자 이리 와, 작은 여편네는 아느냐.

꼭두각시 : 옳지 옳지 내 알았소, 내가 가면 영영 안 올 줄 알고 작은 여편네를 하나 얻었단 말이죠.

박첨지 : 아따 그년 이제 삼일 강아지 눈 뜨듯 하느냐.

꼭두각시 : 여보, 여보 기왕지사 그렇게 되었으면 작은 마누라 생면[1]이나 시켜 주시오. 인사는 시켜 줘야죠.

박첨지 : 아하 이꼴에 생면을 시켜 달라네.

산받이 : 암요, 시켜 주셔야죠. 개천에 나도 용은 용이요, 짚으로 만들어도 신주는 신주법대로 있지 않소.

박첨지 : 그럼 생면을 시켜 줘야 하나.

산받이 : 시켜 줘야지.

박첨지 : 그럼 생면을 시켜 줄테니 저리 돌아섰거라.

꼭두각시 : 왜 돌아서라 그러우.

박첨지 : 옳는다 옳아.

꼭두각시 : 뭐가 옳아.

1) 상면 : 처음으로 서로 만나거나 인사를 나눔.

박첨지 : 얼굴이 옮는다 말이여, 저리 돌아서. 이쪽을 돌아보면 안돼. 생면을 시켜 줄테니 정신차려 받어라.

꼭두각시 : 무슨 인산데 정신차려 받으라오.

박첨지 : 벼락인사다 벼락인사, 용산 삼개 덜머리집네 거드럭거리고 나오는구나. 아이구 요걸 깨물어 먹을까 요걸 꼬여찰까 그저 그저, 야 야 이거 봐 저기 큰 마누라가 들어왔네. 인사해야지, 웅 그렇게 돌아서면 되나 어서 가서 인사해여.

(덜머리집, 꼭두각시 서로 받으며 싸우면 박첨지가 말린다.)

꼭두각시 : 아이구 아이구 여보 무슨 인사가 이런 인사가 있소, 인사 두 번 하면 대가리가 빠개지겠소.

박첨지 : 그러기에 정신차려 받으라고 했지, 그 인사가 바로 벼락인사다.

꼭두각시 : 이러고 저러고 내사 싫소. 이꼴저꼴 다 보기 싫소. 세간이나 갈라 주오.

박첨지 : 니가 뭘해서 세간을 갈라 달라느냐 웅.

꼭두각시 : 내가 젊어 소싯적에 방아품 팔고 바느질품 팔어 이 많은 재산 장만한 게 아니오.

박첨지 : 아아 여보게, 아 이년이 세간을 갈러 달라네.

산받이 : 그럼 갈러 줘야지, 은행 정울로 단 듯이 똑같이 갈러 줘야지.

박첨지 : 그럼 갈라 주지.

(唱) 세간을 논는다. 온갖 세간을 논는다. 오동 장농 반다지 자개 함롱[1] 귀다지 그건 모두 작은 마누라 갖고, 큰 마누라는 뭘 줄까, 큰 마누라 줄 게 있다, 부엌으로 들어가서 깨진 매운독[2] 부적가리[3], 그건 모두 큰 마누라가 갖고. 온갖 전답을 논는다, 온갖

---

1) 함롱 : 옷을 담는 큰 함처럼 생긴 농.
2) 매운독 : 잿물을 넣은 독.
3) 부적가리 : 부러진 숟갈.

전답을 논는다, 앞뜰 논도 천석지기 뒷뜰 논도 천석지기 개똥밭 사흘가리[1] 그건 모두 다 작은 마누라 갖고. 큰 마누라는 뭘 줄까, 큰 마누라는 줄 게 있다, 저건너 상상봉에 묵은 밭 서되지기 그 모두 큰 마누라가 가지고, 갈테면 가고 말테면 말아라.

꼭두각시 : 여보 여보 이꼴 저꼴 다 보기 싫소, 난 강원도 금강산으로 중이나 되러 갈라오. 노자돈이나 좀 주시요.

박첨지 : 뭐 뭐 어떻게 해, 아, 여보게.

산받이 : 왜 그러나.

박첨지 : 저년이 강원도로 중 되러 간다고 노자돈을 달라네.

산받이 : 줘야지.

박첨지 : 아 줘야 하나, 얼마나 주랴.

꼭두각시 : 주면 주고 말면 말지, 돈 천 냥이야 안 주겠소.

박첨지 : 하 이년 털도 안 난 것이 말은 푸짐하구나, 이년아 어디 가서 아무도 모르게 3천 냥을 가지고 오면 내가 2천 냥은 뚝 떼어 쓰고 돈 천 냥은 광고 써 붙여서 보낼 테니 갈려면 가고 말테면 말아라.

꼭두각시 : 난 이꼴 저꼴 다 보기 싫소.

(唱) 나 돌아가오. 나 돌아가오 나는 싫소 나는 싫소, 나 돌아가네, 나 돌아가네.

박첨지 : 잘 돌아가거라, 잘 돌아가거라, 가다가 개똥에 미끄러져 쇠똥에다 코나 박고 뒈져라.(꼭두각시 돌아가면 덜머리집에게) 야 야 이것 봐 이젠 큰 마누라도 갔으니 너하고 나하고 둘뿐이여, 자 자 들어가자 손님들 손탄다 손타. (둘 퇴장했다가 박첨지만 나와서)

박첨지 : 아 하 여보게 자네 우리 큰 마누라 어디로 가는지 보

---

1) 사흘갈이 : 하루갈이의 세곱. 하루갈이는 소로 하루 낮동안에 갈 수 있는 논밭의 넓이.

왔나.

산받이 : 보았네. 저 강원도 금강산으로 중 되러 간다면서 울면서 가네.

박첨지 : 정말인가?

산받이 : 정말이고말고.

박첨지 : 아이구 아이구 아이구.

산받이 : 여보 영감, 내쫓을 때는 언제고 찾을 때는 언제여, 울기는 왜 울어.

박첨지 : 아 내가 울고 싶어 우는가 속이 시원해서 우네.

산받이 : 에이 망할 영감.

박첨지 : 허, 허, 그런가, 나 잠깐 들어갔다 오겠네.

산받이 : 그러게.

넷째   이시미거리

박첨지 : 아 하 여보게, 우리 한상 놀세. 저 청국땅 청노새[1]란 새가 우리 곳은 풍년 들고 저희 곳은 흉년 들었다고 양식 됫박이나 축내러 나온다네.

산받이 : 그럼 나오라고 그러게.

(새소리, 청노새가 나와서 까불면 미리 나와 있던 용강 이시미[2]가 잡아먹는다.)

박첨지손자 : 우여 우여.

산받이 : 넌 누구여.

박첨지손자 : 내가 박영감 손자다.

---

1) 청노새 : 곡식을 축내는 해로운 새.
2) 이시미 : 지방에 따라 이무기, 꽝철이 등으로 불린다. 용이 되지 못하고 물 속에 산다는 구렁이.

산받이 : 왜 그리 오종종하게 생겼나?

박첨지손자 : 내가 나이 많아서 그렇다.

산받이 : 너 나이가 몇인데.

박첨지손자 : 내 나이 여든 두 살.

산받이 : 그럼 니 할애비는?

박첨지손자 : 우리 할아버지는 열두 살, 우리 아버지는 일곱 살, 우리 어머니는 두 살.

산받이 : 이 망할 자식.

박첨지손자 : 우여 우이여 애개개개. (이시미에게 잡혀 먹힌다.)

피조리[1] : 우이여 우이여.

산받이 : 이건 누구여?

피조리 : 내가 비생이여.

산받이 : 야 기생이면 기생이지 비생은 뭐여.

피조리 : 참 기생이여.

산받이 : 너 그간 어디 갔다 왔니?

피조리 : 나 거울 갔다 왔어요.

산받이 : 서울이면 서울이지 거울이 뭐여, 그래 뭣 하러 갔었나.

피조리 : 권방[2]에 갔다 왔어요.

산받이 : 그럼 너 소리 잘 하겠다, 한 번 해 봐라.

피조리 : 내가 소리하면 당신 똥구녁 쳐.

산받이 : 허, 허, 미친단 말이지, 그럼 한 번 해 봐라.

피조리 : 그럼 할께요. (唱) 날 좀 보소, 날 좀 보소, 날 좀 보소, 동지섣달 꽃 본듯이 날 좀 보소, 아리 아리랑 스리 스리랑 아라리가 났네 아리랑 고개로 날 넘겨 보내 주, 우이여 우이여 아

---

1) 피조리 : 박첨지의 조카딸 2명.
2) 권방 : 일제시대 기생들이 노래와 춤 같은 연주활동과 교육을 받던 기생 조합의 일본식 명칭.

이구구… (이시미에게 잡혀 먹힌다.)

작은박첨지 : 우이여 우이여.

산받이 : 건 누구여.

작은박첨지 : 내가 박첨지 동상이여.

산받이 : 그래 뭣 하러 나왔나.

작은박첨지 : 오조밭에 새 보러 나왔네.

산받이 : 그럼 보게나.

작은박첨지 : 우이여, 우이여, 애구구…

(이시미에게 잡혀 먹힌다.)

꼭두각시 : 우이여 우이여.

산받이 : 이건 또 누구여, 왜 그리 못생기고 비틀어지고 찌그러졌나.

꼭두각시 : 왜 내 얼굴이 어때서요, 이래봬도 내 궁둥이에 건달만 졸졸 따라 다닙니다.

산받이 : 아이구 그 꼴에 건달들이 따라 다녀.

꼭두각시 : 내가 소리를 잘 하거든요.

산받이 : 그럼 어디 소리 한 번 해 봐라.

꼭두각시 : 한 번 해 볼까요.

(唱) 시내 강변에 고깔집을 짓고요, 너하고 나하고 단둘이만 살잔다. 어랑 어랑 어허이야 어허이야 데헤이야 모두 다 내 사랑이로구나, 애개개개…

(이시미에게 잡혀 먹힌다.)

홍백가[1] : 우여 우여.

산받이 : 이건 또 누구여.

홍백가 : 내가 외상 술값 잘 떼먹는 사람이다.

산받이 : 외상 술값을 어떻게 떼먹어?

---

1) 홍백가 : 외상 술값을 떼어먹는 사람으로 앞뒤 양면의 얼굴빛이 다르다. 앞면은 적색, 뒷면은 백색의 얼굴을 하고 있다.

홍백가 : 술집에 가 술을 잔뜩 먹거던. (홱 돌아서며) 내 언제 술을 먹었나.

산받이 : 아 참 그렇군, 그래 그 붉은 놈은?

홍백가 : 남원 홍생원.

산받이 : 흰 놈은?

홍백가 : 수원 박생원.

산받이 : 아 그럼 홍백가란 말이지.

홍백가 : 그렇지 수수 팥단지지.

산받이 : 그럼 애비가 둘이겠네.

홍백가 : 옛기 이 사람 그럴 수야 있나.

산받이 : 그럼 여기 뭣 하러 나왔나.

홍백가 : 뭣 하러 나왔느냐고? 새 보러.[1]

산받이 : 그럼 새나 보게.

홍백가 : (唱) 청천강수 흐리고 나리는 물에 서성상 타고서 에루하 뱃노래 가잔다. 어허허 어허야 얼싸 암마 띠어라, 아이고…
(이시미에게 잡혀 먹힌다.)

영노[2] : 비비골골, 비비골골…

산받이 : 이건 또 누구여 뭣이 이런 것이 있어.

영노 : 내가 배가 고파서 나왔다.

산받이 : 대관절 네 이름이 뭐냐?

영노 : 물 건너온 영노다.

산받이 : 그래 배가 고프면 뭘 먹으러 나왔나?

영노 : 밥도 먹고 흙도 먹고 땅도 먹고 너도 먹고 무엇이든지 먹는다.

---

1) 새 보러 : 곡식밭이나 우케 멍석 따위 곁에서 날아드는 새를 쫓으려고 지킴.

2) 영노 : 꼭두각시놀음에서는 걸신이 들린 귀신으로 왜인의 모습을 하고 등장.

산받이 : 늙은 것도 먹나?

영노 : 먹지.

산받이 : 늙은 걸 어떻게 먹어.

영노 : 늙은 건 맛이 더 좋아.

산받이 : 그럼 네 애비 에미도 먹니?

영노 : 에이 이 사람, 건 못 먹어.

산받이 : 왜 못 먹나?

영노 : 삼강오륜이 껴서 못 먹는다.

산받이 : 그럼 너 먹고 싶은 거 다 먹어라.

영노 : 비비골골 애고고…

(이시미에게 잡혀 먹힌다.)

표생원 : 우이여 우이여.

산받이 : 그건 또 누구여?

표생원 : 내가 해남 관머리1) 사는 표생원이다.

산받이 : 그럼 여기 뭣 하러 나왔나?

표생원 : 오조밭2)에 새가 많아서 새 보러 나왔다.

산받이 : 그럼 새나 보게.

표생원 : 우여 우여 아구구…

(이시미에게 잡혀 먹힌다.)

동방삭이 : 어흠, 어흠.

산받이 : 건 누구요?

동방삭이 : 내가 삼천 년을 산 삼천갑자 동방삭3)이다.

산받이 : 아 그럼 당신이 삼천갑자 동방삭이란 말이지.

---

1) 해남 관머리 : 우리나라 육지의 최남단인 해남의 '땅끝'을 말함.
2) 오조 : 일찍 익는 조.
3) 동방삭 : 3천 갑자(甲子)를 살았다는 전설적인 인물.

동방삭이 : 그렇지요.

산받이 : 그럼 왜 나왔소?

동방삭이 : 이리저리 다니다 보니 이곳에 사람이 많아서 한번 나와 봤지. 내 시조나 한 수 할까.

(時調) 이남아 늙었으니 다시 젊어지지 못 하리로다… 아야야 … (이시미에게 잡혀 먹힌다.)

묵대사 : 어흠 어흠.

산받이 : 아 당신은 뭣 하는 사람인데 눈을 딱 감고 나왔소.

묵대사 : 내가 뭣 하는 사람이 아니라 저 깊은 산에서 내려온 계명[1]이 묵대사다.

산받이 : 그래 어쩐 일로 눈을 딱 감고 나왔소.

묵대사 : 내가 눈을 딱 감고 다니는 것은 세상에 고약한 것만 보여서 이렇게 감고 다니네.

산받이 : 여보시오 대사님 여기는 신성한 곳이고 좋은 사람만 모였으니 한 번 떠 보시오.

묵대사 : 그럼 당신 말이 좋아 떠 보겠소, 뜬다 뜬다 떴다.

산받이 : 어디 떴소?

묵대사 : 아 그런가 그럼 뜬다 뜬다 떴다.

산받이 : 하 그렇게 좋은 눈을 가지고 왜 감고 다니셨소?

묵대사 : 아 하 여기는 좋은 분들만 계시니 내 눈을 뜨고 있어야겠소.

산받이 : 대사님 기왕 눈을 뜨신 바에야 춤이나 한상 추시오.

묵대사 : 허 내 회심가(때로는 염불)나 한 자락 부르지요.

(회심가 또는 염불을 하는 중 이시미에게 잡혀 먹히기도 하나, 때로는 살아 들어가기도 한다.)

---

1) 계명 : 중이 계를 받은 뒤에 스승에게서 받는 이름.

박첨지 : 우 우 우 우여 우여, 아 여보게 우리 딸, 조카, 머슴, 손자, 새 보러 나왔는데 다 어디 갔나?

산받이 : 영감네 식구 새 보러 나오는 족족 저 용강 이시미가 다 잡아 먹고 영감 나오면 마저 잡아 먹는다고 저 외뚝에 넙죽 엎드려 있소.

박첨지 : 뭐 뭐 뭐, 우리 식구 나오는대로 용강 이시미가 다 잡아먹고 나 나오면 마저 잡아 먹는다고 외뚝에 넙죽 엎드려 있다고, 아이구 어디로 가나?

산받이 : 이쪽으로.

박첨지 : 저 물을 건너야 하나, 옷 좀 벗고, 엇차 벗었다.

산받이 : 어디 벗었어?

박첨지 : 내 마음으로 벗었지, 아 차가워 어 차거워 어디여.

(박첨지 이시미를 보고 깜짝 놀라)

산받이 : 봤나?

박첨지 : 봤다.

산받이 : 얼마나 커?

박첨지 : 어찌 큰지 어찌 큰지 대단하더라.

산받이 : 얼마나 커?

박첨지 : 어찌 큰지 어찌 큰지 대단하더라.

산받이 : 얼마나 커?

박첨지 : 커다란 아주 커다란 미꾸라지 새끼만하더라.

산받이 : 여보 미꾸라지 새끼만한 걸 보고 그리 놀래어.

박첨지 : 내가 놀랬나 겁이 나서 그랬지.

산받이 : 겁난 건 뭐고 놀랜 건 뭐여?

박첨지 : 그거 다 한 글자로 먹나.

산받이 : 한 글자로 먹지.

박첨지 : 그럼 저걸 어떻게 해야 하나?

산받이 : 나 시키는 대로 하게.

박첨지 : 어떻게?

산받이 : 마음을 독하게 먹고.

박첨지 : 마음을 독하게 먹고.

산받이 : 발길로 차고.

박첨지 : 발길로 차고.

산받이 : 주먹으로 쥐어지르고.

박첨지 : 주먹으로 쥐어지르고.

산받이 : 대갈빼기로 디려받고.

박첨지 : 대갈빼기로 디려받고…뭐뭐뭐 네 애비 대가리보고 대갈빼기라 하게, 네 집에 나 같은 늙은이 하나도 없어.

산받이 : 영감님 같은 늙은이 우리 집 마루 밑에 우굴우굴하오.

박첨지 : 뭐뭐뭐 어떡해, 저놈은 날 강아지로 알아, 이놈.

산받이 : 잘 몰랐소, 그럼 새로 시작하세, 그러면 머리로 디려받고.

박첨지 : 머리로 디려받고.

산받이 : 입으로 아 물고.

박첨지 : 입으로 아 물고.

산받이 : 마음을 준치 가시같이 먹고 아무 말 말고 슬슬 가시오.

박첨지 : 암말도 말고 암말도 말고…

(박첨지 이시미에게 물렸다.)

산받이 : 잘 됐다.

박첨지 : 아이구 여보게 우리 조카 좀 불러 주게.

산받이 : 산 너머 진둥아.

홍동지 : (안에서) 똥 눈다.

산받이 : 야 이놈아 빨리 나오너라.

홍동지 : (나오며) 어.

산받이 : 네 외삼촌이 저 용강 이시미에게 낮짝 복판을 물려서 다 죽어간다, 빨리 가 봐라.

홍동지 : 뭐 우리 외삼촌이, 아따 그 망할 자식 잘 됐다.

산받이 : 야 이놈아, 너 외삼촌을 보고 그러면 돼, 빨리 가 봐라.

홍동지 : 이리로 가나, 이리?

산받이 : 이리는 전라도 이리여, 저리.

홍동지 : 저리?

산받이 : 그쪽으로.

홍동지 : 이 물을 건너야 하나?

산받이 : 건너야지.

홍동지 : 옷 좀 벗고, 벗었다.

산받이 : 야 이눔아 어디 무슨 옷을 벗어.

홍동지 : 아주머니 바지 저고리를 입어서 그렇지, 아 차가워, 어 송사리새끼들이 불알을 문다. (이시미에게 간다.) 이 이게 뭐야?

산받이 : 그거다 그거.

홍동지 : 아 거 외삼촌이요?

박첨지 : 낼쎄.

홍동지 : 어 다 파먹고 퍽퍽한다. 외삼촌 내 말 좀 들으시오. 외삼촌이 한 살이오 두 살이오, 내일 모레 팔십을 넘어 사십줄에 들어갈 분이 그저 집안에서 애나 보고 나락 멍석에 새나 보고 계시면 오뉴월 염천에 솜바지 저고리를 벳길거요, 그저 잔치집이라면 오르르 제사집이라면 쪼르르, 딸랑하면 한 푼, 바싹하면 한 되, 에이 심한 개영감.

박첨지 : 할 말 없네, 살려 주게.

홍동지 : 어 할 말 없다고 살려 달라네.

　산받이 : 암 살려 주고 봐야지.

　홍동지 : 그럼 살려 놓고 봐야 하나, 어리치 어리차. (이시미와 싸워 이긴다.)

　산받이 : 야 이놈 죽었다.

　홍동지 : 야 거 떨어졌구나. 야 그놈 참 대단하구나. 저놈 벗겨서 야광주 빼가지고 인천 제물에 가 팔아 가지고 옷 좀 해 입고 부자 좀 되야겠다. (퇴장)

　산받이 : 그럼 그래라.

　박첨지 : 아하 여보게나 살 뻔했다.

　산받이 : 살 뻔한 게 뭐여 죽을 뻔했지.

　박첨지 : 아 참 죽을 뻔했다. 우리 조카놈 어떻게 됐나?

　산받이 : 영감 조카는 용강 이시미 때려 잡아 야광주 빼어 팔아 인천 제물에 가서 큰 부자가 되어 잘 산다네.

　박첨지 : 아 그놈이 그걸 잡았나, 그놈 참 일곱 동네 장사지, 내가 그놈 걸 죄다 뺏어야겠다.

　산받이 : 아 여보 영감.

　박첨지 : 왜 그려.

　산받이 : 살려준 공으로 뺏어서야 되나.

　박첨지 : 아니 그놈이 날 살렸나 내 명이 길어서 살았지.

　산받이 : 이 사람아 그러면 되나, 어서 들어가서 따뜻이 막걸리나 한 사발 받어 주게.

　박첨지 : 아 그러면 내 그러겠네.

무 가

- 바리공주
- 제석굿
- 칠성굿
- 삼신풀이

무가(巫歌)

〈무가의 정의 및 특징〉

무가란 무당이 굿을 할 때 부르는 노래이다. 오늘날은 겨우 그 명맥만 유지하고 있지만, 이 속에는 민족이 살아온 발자취가 있고, 앞으로 우리가 가야 할 길의 어느 한 부분이 이 속에서 발견될지도 모른다. 무가는 우리 민족의 생활 체험과 세계관이 응축되어 있는 중요한 전통 문화 중의 하나이다. 무가는 영웅소설이나 판소리 등에도 영향을 미쳐 그것이 발생하는 데도 무시할 수 없는 역할을 해 왔다.

무가는 주술성이 있는데 병의 치료나 예언 등이 실제로 나타났다. 여러 문학 중에서도 현실 생활에 이런 영향을 미친 것은 무가뿐이다. 이런 실용성도 있으나 무가의 구연은 그 자체가 흥미로운 구경거리였다. 이러한 흥미로움이 무가의 문학적 성장에 바탕이 되었다.

〈무가의 기원〉

우리 민족이 무가를 부르기 시작한 것은 아주 오랜 옛날, 민족과 국가가 형성되던 시기였다고 추정한다. 불교라든지 종교가 전래되기 이전에 무가는 이미 시작되었을 것이다.

〈무가의 종류〉

무가에는 서정무가, 교술무가, 서사무가, 희곡무가가 있는데 서사 무가가 문학성이 높은 완전한 이야기의 구조를 갖추었다. 이런 서사무가에는 바리공주, 제석본풀이, 성주풀이, 장자풀이 등이 있다.

바리공주[1]

집에서 버림받은 공주가 신령스런 약을 구해 부모를 다시 살려내고 무조(巫祖)가 된다는 내용.

〈서두〉
나라(國)의 공심(功心)은 절(寺)이요
남서(南西)가 본(本)이로셩이라
강남 대한국이시고 이 나라 조선국으로 셩이라
치어다 삼심삼천 서른 셰 하날이시고
나리십소와 이십팔수 스물 여덜 팔대장군(八大將軍)이시
니 위셩이다
해뜬 세계 달뜬 세계 사해(四海) 세계
한양 조선국 내(內) 설입(設立) 배판(配判)하옵실 제
터 잡으시기는 무웅[2] 나웅[3]이 지으신 나라로

---

1) 바리공주 : 「바리公主」의 '바리'를 버린다의 뜻으로 해석하여 「버린 공주」로 보아왔는데, 「바리」를 「발」의 연음현상으로 해석하면 「발」은 우리말에서 없던 것을 새로 만들어 낸다는 생산적인 뜻이 있는 말이다. 이 내용이 죽은 부모님을 바리공주가 회생시킨 것으로 전개되어 있는 것을 생각해 본다면, 「발」-「바리」가 생명을 회생시켰다는 생산적인 뜻으로 쓰여진 말이라는 면에서 생각해 볼 수도 있다. 그래서 바리공주를 생명공주, 생산공주, 회생공주라는 각도에서 그 뜻을 생각할 수도 있다.
2) 무웅 : 조선초기의 고승인 무학(無學)을 가르킨다.
3) 나웅 : 고려 공민왕때의 왕사였으며, 무학과 함께 삼대화상의 한명이었다.

한성부 오부장내(五部掌內) 경덕궁 창경궁 창의궁

종묘사직에 위툭을 받아 왔으니

니씨주상금(李氏祖上 上監) 마마님 본(本)으로 께옵셔는

함경도 함흥(咸興) 경성(鏡城)이 본이로 셩인이다

해상년(該上年) 년으로 께옵셔는 모년 모일 공슈요

슬프다 선방에는 아모 망제 후방에는 아루 망제

기주지접은 아모 지접사옵난대

불과 천슈년지, 해운시절인지

사라셩품 하직없는 길을 갔아오니

오늘은 안땅 하직하고

밝고 새는 날에 열시왕 위로 하고

일곱 사제 갈망하난 날이로셩이다

첫 강님 허참해자 하난 달이로 셩이다

가시문 쇠문 낸 양벌초 강님도령[1] 수찰 공양이로셩이다

우여라 슬프다 션후망에 아모 망제

가시문[2] 쇠문 벗겨 주시며

무려잔잔 향초불 아닌 향내

일배 곡셩으로 희망하소셔

우여라 슬프다 만신에 몸주로 큰머리 단장이오

은하몽도리[3]에 넓은 홍띠며

입단초마 수저고리 슈당기며

철쇠방울 쉰대부채

---

1) 강님도령 : 저승사자 중의 하나.

2) 가시문 : 저승으로 들어가는 길에 있다는 가시로 된 문. 굿을 할 때 이 가시문을 모방 상징하여 말발굽형의 것을 만들어 사용한다.

3) 은하몽도리 : 무당이 입는 옷. 노란색 천으로 두루마기 모양과 같이 만들어 허리에 주름이 잡혀진다.

치여다라 백목채일(白木遮日)
내려다가 뉴채일 누밀과대
택에지는 화 피는 꽃에 꽃송이 피여 내네
홍모란 홍산자백난자 뉴밀과대택이오
앞으로는 영침배셜
뒤으로는 시왕배셜 산이 셩도하고
우여라 슬프다 션후망에 아모망제
사후에는 영산지계국에는 삼당지게
본행은 물고지게 계상산은 살문지게

〈본문〉
뒤로 뒷젼 말명삼셩
제대와 지계벅에 초단에 신길 벗고
이당에 새남¹⁾받고 삼당에 법식 받아
선황제(서낭祭) 사십구제(四十九齊) 백일제(百日齊)받아
상신구연화대요
지연불 션문으로 승어재천 하소셔
천님이 아르소셔 녈로부터 허산에 궁업대왕 말미라 하난이다
업비대왕님이 삼나라 치국(治國)을 바드셔도
정전(正殿)이 비여 있고 국모(國母)가 없아오니
여러 종실 시신백관(侍臣百官)이 아뢴 말삼이야
간택을 봉하라 하옵신니로
간택 봉하옵시고
이간택(二揀擇) 봉하옵시고

---

1) 진모기 굿을 「진모기 새남」이라고도 하는데, 이 굿을 「새남」「새남굿」
   이라 하기도 한다.
※ 진오기 굿(지노귀 굿) : 사람이 죽은 뒤 49일안에 지내는 굿.

삼간택(三揀擇) 봉하옵신 후에
길대중전마마 정봉을 하셩이다
천님이 알으소서 이렁셩 구을 적에
대환마마 일일은 아홉신 말삼, 국가 길흉을 알녀 하옵시고
시녀상궁더러 어느 곳에 녕양 복자(卜者)있다 하던냐
시녀상궁 알왼 말삼이
천하궁 갈이박사 제석궁 소수락시 영두궁 주역박사
주역천문이 영타하더이다
대왕마마 전교하신 말삼이야
천하가여 문복가라 하옵시니
상궁이 명패(命幣)를 받자와
생기 음셕 자 셰치 가사위 치 다뿐
생쥰쥬(生眞珠) 석되 서홉
금돈 닷돈 자금 닷돈 가스려 싸옵시고
천하궁 다지박사
지하궁 갈리천문제석 소수락시명두궁 주역박사
산호상에 백옥반에 백미를 쥐여 던지니
초산은 호턴산이요
이산은 상하문이요
세번째는 이로셩이외다
귀의 보시면 보시려니와
대왕마마 시년이 십칠세요
중전마마 시년은 십륙세라
금년은 반기년이오 명년은 참기년이니
금년에 길례를 하옵시면 칠공주 보실 것이오
명년에 길례를 하옵시면 세자대군 보시리라
보면 보시려니와 삼나라 치국을 보시리라

이대로 상달 하옵시니 대왕마마 하옵신 말삼
문복이 용타한들 제 어찌 알소냐
일각이 여삼추요
하루가 열흘 같다 하옵시고
예조 금천 간택일 가라 하옵시니
택일정망(擇日定望) 하옵시니
오월 오일은 선체(先綵)를 정하옵시고
칠월 칠일은 길예(吉禮)를 정하옵시니
길예도감(吉禮都監) 안치시니
길예날이 당하옵시니 견우직녀 상봉하던 날이로셩이라
가전 가후 어진 시위 백관 궁녀 봉두별감 금년 몸연 시위하여
대왕마마 마조와 상면전에 시위전좌 하셩이다
천님이 알으소셔 산하졀곡이 곡하니
산은 첩첩 물은 잔잔한대 광풍이 건듯 불어
세월이 여류하여 길대 중전마마에 읍(없)던 문안이 나오매라
잔뼈는 녹는 듯 굵은 뼈는 휘는 듯
원앙금침에 굼일기실 토영이다
수라에 생쌀내 나고
장국에는 날장내 나고
어수에 해감내 나고
금광초에 풋내나며
동창(東窓)에 찬바람 시로영이다.
이대로 상달하옵시니
대왕마마 전교하옵신 말쌈
몽사가 어떠하던잇까
중전마마 대답하여 옵신 말삼
자옵난지 밀안에 달이 도다 뵈던이다

올혼 손애 청도화(靑桃花) 한가지 꺾어든이다
이대로 상달 하옵시니
대왕마마 전교하옵신 말삼
상궁더러 문복가라
상궁 문패(門幣)를 받자와
생기업셕 자세치 가사호치 닷뿐
금돈 닷돈 자금 닷돈 생준주(生眞珠) 스되스홉 그리스상고
천하궁 다지박사
지하궁 갈이천문
제석궁 소스락시 명두궁 주역박사
산호상(珊瑚床) 백옥판(白玉盤)에 어백미(御白米)를 던지
시니
초산(初算)은 흐튼산이요
이산(二算)은 상하문(上下門)이요
세번째는 정산(正算)이 지셩이다
보시면 보시려니와
길대중전마마 태기(胎氣)는 분명하오나
여공주를 보시리다
이대로 상달하옵시니
대왕마마 전교하옵신 말삼
문복이 용타한들 제 어찌 알소냐 하옵시고
다섯달 반집 바다 일곱달 칠색(七朔)되오시니
안산 실청 밧(밖)산 실청 뉴기약방 다령하고
안저지 업저지 보모상궁 제저지를 정한 후에
승전전어와 사시문안을 끊지 말나 하옵시고
열달 산편 도라 보니
여공주 탄생 바다 난이다

이대로 대왕마마께 상달 하오시니
대왕마마 전교하옵신 말삼
공주 나을 적에 세잔(世子)들 아니 날소냐
아흔 아홉 깁장 속에 청사도듬 득사이불
귀히 길너내라 하옵시니
공주애기 나흔지 삼화석달이 되오시니
아기의 명을낭 다리당씨라 지으시고
별호는 청대공주라 지으시고
애기 삼세살 다섯살이 되오시니
외궁을 배설하고 시여 상궁이 시위하셩이다
우여와 슬프다 선후망에 아모망제
초공주 탄생시에 뒤를 좇으시면
사에영산지게 궁내삼냉지게 본양물고지게
뒤로는 뒷전말명 삼성제왕지게 버셔와 극락세계 왕생천도
하소셔
우여라 슬프다 산하철이 곡하니
세월이 여류하여 길대중전마마에 나든 문안이 나오매라
굵은 뼈는 휘는 듯 잔뼈는 녹는 듯
수라에 생쌀내 나고 어수에 해금내 나고
장국에 날장내 나고
원앙금침에 일기 시르다
이대로 상달하옵시니
대왕마마 전교하옵신 말삼
몽사가 어떠하드닛까
자옵는지 밀안에 칠성별이 따러져 뵈던이다
오른 손에 홍도화 가지 꺾어쥐며 뵈던이다
이대로 상달하옵시니

대왕마마 전교하옵신 말삼야
천하궁 문복가라 하옵시니
시녀 상궁이 명패(命幣)를 받자와
생기입석 자세치 금돈 닷돈 자금 닷돈
생진주 서되 서홉
가사 오치 닷뿐을 거스려 싸고
천하궁 다지박사
지하궁 가리천문
제석궁소수락씨 명도궁 주역박사
산호상에 백옥반에 어백미를 던지시니
초산은 흐튼산이오
이산은 상하천문
세번째 산이 정성이다
보면 보시려니와 태기는 분명하건마는
이번도 녀공주 탄생하오시리다
이대로 상달 하옵시니
대왕마마 전교하옵신 말삼
문복이 영타한들
제 웃지 마칠소냐 하옵시고
다섯달 반짐 일곱달 칠색 되오니
안산 칠성 밧산 칠성 뉴기 약방 대령하고
안저지 업저지 보모 상궁 제저지를 정한 후에
승전전어와 삼시문안을 끊지 말나 하옵시고
십색이 차오시니 열달 산전 바드시니
녀공주 탄생 바드셩이다
대왕마마께 이대로 상달 하오시니
대왕마마 전교하옵신 말삼

공주 나흘 적에 세잔들 아니 나을소냐
아흔 아홉 거읍장 속에 청사도듬 혹사이불
준준 안셕에 귀히 길러내라 하옵시니
아기 나흔지 삼하석달 되오시니
아기 애명 지으시길 별이당씨라 지오시고
별호난 홍대공주라 지오시고
삼하 세살이오 다섯달 되오시니
외궁을 배설하고 시녀 상궁이 시위를 하셔이다
우여라 슬프다 선후망에 아모 망제
이 공주 뒤를 좇으시면 칼산지옥 불산지옥
무간 팔만사천 억만 제 지옥문을 열어
아모 망제 쇠를 난와
벅식 바다 불선문 연화대로 왕생극락 승하재천 하소서
우여라 슬프다 산호철이 곡하니
산은 첩첩 물은 잔잔한대 광풍이 건듯 부니
세월이 여류하여 길대중전마마 그 사이에 셋 공주를 탄생
바드신 후에
나는 문안이 나든배라
이대로 상달하오시니
대왕마마 전교하온 말삼
이번 몽사는 어떠하든 닛까 하오시니
길대중전마마 하온 말삼
이번몽사는 연약한 몸이 부지하기 어려울까 하나이다
좀 안에 드는 허리 좀 밖에 나더이다
대명전 대들뽀에 청용 황용 엉커러져 뵈고
오른 손에 보라매 받고
외인 손에 백마 바다 보고

외인 무릎에난 흑거북 앉어 뵈고
양어깨에 난 일월이 도다 뵌던이다
이대로 상달하옵시니
대왕마마 전교하온 말삼
그대가 이번은 세자대군을 뵈오리다 하옵시고
시녀 상궁더러 문복가라 하옵시니
생기 음석 자세치
금돈 닷돈 자금 닷돈
생준주 석되 서홉 가사오치 닷뿐 거시러 싸오시고
천하궁 다지박사 지하궁 갈이박사
천문제석궁 소슬락씨 영두궁 주역천문
산호상 백옥당에 어백미를 던지시니
초산은 흐튼산이오 이산은 상하문
세번째에 정산이 지성이다
천임이 알으소셔 귀히 보면 보시려니와
길대중전마마 태기 기운은 분명하나
이번에도 일곱재 공주 탄생 바드시리다
이대로 상달 하옵시니
대왕마마 전교 하옵신 말삼
점복이 요타한들 점복마다 맞일소냐
이번 몽사는 세자대군 얻을 몽사로다 하옵시고
오부에 감결 놋고
사대문에 방을 붙여
옥문을 열어 중죄인을 사하옵시고
석달에 피를 모아 다섯달에 반점 바다
뒷동산에 후원 안에 오백가지 상나무
여름을 안내전으로 공상하라 하옵시고

여섯달 엿짐 되고
일곱달 칠석 저오시니
안산 칠성 밧산 칠성 유기약방 다령하고
안저지 업저지 보모 상궁 제저지 다령하라
향노향합 하라 하옵시고
여덟달 팔색되고 아홉달 구색되여 십색이 되오시니
세월이 여루하야 길대중전마마 산실청 도라보니
일곱재 공주를 바드셩이다
길대중전마마 아기를 도라보시고
우시는 곡성소래 대영전에 들니오니
대왕마마 하온 말삼 시녀상궁다려
어이하여 알외옵기도 어렵사고
아니 알외기도 어렵사와 알욀 말삼이나
길대중전마마 일곱재 공주 탄생 바드시고
우르시는 셔안 소래소이다
이대로 상달하옵신 말삼
중전도 담대도 하다
어찌 무삼 면목을 들고
다시 나를 상면하리요 하시고
용류(龍淚)를 쌍쌍 흘녀 용포(龍袍)를 적시시며
향노 향합을 헛치시며 탄식왈
종묘사직은 누구에게 의지하며
시녀 상궁은 뉘게 의탁하리요 하옵시며
용류 쌍쌍이 흘리시며 자탄 왈
니(이)는 전상(前生)에 죄가 남아
옥황상제 일곱 딸 점지하옵시니
나는 서해 용왕에 진상이나 보내리다 하옵시고

옥장이를 불너드려 옥함을 짜옵시고
함 앞에 새기옵기를 국왕 공주라 새기시고
중전마마 하옵신 말삼야
대왕마마는 모짐도 모지시다
혈육을 버리려 하옵시니
신하중 무자한 신하에게 양녀 주시거나
버리는 자손을 일홈이나 지성이다
대왕마마 하신 말삼
버려도 버릴 것이오
던져도 던질 것이니
바리공주라 지으시고
양 마마 생월 생시와
아기 생월생시를 두렁이 끝에 매신 후에
옥병에 젖을 느어 아기 앞에 기우려 놓고
금거북 금자물쇠 흑거북 흑자물쇠 채워내여
제하에 신하 불너 드려 어주 삼배 먹인 후에
탐전을 안고 돌처서 아미타불 넘불이요
대세지 고개 넘어서니
앞으로는 황천강이요
뒤흐르는 유사강이요
애옥 여울 피바다에 한번 던지시니 용소슴하시고
두번을 던지시니 재소솜하시고
세번을 던질 때에 하날아는 자손이라
금거북이 바다지고
이렁성 구을 적에
석가세존이 삼천제자를 거느리시고
사해도 구경하고 인간제도 하옵시려 나옵시다가

타향산 서촌을 굽어 보옵시니
밤이면 서기 반공하고
낮이며는 운무안개 자욱하니
아란존자 가섭존자 목련존자 들으라
저 곳에 하날 아는 천인이 있을 것이니
네 가서 보와라 하옵시니
소승은 눈에 보이지 안네이다
석가세존 하온 말삼
네 공부가 멀었다 하옵시고
둘배를 바삐 저어 황천 경손에 들고
위절절절 드러가니
국왕 칠공주라 사겨거날
남자 같으면 제자나 삼으련만
여자니 부즈럽다 하옵시고
타향서촌을 향하여 속비혼 고향나무 뒤로 보낸 후에
이렁성 구를 적에 세월이 여류하여
비리공덕하라비 비리공덕할미 자지바랑 둘너메고
노감투 숙여쓰고 황천경손에 들고
자지곡을 노래 삼아 외우면서 오거날
석가세존님이 하온 말삼
어떤 할미 할아비완대 시름 없이 다니나 하옵시니
다리 놓아 만인 공덕 원을 지어 행인 공덕
절을 지어 승인공덕 할지라도
옷 버셔 대시주와 부엌공덕이 제일이요
젖 없는 자손 먹여 주는 공덕이 제일이리라 하드니다 하옵
시니
석가세존 하온 말삼

하날 아는 자손이니 다려다가 기르리라 하옵시니
할미 하온 말삼
봄과 가을이면 들에서 머무옵고
동절 굴 속에 머무오니
옷지 중단한 자손을 다려다 기르리요
석가세존 하는 말삼
이 아기를 다려다 기르면 없는 집도 생기고
옷과 밥이 절로 생길 것이니
다려다 기르라 하옵시고
문득 간대 없거날 그제서야 부처님인 줄 알고
서천으로 향하여 드러가니 함전이 되뇌였거늘
함전을 굽어보니 궁왕칠공주라 삭여거날
부모님전 효성 경과
자손의 애정 경과
금광경(金剛經) 법화경(法華經) 천지팔양경(天地八陽經)을
제제이 외우시니
잠겼던 함문이 열리거날
아이를 굽어보니 입에는 왕거미 가득하고
귀에는 불개아미 가득하고
허리에는 구렁 배암이 감겨있어
양연수 나린 물에 거스려 씻기시고
비늘 장삼 버스시고 허리를 씻기시니
가사장삼 버스시고 안고 돌쳐스니
난데 없는 초가삼간이 절묘히 지여 있거날
거기서 아기를 삼세살과 다섯살 칠 팔세 되오시니
배우지 아니한 학업이 능동하여
상통천문 하달질이 뉵노삼악을 능통하더이다

아기 일일은 하온 말삼
할미 할아비야 나는 아바마마 어마마마 어디 계시다든냐
하옵시니
할아비 할미 하온 말삼
아바마마는 하날이옵고
어마마마는 땅이로소이다
할미 거짓말 마소 천지도 인간 골육 두올손가
물녀 숙배 나사배 삼삼구배 저어려 뜰 가온대 읍하시며
옷깃을 여미며 눌물을 흘리며 아뢴 말삼이야
무주 고흔니 아기게에 의탁하자 하얏삽드니
부모를 찾사오니 절라도 왕대가 아바마마시고
뒷동산 잎 넓은 머구나무가 어마마마로셩이다
할미 그진말 마소 금수와 초목도 인간 골육을 두올손가
전라도 왕대는아바마마 승하옵시면
아랫동 윗동 짤나 내여 깁투건 숙여 쓰고
초토에 깊으시고
뒷동산 머귀나무 어마마마 승하하옵시면
길두건 숙여 쓰고
윗동 아랫동 찍어내여
초토 삼년에 깊후신 내 양전마마 세수물에 비추셨네
이렁셩 구를 적에 세월이 여류하여
아기 십오세 당진이 되더이다
양전마마 한날 한시에 문안이 지중하여
시녀상궁이 분분하더입다
대왕마마일일은 하온 말삼 옛날에 문복이 영터구나
상궁이 명패를 받자와 생깁 석자 세치 생준주 서되 서홉
금돈 닷돈 자금 닷돈 거스려 사오시고

천하궁 다지박사
지하궁 가리 천문
제석궁 소슬악시 명두궁 주역 천문
산호상 백옥반에 어백미 던지시니
초산은 호턴산이오
이산은 상하문이오
세번째 정산 치성이다
동해는 해가 띄고
셔에는 달이 떨어졌으니
양전마마 한날 승하하시리다
바리공주 사처(捨處)를 찾으소서
이대로 상달하옵시니 대왕마마 전교하옵신 말삼
종묘사직을 뉘게다 전하고
조정백관은 뉘게다 의지하고
만민백셩은 뉘게 의탁할고
시녀상궁은 뉘게 의지할소냐 하옵시고
용류를 쌍쌍이 흘리시다가
남가일몽을 잠간 어드시니
대명적 뜰가운데 난대 없는 청의동자 나와 읍하거니
대왕마마 하온 말삼
어떠한 동자온대
깊은 궁중에 들어왔느뇨 하옵시니
동자 올나와 양전마마 한날 한 시에
풍도셩의 가도오고 오라 하더이다
금일 황건역사가 오던이다
대왕마마 하온 말쌈
조정백관에게 원망이 있드냐

서녀상궁에게 원책이 있다드냐
만민에게 원악이 있다느냐
원칙도 아니요 원망도 아니옵고
옥황상제 칠공주를 점지하옵시니
하날아는 자손을 내린 죄로 그러하더이다
그리하면 웃찌하여 다시 효춘하리오 하오시니
다시 효춘(回春)을 하실량이면
동해용왕에게 안주 서행용왕 별이용과
삼신산 불사약과 봉내방장 무장승의
양현수를 얻어잡수시면 회춘하리라
바리공주 사처를 찾으소서 하고 문득 간대 없거날
남가일몽을 깨다르시고 게하에 신하를 불너드려
약수 얻어다가 나를 회춘할 신하가 있는가 하옵시니
신하들이 읍하여 왈 왼 말쌈이 오릿까
동해용왕도 용궁이옵고
서해용왕도 천궁이 옵고
봉내방장 무장승의 양연수 슈용궁이온대
사라 육신은 못 가옵고 죽어 혼백이 간사세온대
거행하올 신하 없압나이다
대왕마마 용류를 흘리시며 옥수로서 안을 치시며
바리공주 찾는 자는
천금 상에 만호후를 봉하리라 하옵시니
그중 한 신하 알외얼 말삼 있삽난이다
소신이 대대 국녹을 먹사와도 국온이 망극하와
간밤에 천기를 잠깐 보오니
태양 서촌에 밤이면 서기 반공하옵고
낮이면 운무 안개 자욱하오니

그곳에 공주 게신가 싶으오니 소신이 가려하나
중전마마 하온 말삼 정체체 체무정체니
한번 버린 자손을 어디 가서 찾으리요
그리하와도 가려하나이다
대왕마마 하온 말삼
그리하면 가라 하옵시고
어주 삼배 먹인 후에 하직 숙배 하옵고
국화 궐문을 나스니 갈 바를 모를러라
까막 까치 고개 조와 나무들이 인도하여
태양 서촌을 찾어 드러가니
월죽사제 일즉사제 공론허는 말이
인내도 나는구나 그대가 귀신인가 사람인가
길짐생 날새도 못 들어 오는 곳에 웃지하여 왔는가
나는 양전마마 승전 봉명이올너니
바리공주 사처를 찾어 생사를 결단하고 왔나이다
길을 인도하소셔 쇠문을 두드리며 소래하니
비리공덕 하라비 할미 나와
귀신이냐 사람이냐 날새 길짐승도 못 들어오는데 천궁을
범하였는다
나는 궁왕(國王一)마마 승전이 올너니 버린 공주 사처를
차저 왔나이다
바리공주 하온 말삼 표적 가져왔는다
아기 칠일 안저고리를 가져왔는다
저고리를 바다 보고 죄가 많어 국가 자손을 이 산중에 바
렸으랴 하옵시고
용류를 쌍쌍이 흘리고 표적을 드리랴 하옵시니
양전마마 생월 생시와 애기 생월 생시와 빙준하오니 같더이다

그리하여 못 가오리라 하옵시고
다시 표를 가져오라 하옵시니
금장반에 정안수를 담아
대왕마마 무명지 베히고 아기 무명지 베혀
물에 들이오니 한대 합하는지라
고육이 적실하니 가겠노라 하옵시니
그리하옵면 금년을 드리옷까 옥교를 드릿까.
위문 패문을 드리있까
아기 하오 말삼 금년 모년과 위문 패문을 드리닛까
뱅준하리 그리하오면 거동시위로 하오릿까
거동시위를 내 아드냐 단기 마상으로 가려노라 하옵시고
풍도를 염하여 속빈 공양
나무 뒤에 발였든 죄낭여는
권문 밖에 인관패초 대령하였난이다
대왕마마 전교하옵신 말삼 권문에 들나 하옵시니
바리공주 대명전에 읍하시니
대왕마마 용류를 흘리시며 전교하온 말삼
저 자손아 우름을 끝이라 하옵시고
너를 미워 바렸으랴 역정게레 바렸고나
춘 삼석은 웃찌 살고
동 삼석은 웃찌 살고
배 고파 웃찌 살었느냐
바리공주 하온 말삼
추어도 어렵삽고 더워도 어렵삽고 배고파도 어렵삽던이다
어하 저 자손아 부모 효향 가려느냐 바리공주 하온 말삼
아흔 아홉 깁장 속에 청사 도듬 혹사 이불
진주 안석에 귀히 길닌 여섯 형님내

어찌 부모 효향 못 가리라 하던잇까

여섯 형님네 시측하여 모였다가 하옵는 말삼이

뒷동산 후원 안에 꽃구경 가삿다가

동서남북을 분간치 못하고 대명전을 찾지 못하여

못 가넌이다 하고 우는 소래 오유월에 악마구리 우는 소래

같드니다

십색을 부모님 복중에 있아옵는 효로 부모 효향가오리다

비단창옥 비단의 고의 고혼 패랑이와

무쇠징방 무쇠주령 무쇠신을 하여 주시면 가라 하난이다

그리하여라 하옵시고 비단 창옷 한죽 비단 고의 한죽 무쇠

장군 무쇠질방

무쇠신 무쇠주령 새패랑이를 하야 사송하옵시니

비단 고의 입고 비단 창의 입으시고

새패랑이를 숙여쓰고 여화 위남 하옵시고

바지 끝에 양전마마 투셔 받고

속것 끝에 여섯 형님내 투셔 받은 후

하죽하고 전문 밖을 나서니 동서를 분간치 못할내라

까막 까치 고개 조와 나무와 둘이 인도하여 가노라니

슬프다 바리공주

무쇠주령을 한번 둘너 짚으시니 천리를 가옵시고

두번을 둘너 깊으시니 이천리를 가옵시고

세번을 둘너 깊으시니 삼사천리를 가시노라

이 때가 어느 땐고 춘삼월 망간이라

백화는 만발하고 시내는 잔잔한대

푸른 버들 속에 황금 같은 꾀꼬리는 벗 부르는 소래너라

앵무 공작 회롱하는 뿐이로다

우여라 슬프다 바리공주 머리를 만져보니 바위덕석 되였구나

바랑을 만저 보니 쇠덕석이 되었구나
머리를 다시 만저 보니 월령석 금바위에 반송이 덮혔는대
석가여래 아미타불 지장 보살님이 바둑 장기 두시거늘
나아가 재배하오니 석가세존님은 눈을 감으시고
아미타불 지장보살님이 하는 말삼
귀신인가 사람인가 날즘생 길즘생도 못 들어오는대 천궁을
범하였는다
소신은 조선국왕의 일곱째 대군일너니
부모 효향 왔삽다가 길을 잃고 찾지를 못하오니
부처님 덕택에 길을 인도하옵소셔
그제야 석가세존님이 국왕의 칠공주란 말은 들었거니와
일곱째 대군이란 말은 듣던중 처음이로다 하옵시고
네가 하날은 속이려니와 나는 못 속히리라
너를 태양 서촌에 버렸을 재
잔명을 구제하였거든 나를 속일소냐
부처님 속인 죄는 무가 팔만사천지옥으로 가느니라
그리도 하거니와 네가 육노 삼천리를 왔거니와
험노 삼천리가 남았는데 웃지 가려느냐 하옵시니
가다 개주검하여도 가려 하난이다
정성이 지극하면 지성이 감천이라
너 말이 가득 하옵시니 길을 인도하리라
네가 낭화 가져 왔너냐
총망중에 못 가져 왔난이다
낭화 세 가지를 주시고 금주령을 주시며
이 주령을 끌고 가면 험노는 육지되고
육지는 평지 되며 대해는 물이 되난이다 하옵시고
바리공주를 주시니 쌍수로 받시 하직하고

한 굿을 나아가니 칼산지옥 불산지옥
독셔지옥 한빙지옥 구렁지옥 배암지옥
물지옥 흔암지옥 무간 팔만사천지옥 넘어가니
칠성이 하날에 닿았는데
구름 슈여넘고 바람도 슈여 넘는 곳에
귀를 기우려고 들으니 죄인 다스리는 소래
육칠월 악마구리 우는 소래더라
낭화를 흔드니 칠성이 다 무너져 평지 되거날
다스리던 죄인을 보니 눈뺀 죄인 팔없난 죄인
다리 없는 죄인 못 없는 죄인 합츤 귀졸이 나와
바리공주께 고월을 제도하여지라 하오니
공주 하온 말삼 서방경토 극락세계 삼십육만인
십일만 구천오백 동명 동호 대자비 아미타불 극락세계
시왕 가리 시왕 가고
극락 가리 극낙 간 연후에
슬프다 아모 망제도 바리공주 낭화 덕에
세왕세계 왕생천도 하옵소서
그곳을 지나가서 약수 삼천리 다다르니
이곳은 짐생의 깃도 가라않고
배도 없는 곳에 바자이다가
부처의 일으신 말삼을 무득 생각하고
금주령을 던지시니 한 줄 무지개가 스거날 그을 타고 건너
가서
무장승을 보니 키는 하날에 닿읍고
눈은 등잔 같고 얼굴은 장반 같고
발은 석자 세치 되는 이가 앉었거늘
그 앞을 다다르니 무장승 말삼이

사람인가 귀신인가 열 두 지옥을 웃지 넘어 오며

청성이 하날에 닿았는대 바람도 쉬어 넘고

신지이 슈진이 해동창 보라매라도 다 슈어 넘는 곳인데 웃
지 넘어 오며

약수 삼천마난 웃지 넘어왔느냐 하옵시니

나는 국왕의 일곱째 대군일너라

무장승의 양여수를 얻어다가 부모 효행하자 하옵고 왔나이다

무장승 하온 말삼 그대 길값 가져 왔는가

충망중에 못 가져 왔나이다

길값세는 나무 삼년하여 주고

그난 그리 하셔이다

삼값세는 불삼년 때여 주오

그도 그리 하오리다

물값세 물삼년 기러 주소

그리 하셩이다

석 삼년 아홉해 넌짓 되니

그대의 상이 남누하여 뵈아

앞으로는 국왕의 기상이요

뒤으로난 여인의 몸이니

그대와 날과 천상 배필이니

일곱 아들 산전 바다 주소

양전마마 투셔 끌너 길아래에 화산하고

천찌로 장막 삼고 일월로 등촉 삼고

산수로 평풍 삼고 금잔디로 중의 삼고

샛별노 요강 삼고

썩은 나무 등걸로 원앙금침 잣베개 삼아 두고

초경에 거스리다가 삼사오경에 이른 후에

위거지성을 일은 후에 일곱 아들 산전 바다
부부지정도 중커니와 부모 효행 늦어 가니 밧비 가려 하나
이다
무장승 마삼 앞바다를 물구경 하고 가소
구경도 경이 없소이다
뒷동산 꽃구경 하고 가소
꽃 구경도 경이 없소이다
초경에 꿈을 꾸니 금관저가 부러져 뵈고
이경에 꿈을 꾸니 신관저가 부러져 뵈니
양전마마 승하 하옵신 몽사오니 밧비 가려 하나이다.
그리하면 그대가 길은 물은 양연수요
베든 풀은 계안주요
뒷동산 후원 안에 연수 세가지
숨사리 뼈사리 살사리 삼석도화 별이오니 눈에 넛코
계안주는 몸에 품고 양연수는 입에 너흐라 하시고
올 때는 무쇠장군이나 갈 때는 금장군이 되야
물을 넣어 질머지고 하직하고 나서오니
무장승 은하 말살
그전에는 홀노 살았거니와
인제는 홀노 살 수 없아오니 공주 뒤를 좇아 가리로다
그도 부모 효행이니 그도 그리 하셔이다
갈 때는 한 몸이더니 둘아올 때는 아홉 몸이 되었고나
갈치산 불치고개 아미타불
대세지고개 너머오니 앞으로는 황천강이오
뒤흐로는 유사강이 너여울 피바다에 쥬쥬리 떠오난 배에
염불 송짜하고 아미타불 공부하여
련화 꽃이 사방에 바쳐 있고 거북이 받들고

청용 황용 끌어온난 배는 어떤 밴고
그 배에 오는 망제는 세상에 있을 적에
다리 노완 만인 공덕 원을 지어 행인 공덕
절을 지여 중생 공덕 옷을 벗어 시주하고
배고픈 사람 밥을 주어 부엌 공덕
염불 공부 만인 시주 하옵시고
극낙세계 연화대로 소원성취 하러 가는 배로셩이다
그 뒤에 오는 배는 풍류로 연락하고
화기가 만발하며 웃음으로 열락하여
고혼 향기가 가득하여 맑은 기운을 떠여 오는 배는 어떤 밴고
그 배에 오는 망제는 세상에 있을 적에
나라에 충신이요 부모에 효성 있고
동기간에 우애 있고 일가에 화목하고
동내 사람에게 구슌하고 가난한 사람 구제하면
선심으로 평생을 살고
초단에 사제 삼성 지노기 받고
이단에 새남 받고 삼단에 법식 바다
선왕제 사십구제 백일제 바다
극낙세계세 왕세계왕 생천도하여 가는 백로셩이라
또 그 뒤에 오난 배는 활든이 총든이 창든이
머리 풀어 산발하고 의복도 벗고
울고 결박하고 살기 중천하고
모진 악기 가득하여 오난 배는 어떤 밴고
그 배에 오는 망제는 세상에 있을 때에
나라에 역적이요 부모에 불효 동기간에 우애없고
일가에 살이 세고 동네 사람에게 불효하고
시주도 못하고 남의 음해 잘 하고

남의 말 엿 듣고 억매 흥정하고
이간질하여 쌈 부치기와 사람 죽이기와
탐이 많아 저근 되로 주고 큰 말되로 받고
김생 많이 살성하고 만법 공수에 비방한 죄로
한탕지옥 칼산지옥으로 가는 배로셩이다
저기 둘 우에 언처서 불도 끄고 달도 없고
임자 없이 엱혀 있는 배 어떤 밴고
그 배에 있는 망제는
무자귀신과 해산길에 간 망제와
신왕제 사십구제와 사자 삼성과 지노기 새남도 못 받고
길을 잃고 세계를 몰나 임자 없이 엱혀 있는 배로셩이다
우여라 슬프다
아모 망제 정성 받으실 자취에 바리 공주가 천도하여
선삼하여 가는 배 우에 올나
아미타불 지장보살님 염불 바다 극낙 세계 시방세계
연화대로 왕생천도 하셩이다
그렁 저렁 다 지내고 상임 뜰을 다다르니 소여대여 나오신다
초산에 나무 비는 목동더러 어이하여 소여대여 나오시나
물은즉
목동들 하는 말이 인정받고 말하노라
아기 업었던 수건 일곱자 일곱치 고를 풀너 인정 쓰니
그제야 입을 열어 말하되
양전마마 한날 한시 승하 하옵서 인상 거둥이로셩이다
명전 삼전 도라 보니 임금왕 자 뚜렷허다
그제야 머리 풀너 발상하고
무장신은 감추오고 일곱 아들 감추고
소여꾼 물니치고 대여꾼 물리치고

다목을 도도 괴고 앞매 일곱 밧매 일곱
소대렴 매를 푸러 좌수 우수로 편안이 하옵시니
조정백관들은 아래로 시위하고
시여상궁들은 장안으로 들나 하고
양연수난 입에 넣고 계안수난 품에 넣고 별이 용은 눈에 넣니
양전마마 일시에 일어 앉이시며
잠결이야 꿈결이야 상임뜰은 무삼일이야
앞바다 구경하러 왔느냐 뒷동산 꽃구경 왔느냐 하옵시니
조정백관 알외오되 바렸던 자손이 약수를 얻으러 갔다가
양전마마 효춘하셨나이다
그러하면 밧비 황궁하사 하옵시니
나오실 적에는 애는 곡셩으로 인산거동일너니
들어가실 제는 거동 시위를 분명히 차려
가전 가호전 시위비궁 시비봉투 별감 근년 시위하여
녹의 홍상 꽃밭 되여 호아궁하신 후에 대왕마마 하옵신 말삼
이 나라를 반을 비여 너를 주랴
나라도 지여야 나라옵고
그러면 사대문에 드러오는 재산 반을 난화주랴
그도 다 실삽나이다 그간 저는 죄를 지어 왔나이다
무삼 죄를 지어 왔능가
부모 효행 갔삽다가 무장승을 얻어
일곱 아들 상전 받아 왔나이다
그 죄가 네 죄가 아니라 우리 죄라 하옵시고
무장신 입시들나 하옵시니
구화문에 사모뿔이 걸녀 못 들어 오난이다
옥도끼로 찍고 들나 하옵시니
무장승 입시하여 보옵시고 깜짝놀라 하옵신 말삼

엄장이 저만 하고 일곱 아달 있다 하니 먹고 살게 하여 주마

비리공덕 할미 하라비 강님도령도 다 먹고 입게 제도하여
주옵소서

무장신은 산신제 평토제주 받게 점지하시고

비리공덕 하라비난 슬프다 아모 망제 나올 적에

노제 길제 받게 점지 하옵시고

할미는 새남 받을 제 가시문 쇠문 시양문 별비 받게 점지
하옵시고

바리공주 일곱 아들은 저승에 십대왕이 되여

먹고 입게 점지한 후에

바리공주는 인도국왕 보살이 되여

절이 가면 수룩제 만발 고양 받으시고

들노 나리시면 큰머리 단장에 은아몽도리

넓은 홍띠 입단 초마 수저고리 찰난이 입은 후에

은원도 삼지창과 화화복 쇠줄 쇠방울 쉰살 부채 손에 쥐고

치어다 보니 백채일 내려다 보니 뉴최일

쇠슬문 대설무 연지왕 나삼과

천근 대도형 받게 점지하시고

슬프다 아모 망제 임석은 입서근 후에

선의궁 말미와 열시왕 불과도 제중생

십생말생 법생원용 사십팔원 도제중생을 제제히 외우시고

밝은 길은 시왕길이오 넓고도 어두운 길은 칼산지옥이오

좁고도 밝은 길을 찾아가면

개똥 밭이 유리되고 황모란 백모란에

철죽 진달래 왜송 반송 노간주 상나무

맨드라미 봉선화 얼그러지고 뒤트러졌으니

꽃가지 꺽지 말고 시왕세계 극낙세계 상상구품 연화대요

지년으로 왕생극낙 하소사
나무아미타불 일세동방 삼세성방 구절토
사세북방연안강 도렁청정무아래
삼호성영강책이 아급지열무지암
원사자별필가유 개유무신탐진치원원바란이오
제일전에 진광대왕
제이전에 초광대왕
제삼전에 송게대왕
제사전에 오광대왕
제오전에 염라대왕
제육전에 변성대왕
제칠전에 태산대왕
제팔전에 평등대왕
제구전에 도시대왕
제십전에 철융대왕

바리공주의 풀이

오구대왕은 14세에 19세된 병온과 결혼하였다. 신부인 병온이 달덩이처럼 어여뻤기 때문에 오구대왕은 아주 행복했다. 그런데 결혼한지 3년이 지나도록 아이가 없자, 오구대왕과 병온은 백일 기도를 드렸다.

그랬더니 아이를 낳았는데 딸이었다. 오구대왕은 비록 좀 섭섭하기는 했으나 다음에 아들을 낳으면 되리라 생각하고 딸 아이의 이름을 '청난'이라고 하였는데, 3년 뒤에 또 딸을 놓고 이렇게 3년마다 딸을 놓아 일곱이나 되었다.

오구대왕은 일곱째마저 딸이자 몹시 노여워하며,

"이번에는 더 참을 수가 없다. 이 아이를 궁궐 뒤뜰에 버려라!" 하였다.

신하들이 아이를 버리자 병온의 가슴은 찢어지는 듯했다.

그런데 궁궐 뒤뜰에 버려진 아이를 낮에는 새가 보호하고 밤에는 들짐승이 나타나 젖을 먹이며 보호했다.

이를 본 오구대왕은 괴이하게 여기면서 '내가 전생에 너무 많은 죄를 지어 옥황상제께서 딸만 일곱을 주신 것이니 막내딸을 서해 용왕님께 바치리라.' 생각하고는 신하를 시켜서 옥함을 만들게 했다. 그리고 공주의 이름은 바리데기(버려진 아이)라 했다. 옥함에다 공주를 넣고 바다에 띄워 보냈으나 두 번이나 계속 용솟음쳐 올라오다가 세번째는 어디선지 금거북이 나와 등에 지고 어디론지 가버렸다.

타향산 서쪽에 밤만 되면 하늘에 서기(복되고 길한 기운)가 어리고 낮이면 구름과 안개가 자욱이 끼었다. 이곳을 지나던 웬 늙은이 내외가 부처님을 찬양하며 걸을 때 눈부시게 빛나는 옥함을 보았다. 놀란 늙은이 내외는 불경을 외우고 치성을 드리니 옥함이 열렸다. 그 안에 있는 귀엽게 생긴 계집아이를 보자 그들은 하늘이 내려준 자식이 틀림없다며 근처의 빈 초가집에서 그 아기를 지성으로 키웠다.

아이는 가르쳐 주지도 않았는데 스스로 글을 깨우치고 이 세상의 모든 일들을 훤히 알았다. 어느덧 바리공주도 열다섯 살이 되었다.

한편으로 바리공주의 부모인 오구대왕과 병온은 갑자기 병을 얻어 자리에 눕게 되었다. 아무리 좋은 약을 써도 낫지 않자 그들은 점쟁이를 불렀다. 점쟁이가 말하기를,

"대왕의 병은 하늘이 내린 자손을 버린 벌이라 서천 서역국의 약수를 마셔야만 나을 수가 있습니다"

하고 말했다. 그래서 오구대왕은 딸들을 모아놓고 말했다.

"공주들아, 우리가 서천 서역국의 약수를 마셔야만 살 수 있다고 하니 너희 중 누가 구해오겠느냐?"

오구대왕이 딸들에게 부탁했으나 모두들 거절했다. 이때 병온은 문득 바리공주가 생각났다. 오구대왕도 바리공주가 보고 싶었다. 그래서 신하들에게 바리공주를 찾아오라고 명령했다.

며칠 후 한 신하가 대왕에게 와서

"제가 천기를 살펴보니 타향산 서쪽에 아무래도 공주님께서 계신 것 같습니다."

하고 말해 대왕은 급히 그곳으로 사람을 보내 알아보게 하였다. 대왕의 신하들이 서촌을 찾아가 그곳에 살고 있는 늙은이 내외에게 말했다.

"소인은 오구대왕의 명으로 일곱째 공주를 찾으러 왔습니다. 혹시 이곳에 공주가 계시면 안내해 주십시오."

늙은이 내외는 그들을 공주에게 안내했다. 그러자 바리공주는 그들에게 오구대왕의 신하라는 것을 증명해 보이라고 했다. 그들은 공주가 태어났을 때 입던 안저고리를 하나 내놓았는데 그것은 확실히 바리공주가 가지고 있던 것과 일치하였다. 바리공주는 즉시 부모에게 달려가 15년만에 부모를 뵙고 눈물을 흘렸다.

"아버지, 어머니 소녀가 왔습니다. 진작에 찾아 뵙지 못한 불효 자식을 용서해 주십시오."

"아니다. 내가 너를 버리지 않았으면 이러지 않았을 것이다. 우리는 이제 언제 죽을지 모른다. 다만 서천 서역국의 약수를 먹으면 낳을 수 있으나 구할 수가 없으니 마지막으로 너라도 보고 싶어 너를 찾았단다."

바리공주는 눈물이 비오듯 하였다.

"아버지, 어머니 두 분을 위해서 제가 무슨 일인들 못하겠습니까. 그 동안 제가 못한 효도를 이번에 하겠습니다."

공주는 이렇게 말하고 곧 맏 언니의 저고리, 둘째 언니의 치마, 셋째 언니의 고쟁이(속바지), 넷째 언니의 속옷을 입고 다섯째 언니의 버선을 신고, 여섯째 언니의 댕기를 드렸다. 그리고 약수를 뜰 주발과 약수를 담아올 은동이를 옆에 끼고 무쇠 신을 신고 무쇠 지팡이를 들고 길을 떠났다. 공주는 산 넘고 물 건너 서쪽으로만 가다가 월수천 건너 바위에서 빨래하는 아낙네들을 만났다.

"여보세요, 서천 서역국을 가려면 어디로 가야 합니까?"

"이 검은 빨래를 눈처럼 희게 빨아주면 가르쳐 주지요."

바리공주가 빨래를 해 주자 아낙네들은 길을 가르쳐 주었다.

"저기 저 길로 가다가 다리를 놓는 사람에게 물어보시오."

이렇게 바리공주는 빨래를 빨고, 무쇠 다리를 놓고, 탑을 쌓아 주고, 그 다음 스님을 만나 부처와 보살이 바둑을 두는 곳까지 가게 되었다.

바리공주가 나타나자 보살이 깜짝 놀라며 물었다.

"그대는 귀신인가, 사람인가? 날짐승, 산짐승도 들어오지 못하는 이곳을 어찌 들어왔는가?"

"소녀는 오구대왕의 일곱째 딸인데, 부모님의 목숨이 위태로워 서역국의 약수를 구하기 위해 가는 중이옵니다. 부디 부처님께서는 소녀의 뜻을 불쌍히 여기시어 길을 가르쳐 주십시오."

"그대가 육로로 삼천리를 왔지만 앞으로 더 험한 삼천리가 남아 있는데 어떻게 가려고 하느냐?"

"부모님을 살리는 일이라면 어떤 어려움이라도 감당하겠사오니 부디 앞으로 남은 길을 가르쳐 주소서."

부처는 바리공주의 하소연에 감동해 낭화(浪花) 세 가지와 금 지팡이를 주면서 길을 가르쳐 주었다.

"이 지팡이를 끌고 가면 험한 길은 평평해지고, 언덕도 평지가 되고 바다는 못이 될 것이다. 그리고 이 낭화 세 가지는 어려움을 당할 때 도움이 될 것이다."

바리공주는 부처가 주는 선물을 가지고 길을 떠났다. 이제부터는 인간이 사는 세상이 아니었다. 칼이 수풀처럼 솟아있는 칼산 지옥, 불이 활활 타오르는 불산 지옥, 얼음이 늘 얼어있는 한빙 지옥, 그외 구렁이 지옥, 뱀 지옥, 물 지옥, 암흑 지옥 등 무려 팔만 사천 지옥을 넘어야 했지만 바리공주는 부모님을 구해야겠다는 일념으로 어려움을 참고 견뎌냈다.

마침내 구름도 바람도 쉬어 간다는 철성에 이르렀다. 철성에서는 사람들의 신음 소리, 아우성 소리가 들려왔다. 그것은 죄인을 다스리는 소리였다. 순간 무서워진 바리공주는 낭화를 흔들었다. 그 순간 그처럼 우람하던 철성이 무너지고 형벌을 받던 사람들이 모두 나와 공주에게 매달려 살려달라고 요청했다. 공주는 다시 낭화를 흔들어 그들을 극락세계에 가게 해 달라고 빌고 그곳을 떠났다.

한참 가다가 큰 강물 앞에서 공주는 금지팡이를 높이 들어 강물에 던졌다. 그러자 오색 찬란한 무지개 다리가 놓였다. 공주가 그 다리를 타고 강을 건너 언덕에 이르렀을 때 거기에는 무섭게 생긴 거인이 있었다. 그는 이곳의 주인인 무장승으로 바리공주를 보자마자 우뢰같은 소리로 말했다.

"그대는 사람인데 어떻게 여기까지 왔는가?"

"소녀는 오구대왕의 일곱째 공주인데 병든 부모를 위해 서역국 약수를 구하려고 여기까지 왔습니다. 부디 소녀를 불쌍히 여겨 길을 열어 주십시오."

"참으로 기특하오. 그러면 3년 동안 나무를 하고, 3년 동안 불을 때고, 3년 동안 물을 길어주시오."

"그렇게 하겠습니다."

이리하여 바리공주는 9년 동안 무장승을 위해 일했다. 그런데 9년이 지나자 무장승은 딴청을 부렸다.

"내 아내가 되어 아들 일곱만 낳아주면 약속을 지키겠소."

바리공주는 그렇게 하겠노라 약속하고 아들 일곱을 낳아 주었다. 그러자 무장승은 말했다.

"그 동안 그대가 길어온 물이 서역국 약수요, 그대가 베던 풀이 계안주요, 뒷동산의 연수(연기나 안개, 구름 따위에 싸여 뽀얗게 멀리 보이는 나무) 세 가지가 삼색 복숭아꽃이니 이것들을 가지고 가서 부모를 살리시오."

바리공주가 챙겨 떠나려 하자 무장승이 자기도 같이 가자고 하였다. 바리공주는 무장승과 이미 부부가 되었으므로 동의하였다. 어느덧 고향에 이르렀으나 이미 부모님은 돌아가시고 상여를 메고 가는 것을 보았다. 바리공주는 급히 장례 행렬을 멈추고 서역국에서 가져온 약수를 부모님 입에 한 방울씩 넣고 계안주는 품에 넣고 연수는 눈에 넣었다. 그러자 죽은 살이 다시 불그스름하게 살아나고 심장이 뛰기 시작했다. 그리고 감았던 눈이 스르르 떠졌다. 오구대왕과 병온부인은 다시 소생한 것이다. 그제서야 오구대왕은 바리공주를 보고 눈물을 흘렸다.

한편, 부모의 장례를 치른 여섯 공주는 서로 자기가 오구대왕의 재산을 많이 가지려고 싸우다 오구대왕이 다시 살아났다는 소식에 모두 도망치고 말았다.

집에 돌아온 오구대왕은 바리공주에게 나라의 반을 주겠다고 했으나 바리공주는 다만 부모의 허락도 없이 결혼하여 아들까지 나은 것을 용서해 달라고 했다.

오구대왕은 공주의 말을 듣고 그들의 결혼을 허락하며 무장승을 맞아 들였다. 이리하여 무장승은 산신제와 평토제(장사때 무덤을 만든 뒤에 지내는 제사)를 받도록 점지하고, 바리공주의 일곱 아들은 저승의 십대왕이 되어 먹고 입을 수 있도록 점지하고, 바리공주는 서역국의 보살 수륙재(물가에서 수륙의 잡귀를 위해 재를 올리는 법회)에 공양을 받을 수 있도록 점지하였다.

그뒤 바리공주는 죽어서 무신(巫神)이 되었다.

제석(帝釋)굿

제석(帝釋)은 불가에서 지칭하는 천신(天神)으로 생산신 또는 수복(壽福)을 관장하는 신이다.

천개어자(天開於子)하니 지벽어축(地闢於丑)허야 땅이 생겨 마련하고
허궁천(虛空天)이 비비천(非非想處天) 사마도리천(四魔忉利天)에 열세황(十三王)을 마련할 제
법은 증법(正法)이 국은 백제국이
도는 잡으시니 충청남도의 부여군이 올습니다
중 하나가 나려온다 중 하나가 나려온다
얼고도 검은 중아 검두서두 얼근 중아
고개 고개 매친 중아
충암에 절벽산 때고르르 궁그러도 슬금도 않이 헐 중
저 중의 호사보소 저 중의 치레 보소
굴갓은 숙여 쓰고
단주는 팔에 걸고
염주는 목에 걸고
구절 욕절 뒤에 갖다 지고
백제포 장삼에 다홍띠 띠고
호늘거리고 나련온다
저 중이 어디 가는 중이냐

열두 골 선비네, 어디 가는 중이냐

지석(帝釋)각씨 맏딸애기 인물 좋다 구경을 가옵니다

우리 같은 열두 골 선비님네도

앉어 삼년 서서 삼년 숙삼년을 살았어도

움도 싹도 못 보았넌디

느이 같은 중늠(놈)이 지석각씨 보겠느냐

중이 허넌 말이

만건 연의 지가(제가) 들어가서 지석각씨 맏딸애기 보고
오거드며넌

열두 골 선비네 가슴이 피를 내야 제 앞이다 받치고

못 보고 오거들랑 열두 골 선비님네

저의 앞이 와서 상자(上佐僧)노릇하여 주오

중의 고름 선비 맺고 선비 고름 중이 맺고

흐늘거리고 들어가네

중이 가서 보니 열두 대문이 잠겼구나

문 밖이 서서 염불을 허너라니

하늘이 법화경(法華經) 땅이는 시설경(世說經) 부모님전
수심경(愁心經)

양주의 해령정(和樂經) 자식의여 애중경(愛情經)

천지팔양경(天地八陽經)을 열두번을 읽고 나니

쇠(열쇠) 없어두 문이 정기렁 정덕궁 열리는구나

한 대문을 들어가니 목딱을 또르락 광쇠(꽹매기)는 쾅쾅

정월이라 대보름날 청제산의 청제 중이 재미(齊米) 동냥
왔읍니다

금단춘이 내보내니 은에 문이 스쳐 부처님 전에 어이 하며

단단춘이 내보내니 은에 물이 스쳐 부처님 전에 어이 하오
리까

주는 재미 퇴송하니 지석각씨 맏딸애기 행세 보소
구름 같은 머리여 반달 같은 이렁선이 월월선선 빗껴 내여
유문갑사(甲紗) 홍초댕기 끝만 물려 끝만 물려 디려 놓고
만석댕여 잘잘 끌고
아버니 잡숫던 복주께 싹싹 닦어 내던지고
재미를 하나 떠 가지고 아장아장 나가너라니
중늠이 좋아라고 수박같은 대가리를 둥굴둥굴 내둘누며
주는 재미는 아니 받고 지석각씨 맏딸애기 손질(손길)을
덥벅 잡어
여이 여 봐라 이 중늠아 중의 행세 다 이러냐
이 중 저 중 해표(駭悖) 말소 나두 자네님을 보울랴고
십오세여 걸이 올라 머리 깎고 단발하고
팔노한각(八路行脚)을 다 댕겼는디 오늘이야 만났네
어머니가 지시며는(계시면) 대 칼(단칼)에 죽을 중아
아버니가 지시며는 불칼에 죽을 중아
아홉 오라번네 지시며는 작두칼에 죽을 중아
어머니는 어딜 가고 아버지는 어딜 가고 아홉 오라번네는
어딜 가셨느냐
어머니는 꽃구경이 좋다 하여 화류노름 가셨노라
아홉 오라번네들은 서울로 장기 바둑 두러 갔네
아버지는 어디 갔나
황천가기 멀다허여 황천놀음 가셨노라
모두 이겨어 이─이이, 이이─
나 댕겨간 숙달 열홀만이는 바람이 나올테니 바람이 나거들랑
정제산이 정제중만 찾어 오소
문밖이여 섰던 중이 마당이여 들어서고
마당이 섰던 중이 방으로 들어와 앉이나 다를소냐

그중 다녀간 숙달 열흘만이 바람이 나는구나
밥이서는 생쌀내야 국이서는 날장내야 물이서 해검내야
오색 각색 음식이 냄새가 나는구나
한달 두달 피를 모고
숙달에 입덧 나고
석달이 사대 삭신 마련허고
다섯달이 반짐 실어
여섯달이 굽어도니
어머니가 오시더니
아가 아가 딸아가 네 그리 이쁜 얼굴이 지미(기미)가 웬일
이고
앞산은 높어지고 뒷산은 꺼졌으니 웬일이냐
네 방이 중 내가 웬일이냐
어머니 아무 죄도 없읍니다
정월이라 대보름날 청제산이 청제 중이 와서 재미 달나 하
옵기여
재미 준 밖에 없읍니다
너의 오라번네 오시며넌 이 일을 어쩔꺼나
아홉 오라번네 오시더니
여봐라 동상(同生)에애야 네 방이 중 내가 웬일이고
그리 이쁜 얼굴이 지미가 웬일이고
앞산은 높아지고 뒷산은 꺼졌구나아—
너를 두었다는 우리 아홉 성제(兄弟)네가 이마의 대쪽을
못 붙이구 댕기겠구나
이 일을 어쩔꺼나
일변을 쥐길녀고 구름같은 머리채를 후이후이 친친감어
쥐고 이간 대청 끌어내니

어머니가 우르르 달녀들어

여봐라 아홉 성제네야 쥐겨두 내 말 듣고 살려두 내말 들어라

느이 아버니 고집 세여 이 집터 잡어 상낭헐 때

증상도(경상도) 내려 가서 양반 지관(地官) 데려다가

집터잡어 상낭허면 양반 사위를 얻고

전라도 네려가서 중의 지관 데려다가 집터 잡어 상낭허면

중의 사위 얻으리라 하더니만

중의 사위 얻었구나

쥐기는 것두 보기 싫구 살리는 것두 보기 싫다 저 갈 데루

보내여라

우리 아홉 성제네가 부모의 말을 아니 들으면 불효자라

저 갈 데루 보내는디 문 밖이를 나가는디

시대삭각 숙여 쓰고 아홉 오라번네 서서 허넌 말이

여봐라 동상아이야 세상이 질년(吉年) 두기는 어디다 두고

시대삭갓 숙여 쓰고 밤질이 웬일이냐

여보시요 오라버니 그 말 마르오 나는 천상(天生)연분 이

질배아피(二之配匹)라 중에 낭군 찾어가오

어머니 은죽절(銀竹節—銀 비녀) 두 나를 주고

아버니 은주령(銀지팡이) 두 나를 주고

오라버니 논(畓) 문서 날 반만 주오

대문밖이 다달아서 대로변이 가자허니 인간 무서 못 가건네

소루 질누 가자허니 초루(草露) 미서(무서) 뭇가건네

어머질로 둘아서서 아홉 모랭이를 둘아가서

청제산이 청제 중아 황제산이 황제 중아

한번을 불너내니 물이 울어 대답허고

두번을 불러내니 산이 울어 대답허고

삼시번 불너내니 산천이 우끈우끈

어떠헌 중늠이 목딱을 치느라 꽈꽝 꽝꽝허넌구나

또 한 중늠은 바래(바라—囉)를 치느라고 채쟬챌챌 허넌구나

목공이란 놈은 밥을 허고, 목공이란 놈이

여보시요 시님(스님) 언뜻 보면 달도 같고 언뜻 보면 해도 같고

월공에 선녀 같고 떠오르는 반달 같은 아가씨가 찾입니다

두 손을 가블가블 어서 오소 어서와

정월이라 대보름날 수표 한장 던졌더니 날 찾어 구는구나 어서 오소 어서 와

여봐라 이놈아 너고 나고 무슨 대천지 웬수(怨讐)냐

웬수라면 그럴꺼나 적이라면 그럴꺼나

천상연분 이질배아피라 기(그) 누가 말릴소냐

금방석두 깔어 주고 꽃방석두 깔어주며

금방석두 나는 싫다 꽃방석두 나는 싫다

그러구 저러구 뱃속이 들은 애기 이름이나 지어 봐라

아들애기 낳거들랑 석달 열흘이라 아니 무너질 슬미산(須彌山)이라 이름짓고

딸애기 낳거들낭 청제산(靑帝山)이라 이름짓소

여봐라 상자(上佐)들아 느이도 속가의 나려가서 장가들어 살림해라

나도 중노릇 그만 허고 살림이나 헤여보자

부처님 모셔다가 물 가(邊)의다 앉혀놓고

불효자요 불효자요 부처님전에 불효자요

살려주오 살려주오 천사 만가지 일을 생각해서 살려 주시오

일변의 큰 법당 헐어 내야 몸채 삼간 지여 놓고

작은 법당 헐어 내야 행낭 삼간 지여 놓고

방안 치례를 볼작시면 각상 장판 소라 반자 늬(네) 구(귀)

번듯 눌러 놓고
청용 되여 황용 떼여 황용 되배에 청용 떼여
옹장봉장 을미장에 자기암송에 반다지
이침 저침 꾀꼴 소래 근풍이 매화자마 이리 저리 눌너 놓고
새별 같은 요강 대야 발치여 발치 밀쳐 놓고
여보시오 마누라 장삼은 뜯어내야 자네님 소껏(속곳-속
것)이나 허여 입고
바랑망태 뜯어 내야 아기 포단 지여 주고
굴갓일낭 갖다가서 장꽝이나 덮어 보고
주령막대 분지러서 부지댕이나 허여 보고
목딱을낭 깨트러서 한쪽각을낭 아기 쉬아(오줌) 종그락이
또 한 쪽을낭 장물(간장) 종그락이 하여 보고
모두 이겨-어어
이만큼 사는 집이 하님이 없으며는 너미(남이) 보기 무식
타 한다
하님(하님)을 붙느는디
정월이 드느는 낫다고 정월데기
이월이 낫다고 영등데기
삼월이 낫다고 삼월데기
사월이 낫다고 관동데기
오월이 낫다고 단오데기
유월이 낫다고 유두데기
칠월이 낫다고 칠성데기
팔월이 낫다고 가위데기
구월이 낫다고 구일데기
시월이 낫다고 만으데기
동짓달이 낫다 팥죽데기

숫달이 낫다 그믐데기
말 잘허는 앵무새
춤 잘 추는 학두룸
큰방 갈방에 가루다지
국화새미가 완자지벽
밥 잘 허는 밥단이며
지(김치) 잘 담는 채단이며
이겨 다 하님이

제석굿 풀이

　서역국의 석가여래는 도를 닦아 풍운 둔갑술을 터득하고 나서 세상 인심을 살피고자 조선국까지 온다. 그리고 요조숙녀로 소문 난 명공대가의 딸인 당금 아가씨를(여기서는 지석각씨)를 찾아온다. 그 집에는 부모와 오빠들이 공사로 다 나가고 아가씨와 두 하녀만 있었다. 스님은 도술로 여러 문을 열고 들어가 시주를 청했다. 당금 아가씨는 스님의 요구대로 쌀을 시주하나 스님은 일부러 터진 바랑으로 받아 쌀을 다 쏟는다. 그리고서는 아가씨에게 일일이 주어 담게 하니 날이 저물게 되었다. 그러자 이번에는 하룻밤 묵어 가기를 원한다.

　그날 밤에 스님은 도술로 당금 아가씨에게 잉태시킨다. 그리고 앞으로 삼태자(三胎子)를 낳을 것이니, 아이들이 7살이 되면 서천국으로 자기를 찾아오게 하라면서 박씨 3알을 주고 간다.

　집에 돌아온 부모는 당금 아가씨가 잉태한 것을 알고는 가문의 수치로 여겨 토굴 속에 가둔다. 십삭 만에 아가씨는 세 쌍둥이를 낳아 어머니의 도움으로 7살까지 키운 후에 함께 서천국으로 찾아가 스님을 만나서 함께 도를 닦는다.

　본래 석가는 선관이고 당금 아가씨는 선녀였는데 죄를 지어서 그 업으로 인간세에 태어난지라, 한날 한시에 함께 승천한다. 그래서 당금 아가씨는 삼신으로 받듦을 받고 3쌍둥이는 불도를 닦은 덕으로 삼불제석님으로 고사 정성을 받게 되었다.

칠성(七星)굿

칠성은 생명을 주관하는 신이다. 칠성신을 민간에서는 하늘의 북두칠성으로 생각한다. 축원의 내용은 일가의 무사태평과 자녀의 무병성장 등이었다.

(唱)
동두칠성(東斗七星)님 한검아
서두칠성님 한검아
북두칠성님 한점
대월성 대칠성아 견우 직녀성 남국의 노인성아
동에서 외둥실 떠오르는 저 빛의 별(星)이 자오의
오른쪽별(右星)도 아니시고 왼쪽별(左星)도 아니시고
칠성님 몸별(一星)이라 하옵니다
칠성님은 열이도 예례덖(十八)을 잡수시고
한 번 호염 디리시니 성세 없다 마다시고
두 번 호염 디리시니 배운 것 없다 마다시고
그래도 장가를 온다 하여
칠월이라 칠성날 칠성님 장가를 오시는디
칠성님 맵씨 호사 볼짝시면
일모행건(一毛網巾) 대모품잠(玳帽風簪) 서실넝띠 찔끈 매고
극성세모시 솜버선이 남갑사 다님 매고
찌는 무쇠통 행전에 쌍문초의 진동모시

외띠 같은 자즌 마리 만석댕여(唐鞋) 신어두고
청둥치마 두북 바쳐 수실당띠 질끈 매고
매화부인님은 아래로는 바라보니
문명지여 바지여다 물명지 단숙것(一곳것)이
다홍다다 주리 치마 치닷분 질너 입고
손에여 옥조한 귀에 월계탈
위루는 바라보니 순금대단 갓저구리 제색 고름 달어입으시
고 자주생목 첨 내기여
우이루는 바래보니 머리 우여 화간(花冠) 얹고
뒤루는 바라보니 금붕용삼 지르시고
최리청(醮禮廳)이 들어서서 최리를 지내시고
대례청(大禮廳)이 들어서서 대례를 지내시고
한달 두달 넘어 가도 소무(後無) 동쟁헤여
칠성님도 삼대에 독신이고
매화부인님도 사대여 무남독녀 외딸인디
매화부인님이 하넌 말이
여보시요 우리나라 대왕도 이구산에 공을 디려 승인 같은
양반 두옵디다
우리도 칠성당에 공이나 디려 보옵시다
칠월이라 칠석날 공바지를 올릴 적이 백미도 일곱 말을 올
리시고
대초 육초도 일곱 곽을 올리시고
종이도 일곱 굽을 올리시고
아홉 폭 주리초매도 일곱 죽을 올리시고
돈도 일곱 냥을 올리시니
아니나 다를소냐 공 디린 석달 열흘만에 태기가 있구나
한달 두달 피를 모아 석달에 입덧 나고

넉달에 사대 사신 마련허고 다섯달에 반짐이며

여섯달에 육색이며 일곱달 칠색이

여덟달 팔색이며 아홉달에 구색이 되야

하루는 해복 기미가 있구나

아기를 낳는디 하나 낳구 후산 허까 둘 낳구 후산 허까

셋 낳구 후산 허까 넷 낳구 후산 허까

다섯 낳구 후산 허까 여섯 낳구 후산 허까 일곱 낳어 놓니

매화부인님이 문안한 님 불너 내여

칠성님께 여쭈어라

시나 적구 때나 적으랴구 대모쾌상 열디리고

한 손에 붓대 들고 우르르르 들어와 보니

아기 소리가 진동허네

억야 세상이 가막 까치 날짐승도 새끼 일곱이면 많다 허넌디

하물며 사람이 되야 아기 일곱 낳았구나 산모할나 여덟일세

튼단문심허고 나가노니

칠성님 부인 매화부인님이 첫국밥을 헤 와도 아니 잡수시고

두번채 헤 와도 아니 먹고

삼시번 헤 가도 아니 먹으니

칠성님이 깜쪽 놀내여 우르르르 들어와서

여보시오 부인 세상에 부부간에 허넌 말이 무슨 본심인들 있것소 국밥이나 잡수시요

매화부인님이 허넌 말이

여보시오 칠성님 공디리면 한 쌈줄이 아들 일곱 둘 줄 그 뉘 알고

공디릴 제는 무슨 맘이고 공 디레 낳아 놓니 못 키겄단 말이 웬 말이오

나는 이 한 뒴이 그만이라 이 세상을 배반허고 염나대왕

갈테오니

칠성님은 천하궁에 용예부인 있다허니 후실 장가나 가옵소사

매화부인님이 이 세상(世上)을 배반허고

시상이 삼일(三日) 성북전의 허고

칠성님이 문안한 님 불너 내야

여봐라 일곱 아이 꽃방석이 주섬 주섬 담어 가지구

은하수 흐르는 물 고기 밥이나 주러 가자

난디 움서(없이) 하눌이서 우르루룽 허며 노성(雷聲)을

때리며 번개뿔이 왔따 갔따

멍석 같은 쏘내기가 퍼붓으며

여봐라 그 아기 일곱 아기네는 하눌이 아는 아기니라

어찌 함부루 허까부냐

하루여 젖 시번 밥 시번 물 시번 썩 메기며넌 물컷 없이

자라니라

일변의 유모를 디리대고

하루여 젖 시번 물 시번 밥 시번씩 메겼더니

홀 일곱살씩 먹었구나

독사당(獨書堂)을 디려 놓고 글공부를 가르칠 때

하루는 일곱 자손이 나갔다 오더니

나는 그 글 뭇(못) 배우것소

세상이 우리 어머니 살었걸랑 고적이나 일너 주오

죽었걸낭 무덤이나 일너 주오

나는 그 글 뭇 배우것소

여봐라 너의 모든 일곱 성제네야 네 내 말 들어 봐라

느이 아버니는 동두칠성이고 느의 어머니는 지하의 부인인디

느이 일곱 성제 낳으랴고 칠성당의 백일선제 숙달 열흘 헤

여 놓고

너의 일곱 성제 있어서 낳었넌디

느이 어머니는 이 시상을 배반허고 염나대왕 가셔 놓고

느이 아버지는 천하궁이 용예부인 있다 허여 후실 장가를
갔느니라

칠성님이 후실 장가는 갔어도

자나 누나 밤이나 낮이나 숨은 근심이여

하루는 용예부인이

여보시요 영감 무엇이 걱정이요

은을 써대면 은을 씨고 금을 씨대면 금을 씨는디 무엇이
걱정이요

여보소 이 사람아 내가 전실 몸이 자식이 칠형젠디

동지섯달 설한풍이 백설은 흐날리는디

아무리 춘들 누구더라 춥다 허며

여름이 불 같이 더운 때에 아무리 더운들 누구더라 더웁다
헐까

용예부인 허넌 말이

여보시요 아니 허실 걱정두 허십니다

일변의 새는 날로 말도 일곱 바리 하인도 일곱 하인 보냈더니

일곱 성제네가 남산이 거나리게 굼굼허게 들오는구나

세상에 지모(繼母) 어머니 허넌 말이

여봐라 가만 까치 날짐생도 새끼 일곱이면 많다 허넌디

하물며 사람으로서 새끼 일곱을 낳았구나

너의 일곱 성제 자르다는 내 성세(形勢) 다 망허졌다

일변의 아니 아프다는 머리두 아프고

아니 아프다는 배도 아프다 식음을 전폐허고 들어 누니

자식의 도리루드 그냥 있을 수 없어 일굽 성제 들어가서

여보시요 어머니 문복(問卜)이나 솟으리까 약방이나 가오리까

약방도 그만두고 문복도 그만둬라
일곱 성제네가 문복쟁이 찾어가서
여봐라 점이나 한장 헤여 보소
일막구리 쌍아통고 절넝절넝 내 둘너서
한번을 던졌더니 무산각(無算一)이 지는구나
두번을 던졌더니 황천(黃泉)각이 니는구나
나는 그 점 못 허것소
여보소 이 사람아 세상이 죽을 점만 헐 줄 알지 살 점은
모르는가
우리 어머니 은죽절두 너를 주고
우리 아버니 은주령두 너를 주고
무쇠두멍 너를 주마
찬찬히 개려 봐라
일굽 성제 약을 써두 아니 낫구 굿을 헤두 아니 낫구
일곱 성제 들어와서
인동투라 하옵니다
일곱 성제 질고(깊고) 깊은 산중에 들어가서
애야수 먹어야 낫것답니다
허명 파명 건너오니
칠성님이, 여봐라 뭐이라구 점쾌가 나더냐
아무것두 쓸디 없구 (저의)일곱 성제 들어와서 인동투랍니다
짚고 깊은 산중에 들어가서 애야수 먹어야 낫것대요
일변의 새는 날로 일곱 성제가 우르르 들어가서
청태산 청악산 백옥산을 넘어가서 가느라니
난디 없는 금사슴이 질(길)을 가루 누었구나
여봐라 나도 세상이 부모를 살리랴고 이 산중을 들어 오넌디
니가 질을 가루 막으면 어이찌 갑갑허냐

여봐라 일곱 성제네야 이내 말 들어 봐라

느이 아버니는 동두칠성이고

느이 어머니는 지하의 부인인디

느이 일곱 성제 나으랴고 슥달 열흘 백일 선제

한 쌈줄에 일곱을 낳었는디

내는 한명이 고만이라 이 세상을 배반허고 염낭대와 세상
에 갔넌디

금옥(金玉) 같은 내 자식 알뜰헌 내 자식

천하 천지 몹쓸 년 내 자식을 지길(죽일)냐고

이 산중이 어디라구 여기를 들어 오느냐

내 가슴이 내 검(肝) 한 점 내어 줄 것이니

어서 밧삐 가지고 내려가서

앞 문으로 들띠리고 뒷문으로 여실(엿을) 보면

자리 밑이다두 는는(넣는) 듯

요강이다두 는는 듯 허구 나섯다 헐리라

어머니 죽은 넋한티 그 간 한 점 얻어 가지고 허명 파명
내려와서

여보시요 어머님 약 구별 해 왔읍니다

앞 문으로 들띠리고 뒷문으로 엿을 보고

뒷문으로 들띠리고 앞 문으로 엿을 보니

머리 맡에다 는는 듯 자리 밑이다두 는는 듯 입설이다두
바르넌 듯 허넌구나

난디 없이 하늘이서 번개불이 왔다 갔다 허며 베락을 냅다
쳐 놓니

용예부인 내다 놓고 베락을 쳐 놓니

인자는(인제는) 그 속에서 될 것이 없어 두제기(두더지)
가 되얏구나

322 무가

두제기가 되얏구나
두제기라는 짐승은 그 힘으로 하늘만 보면 죽는 것이요.

삼신풀이

출산과 육신에 관련된 기원을 할 때 이런 굿을 한다.

천지제왕에 일월제왕
나리제왕 분부리제왕님네
천금(千金)같은 자손 생길 적에
한달 두달 피를 모으고 석달에 입덧나고
넉달에 사대삭신 마련하고
다섯달 반짐 젖줄을 물고
여섯달에 육삭이며
일곱달 칠삭이며
여덟달 팔삭이 아홉달 구삭이 되야
십삭이 고이 되니 해복 기미가 있구나
명실은 목에 걸고
명 자위는 손에 들고
금강문절복 하탈문¹⁾ 열고
연짓문 고인문 순산에 열어
순금 난 집 자(子)되어 곱게 곱게 길너 주시던 은혜 탐예
를 생각허면
머리를 비어 신두 삼고

───────────────

1) 하탈문 : 여자의 하부(下部).

이를 빼여 진을 걸구
호푸주 초매(치마) 죽죽이 받찬들 아낄리가 있오리까

지석전에 복을 얻구
칠성전에 명을 얻구
삼신제왕이서는 저 먹는 젖줄을 마련하고
그 자손 일취월장[1] 시킬 적에
명을 남은 삼천갑자 동방석 긴긴 명을 점지하고
복은 석순(石筍) 온갖 복에
글은 왕에 글을 마련헐 제
동문서습(先習) 사력 천권 알상급제도 장하네
국(貴)이 되고 후가 되여 나라의 충신 자손
동네 방네의 귀한 자손 일가의 화목 자손
그 자손 다 풍징 나징 지징 없고
바람 앞에 서징 없고 감기 독감 주력 없이
오이 붓듯 달 붓듯이 가지 붓듯 연화 붓듯이
평반에 물 담은 듯 화반에 꽃 담은 듯
요지 일원 순지건곤
새벽 바라 여의초롱 백제 중이 것집은 듯
호피여 부현공이 무쇠 상기둥에 어름에 백노 석상에
준죽같이
치들구 받들어 주실 적에
산모 뒤주줄이 연주줄이 후주줄이 없고
식사가 여전하고 기운이 강녕시켜서
부정살도 저차 놓고 영정살도 저칠 적에

---

1) 일취월장 : 날로 달로 자라거나 발전함.

진 부정살 마른 부정 다 불부정 살 성부정도나 저쳐 놓고
그 자손 거나리고 양주부처 백년회로하고
자손 자랑 성세 자랑 후분 자랑 팔자 자랑
성세 자랑에 자손으로 울을 삼고
세간으로 법을 앉혀
백대 처수 만내 유전이 여천지무궁으로
장수 장명시켜 주옵소서.

◼ 한국문학사 편찬위원회
이 책은 문학평론가, 국문학과 교수, 고등학교 3학년 국어선생님,
편집주간 등이 기획 · 구성하였고 편집부에서 진행하였다.

국어선생님을 위한
한국문학사 강의 (제1권 : 구비문학)

초판 1쇄 발행일 : 2024년 4월 29일
초판 5쇄 발행일 : 2025년 1월 15일

엮은이 : 한국문학사 편찬위원회
발행인 : 김종윤
발행처 : 주식회사 자유지성사
등록번호 : 제 2 - 1173호
등록일자 : 1991년 5월 18일

서울특별시 송파구 위례성대로 8길 58, 202호
전화 : 02) 333- 9535 | 팩스 : 02) 6280- 9535
E-mail : fibook@naver.com
ISBN : 978 - 89 - 7997 - 567 - 3 (04810)
ISBN : 978 - 89 - 7997 - 566 - 6 (세트)
